Les Secrets sont éternels

Titre original : *Share No Secrets*.

Éditeur d'origine : Saint Martin's Press, 2005.

Cette édition de *Les secrets sont éternels*
est publiée par Succès du livre éditions
avec l'aimable autorisation des Éditions de la Table Ronde.

ISBN 13 : 9782738221315

Carlene Thompson

Les Secrets sont éternels

Traduit de l'anglais (États-Unis)
par Mireille Vignol

Prologue

Julianna Brent s'étira langoureusement dans la fraîcheur des draps de satin, émit un tout petit râle au souvenir de son plaisir et découvrit, en ouvrant ses yeux d'ambre, le bleu cobalt qui filtrait des tentures par une ouverture d'une dizaine de centimètres. Il ne faisait pas encore jour, mais le matin allait bientôt éblouir le monde de sa lumière crue et anéantir l'atmosphère romantique. Elle se souvint d'une comptine que sa mère lui récitait quand elle était petite, elle la répéta à haute voix :

Adieu les bleus,
Au revoir les roses,
Ciao les violets,
Good bye, les verts.
À la fin du jour,
Quand les étoiles renaîtront,
La voûte de l'arc-en-ciel
Réapparaîtra dans mes rêves.

La simplicité du poème fit rire Julianna, puis elle respira profondément, inhalant le parfum des bougies au jasmin qu'elle avait allumées autour du lit. Elle aimait cette odeur et la façon qu'avait la lumière de vaciller et de scintiller dans les ciselures du photophore. Une lueur tremblotante se posa sur la figurine en cristal d'une jeune fille aux cheveux longs, en robe à fleurs : un cadeau de son amie Adrienne lorsqu'elle avait dix-sept ans. Julianna avait toujours chéri ce bibelot en Fenton Art Glass et l'avait baptisé Daisy, un personnage de la nouvelle d'Henry James *Daisy Miller*, qu'elle avait lue en classe d'anglais. Elle ne se séparait jamais de cette figurine. Grâce à Daisy et aux bougies, elle avait réussi à faire de cette chambre d'hôtel, belle mais impersonnelle, sa chambre à elle.

Et sa chambre à lui.

Elle s'empara d'un oreiller moelleux et le pressa contre son visage. La taie en satin avait conservé son odeur à lui, propre et virile, excitante, susceptible d'évoquer une centaine de scènes romantiques qui ravivèrent son corps, alors qu'à cette heure, fatiguée comme elle l'était, elle aurait dû languir de rentrer chez elle.

Mais elle n'avait pas envie de retrouver son appartement solitaire. Elle voulait rester au lit, ici, se raccrochant férocement à l'extase matinale, comme si elle la vivait pour la dernière fois.

Un frisson la parcourut. « Pour la dernière fois ? » Comment cette expression de mauvais augure avait-elle réussi à s'immiscer dans le bonheur de ses pensées ? Prémonition ? Sûrement pas. Julianna ne croyait pas aux prémonitions, surtout celles qui véhiculaient la peur ridicule de ne jamais le revoir. Il ne s'agissait pas d'un présage. Ni d'un augure. Ces mots-là appartenaient au vocabulaire superstitieux de sa mère. Non, cette expression ne représentait rien de plus qu'un…

Avertissement.

Oui, un avertissement. Après tout, les aventures extraconjugales n'étaient jamais simples. Celle-ci tout particulièrement : elle avait le potentiel de déplaire à d'autres personnes qu'à la femme de son amant. Elle avait un potentiel de danger. La prudence était absolument essentielle, or il n'y avait rien de prudent à rester dans ce lit jusqu'à l'aurore.

Mais Julianna était épuisée. Comblée, mais épuisée. La journée d'hier avait été longue, fatigante et décevante. Elle n'avait dormi que quelques heures avant de venir le rejoindre ici. Si seulement elle pouvait se rendormir un court instant...

Elle sentit ses paupières s'alourdir. Ne pouvait-elle pas se permettre un petit repos ? L'hôtel était vide, voilà presque un an qu'il était fermé. Il ne restait plus que le gardien, Claude Duncan, et il serait bien surprenant qu'il soit en condition d'effectuer une de ses rondes indifférentes avant le milieu de la matinée, quand il se serait débarrassé de sa gueule de bois.

Julianna s'enfonça un peu plus profondément dans le monde du sommeil. La chambre se dissipa tandis que ses pensées s'embrumaient. Elle sentit le rêve de la prairie se ranimer lentement.

Depuis un mois, elle rêvait tous les soirs qu'elle marchait dans une prairie interminable parsemée de fleurs blanches, roses et jaunes. Elle en avait parlé à sa mère, Lottie, et avait été surprise de son visage inquiet. « Qu'est-ce qui ne va pas ? » avait-elle demandé. « Maman, que signifie ce rêve ? » Lottie avait lissé la chevelure brillante de Julianna et avait encore une fois stupéfié sa fille avec ses vastes connaissances glanées lors d'innombrables lectures ésotériques. « Dans la mythologie, avait-elle expliqué, la prairie représente un lieu de tristesse. Un philosophe grec a parlé de “la prairie de la mauvaise fortune”. » Lottie avait hoché la tête. « Ton rêve n'est pas un bon signe, Julianna. Je t'en prie, abandonne la voie que tu as prise avec cet homme. Elle ne t'apportera que du malheur, ma chérie, peut-être même pire que du malheur. »

Les paroles de sa mère l'avaient inquiétée, mais Julianna n'avait pas renoncé à son amant. Après tout, sa mère se basait seulement sur un rêve, et les rêves ne voulaient pas forcément dire grand-chose. Éveillée, elle chassait facilement le rêve de son esprit, mais il revenait toujours quand elle dormait. Comme maintenant.

Julianna n'entendit pas la porte de la chambre s'ouvrir doucement. Elle n'eut aucunement conscience que quelqu'un s'approchait du lit sur la moquette moelleuse et bleue, puis la regardait fixement — les yeux rivés sur l'abondante cascade de ses cheveux auburn, son teint laiteux, l'arrondi de son épaule et le sein laissé entièrement découvert par le drap de satin. Le regard s'enflamma tandis que la haine derrière les yeux redoublait à chaque seconde.

Du fond du cerveau de Julianna, une alarme s'activa. Elle ouvrit les yeux. Ses lèvres s'entrouvrirent, mais la surprise la priva de voix. Un tressaillement de peur la parcourut, elle commença à se lever, dressant et agitant les mains comme pour chasser la malveillance qui planait sur elle.

Elle n'eut que vaguement conscience du bras qui se tendait vers la table de nuit à côté d'elle. Puis, sans qu'elle ait pu prononcer un mot, une lampe en céramique lui écrasa le crâne. Elle retomba en arrière, fermant les yeux en sombrant dans une inconscience bienfaisante, puisqu'elle lui épargna l'horreur qui suivit.

Cinq minutes plus tard, le regard agressif se détacha du lit. Daisy, la petite figurine en cristal, était toujours tranquillement posée sur la table, mais sa fine robe à fleurs était maintenant zébrée de sang. Après un long regard satisfait sur la belle femme immobile dans le lit, l'auteur de l'agression se glissa hors de la chambre et sortit, laissant Julianna errer à jamais dans sa belle prairie sans fin.

Chapitre Ier

1

Les Indiens Iroquois appelaient la rivière l'« Ohio », ce qui fut traduit en français par « La Belle Rivière ». Plus tard, les linguistes argumentèrent qu'en réalité le nom signifiait « la pétillante », « la grande » ou « la blanche ». Ces traductions étaient peut-être plus exactes, mais pour la plupart des riverains de l'Ohio elle resta « La Belle Rivière », un qualificatif bien mérité que l'histoire entérina.

Adrienne Reynolds était perchée sur un petit talus dominant la rivière. Derrière elle, on apercevait les contours longs et blancs d'un complexe hôtelier centenaire, de style géorgien, et nommé La Belle Rivière, même si les habitants de Point Pleasant, en Virginie-Occidentale, l'appelaient communément La Belle. Elle ôta les lunettes protégeant du vif soleil matinal ses yeux vert océan et regarda ce qui constituait l'atout le plus réputé de l'hôtel : sa vue imprenable sur la large rivière Ohio.

Adrienne adorait cette rivière. Son regard d'artiste était continuellement intrigué par ses couleurs. Elles variaient d'un vert émeraude mat, lorsque les eaux étaient basses et que les joncs ondulaient à la surface, à un ton *café au lait*, crémeux, quand les pluies fines perturbaient délicatement les sédiments, en passant par un noir chocolat lorsque les orages remuaient les fonds boueux de son lit. Elle aimait tout particulièrement l'Ohio dans la fraîcheur des matins d'été tels que celui-ci, lorsque le brouillard s'élevait gracieusement de la rivière, tout en laissant çà et là des rayons de soleil scintillants poignarder la surface vitreuse de l'eau. Elle se retourna et vit que la lumière ensoleillée jetait déjà des reflets étincelants sur les coupoles en verre coiffant les trois étages de l'hôtel qui dominait son homonyme, La Belle Rivière.

Adrienne était née et avait grandi à Point Pleasant, en Virginie-Occidentale, une ville située dans un paysage rural verdoyant, à trois kilomètres seulement de La Belle. Elle n'avait jamais eu envie de quitter la région pour des pôles plus animés, mais juste après la faculté elle avait suivi son jeune mari Trey Reynolds au Nevada. Il y avait monté un spectacle et réussi à le faire durer presque cinq ans dans le bar d'un petit casino de Las Vegas. Adrienne avait aimé son mari, mais détesté sa nouvelle localité. Elle jetait tous les jours un regard affligé sur la plate étendue de sable brûlant, les piquants des cactus, les lézards à la peau sèche filant devant chez elle et l'infini du ciel. Un ciel que les gens du coin voyaient turquoise vif, mais qui, à ses yeux, ressemblait à un morceau de jean délavé et troué d'une déchirure torride et blanche qui se faisait passer pour le soleil. Son mari n'avait jamais su combien de fois, juste après le départ de sa voiture pour aller répéter au casino, Adrienne avait éclaté en sanglots, emportée par un torrent de nostalgie pour la large rivière Ohio et les luxuriantes collines vert-bleu des Appalaches.

Quand elle était tombée enceinte, elle avait décidé de contribuer à leurs revenus aussi maigres qu'irréguliers en vendant des esquisses et des peintures. À l'époque où leur fille Skye avait eu cinq ans, Adrienne commençait à se faire un nom sur la scène artistique locale lorsque, dans un coup aussi rude qu'inattendu, Trey avait été rétrogradé et nommé dans un club encore moins fréquenté que le précédent et plus éloigné du « Strip », la bande de terre sainte où tout le monde voulait jouer. « Je ne crois pas qu'il y ait une seule personne de moins de quatre-vingts ans dans le public, s'était-il plaint d'une voix vaincue, perdue. La moitié d'entre eux s'endorment au milieu des chansons. Ou plutôt, ils ronflent au milieu des chansons ! C'est d'un humiliant ! Et je ne gagne pas assez pour nous soutenir tous les trois. » Il avait soupiré, le regard dans le lointain. « Hors de question que j'impose ça à ma famille. On rentre à la maison. Je travaillerai dans l'entreprise de papa. »

Ainsi donc, Trey Reynolds avait abandonné sa carrière clopinante et humiliante au casino et ils étaient revenus en Virginie-Occidentale. Adrienne savait à quel point Trey avait été affecté par l'échec de sa carrière dans le monde du spectacle, mais elle n'arrivait pas à comprendre qu'il ait pu persévérer avec son numéro de bar aussi longtemps. Elle avait été personnellement ravie de retourner à Point Pleasant, leur ville natale à tous les deux. Moins d'un an après être rentrée, elle vendait déjà ses tableaux dans une galerie de l'Ohio proche de là, la French Art Colony, et enseignait le dessin dans un campus local de l'université Marshall. Elle s'était sentie dix fois plus heureuse. Et même maintenant, elle conservait un regard enchanté sur cette région, surtout par un beau matin comme celui-là, sur ce vieil hôtel qui lui était si cher, même si Trey n'était plus là pour partager la beauté des lieux.

La température n'allait pas tarder à grimper, autour des vingt-cinq degrés si l'on en croyait les prévisions météo, mais à présent l'humidité portée par le brouillard matinal qui faisait onduler ses cheveux couleur miel lui donnait la chair de poule sur les bras, sous sa veste en jean.

— J'attaque la Thermos de café, cria Skye, sa fille de quatorze ans. T'en veux un ? Je me gèle !

— Tu n'aurais pas dû m'accompagner aussi tôt.

— J'adore cet endroit juste après l'aube avec toute la brume, s'exclama Skye avec enthousiasme. On se croirait à Camelot, ou un autre lieu de mes vieux contes de fées. Alors, ce café, tu en veux ?

— Oui, s'il te plaît.

Adrienne resta plantée sur la rive un peu plus longtemps, savourant l'atmosphère, jusqu'à ce que la forte odeur de café l'atteigne et l'attire comme les sirènes grecques appellent les marins. Skye lui tendit une tasse, Adrienne en but une gorgée et sourit.

— T'as pris le bon café.

— Royal Vintner, ton préféré.

— Aurais-tu fait des sottises que tu es prête à confesser ?

Skye lui lança un regard plein de reproche.

— Bien sûr que non, d'ailleurs je suis trop grande pour faire des « sottises ». À t'entendre, on croirait que j'ai sept ans.

Adrienne fronça le sourcil.

— Je te prie d'excuser mon langage avilissant. Aurais-tu fait des grosses conneries que tu es prête à confesser ?

Skye éclata de rire, son visage d'adolescente plein de beauté dans la douce lumière.

— Mais non. Je ne suis pas comme toi, maman. Je ne fais pas déjà de grosses conneries à quatorze ans.

— Je n'étais pas comme ça.

— C'est pas ce que raconte Tante Vicky.

— Ma grande sœur a toujours été la reine des bonnes manières. Je crois qu'elle n'a jamais fait la moindre bêtise.

— Mais la chouchou de vos parents, c'était toi.

— Seulement si tu te fies à Vicky. S'ils étaient encore en vie, ils te donneraient un autre son de cloche.

Adrienne jeta un regard alentour, les yeux légèrement plissés à cause du soleil sur la brume.

— Ça clignote encore sur la route. L'accident a dû être vraiment grave.

— Quelqu'un a peut-être essayé de doubler dans le brouillard.

— C'est interdit de doubler à cet endroit, brouillard ou pas brouillard. Il y a trop de virages.

— J'espère qu'il n'y a pas de morts. Mais tu vas bientôt avoir le scoop. Sortir avec le shérif a certains avantages, maman.

Skye lui lança un regard espiègle.

— Vous êtes sérieux, tous les deux ?

— Ton café est délicieux, mais il n'a pas l'air de t'avoir réchauffée, Skye, lui répondit sèchement Adrienne. Je crois que tu devrais aller chercher ton sweat dans la voiture.

— Tu refuses de partager tes secrets sur le shérif Lucas Flynn ce matin, même si je t'ai préparé ton café préféré ?

Les yeux bleu jacinthe de Skye, si semblables à ceux de son père, dansaient derrière ses longs cils.

— Il est vraiment sympa, maman, et papa voudrait te savoir heureuse.

Trey voudrait aussi me savoir amoureuse, pensa tristement Adrienne. Il aimerait me savoir joyeuse et passionnée, pas seulement dans la sécurité et le confort comme avec Lucas. Mais elle n'en toucha pas un mot à sa fille.

— C'est bon, j'essaierai d'extorquer de nouvelles informations romantiques un peu plus tard, dit Skye en renonçant de bonne grâce. Il faut que je trouve Brandon, maintenant. Je l'entends aboyer dans les bois.

— Il n'a sans doute pas pu résister à l'envie de poursuivre un écureuil, qui le terroriserait s'il lui faisait face, d'ailleurs. Franchement, je n'ai jamais vu un chien de cent livres aussi peureux.

— Maman, Brandon est fait pour l'amour, pas pour la bagarre.

— Si tu le dis... Va donc le secourir avant qu'il ne se fasse attaquer par un écureuil rayé, moi je vais aller chercher mon appareil photo et mon carnet de croquis dans la voiture. Il ne me reste plus qu'une quinzaine de jours pour peindre cet hôtel avant qu'il ne s'effondre.

— Avant qu'Ellen Kirkwood le fasse démolir, précisa Skye avec amertume. Quel gâchis ! T'es sûre que Kit ne peut rien faire ?

Kitrina « Kit » Kirkwood, la fille d'Ellen, était l'une des deux meilleures amies d'enfance d'Adrienne. Kit — l'esprit vif, la langue bien pendue et les idées bien arrêtées — était résolument opposée à la destruction de La Belle, mais l'hôtel appartenait à Ellen et elle était inflexible. Kit l'avait dit à Adrienne : elle savait qu'elle avait perdu la bataille pour préserver l'endroit qu'elle aimait et dont elle pensait un jour hériter. Elle avait donc demandé à Adrienne de peindre un tableau de l'hôtel, pour l'accrocher dans son élégant restaurant du centre-ville, Le Portillon.

— Je ne vois pas pourquoi Mme Kirkwood s'entête à vouloir détruire l'hôtel, ronchonna Skye en prenant le sweater dont elle disait ne pas avoir besoin.

— Ellen est persuadée qu'il est maudit. Sa mère lui a rabâché ça toute sa vie. À vrai dire, ça a été le théâtre de plein d'accidents étranges et de plusieurs morts. Mais c'est la noyade de Jamie dans la piscine, l'an dernier, qui a fini de convaincre Ellen.

Adrienne songea au beau garçon de quatre ans qu'Ellen Kirkwood avait adopté quand il était bébé.

— Elle ne peut plus supporter de voir cet endroit.

— Son mari ne veut pas qu'elle le détruise.

— Il ne lui appartient pas, et je ne pense pas que Gavin ait beaucoup d'influence sur Ellen. Kit non plus, même si, pour une fois, elle est d'accord avec Gavin.

— Pourquoi elle ne se contente pas de vendre La Belle ?

Adrienne fronça les sourcils.

— Voyons, ma chérie, il serait malhonnête de vendre un hôtel maudit.

Skye sourit.

— Ah oui, ça manquerait totalement d'éthique.

Adrienne eut soudain honte, elle se rappela les quelques fois où Ellen avait étonné les filles, sautant dans sa décapotable pour les amener faire le tour de la ville en chantant à tue-tête sur la musique. Une autre fois, elle avait insisté pour leur acheter à chacune une robe à un prix extravagant à porter aux dix-huit ans de Kit et elle avait loué, à un prix tout aussi extravagant, les services d'un groupe de rock plutôt connu pour animer la soirée. Ellen avait toujours été un peu curieuse, mais elle était capable de grands élans de spontanéité et d'enthousiasme.

— On ne devrait pas se moquer d'Ellen, dit-elle d'un ton coupable.

— Ça ne peut pas faire de mal de se moquer gentiment, dit Skye. Je trouve que ça aide un peu à avaler le fait qu'il ne restera plus rien dc cc bon vieil hôtel dans quelques semaines.

— T'as raison, soupira Adrienne. Tiens, j'entends Brandon. Il est dans les bois, là-bas à gauche.

— Je vais le secourir. Je reviens pronto.

En réalité, Adrienne avait envie d'un peu de solitude. Elle devait se concentrer pour trouver la perspective qui conviendrait à ses ébauches. Il faudrait essayer plusieurs angles, tout en étant interrompue quand sa fille et son chien reviendraient. Elle aurait préféré que Skye et Brandon restent à la maison ce matin, mais sa fille avait insisté et, quand elle avait voulu refuser que Brandon les accompagne, Skye s'était lancé dans une tirade culpabilisante sur le fait que Brandon manquait d'exercice. Sûr, il devait peser au moins cinq kilos de trop. Skye l'avait convaincue qu'une petite course dans les bois lui ferait du bien. Malheureusement, la petite course était devenue une grande chevauchée.

Adrienne sortit son appareil de la voiture, un Olympus Epic Zoom 170 Deluxe qu'elle venait juste d'acheter. Elle avait fait quelques essais, mais elle s'apprêtait à prendre ses premières photos sérieuses et elle languissait de voir à quoi l'hôtel ressemblerait, à travers son super-zoom de 170 mm x 4,5. Bien que léger et pratique à porter, il semblait très puissant.

Elle prit au hasard quelques clichés de l'hôtel et des grandes vérandas, qui avaient rallongé les quatre niveaux et permis aux clients d'apprécier la rivière juste devant leur chambre. Elle photographia les hautes coupoles en verre, le toit rouge couvert de bardeaux, la grande tour de l'horloge aux chiffres romains et les girouettes en fer surmontées de coqs noirs. Les girouettes étaient immobiles. Une petite brise aurait eu vite fait de dissiper le brouillard, pensa Adrienne, mais dans l'immédiat elle aimait ces vues de l'hôtel enveloppé de brume, comme dans un voile, même si ces photos n'auraient sans doute que peu d'intérêt quand elle commencerait à dessiner.

Le brouillard finit par se lever en dépit de l'air calme du matin et Adrienne décida de s'y mettre. Elle avait choisi un bloc de brouillon et un crayon graphite 3D pour ses ébauches. Elle se dirigea vers la partie de l'hôtel tournée vers l'est, la plus éclairée par le soleil matinal, s'assit sur un siège de jardin en fer forgé et étudia l'hôtel, le crayon à la main.

Les rayons du soleil scintillant dans les restants de brume donnaient un aspect magique à l'hôtel. Skye a vu juste, pensa Adrienne. La Belle Rivière avait une atmosphère de conte de fées, on y imaginait de belles femmes vêtues de robes élégantes sur les larges marches de la véranda menant dans les jardins luxuriants. Leurs galants compagnons — des hommes en costume impeccable, avec des manières et des comptes en banque également exquis — seraient à leurs côtés. Adrienne soupira en se représentant l'hôtel au début du XXe siècle.

Il n'y avait pas si longtemps, quelques années tout au plus, ce lieu préservait encore toute sa grandeur, il avait la réputation d'être un des plus beaux complexes du pays. L'hôtel avait attiré des hommes d'État aux stars du cinéma, en passant par des membres de familles royales étrangères. Il y a dix ans, il avait été le théâtre d'une séance de photos de mode, avec une fille originaire de la ville et devenue mannequin de haute couture : Julianna Brent. L'amie d'enfance d'Adrienne avait été éblouissante de beauté, vêtue de robes de soirée somptueuses, dans le cadre de cet hôtel, un lieu d'exception qu'Ellen Kirkwood entretenait avec une diligence qui aurait fait honneur à son arrière-grand-père, fondateur du complexe.

La rêverie d'Adrienne fut interrompue par un croassement pénétrant qui rompit le calme matinal. Son regard descendit d'un nuage et se posa sur un fil de téléphone, où étaient perchés trois corbeaux d'un noir brillant. L'un d'entre eux croassa une nouvelle fois, un son strident et irritant. C'était sans doute le corbeau de guet, qui avertissait les autres membres du groupe. *A murder*, un meurtre. C'était le nom consacré pour désigner un groupe de corbeaux. Pas une volée. Ni un troupeau. Un *meurtre* de corbeaux.

Un nouvel oiseau se posa sur le fil de téléphone. Il semblait plus gros que la moyenne et devait mesurer une cinquantaine de centimètres de long plutôt que la quarantaine habituelle. Deux autres les rejoignirent. Ils étaient proches les uns des autres et semblaient la dévisager de leurs petits yeux durs.

Une vieille devinette qu'elle avait apprise, enfant, et qui parlait de corbeaux lui revint à l'esprit, elle se surprit en train de dire à voix haute :

Un c'est pas de chance,
Deux c'est de la chance.
Trois c'est la santé
Quatre la prospérité
Cinq annoncent la maladie
Et six c'est la mort.

Le dernier mot la fit sursauter. Un *meurtre* de six corbeaux perché sur le fil du téléphone, et six corbeaux annonçaient *la mort*. Elle eut soudain froid et tendit la main vers la tasse de café posée sur le banc, à côté d'elle. Mais la boisson avait elle aussi refroidi. Elle la reposa en grimaçant. Puis elle hocha la tête, agacée de s'être laissée gagner par la trouille pour quelques oiseaux. Elle n'avait jamais aimé les corbeaux, mais ils n'étaient pas aussi menaçants que ceux du film d'Hitchcock, *Les Oiseaux*.

— Allez vous faire voir ! leur cria-t-elle.

L'un d'entre eux pencha la tête et lui lança un croassement particulièrement perçant.

— Vous ne me faites pas peur, vous savez, poursuivit-elle. Mais par contre, qu'est-ce que vous pouvez m'agacer !

— Crôa. Crôa. Crôa ! répliquèrent-ils bruyamment, comme s'ils avaient compris et s'indignaient.

— Cassez-vous ! hurla-t-elle.

Elle jeta immédiatement un regard penaud autour d'elle et espéra que Skye était trop loin pour l'entendre. Elle avait l'air d'une folle à hurler ainsi contre des oiseaux. Adrienne se retourna vers l'hôtel, bien décidée à ignorer ces petits salopiauds luisants perchés sur le fil et à s'appliquer à saisir l'âme de l'hôtel sur le papier.

Elle éprouvait cependant une impression étrange, comme si elle était observée. C'est bien le cas, se dit-elle. Les oiseaux la guettaient comme une proie. Mais elle avait beau ne pas aimer les corbeaux, elle savait que ce n'était pas leurs petits yeux brillants qui la dérangeaient. Elle lança un regard vers les bois et repéra d'infimes mouvements vacillants. Sans doute Skye ou Brandon, raisonna-t-elle. Mais ni l'un ni l'autre ne se précipiterait derrière les arbres sans se faire voir.

— Qui est là ? lança-t-elle.

Aucune réponse. Brandon était trop exubérant pour se cacher. Et contrairement à cette silhouette vacillante, il ne mesurait pas plus d'un mètre cinquante. Skye lui aurait répondu. Claude Duncan, le gardien, aussi. Et si c'était un ado qui jouait à se cacher ? Cela dit, l'heure était un peu matinale pour ce genre de plaisanterie. Il y avait aussi la proximité de cet accident de voiture. Quelqu'un avait peut-être cherché à se rapprocher de la scène et s'était retrouvé aux alentours de l'hôtel, inaccessible sans la permission de Kit ou d'Ellen Kirkwood.

Adrienne entraperçut un nouveau mouvement. Un sentiment de malaise la traversa, elle s'empara de son appareil photo sans réfléchir et prit plusieurs clichés. Si jamais quelqu'un était entré par effraction dans l'hôtel et avait volé ou détruit des meubles, elle aurait peut-être une image du voleur ou du vandale.

Elle resta assise et immobile quelques minutes de plus, l'appareil à la main. Puis elle prit soudain conscience que la personne cachée dans les bois représentait peut-être un danger, pour elle ou pour Skye. Elle était proche de la crise de nerfs. Quelque chose *clochait*.

— Skye, reviens ici tout de suite ! hurla Adrienne d'une voix perçante, au moment précis où Skye, toute proche, criait :

— Brandon, viens ici !

— Skye, laisse courir le chien et reste avec moi ! Je crois qu'il y a quelqu'un dans les bois.

— Ben oui. Moi et Brandon.

Adrienne percevait l'exaspération dans la voix de Skye.

— Je reviens dès que je le trouve.

Adrienne était agacée par la désobéissance de sa fille, mais elle la savait au moins proche et hors de danger. C'était sans doute bien Skye qu'elle avait vu courir dans la fine brume, raisonna-t-elle. Le brouillard et l'isolement de La Belle Rivière abandonnée l'avaient troublée. D'ailleurs, elle avait passé sa vie à avoir des prémonitions lugubres, et aucune d'entre elles ne s'était réalisée. Elle avait toujours été victime de désastres inattendus qui surgissaient soudain pour la gifler en pleine figure.

Convaincue qu'il serait ridicule de se lancer dans les bois sur les talons de Skye, Adrienne maîtrisa son sentiment de malaise. Elle glissa son appareil photo dans une poche fendue de la doublure en flanelle de sa veste, pour ne pas le perdre, et porta son regard complètement à droite, sur la palissade en treillis blanc qui entourait une piscine olympique. Elle avait été vidée plus d'un an auparavant, quand Ellen Kirkwood avait fermé l'hôtel, mais Adrienne pouvait presque encore sentir les picotements de son eau froide, par de brûlants après-midi d'été.

Kit et elle, avec leur amie Julianna Brent, avaient passé des heures et des heures dans cette piscine. Julianna, avec son corps fabuleux et ses nombreux mini-bikinis, en avait toujours été le centre d'attention. Adrienne sourit en repensant aux regards venimeux de femmes qu'elle attirait, tandis que ceux des hommes variaient de la timidité au désir absolu. N'étant pas de nature réservée, Julianna savourait chaque instant de fascination qu'elle suscitait. Adrienne et Kit n'avaient pas le loisir d'être jalouses, la fierté d'avoir une amie aussi belle l'emportait : tout le monde savait qu'elle était destinée un jour ou l'autre à sourire en première page des plus grands magazines de mode du pays.

À la fin d'un après-midi de natation et de bains de soleil, lors des douces soirées d'été, les trois filles faisaient le tour de la ville dans la décapotable rouge de Kit. Affichant leur bronzage dans leurs shorts taillés dans des jeans et leurs dos-nus, elles flirtaient avec les garçons regroupés aux coins des rues et écoutaient en boucle la chanson préférée de Julianna : *Sweet Dreams* des Eurythmics. Le volume à vous crever les tympans, elles chantaient à tue-tête avec Annie Lennox. Kit, Julianna et Adrienne avaient alors seize ou dix-sept ans. Des étés fantastiques dans la mémoire d'Adrienne, et probablement pour toutes les trois, l'époque la plus insouciante de leur vie. Et tous ces bons souvenirs semblaient liés à cet hôtel condamné, La Belle Rivière.

Ça y est, cette fois-ci tu sombres dans la morbidité, se reprocha Adrienne en sentant la déprime l'envahir. Pourquoi avoir le cafard pour un bâtiment sur le point d'être détruit, alors que par ailleurs, tout baigne dans ton monde, en ce moment.

Un corbeau inclina la tête et porta sur cette femme en train de marmonner un regard ostensiblement narquois. C'est en tout cas ainsi qu'il apparut à Adrienne. Elle lui renvoya un regard noir. Elle parlerait à voix haute si elle en avait envie ! Les six corbeaux s'envolèrent du fil de téléphone tandis qu'un aboiement explosif déchirait le calme matinal.

— Brandon ! cria Skye. Je t'interdis d'aller dans l'hôtel !

Dans l'hôtel ? pensa Adrienne. Les portes devaient être fermées à clé, de si bon matin.

Nouveaux aboiements de Brandon. Nouveaux cris de Skye. « Non, t'es tout mouillé et tout sale ! On va se faire massacrer si tu rentres là-dedans… » Un moment de silence suivit, brisé seulement par les battements d'ailes des oiseaux qui reprenaient leur place sur le fil. Puis, une expression familière : « Maman, j'ai besoin de toi ! »

Adrienne jeta son carnet et son crayon, puis se dirigea vers l'aile ouest de l'hôtel d'où provenait la voix de Skye. Elle se félicita d'avoir mis des baskets, car l'herbe était encore chargée de rosée.

— Où es tu, Skye ?

Sa fille, longue chevelure blond clair et mince dans son jean déchiré comme la mode le dictait, apparut au coin de l'hôtel.

— Il y a une porte grande ouverte de ce côté et Brandon est rentré. Mme Kirkwood va nous *tuer* si jamais il casse quelque chose !

— Pourquoi casserait-il quelque chose ? Ce n'est pas son genre, dit Adrienne en rejoignant sa fille, soulagée de voir que le problème se limitait aux mouvements du chien.

— Mais il a un drôle de comportement.

— Il se comporte comme un chien plein d'énergie. Calme-toi un peu, Skye. On va bien le retrouver.

Allons bon, songea Adrienne, agacée. C'est tout de même pas un chiot de six semaines. Mais elle comprenait que sa fille soit protectrice. Trey, son père, lui avait offert Brandon pour son dixième anniversaire. Déjà adulte, l'animal avait été rescapé de la fourrière moins de vingt-quatre heures avant de se faire piquer, ce qui l'avait rendu encore plus précieux aux yeux de cette amie des bêtes. Cette nuit-là, Trey avait été tué dans un accident de moto. D'une certaine façon, le chien était devenu pour Skye le dernier bien de valeur légué par son père.

Adrienne entra par la porte de côté, derrière Skye. Il faisait sombre, mais elle aperçut un panneau d'interrupteurs dans la faible lueur du jour pénétrant par la porte ouverte. Elle en pressa deux et des ampoules s'éclairèrent sous les lustres de cristal du plafond.

Brandon aboyait au loin.

— Dépêche-toi, maman, il ne faut pas qu'il saute dans la fontaine du hall…

— Au pire, il se cognera la tête. La fontaine est vide. Tu te conduis comme une mère hystérique, Skye. Calme-toi.

Elles entrèrent dans le hall juste à temps pour voir cent livres de poils lustrés noirs et blancs foncer en haut de l'escalier tournant et atteindre le premier étage en aboyant de toutes ses forces. Dire que c'est ce même chien qui traverse péniblement le jardin, quand je le fais rentrer pour la nuit, songea Adrienne. Elle avait cru qu'il souffrait d'arthrite, mais aujourd'hui on aurait dit un boulet de canon.

— Brandon, reviens ! hurla Skye.

— Ne te fatigue pas, lui conseilla sa mère. Il ne reviendra jamais tout seul.

— Et si le gardien est là ?

— S'il est en haut, il nous l'attrapera. Claude ne lui fera pas de mal, c'est sûr.

Skye grimpa les escaliers deux à deux. Adrienne sentit soudain le poids de chacune de ses trente-six années en essayant de la suivre. Je devrais faire plus d'exercice, pensa-t-elle. Jogging, aérobic, yoga. Ou apprendre à me servir de cet appareil de musculation que je viens de m'acheter. Elle était épuisée rien qu'en y pensant.

Le premier étage était moins éclairé que le rez-de-chaussée. Une seule lampe rayonnait sous une applique en cristal, au milieu du couloir, et un étrange parfum sucré envahissait la pièce. Skye s'arrêta.

— Qu'est-ce que c'est que cette odeur ?

Adrienne renifla.

— Des fleurs. Du jasmin.

Elle renifla à nouveau, légèrement inquiète.

— Ça sent aussi la fumée. On devrait peut-être redescendre…

Brandon lança trois aboiements assourdissants. Skye se précipita dans le couloir en appelant son chien. Il aboya encore.

Il ne nous conduirait pas vers le feu, pensa Adrienne, néanmoins paniquée par la course effrénée de sa fille vers les aboiements.

— Attends-moi, Skye !

Elle s'arrêta presque immédiatement, mais Adrienne comprit que ce n'était pas pour lui obéir. Skye avait le regard fixé sur l'une des chambres d'hôtel, dont la lumière vacillante se répandait dans le couloir mal éclairé. Elle entrouvrit les lèvres et appela doucement en s'agenouillant, la main tendue :

— Viens, Brandon.

Adrienne la rejoignit. Elle regarda dans la chambre et vit la lueur des bougies vaciller sur la coiffeuse. L'odeur entêtante et sucrée du jasmin émanait de la cire. Brandon était assis, impassible, au pied du lit. C'est tout ce qu'Adrienne pouvait voir : le chien et le couvre-lit luxueux en brocart ivoire. Ce que regardait Brandon, près de la tête de lit, n'entrait pas dans son champ de vision. Mais elle eut le sentiment étrange qu'elle était censée entrer dans la pièce. Quelque chose l'*attendait* dans cette pièce.

Le sentiment s'amplifia. Je devrais écarter ma fille de la porte, songea Adrienne en sentant une hantise l'envahir. Je dois l'éloigner d'ici car rien de bon ne repose sur ce lit que Brandon observe. Skye ne devrait pas voir cela.

Mais sa fille se leva et fit quelques pas dans la chambre avant qu'Adrienne puisse poser la main sur son épaule. Skye sursauta et s'arrêta à un mètre cinquante de Brandon, les yeux s'arrondissant à la vue du lit. Brandon leva la tête et gémit. L'expression figée de Skye et le triste gémissement de Brandon attirèrent Adrienne à l'intérieur presque contre son gré. Elle s'arrêta au pied du lit, et regarda fixement, sans ciller, sans pouvoir y croire.

Deux épais oreillers dans des taies de satin blanc crème étaient appuyés contre la tête de lit ; sur l'un d'entre eux reposait la tête d'une femme. Elle avait la pâleur d'une morte, mais gardait une expression paisible, les lèvres fermées, les paupières closes, sa longue chevelure d'un brun-roux lissée comme de la soie et dégagée du visage. Ses cheveux, peignés, étaient passés derrière l'épaule droite, mais ils revenaient sur le cou et descendaient sur l'épaule gauche, dissimulant une partie de sa joue et de son cou, jusqu'à ce qu'ils s'ouvrent en éventail, là où le sein gauche disparaissait sous le couvre-lit.

Dans la lueur vacillante de la bougie, Adrienne repéra un éclat sur la barrette glissée sur la tempe gauche. Elle faisait près de cinq centimètres de long et elle était en forme de papillon avec des petits éclats de cristaux autrichiens bleus, verts et roses éparpillés sur les ailes diaphanes. Adrienne connaissait cette barrette pour l'avoir vue des centaines de fois et elle sut soudain, avec une certitude révoltante, qui reposait ainsi, pâle et immobile comme la pierre, dans ce lit somptueux.

Julianna Brent. La Julianna qu'Adrienne connaissait depuis l'enfance. La belle Julianna qui souriait, flirtait, n'avait pas sa pareille pour rejeter la tête en arrière et que le simple bonheur de vivre faisait chanter. Plus tard, Adrienne se rappela l'ineptie qui lui traversa l'esprit pendant cet instant effroyable, où elle avait l'impression de tomber en chute libre dans l'espace.

Jamais plus Julianna Brent ne chanterait sa chanson préférée *Sweet Dreams*.

2

Brandon s'approcha tranquillement de Julianna, qu'il connaissait bien et qui ne manquait jamais de le caresser ou de lui gratter affectueusement les oreilles. Mais Skye l'attrapa par le collier et le retint.

— Non, Brandon, dit-elle d'une voix blanche. Nous ne devons pas la déranger.

Elle se tourna vers sa mère, les yeux écarquillés.

— C'est Julianna, non ?

Adrienne acquiesça lentement.

— Je crois bien.

Elle déglutit.

— J'en ai bien peur.

— Mon Dieu, maman. Mais comment ? Pourquoi ?

Skye inspira profondément.

— Tu devrais sans doute vérifier si elle est vraiment morte.

— Tu sais, chérie, on dirait bien, répondit doucement Adrienne.

Sa voix semblait très distante à ses propres oreilles.

— Elle est complètement immobile et elle est tellement *pâle...*

— Mais si tu perds beaucoup de sang et que tu es en état de choc, tu peux devenir très pâle aussi, je l'ai appris à mes cours de secourisme. Peut-être qu'elle n'est que blessée.

Elle s'approcha timidement du lit.

— Si tu ne veux pas la toucher, je vais vérifier si son cœur bat encore.

— Non, dit immédiatement Adrienne. J'y vais, moi. Recule-toi et tiens bien Brandon.

Adrienne se dirigea vers le côté droit du lit, dans un état de choc et de confusion, et se cogna l'orteil contre une lourde bouteille en verre. Une bouteille de champagne. Des éclats de céramique crème étaient éparpillés au sol. Elle comprit qu'il s'agissait d'un pied de lampe quand elle repéra l'abat-jour écrasé et un cordon électrique.

Adrienne se pencha sur le visage blanc de Julianna, à peine gâté par une petite coupure et un léger bleu sur le front. Elle voulut palper le cou pour trouver le pouls. Mais lorsqu'elle déplaça délicatement la chevelure, elle vit un énorme trou labouré juste en dessous de l'oreille gauche. Le sang avait saturé les cheveux auburn de Julianna et imbibait l'oreiller, déjà rouge terne. Adrienne frissonna et s'arrêta. Elle lutta contre l'eau chaude qui lui roulait dans la bouche et se concentra.

Ayant lu des centaines de polars dans sa vie et sortant avec le shérif local depuis plus d'un an, elle savait qu'elle ne devait rien changer à la scène du crime, qu'elle ne devait pas toucher Julianna plus qu'elle ne l'avait déjà fait. Mais elle devait s'assurer qu'elle était bien morte, savoir si elle devait ou non téléphoner aux urgences pour appeler une ambulance et ce qu'elle devait faire en attendant son arrivée.

Elle enleva le couvre-lit, la légère couverture en coton, et le drap de satin. Julianna était nue jusqu'à la taille. Adrienne souleva le bras gauche de son amie. Il était plus froid que le sien, mais il était doux, signe que les muscles étaient encore souples. Elle n'était pas encore entrée dans la *rigor mortis*. Mais lorsque Adrienne appuya ses doigts sur le fin poignet, elle ne sentit rien. Elle les déplaça plusieurs fois, cherchant un battement, priant pour le trouver, la moindre palpitation aurait suffi. Rien.

— Maman ?

— Elle est morte, annonça Adrienne d'une voix blanche. Je suis presque certaine qu'elle est morte.

— Oh non, dit Skye d'une voix tremblotante. Comment ?

— Elle a un trou dans le cou. On l'a poignardée avec quelque chose et il y a beaucoup de sang. Tu ne peux pas le voir de là où tu es.

Adrienne fit un pas en arrière, sans cesser de regarder son amie. C'est alors que le choc qui lui avait jusque-là permis d'être calme s'empara de son corps. Ses mains se glacèrent tandis que le sol semblait se dérober sous ses pieds. Ses jambes s'affaiblirent.

— Mon Dieu… s'étouffa Adrienne avant de frissonner violemment.

Skye la rejoignit immédiatement, l'étreignant dans ses bras, la soutenant. Avec son mètre soixante-cinq, Adrienne était exactement de la même taille que sa fille, mais pour l'heure elle se sentait petite et brisée contre la jeunesse et la force de Skye.

— Maman, je suis vraiment désolée, dit-elle d'une voix chevrotante. Vous êtes amies depuis toujours.

— Depuis l'âge de six ans. Elle était tellement belle. Et marrante. Même à l'époque.

— Je sais.

Skye lui tapotait machinalement le dos.

— Je la trouvais épatante. Comme tout le monde

Adrienne agrippa sa fille, les yeux fermés et contractés. Puis elle les ouvrit et regarda autour d'elle d'un air hagard.

— Qu'est-ce qu'elle faisait ici ? L'hôtel était vide. Pourquoi était-elle venue dormir ici ?

Skye hocha la tête.

— Je ne sais pas. Peut-être pour s'amuser, ou bien elle voulait passer la nuit ici avant que l'hôtel soit détruit. Tu sais qu'elle pouvait faire des trucs vraiment fous de temps en temps. Des trucs de casse-cou. Des trucs pour rigoler.

— Non, il s'est passé autre chose. Elle n'était pas toute seule, déclara-t-elle avec une conviction sans appel. Elle n'est pas venue passer la nuit ici toute seule. Il lui arrivait d'être imprudente, mais elle n'était pas inconsciente. Elle devait bien se douter qu'un hôtel désaffecté était une cible pour les vandales.

Adrienne examina fiévreusement la pièce. Elle remarqua la bouteille de champagne et la cire jaune pâle versée dans les jolis photophores que la mère de Julianna utilisait pour vendre ses bougies.

— Ça ne ressemble pas à Julianna de venir s'allonger ici, de s'entourer des bougies de sa mère, et de boire du champagne jusqu'à en perdre connaissance, poursuivit Adrienne, pensant à voix haute plutôt que s'adressant à Skye. Elle aurait su que quelqu'un pouvait entrer par effraction et lui faire du mal.

— Peut-être qu'elle s'est sentie en sécurité à cause du gardien.

— Claude Duncan ?

Adrienne émit un petit rire sec.

— Le père de Claude était le gérant de La Belle et, crois-moi, il a tout géré avec une précision militaire pendant trente ans. Claude est un bon à rien. Si Ellen Kirkwood l'a gardé après la mort de M. Duncan, c'est seulement parce qu'elle savait qu'elle allait fermer l'hôtel et qu'il ne pourrait pas faire trop de dégâts. Mais Julianna connaissait Claude et elle n'aurait jamais compté sur lui. Il est toujours ivre-mort, dès dix heures du soir.

— Dans ce cas…

Skye la regarda sans la moindre expression et, déconcertée, haussa les épaules.

— Elle a rencontré un homme ici, dit Adrienne avec conviction. Son amant.

Les yeux de Skye s'arrondirent.

— Son amant ?

— Les bougies. Le champagne. Et puis elle est nue, mais elle a du mascara et un parfum de luxe. L'Heure bleue de Guerlain. Il n'est même pas en vente aux États-Unis.

— Mais c'est bizarre, maman. Si elle avait un amant, pourquoi le retrouver ici ? Elle habite toute seule.

— Elle habite dans un immeuble où les voisins pourraient remarquer les allées et venues d'un homme.

— Et alors ?

Skye marqua une pause.

— Ah, je vois, il fallait que sa relation reste secrète.

Elle fronça les sourcils.

— Mais si Julianna était ici avec un homme, c'est peut-être *lui* qui…

— L'a tuée.

Skye respira profondément avant de baisser la tête et de regarder le sol. Adrienne se rendit soudain compte que sa fille n'avait pas regardé directement le cadavre après son coup d'œil initial. Et son visage était presque aussi pâle que celui de Julianna. Généralement, Skye se comportait et parlait comme une jeune fille. Mais elle n'a que quatorze ans, pensa Adrienne, s'en voulant violemment d'avoir temporairement oublié ce fait. Et je dois m'occuper de mon enfant dans cette crise, continua-t-elle à se reprocher. Au lieu de ça, c'est *moi* qui me repose sur *elle*.

Elle passa un bras autour des épaules de Skye et lui dit d'une voix qu'elle espéra pleine d'assurance :

— Allez, viens. On va sortir d'ici, aller jusqu'à la voiture et appeler la police. Ils sauront quoi faire.

— Tu crois qu'on devrait la laisser comme ça ?

Skye sentit les larmes lui monter aux yeux.

— Ce que je veux dire, c'est qu'on ne devrait peut-être pas la laisser toute seule… je ne sais pas… vulnérable.

— Tu sais, ma chérie, on ne peut plus rien pour elle.

Plus personne ne peut lui faire de mal à présent, pensa-t-elle sans le dire. Ces mots seraient trop douloureux. Du pouce, elle essuya délicatement une larme sur la joue de Skye.

— Mets Brandon en laisse.

Skye passa immédiatement la laisse au collier d'un Brandon tout à fait docile.

— Maman, il avait un comportement vraiment étrange. C'est lui qui nous a menées ici. Tu crois qu'il avait senti qu'elle y était ?

— Non, pas au premier étage. Quelque chose d'autre l'a alerté.

La personne que j'ai vue dans les bois, réalisa brusquement Adrienne, qui que ce soit. La personne à l'origine de ce sentiment de malaise, comme si elle avait été observée par une ombre furtive. Pour une fois, son pressentiment avait été justifié et elle eut l'impression que de l'eau glacée lui dégoulinait dans le dos. Elle prit sa fille par la main.

— Dépêche-toi. On ne reste pas dans cette pièce une minute de plus.

L'agitation d'Adrienne était contagieuse. Les larmes de Skye disparurent, elle prit la laisse du chien et elles se dirigèrent tout droit sur la porte ouverte de la chambre d'hôtel. Mais Brandon s'arrêta net. Il s'assit et se mit à gronder.

— Mon Dieu, que se passe-t-il maintenant ? haleta Adrienne.

Sa nervosité lui coupait presque le souffle.

Skye se pencha juste assez pour jeter un coup d'œil dans le couloir. Son corps se tendit. Elle se retira, ferma la porte sans bruit et regarda sa mère. Ses lèvres avaient adopté le même blanc porcelaine que son visage et ses yeux ronds et terrifiés lui dévoraient la figure.

— Y a quelqu'un dehors.

Adrienne la regarda fixement.

— Quelqu'un se dirige vers cette chambre avec un truc comme une hache, à la main.

— Une hache ?

Bouche bée, Adrienne réprimait une folle envie de rire.

— Skye, une hache ?

— Je l'ai vue ! En tout cas, un truc, une arme qui ressemble à une hache.

Skye n'était pas de nature à exagérer et elle avait soudain l'air d'une petite fille terrifiée.

— Qu'est-ce qu'on va faire, maman ?

Adrienne n'en avait pas la moindre idée. Elle avait déjà connu la peur, mais jamais d'aussi près. La menace de blessure ou de mort ne lui était jamais apparue avec cette imminence. Elle n'y était aucunement préparée et fut prise de panique.

Brandon leva son clair regard d'ambre sur Adrienne et se remit à grogner doucement, il semblait lui dire : « Allez, réagis, bon sang ! » Elle respira profondément. Puis, heureusement, ses émotions se tarirent et un calme étrange descendit en elle.

— Ferme la porte à clé, dit-elle d'une voix posée. On va pousser cette commode devant. Puis on va essayer de sortir de cette chambre.

— Sortir ? Comment ?

— On sautera de la véranda.

— Sauter ?

La voix de Skye se cassa.

— On est au premier étage !

— On va y arriver.

— Et Brandon, alors ?

— Il n'y a que de la terre et de l'herbe en dessous, pas du béton. Lui aussi y arrivera.

— Mais c'est impossible, maman. Il va se faire mal !

Adrienne lança un regard féroce à sa fille.

— Skye, Julianna a été *assassinée*. Tu ne comprends pas ? Elle est encore tiède. Il est possible que l'assassin ne soit pas encore parti, que ce soit lui qui descende le couloir. Alors aide-moi à pousser cette commode devant la porte pour le ralentir, et ensuite on saute, nom de Dieu, avec ou sans Brandon.

Malgré son air hagard, la fille se tourna immédiatement vers la longue commode en acajou. Adrienne s'empara de l'autre côté et elles poussèrent fort jusqu'à ce qu'elles l'aient déplacée tout contre la porte. Adrienne n'avait pas eu le temps de reprendre son souffle que la poignée, juste au-dessus de la commode, se mit à tourner violemment.

Elles la fixaient toutes deux du regard, pétrifiées. Brandon poussa un nouveau grognement, lourd et menaçant, avant que la poignée se remette à tourner, puis à trembler, sous la pression de la personne à l'extérieur.

— Qui est là ? demanda une voix ravagée. Ouvrez cette putain de porte ou je vous jure que je l'enfonce !

— On saute, maintenant, dit Adrienne en se dirigeant vers la porte-fenêtre qui menait à la véranda.

Skye hésitait.

— Maman, j'ai peur.

Quelque chose heurta la porte violemment. Peut-être une épaule d'homme. La porte trembla.

— La prochaine fois, elle tombe, hurla-t-il d'une voix féroce.

— Oh mon Dieu, murmura Skye.

Adrienne la prit par la main et la tira vers la véranda.

— Ne réfléchis pas. Saute. C'est notre seule chance.

Manifestement confus, Brandon traînait en grognant et en aboyant. La porte trembla encore dans son châssis et

Adrienne se préparait à entendre des bruits d'éclats de bois tandis que le fou attaquait la porte. La scène était complètement irréelle, pourtant elle était en train de la vivre. Elle n'avait jamais eu aussi peur de sa vie.

Tenant toujours Skye par la main, Adrienne se hissa sur la rampe de la véranda et passa la jambe gauche par-dessus la barrière.

— Allez, ma chérie, encouragea-t-elle Skye en la tirant. C'est pas si haut.

Skye grimpa, mais son corps était si tendu qu'Adrienne craignait que la chute ait un impact encore plus fort que si elle se relaxait. Mais qui pouvait être relaxé dans de telles circonstances ?

— Ne regarde pas en bas, mon lapin, lui dit Adrienne. Laisse-toi aller.

— J-je p-peux p-pas, maman, lâcha Skye d'une voix défaillante. J'ai toujours eu le vertige. Rien à faire, *je n'y arrive pas.*

Brandon sauta d'un bond et posa les pattes de devant sur la rampe.

— Regarde, Brandon n'a pas peur, lui.

Un autre coup brutal sur la porte. La serrure avait dû céder, car on entendait la porte cogner contre la commode.

— Skye, tu *dois* sauter. C'est notre seule chance.

— *Non.*

Elle hocha violemment la tête.

— Non, non, non…

Encore des cris. Puis une autre voix. Adrienne tira le corps résistant de Skye. Les coups continuaient contre la porte. Adrienne entendit alors un bruit de dispute, puis le son d'une voix familière :

— Adrienne ? C'est toi qui es là-dedans ?

Adrienne se figea, à califourchon sur la rampe, tenant la main moite de sa fille terrifiée.

— Adrienne, ouvre-nous, c'est Lucas !

Chapitre II

1

Adrienne avait du mal à croire qu'elle avait bel et bien entendu la voix de Lucas Flynn, le shérif du comté et l'homme qu'elle fréquentait depuis un an. Mais lorsqu'il l'appela encore, Brandon aboya joyeusement et courut à la porte tandis qu'elle faillit dégringoler de la rampe sur la véranda tant elle fut surprise et soulagée.

Skye lui agrippait toujours la main.

— C'est une ruse !

— Je connais la voix de Lucas, Skye. Brandon aussi. Regarde-le remuer la queue près de la porte.

Skye vit le chien bondir devant la commode qui bloquait toujours la porte sur laquelle Lucas continuait de frapper.

— Adrienne ! J'ai vu ta voiture. Je sais que tu es là !

— Oui, je suis ici, avec Skye, haleta Adrienne en traversant la véranda. Il y a quelqu'un avec une hache.

— C'est moi, m'dame Adrienne, cria presque gaiement Claude Duncan, le gardien, d'une voix tranchante. Je savais pas qu'vous étiez ici. J'ai cru que c'était l'assassin. M'dame Julianna est morte, vous savez. Je l'ai trouvée. Y a pas une demi-heure.

Adrienne et une Skye légèrement moins tendue commencèrent à pousser la commode de côté.

— Mon Dieu, Claude, pourquoi n'avez-vous pas dit que c'était vous ?

— J'voulais pas que l'assassin sache qui je suis.

Claude était le seul à saisir la logique de son raisonnement. Après tout, il venait juste d'essayer de forcer l'entrée de la chambre où il aurait forcément été démasqué. Mais l'esprit de Claude fonctionnait ainsi.

Adrienne et Skye poussèrent la commode, ouvrirent la porte et purent enfin voir à quoi Claude Duncan ressemblait. Il chancelait. La capuche de son imperméable était serrée si fort autour de sa tête que l'on ne voyait que ses yeux injectés de sang et des joues qui n'avaient pas vu de rasoir depuis trois jours. Il empestait le bourbon. Dans ses meilleurs jours, Claude Duncan était loin d'être un génie. Mais aujourd'hui, il avait manifestement une gueule de bois carabinée. Par ailleurs, il tenait effectivement une hache à la main. Skye avait correctement identifié l'arme de leur « agresseur ».

Mais Adrienne ne le regarda pas longtemps. Elle posa son regard sur Lucas. Du haut de son mètre quatre-vingt-dix, solidement musclé, avec son regard sérieux, gris foncé, et ses « joues creuses », comme disaient certains, il était imposant en jean et en tee-shirt. En uniforme, une arme sur la hanche, il était carrément intimidant. Des rides d'inquiétude traversaient son large front, ses cheveux rêches blond-roux étaient décoiffés comme s'il s'était machinalement frotté la tête, un geste qu'Adrienne l'avait vu faire au moins cent fois quand il était inquiet ou angoissé. Il la prit dans ses bras.

— Ça va ?

— Oui, maintenant que tu es là. On a eu une peur bleue, avec Skye.

Il la serra, puis se tourna vers Skye et l'étreignit à son tour.

— T'es pâle comme un linge, princesse.

Son regard se tourna alors vers le lit, son visage parut scandalisé.

— Mon Dieu, c'est Julianna Brent.

— C'est ce que je me tue à vous dire, annonça vivement Claude. Je vous ai bien dit qu'elle s'était faite toute assassiner !

— J'ai cru que nous aussi, on allait se faire tuer, dit Skye. On allait sauter de la véranda avec maman, pour échapper à Claude et à sa hache.

Lucas se retourna brusquement vers Claude, qui, interloqué, fit un pas en arrière, en clignant rapidement des paupières.

— Qu'est-ce que tu comptais foutre avec ce truc, hein ? hurla Lucas.

— Me protéger ! fanfaronna-t-il. Je suis pas flic, moi, j'ai pas d'arme à feu !

— Tu n'as pas besoin d'arme à feu !

— Bien sûr que non, monsieur, renvoya Claude, d'un ton sarcastique. Juste parce qu'on a un assassin qui rôde dans le coin, ça veut pas dire qu'un innocent comme moi a besoin de se protéger. Et qu'est-ce que j'aurais fait si l'assassin m'aurait attendu ici quand j'suis revenu ? Lui donner un coup de pied ?

— Précisément. Tu n'aurais jamais dû revenir dans cette chambre tout seul, dit Lucas dont la voix forte ne dissimulait pas la frustration. T'es fou, ou quoi ? Tu aurais dû m'attendre.

Claude bomba le torse. Il n'avait que vingt-neuf ans, mais avec ses paupières tombantes et son visage bouffi, il paraissait bien plus vieux. Sa peau était devenue d'un jaune cireux et brillait de sueur.

— C'est moi le gardien. C'est moi qui suis responsable des lieux.

— Peut-être, mais personne ne te demande de sacrifier ta vie pour ce lieu, et c'est ce qui aurait pu se passer.

Le ton de Lucas s'était adouci. Après tout, tous ceux qui connaissaient Claude savaient que raisonner avec lui était peine perdue. Il ne s'était jamais fait remarquer par son intelligence, et ce bien avant qu'il ne s'adonne à la boisson.

— Pense à Mme Kirkwood, Claude. Elle ne s'en remettrait pas s'il t'arrivait quelque chose.

— C'est une dame vraiment gentille, répondit-il sérieusement.

Il avait l'air moitié malade à l'idée de son propre meurtre et moitié satisfait en imaginant le chagrin d'Ellen Kirkwood si une chose aussi terrible devait arriver. Adrienne se rendit compte qu'il était encore plus imbibé que d'ordinaire, sans doute déprimé à l'idée que La Belle appartiendrait bientôt au passé, et par conséquent, son emploi aussi.

Elle se tourna vers Lucas.

— Comment as-tu su que nous étions ici ?

— Tu as bien vu l'énorme accident en venant ici. J'étais sur les lieux. Le boucan a réveillé Claude…

— Ça m'a foutu la trouille de ma vie, oui, interrompit Claude avec animation. Je suis sorti de mon pavillon à toute berzingue. Puis j'ai vu que la porte de côté de La Belle était ouverte. Je suis venu voir ce qui se passait. Et j'ai trouvé…

Il indiqua le lit et Julianna d'un signe de tête.

— J'arrivais pas à y croire ! Mais j'y ai rien fait, moi. Enfin, quoi, je l'ai pas touchée ni rien. Je suis descendu et j'ai couru à l'accident. Je savais bien qu'y aurait des flics. Je me suis mis à hurler et ils m'ont dit de m'éloigner. Puis le shérif Flynn est arrivé et je lui ai expliqué ce qui s'était passé. Puis je suis revenu vite fait pour protéger le lieu du crime. Comme à la télé, quoi. Je vous ai pris pour l'assassin, m'dame Adrienne. J'ai cru qu'il était revenu se débarrasser du corps. Je voulais pas vous faire peur.

Mais Claude ne semblait plus sur la défensive, ni même embarrassé par son comportement grotesque. On pouvait déjà l'imaginer vanter sa rapidité d'esprit et son héroïsme dans tous les bars mal famés de la ville.

Lucas porta un regard professionnel sur le lit, mais Adrienne le connaissait suffisamment pour repérer dans ses yeux une expression de pitié et de répulsion.

— Claude dit qu'elle est morte.

— J'en suis presque certaine, dit Adrienne d'une voix mal assurée. Je sais que je n'aurais pas dû, mais je l'ai touchée. Juste son cou et son poignet. Je n'ai pas trouvé le pouls. Elle est encore tiède. Son cou…

— On l'a égorgée ? demanda Lucas d'un ton prudemment contrôlé.

— Non. Elle n'a pas la gorge tranchée. C'est juste un trou. Comme si on lui avait enfoncé quelque chose dans le cou. Un piolet ou quelque chose dans ce genre. Elle a perdu beaucoup de sang.

Sa gorge se serra. Elle essaya en vain de déglutir. Sa voix tremblota.

— Je n'ai pas touché la… blessure.

— Bon, allez, tout le monde dehors, ordonna brusquement Lucas d'un ton sans appel. Sortez, mais ne quittez pas les lieux. J'aurai quelques questions à vous poser après avoir appelé l'ambulance et le coroner. Je suis navré, Adrienne, mais Skye et toi, vous allez devoir attendre un peu. Y a eu deux morts dans l'accident, ce qui risque de retarder les choses.

— Pas de problème, répondit-elle en essayant de se donner un air brave. On a une Thermos de café avec nous. Ça ira, conclut-elle en se remettant à trembler.

— Je vais m'occuper d'elles, offrit Claude.

Lucas jeta un regard sévère sur cet homme qui exhalait des vapeurs d'alcool.

— Retourne donc dans ton pavillon, touche pas au bourbon, avale au moins deux tasses de café bien serré et nom de Dieu, arrête de brandir cette putain de hache. On dirait un maniaque dans un film d'horreur.

— Je la brandis même pas, renvoya Claude d'un ton irrité.

— C'est ce que tu faisais quand je suis arrivé. Alors maintenant, tu files et tu vas me ranger ça avant de blesser quelqu'un.

— Ben merde alors, marmonna Claude. Je faisais qu'à me protéger, comme j'ai expliqué. Les flics, ils veulent se garder toutes les armes et nous, les civils, on n'a qu'à se débrouiller avec nos mains nues. On voit bien comment ça a protégé Mlle Julianna.

— Ferme-la, Claude, répondit Lucas d'une voix égale, quasi mécanique.

Adrienne lui adressa un faible sourire, tentative ratée de se donner l'air courageux, puis elle prit Skye par la main et la mena hors de la chambre. Pour une fois, Brandon les suivit docilement, comme s'il avait toujours été un chien obéissant et bien dressé. Claude fermait la marche, revendiquant toujours avec ferveur son droit constitutionnel à porter une arme.

Dehors, Adrienne dut puiser dans toutes ses ressources de volonté pour ne pas s'enfuir en courant. Elle n'avait qu'une envie : éloigner Skye et s'éloigner elle-même du monde cauchemardesque de La Belle Rivière où reposait la charmante Julianna Brent, un trou béant dans le cou et où un Claude Duncan fébrile les suivait, une hache à la main.

2

À la télévision, le flic vedette examine le corps d'au moins une victime innocente par semaine. Il le fait calmement et lance souvent une petite pointe pleine d'humour à son partenaire avant d'entamer impassiblement la routine de l'enquête. Mais il y avait longtemps que le shérif Lucas Flynn n'avait pas vu de cadavre et, en se penchant sur le beau corps pâle de Julianna Brent, il était loin d'être impassible, ou plein d'humour.

Tout le monde avait quitté la chambre depuis un quart d'heure. Après avoir passé les coups de téléphone nécessaires sur son portable, il s'était accordé quelques minutes pour s'éclaircir les idées : il venait de s'occuper du carnage sur la route étroite, où un pick-up avait complètement pulvérisé une petite voiture, et il se préparait à gérer un carnage supplémentaire dans cette élégante chambre d'hôtel.

Il éteignit le lustre et resta complètement immobile, retenant sa respiration, s'imprégnant de l'atmosphère de l'endroit. Le brouillard matinal s'était dissipé et le soleil cognait fort contre les fenêtres, même s'il était tamisé par les rideaux en brocart. Les bougies qui brûlaient faiblement fournissaient la seule source de lumière et leur odeur de jasmin emplissait la pièce. Elle était trop forte pour être aussi plaisante qu'elle avait dû l'être quelques heures auparavant. La flamme vacillante d'une bougie illumina une figurine en cristal à la robe froissée, posée sur la table de nuit près de Julianna. Les lueurs sur le verre opalescent donnaient une impression de mouvement et de vie à la figurine.

Lucas s'approcha du lit et regarda tristement Julianna. Son visage parfait avait un aspect mystérieux, quasi angélique, et la lueur des bougies accentuait les reflets de ses cheveux cuivrés, qui recouvraient ses épaules laiteuses. Il connaissait les grands yeux madère, cachés derrière ces paupières closes aux longs cils. Elle l'avait fixé de ces yeux incroyables pas plus tard que la semaine dernière, quand elle s'était penchée sur son bureau pour lui dire qu'elle avait l'impression d'être suivie, épiée, traquée. Elle lui avait dit qu'elle craignait pour sa vie. Et il n'avait rien fait.

Un sentiment de honte l'envahit en regardant ce charmant visage qui gardait encore un vague soupçon de vie.

Trois étés auparavant, avant d'être élu shérif, il descendait Riverfront Street avec un type pénible qui avait décidé de devenir son meilleur ami et ne perdait pas une occasion de le suivre partout où il allait. Pendant que le mec jacassait, le regard de Lucas avait été attiré, de l'autre côté de la rue, par une grande femme élancée, avec une cascade de boucles cuivrée et un jean très collant.

— Julianna Brent est de retour au pays et elle se prend pour la reine du monde, avait déclaré le type d'un ton méprisant. Elle s'est toujours crue supérieure, mais elle a pris une claque dans sa belle gueule. Bien fait pour elle.

Comme il ne vivait à Point Pleasant que depuis quatre ans, on considérait toujours Lucas comme un nouveau venu, et on lui pardonnait donc de ne pas connaître l'histoire de Julianna. Le type avait pris un malin plaisir à lui relater la saga.

— Son père est parti quand elle était jeune, l'abandonnant avec sa petite sœur Gail. La mère, Lottie, est devenue folle. Enfin, un peu plus folle qu'avant. Il lui est arrivé un drôle de truc à La Belle, qui l'a fait complètement déjanter, mais j'ai jamais pu savoir quoi. Bref, elle a jamais maltraité les filles ni rien, mais elle se faisait régulièrement remarquer. Elle est même descendue à poil jusqu'en ville, une fois. Elle disait qu'il faisait trop chaud pour s'habiller.

» Julianna n'avait jamais l'air le moins du monde embarrassée par le papa démissionnaire, la maman folle, ou le taudis délabré qui lui servait de maison, avait poursuivi le gars avec grand plaisir. Elle jouait les grandes reines et comme elle était belle, les gens lui passaient tout. À dix-huit ans, elle est partie pour New York et vlan ! Elle est devenue top-model, comme elle l'avait toujours prédit. Elle avait une cote terrible à un certain moment, d'après ma femme. Personnellement, je connais rien à la mode.

Il s'était alors esclaffé en donnant un grand coup de coude dans les côtes de Lucas.

— Elle est juste venue en visite ? avait demandé Lucas.

— Tu parles ! Elle s'est droguée et s'est bousillée, ma femme dit que c'est comme ça avec tous les top-models.

Lucas avait revu l'épouse en question — une femme forte et renfrognée qui travaillait à la coopérative agricole locale — et il avait douté de son regard expert sur les tourments intérieurs des super-modèles.

— Julianna prenait de la cocaïne et peut-être même de l'héroïne. Ma femme dit que ces nanas sniffent l'héroïne pour éviter d'avoir des marques de piqûre. Donc, Julianna s'était complètement foutue en l'air, puis elle a paniqué pendant une de leurs séances de photos, et elle s'est grillée : plus personne voulait lui donner de boulot parce qu'on pouvait pas compter sur elle. Elle a fait une cure de désintox, puis elle est venue se reposer ici. Se reposer. C'est ce qu'elle a dit. Se reposer. Et pendant qu'elle était ici, elle a rencontré Miles Shaw, l'artiste. Cheveux longs, toujours habillé bizarre, un discours prétentieux sur l'art. Tu vois le genre. Il a pas de vrai boulot — il fait juste des dessins. Avant, il sortait avec la Kirkwood, à qui appartient Le Portillon. Franchement, j'ai toujours pensé qu'elle aurait pu trouver mieux. Bref, ils se sont séparés et, ensuite, Julianna a épousé Shaw et elle s'est installée à Point Pleasant. Mais elle s'est pas calmée. J'en entends, des histoires.

— Comme quoi ?

— Juste des *histoires*, avait répliqué le type d'un air sombre, manifestement incapable de donner la moindre information concrète, sinon il ne s'en serait pas privé.

» Sa sœur Gail n'est pas très aimable, mais elle a l'air à peu près normale. Elle est serveuse au restaurant de Kirkwood et elle sort avec un flic, Sonny Keller. Il est adjoint au shérif. Un gars stable. Mais Julianna n'est pas taillée dans le même bois. Ma femme dit qu'elle invente des trucs pour se rendre intéressante. À mon avis, elle finira comme sa mère.

Lucas n'avait jamais rencontré Julianna avant de sortir avec Adrienne. Les quelques fois où ils s'étaient croisés chez elle, il avait trouvé Julianna charmante et extravertie ; elle flirtait un peu et était en instance de divorce avec Miles Shaw, qui avait du mal à accepter la séparation. D'après Adrienne, s'il n'avait pas été aussi opposé à l'idée, ils auraient divorcé un an plus tôt : Julianna s'ennuyait ferme avec un homme talentueux qui préférait peindre que sortir en ville s'amuser et qui refusait de la partager avec quiconque. Les gens disaient de Shaw qu'il était possessif. Lucas se demanda quel mari n'aurait pas été possessif avec une femme comme Julianna.

Il y avait eu une seule scène publique entre eux. Un samedi soir, Julianna avait appelé la police, parce qu'un Miles ivre tambourinait sur la porte de son appartement en hurlant et pleurant. Quand Lucas l'avait entendu le lendemain, il semblait véritablement humilié et contrit. Il n'avait aucun antécédent du genre. Lucas avait été soulagé que Julianna ne porte pas plainte parce qu'il était certain que, d'une manière ou d'une autre, c'était elle qui avait provoqué ce débordement qui ressemblait si peu à Miles. Il y a bien longtemps, Lucas avait été profondément amoureux et avait essuyé un rejet. Il comprenait les sentiments de Shaw à ce moment de sa vie.

— Comment est-elle morte ?

Une voix de femme craqua comme un fouet derrière Lucas. Il se retourna et vit Ellen Kirkwood dans l'encadrement de la porte, le visage tendu, le regard dur. Son mari tournait autour d'elle, lui qui était d'ordinaire l'image du bel homme sûr de lui semblait presque docile, les épaules légèrement arrondies, ses yeux argentés fixés sur un point derrière Lucas.

— Julianna Brent a été assassinée, madame Kirkwood, répondit doucement Lucas.

— Ça, je le sais. Claude vient de m'appeler.

— Il n'aurait pas dû.

— Oui, eh bien, en tout cas, c'est fait. *Comment* a-t-elle été assassinée ?

— Nous n'en sommes pas encore sûrs.

La femme fit un pas en avant, en direction du corps, mais Lucas leva la main.

— Je vous en prie, vous ne pouvez pas entrer dans la chambre. Nous devons rassembler des indices.

— C'est *mon* hôtel, lança-t-elle comme un défi. Il me semble que je suis autorisée à pénétrer dans mon propre hôtel.

Le visage de Lucas n'affichait pas la moindre expression, même s'il n'appréciait guère le ton de la femme.

— Je suis navré, madame Kirkwood, mais il s'agit du lieu du crime. Je ne peux pas vous laisser entrer, même s'il s'agit de votre hôtel.

— S'il te plaît, Ellen.

La voix de Gavin, habituellement pleine d'énergie, semblait frêle et lasse. Lucas eut le sentiment qu'ils n'avaient pas cessé de se disputer en venant ici. Ce Claude est un abruti de l'avoir appelée, se dit-il. Et Gavin Kirkwood un abruti de ne pas avoir réussi à empêcher sa femme de venir ici.

— Nous devons laisser le shérif faire son travail, poursuivit Gavin, en caressant le bras de son épouse. Il doit trouver qui a assassiné cette femme.

— Tu n'arrêtes pas de parler de « cette femme ». Tu sais très bien de qui il s'agit.

Gavin rougit. Le visage à la peau et aux traits fins de Mme Kirkwood semblait pétrifié, ses yeux gris et hivernaux durs comme du silex.

— Ne me traite pas comme une gamine, Gavin. Je cherche simplement quelques réponses, il me semble que je suis dans mon droit.

Lucas respira profondément.

— Tout à fait, madame, mais pour l'heure, je n'en ai aucune à vous fournir. Je ne peux même pas vous dire comment on l'a assassinée, si ce n'est qu'elle a une entaille profonde dans le cou.

Gavin ferma les yeux, comme s'il allait se sentir mal.

— Nous n'avons pas trouvé l'arme du crime.

— Savez-vous avec qui elle était ? voulut savoir Ellen. Ou avec qui, devrais-je dire, elle couchait dans mon hôtel ?

— On n'a pas établi qu'elle était ici avec quelqu'un.

— Ça me semble pourtant évident. N'est-ce pas, Gavin ?

Gavin Kirkwood sursauta légèrement, l'air piégé.

— Qu'est-ce que tu veux que j'en sache, Ellen ? Allez, chérie, laisse-moi te ramener à la maison. On n'a rien à faire ici.

— Il a raison, madame, confirma Lucas d'un ton sans appel, mourant d'envie de remuer Gavin, dont la nonchalance n'avait d'équivalent que son incompétence à faire face à la situation. Vous ne pouvez rien faire, et je n'ai encore aucune information à vous communiquer.

— Calme-toi, Ellen, supplia Gavin.

Son beau visage avait une pâleur grisâtre et maladive sous le bronzage perpétuel.

— Pense à ton cœur. Tu n'es pas censée t'énerver.

Ellen fit un signe impatient de la main.

— Je sais que je ne suis pas « censée » m'énerver. Ce n'est pas la peine de me le rappeler à longueur de journée. Mais je n'y peux rien. Bon sang, Gavin, il s'agit d'un meurtre !

Lucas, se rappelant la santé fragile de la femme, maîtrisa la colère que suscitait son ton hautain et tenta de l'apaiser.

— On va faire de notre mieux, madame, dit-il gentiment. Nous allons trouver qui l'a tuée et pourquoi. Mais il nous faut un peu de temps.

« Du temps ». Le visage de la femme se vida soudain de toute énergie. Sa posture s'affaissa, lui enlevant au moins cinq centimètres et lui conférant un air de grande fragilité. La peau se détendit autour de l'ossature aristocratique de son visage, ses yeux partirent dans le vague, dans une sorte de rêve, tandis qu'elle observait la chambre.

— Ce n'est pas le temps qui va nous aider, poursuivit-elle d'une voix terrifiée d'enfant hanté. Avez-vous oublié où vous vous trouvez ? La Belle Rivière. Cet endroit est maudit. Lottie, la mère de Julianna, le sait. Nous sommes amies d'enfance, le saviez-vous, shérif ? Et cet endroit a failli la tuer elle aussi. Aujourd'hui, il a pris sa fille.

— Cet endroit a plus de cent ans, dit Gavin d'un ton mal assuré. Alors bien sûr, beaucoup de gens sont morts ici. Ça ne veut pas dire que l'hôtel est hanté, Ellen.

Ellen balaya ses paroles d'un geste de sa fine main.

— Je sais très bien qu'il n'est pas inhabituel que des gens soient morts dans un endroit aussi ancien. Mais il y a eu bien trop de morts.

Elle fixa ses yeux étrangement pâles sur Lucas, qui sentit comme une main froide lui serrer le cœur.

— Voyez-vous, La Belle Rivière est un de ces endroits maudits, où la mort a trouvé refuge. Je voulais la détruire avant qu'elle ne puisse encore tuer, mais je n'ai pas été assez rapide.

Elle observa le corps glacé de Julianna et poussa un nouveau et profond soupir.

— Et je ne serai probablement jamais assez rapide, La Belle me détruira sans doute avant que je ne puisse la détruire.

3

Adrienne et Skye attendirent longuement avant d'être questionnées et ne rentrèrent chez elles, dans Hawthorne Way, que deux heures plus tard. Quand Adrienne se gara, la maison en ardoise et en pierre lui parut étrange, comme un havre calme qu'elle avait quitté des jours, voire des semaines auparavant. En entrant, elle fut surprise de sentir un vague relent de la riche odeur du café préparé par Skye ce matin-là.

Ses parents avaient fait construire la maison, conçue par un architecte, dans les années soixante. Elle était de plain-pied et, à l'époque, elle avait de l'allure, même un côté moderne ultrachic. Puis ses parents avaient ajouté une extension dans les années soixante-dix, une autre dans les années quatre-vingt et la dernière au début des années quatre-vingt-dix. Les extensions avaient été conçues par son père, un homme dénué de tout talent architectural, mais déterminé à ce que les travaux suivent à la lettre son descriptif capricieux.

La construction finale ne se conformait à aucun style particulier. La maison s'échappait en formant des angles étranges, chaque extension ressemblait à une branche poussant au hasard sur un tronc d'arbre. Sa mère avait essayé d'adoucir les lignes en s'appliquant à planter des buissons et des rhododendrons luxuriants, mais l'effet réparateur de toute cette verdure avait ses limites. La plupart des voisins, dans Hawthorne Way, se félicitaient que, par bonheur, cette maison indésirable soit isolée sur un terrain de plus de quatre mille mètres carrés, assez loin de leurs propres demeures haut de gamme et diligemment conçues, pour ne pas trop ruiner l'image du quartier.

Il y a quatre ans, lors du décès de leurs parents, survenus à un intervalle de quelques mois, sa sœur Vicky et elle avaient hérité de la maison. Vicky habitait dans une élégante maison coloniale, à environ cinq kilomètres de là, mais les deux sœurs n'avaient pas eu envie de vendre. Adrienne et Skye avaient alors déménagé de leur petit pavillon carré et exigu pour s'installer dans l'étendue capricieuse de la maison de famille, et elles en adoraient chaque angle tordu.

Une fois entrée, Adrienne ferma la porte à clé, ce qui ne lui arrivait jamais pendant la journée. Elle se sentait fébrile, faible, nerveuse et légèrement désorientée, comme si elle était debout depuis vingt-quatre heures, et qu'elle ait couru un marathon par-dessus le marché. Elle ne se rappelait pas s'être sentie aussi épuisée, vidée, qu'en ce moment.

Skye posait sur elle un regard impuissant.

— J'ai qu'une envie, c'est de m'allonger sur le canapé, mais j'ai l'impression qu'on devrait faire quelque chose d'important.

— Comme quoi ? demanda Adrienne d'une voix lasse.

— Appeler la mère de Julianna ?

— La police contactera Lottie Brent. De toute façon, je ne me sens pas capable de lui annoncer. Elle adorait Julianna.

— Et sa sœur ?

— Je crois que c'est la police ou Lottie qui devrait annoncer cela à Gail. Elle ne m'a jamais aimée. Elle a toujours cru que j'étais jalouse de Julianna. Je crois que ce sera encore pire pour elle si c'est moi qui lui annonce la nouvelle. Elle est complètement différente de Julianna.

— Mais elle aime bien Kit.

Les yeux de Skye s'arrondirent.

— Maman, quand on a vu M. et Mme Kirkwood à l'hôtel ce matin, Mme Kirkwood a dit qu'elle n'en avait pas parlé à Kit. Si ça se trouve, Kit ne sait toujours pas ce qui est arrivé à Julianna, ce serait horrible qu'elle l'apprenne de quelqu'un d'autre.

Adrienne resta immobile quelques instants, elle réfléchissait. Ou plutôt, elle redoutait. Skye avait raison. C'était à elle d'annoncer à Kit la mort de leur amie. Mais il ne s'agissait pas seulement de sa mort, ce qui aurait déjà été assez dur. C'était un assassinat. Comment décrire ce qui s'était passé sans trop heurter Kit ? Impossible. Par ailleurs, Kit avait toujours été la plus forte des trois. Elle supporterait sans doute la tragédie avec plus de sang-froid qu'Adrienne.

Adrienne regarda sa montre. Il était un peu plus de onze heures. Kit serait au restaurant, se préparant à accueillir la foule du déjeuner. Traînant des pieds, elle se dirigea vers le téléphone et composa le numéro du restaurant. Après deux sonneries, une chaleureuse voix de jeune femme lui répondit :

— Le Portillon. Que désirez-vous ?

— Je voudrais parler à Mme Kirkwood.

— Je suis navrée, elle est sortie. Voulez-vous laisser un message pour qu'clle vous rappelle en revenant ?

Adrienne savait que Kit était parfois trop occupée pour prendre un appel et inventait cette excuse.

— C'est de la part d'Adrienne Reynolds. Je suis une amie proche de Kit et j'ai quelque chose de très important à lui dire. Même si elle est occupée, pourriez-vous la déranger ?

— Mais, madame Reynolds, elle est *vraiment* sortie. Voilà un an que je travaille ici et c'est la première fois qu'elle n'est pas au restaurant à cette heure, mais elle a téléphoné pour dire qu'elle avait quelque chose à faire et qu'elle ne pourrait venir que dans l'après-midi.

Le ton de la fille était sincère.

— Je suis vraiment navrée, voulez-vous laisser un message ?

— Non, c'est bon. Je vais essayer d'appeler son portable. Merci…

— Polly, je m'appelle Polly. Pas de quoi. Et bonne chance.

Adrienne essaya le numéro de Kit chez elle et tomba sur son répondeur. Elle laissa un message demandant à Kit de la rappeler. Elle essaya ensuite son portable, qui ne répondit pas.

— Elle est vraiment injoignable, dit Adrienne en regardant Skye. Ça ne lui ressemble pas.

— Elle a peut-être simplement décidé de prendre sa journée — faire du shopping ou autre chose sans qu'on l'embête.

— Faire du shopping quand le restaurant est ouvert ? Ça m'étonnerait. Elle est persuadée qu'il s'effondrerait si elle n'était pas là pour tout surveiller.

— Peut-être qu'elle a changé d'avis aujourd'hui. À moins qu'elle soit malade ?

— Elle serait chez elle.

Adrienne réfléchit.

— Ellen a dû la prévenir et Kit est sans doute allée rejoindre sa mère, mais elle a éteint son portable.

Skye la regarda tristement.

— Mme Kirkwood avait vraiment sale mine ce matin, elle nous a à peine adressé la parole. Avec ce qui s'est passé aujourd'hui, on ne risque pas de la convaincre d'épargner La Belle.

— C'est comme le dernier signe indiquant que l'hôtel doit être détruit, si tu crois aux présages, aux augures et tous ces trucs-là.

— Mme Kirkwood y croit.

— Dur comme fer. Et pour tout te dire, après ce qui s'est passé aujourd'hui, je sais que je ne m'y sentirai plus jamais à l'aise.

En réalité, Adrienne avait un sentiment de malaise et de révolte, comme si elle avait pris part à une activité impure et honteuse. La sensation de la peau de Julianna, se refroidissant sous ses doigts, la picotait tandis qu'elle revoyait son beau visage figé par la mort.

Mais elle devait penser à Skye. Elle ne devait pas s'effondrer et la laisser gérer toute seule le choc de ce matin.

Adrienne se força à sourire.

— On ne réussira jamais à passer un après-midi agréable, mais j'ai faim, malgré tout. Que dirais-tu de sandwichs au poulet et aux crudités, sur la terrasse ?

Skye sembla soulagée, comme si elle avait redouté que sa mère s'écroule, et elle réussit à feindre son enthousiasme habituel.

— J'adorerais ça.

— Tu sais, Vicky et moi, on mangeait toujours ça quand on était jeunes, dit Adrienne, tandis que Skye la suivait dans la cuisine, bleu pervenche et jaune, un bégonia rouge géant suspendu au-dessus d'une fenêtre. Maman disait toujours qu'on était accros à ces sandwichs.

— Quand elle organise des réceptions, Tante Vicky sert des trucs recherchés qui ne me tiennent jamais au ventre.

— T'es devenue une habituée de ces soirées qu'elle donne depuis que Philip a décidé d'être candidat au poste de gouverneur.

— Tante Vicky t'en veut beaucoup de ne pas y aller.

— Je suis un désastre ambulant dans ces réceptions politiques. J'ai la sale manie de dire exactement ce que je pense à ceux qui ne doivent pas l'entendre. Je ne sais pas ce qu'en dit Vicky, mais je suis sûre que Philip est soulagé de ne pas m'y voir.

— Il laisse venir une gamine comme moi, mais je crois que c'est parce que Rachel insiste. Elle trouve ces soirées vraiment barbantes. Son petit ami Bruce vient aussi, mais il discute avec tout le monde, exactement comme Oncle Philip. Elle dit que je lui tiens compagnie. On rigole de tout le monde.

C'est poli, ça !

— Mais on le fait derrière leur dos, maman !

— C'est bien ce qui me semblait, sinon on ne vous inviterait pas souvent. Philip ne permettrait jamais qu'on gâche ses soirées, quoi que veuille Rachel.

— Rachel dit que ce qu'il veut vraiment, c'est devenir un jour président des États-Unis.

— C'est ce qu'il a toujours voulu. Mais je ne sais pas si Vicky a bien envie d'être Première Dame. Quand ils se sont mariés, elle pensait qu'une vie de campagnes politiques lui plairait, mais je pense qu'elle en est revenue. Elle n'avait jamais imaginé que ce serait aussi contraignant.

Leur bavardage habituel et naturel se tarit bientôt. Le temps sembla à nouveau se suspendre tandis qu'elles étaient toutes deux installées sous le grand chêne qui ombrageait la dalle de la terrasse. Skye observa un rouge-gorge porter des vers à ses oisillons qui braillaient dans un nid haut perché.

— J'espère qu'ils ne tomberont pas sur la terrasse quand ils apprendront à voler.

— Ça n'arrive presque jamais.

— C'est arrivé il y a deux ans, souligna Skye. Tu te rappelles des bruits atroces qu'avait faits la mère quand elle avait trouvé le bébé mort ? On aurait dit qu'elle pleurait. Qu'elle gémissait.

Skye frissonna.

— Je vais placer ma piscine gonflable sur la pierre juste au-dessous du nid. Comme ça, si un des bébés tombe, il ne se fera pas mal.

— Bonne idée, dit Adrienne en remarquant la préoccupation de sa fille vis-à-vis de la mort.

Elle avait déjà mentionné le décès de Jamie, le fils adoptif d'Ellen Kirkwood, survenu l'été dernier, et maintenant le rouge-gorge. Mais à qui la faute ? Une gamine de quatorze ans n'aurait jamais dû être exposée aux horreurs que Skye avait vues dans la matinée.

Adrienne se forçait à avaler une nouvelle bouchée du sandwich dont elle n'avait aucune envie, lorsqu'une chaleureuse voix de jeune fille la fit sursauter et lui fit lâcher sa nourriture.

— Salut, toutes les deux !

— Rachel ! s'exclama-t-elle, aussi surprise que ravie.

Elle n'avait pas vu sa nièce depuis une quinzaine de jours et n'avait pas entendu ses pas légers.

— N'es-tu pas censée trimer au *Point Pleasant Register* ?

— Ils n'ont pas encore compris qu'il leur est impossible de boucler leur édition du soir sans moi.

Rachel s'empara d'une boucle de cheveux de Skye et lui fit un grand sourire.

— Tu t'es fait des mèches blondes ?

— Non, c'est le soleil qui s'en occupe.

— Ça rend super-bien. Je sais pas ce que je donnerais pour avoir des cheveux aussi clairs que les tiens.

— Ils sont pratiquement de la même couleur, dit Skye. À peine deux tons plus foncés.

À vingt ans, Rachel Hamilton était grande et mince, avec de longs cheveux blond cendré, de grands yeux bleu foncé aux longs cils noirs, une peau sans défaut, un sourire radieux et des pommettes à faire pâlir d'envie un mannequin. On lui avait d'ailleurs offert des boulots de modèle, mais elle n'avait jamais voulu. Elle s'intéressait bien plus aux sports — en particulier le tennis où elle excellait — et à ses études ; elle se spécialisait en journalisme en avant-dernière année de fac. Elle faisait son stage d'été au *Point Pleasant Register.*

Skye idolâtrait sa grande cousine. Rachel était un mélange grisant de beauté, d'intelligence, de prouesse athlétique et de sophistication. Vicky avait beau dire que son cap difficile des deux ans avait duré quatre ans de plus — jusqu'à ce que l'école finisse par l'intéresser et qu'elle sorte de sa longue période de caprices et de bouderies —, Adrienne ne revoyait pas Rachel traverser une seule période de maladresse, physiquement ou socialement. Depuis qu'elle avait six ans, elle était toujours charmante et posée, la fille parfaite pour Philip Hamilton, homme politique et beau-frère d'Adrienne. Rachel était d'autant plus charmante qu'elle ne semblait pas avoir conscience d'être aussi accomplie et remarquable. Elle était décontractée, modeste, sans la moindre prétention.

— Tu veux un sandwich ? J'en ai trop fait.

Adrienne lui tendit l'assiette et Rachel se servit.

— Alors, comment va ma sœur ? Je n'ai pas de nouvelles depuis plusieurs jours.

Rachel haussa les épaules.

— Maman est complètement plongée dans la campagne de papa. Elle ne sait plus où donner de la tête. La maison ressemble au centre de contrôle des vaisseaux spatiaux à Cap Canaveral.

Skye ricana et Rachel lui sourit.

— En plus, les élections ne sont que dans un an. Je n'ose même pas imaginer notre vie de famille à cette période l'été prochain. Dieu merci, je ne serai plus là.

— Mais quand tu auras ton diplôme, tu seras disponible pour te joindre à la campagne avec ta mère et ton père, nota Skye.

— Je pourrais faire ça.

Rachel regarda au loin, ses yeux eurent un éclat espiègle.

— À moins que je m'enfuie à Cannes ou à Venise avec un gars vraiment pas fait pour moi. Un gigolo aussi malhonnête que beau qui se ficherait complètement du drapeau, des tartes aux pommes et autres valeurs de la vieille Amérique. Quelqu'un qui penserait seulement à se faire bronzer, à faire du yacht et à me sortir tous les soirs dans d'élégants casinos, ce qui rendrait mes parents complètement fous !

— Vraiment ? demanda Skye, épatée.

— Mais non, pas vraiment, dit Adrienne en souriant. Rachel ne ferait jamais rien pour déplaire à son père, et crois-moi, ça, ça lui déplairait !

— C'est le moins qu'on puisse dire, s'accorda à penser Rachel. Mais ça serait rigolo de faire quelque chose d'un peu osé, un de ces jours.

— Attends que Philip gagne les élections avant de faire quelque chose d'osé, conseilla Adrienne. Si jamais tu bousilles sa campagne, tu risques de te retrouver déshéritée. Et puis, je crois que ton père est bien décidé à te faire épouser Bruce Allard.

— Oh, Bruce, réagit Rachel sans enthousiasme. Quatre ans de plus que moi et fils d'une des meilleures familles de la ville. Un bon parti, parfait.

— Il est quand même mignon, avança Skye.

— Mais ennuyeux, affirma Rachel.

Adrienne lui coula un regard par-dessus sa tasse de café.

— C'est pas parce qu'il ne rêve pas de faire la virée des casinos qu'il est ennuyeux. Il travaille au journal, comme toi. Vous devez bien avoir des intérêts communs.

— Le journal *appartient* au père de Bruce. Il y passe un peu de temps parce que son père a décidé qu'il devait goûter à la réalité du monde, avant de finir par reprendre l'affaire. Cela dit, la presse ne l'intéresse absolument pas. Il parle sans arrêt de la Bourse. Sans arrêt. Tu sais, Tante Adrienne, il considère que tout ce qui est artistique est une perte de temps. Il ne sait pas danser. Et il veut six gamins.

Rachel lança un regard horrifié à Skye.

— Six gamins ! Et mon tour de taille, alors ? Mes cuisses ? Je passerais ma vie en robe de grossesse et j'aurais en permanence des taches de vomi de bébé sur l'épaule.

Elle se plaça une main sur le cœur, et, les yeux au ciel, déclama :

— Oh, que les cieux me viennent en aide, l'idée d'épouser Bruce est trop abominable !

Skye éclata de rire, tandis que Rachel se cachait la tête dans les bras, en jouant les grandes désespérées. Adrienne voyait que Skye se sentait adulte et intégrée à la conversation quand Rachel lui parlait de ses petits amis. Et même si Rachel s'était moquée d'un garçon qui semblait tout à fait bien et convenable, Adrienne ne se sentit pas coupable de se joindre à leurs rires puisque Rachel arrivait à extirper un sourire de Skye en une journée si morose.

Après toute l'animation matinale, Brandon était à moitié comateux, allongé sur son coussin recouvert d'un plaid et posé devant la cheminée du salon. En hiver, il passait des heures à observer les flammes et les étincelles derrière le pare-feu. En été, il passait des heures à observer la cheminée vide. Skye était persuadée qu'il était alors plongé dans une réflexion profonde. Adrienne était tout aussi persuadée qu'il agissait bizarrement pour se faire remarquer. Il était toutefois très social et s'était levé en entendant flotter la voix d'une invitée dans la maison, par la porte de la terrasse. Il alla dehors d'un pas pesant, les muscles raidis par ses folies matinales, s'assit à côté de Rachel et lui tendit la patte.

— Comment allez-vous, monsieur ? le salua Rachel en lui serrant la patte avec le plus grand sérieux. Vous êtes particulièrement épatant avec votre bandana rouge autour du cou.

— Il a eu une toilette complète à Happy Tracks hier, expliqua Skye en souriant. Ils lui mettent toujours un bandana. Mais il l'a déchiré un peu ce matin en courant dans les bois de La Belle.

Adrienne regarda Rachel. Elle frottait une tache de naissance de la taille d'une petite pièce de monnaie, située près du lobe de son oreille droite, tache qu'elle masquait d'ordinaire avec du maquillage. Elle ne touchait cette marque que quand elle était nerveuse, mais son expression ne révélait aucune surprise et Adrienne comprit soudain la raison de la visite impromptue de sa nièce. Le rédacteur en chef du *Point Pleasant Register*, Drew Delaney, avait dû apprendre que c'étaient elles qui avaient découvert le corps de Julianna et il l'avait envoyée ici.

— Rachel, laisse-moi deviner, dit-elle en passant. M. Delaney est à La Belle Rivière en ce moment même.

Rachel acquiesça à contrecœur, puis ajouta avec aplomb :

— Il est journaliste. Où veux-tu qu'il soit quand il y a eu un meurtre ?

— Là où il est, exactement. Mais il t'a dit de venir ici et de voir ce qu'on pouvait te raconter, Skye et moi…

— Oui.

Elle rosit un peu, puis lança un regard sincère et plein de regret à sa tante.

— J'aimerais pouvoir te dire que je me suis disputé avec lui en refusant de venir vous extirper des informations, mais je mentirais. Le meurtre de Julianna Brent est l'affaire de l'année à Point Pleasant. J'ai honte de te le dire parce que j'aimais bien Julianna, même si je la connaissais à peine, mais j'aimerais vraiment faire un scoop. Signer un article sur un événement aussi sensationnel pourrait m'aider à décrocher un super-boulot dans un grand journal l'année prochaine.

Adrienne était loin d'approuver le type de journalisme où il est impératif de fouiller dans une histoire sans se soucier de la personne à qui l'on doit tirer les vers du nez, mais elle admira la franchise de Rachel.

— Qui a dit à Delaney que nous étions là-bas ? Le shérif ?

Rachel hocha négativement la tête.

— C'était le gardien, je sais plus qui, Duncan. Il a appelé le journal ce matin.

Pendant qu'elles étaient interrogées, Claude Duncan s'était retiré dans son pavillon, dans les jardins. Adrienne savait qu'il avait téléphoné à Ellen Kirkwood, puisqu'elle était arrivée peu après en trimballant son mari. Mais Claude n'avait pas perdu son temps, il avait aussi appelé Drew Delaney, songea-t-elle avec agacement.

— Duncan a raconté que vous y étiez toutes les deux, mais il a insisté pour dire que c'était lui qui avait découvert le corps et que, toi et Skye, vous l'avez dérangé pendant qu'il protégeait les lieux du crime. Il voulait venir se faire interviewer et photographier.

Rachel sourit.

— Drew a dit que le prochain meurtre risque d'être commis par le shérif Flynn sur la personne de Claude Duncan.

— Avoir affaire à Claude épuisera toutes les réserves de contrôle de Lucas, mais j'ai toute confiance en lui, dit Adrienne. Il sait que Claude n'est pas une flèche, loin de là, mais Lucas a fait preuve de beaucoup de patience à son égard, ce matin, même si Claude s'est montré difficile.

— Il a l'air taré.

Rachel fit une pause, son expression se transforma en compassion.

— Je sais que Julianna était ton amie depuis longtemps, Tante Adrienne, et que Skye l'appréciait beaucoup. Ça a dû être horrible pour toutes les deux de découvrir son corps.

— C'était horrible.

La voix de Skye était devenue frêle et effrayée.

— Elle était tellement belle et paisible sur ce lit…

Une ride superficielle apparut entre les sourcils de Rachel, manifestement, elle se concentrait sur chaque détail de la scène.

— Elle était recouverte d'un drap jusqu'aux épaules. Elle avait l'air endormi. Mais maman a dit qu'elle avait un gros trou dans le cou…

Skye respira profondément et pâlit.

— Ça suffit, coupa fermement Adrienne. Excuse-nous, Rachel. Je sais que tu essayes de faire ton boulot, mais nous ne pouvons pas parler de tout ça. Je ne pense même pas que le shérif Flynn nous autorise à parler à la presse.

— Il va bien devoir en parler, tôt ou tard.

— Oui, mais pas tout de suite. Le meurtre s'est déroulé il y a quelques heures seulement, Rachel. Donne à la police le temps de comprendre ce qui s'est passé.

— Je préférerais connaître l'histoire avant qu'elle donne sa propre interprétation.

Adrienne jeta un regard désapprobateur à sa nièce.

— Rachel, tu ne crois tout de même pas que Lucas Flynn s'amuserait à truquer des preuves dans une affaire de meurtre !

— Peut-être pas Flynn, soupira Rachel. Écoute, Tante Adrienne, je ne veux pas empiéter sur les plates-bandes de la police. Je sais que tu as un rapport avec elle…

— Cela n'a rien à voir avec Lucas.

— D'accord.

Rachel leva la main en signe de trêve.

— Tout ce que je veux, c'est dénicher rapidement des informations exactes. J'ai pitié de Julianna, mais je dois appréhender cette affaire en gardant mes perspectives de carrière à l'esprit. Excuse-moi si je ne suis pas assez sensible à ton goût mais, étant donné les circonstances, je dois tout d'abord me comporter en professionnelle.

— Je comprends, Rachel, répondit doucement Adrienne. Mais la compassion humaine devrait aller de pair avec le professionnalisme. J'espère que tu t'en souviendras.

Skye semblait mal à l'aise, comme si elle craignait que sa mère et sa cousine se disputent. Elle dit soudain :

— Est-ce que Tante Vicky s'est mariée à La Belle ?

— Elle s'est mariée à l'église, mais la réception était dans la grande salle de bal, rectifia Adrienne, souriant au souvenir. Maman m'avait amenée en ville chez Mlle Addie pour me coiffer. Vu le résultat, on a compris que Mlle Addie avait siroté beaucoup de whisky dans l'arrière-boutique pour calmer ses nerfs. Elle m'avait complètement bousillé les cheveux. J'avais l'air d'un épouvantail et j'étais tellement jalouse de Vicky cet après-midi-là ! Mais j'étais fière, aussi. Vicky et Philip ressemblaient à des stars de cinéma. Il y avait un photographe, un professionnel, bien sûr, et encore heureux, parce que papa a pris une centaine de photos, qui étaient toutes floues ou avec la moitié des têtes coupées. Je sortirai l'album pour te les montrer tout à l'heure, Skye. Enfin, celles du professionnel. Il a vraiment su montrer Vicky et Philip sous leur meilleur jour, et La Belle aussi. On aurait dit la salle de bal d'un palais. Il y avait même une fontaine de champagne.

Skye l'écoutait, émerveillée.

— Il ne m'arrivera jamais rien d'aussi fabuleux.

— Bien sûr que si, objecta Rachel, en souriant aussi d'un air légèrement émerveillé. D'après maman, c'était vraiment une journée magique.

— Même si beaucoup de gens pensent que tout va de travers dans cet endroit et qu'il y arrive un désastre après l'autre ?

— Je ne crois pas aux malédictions, ni à l'occulte sous n'importe quelle forme, avança Rachel. Les morts et les accidents de La Belle sont sans nul doute le résultat de simples coïncidences.

Elle but une dernière gorgée de limonade et annonça :

— Je vais y aller directement en sortant d'ici.

— Je ne pense pas que ce soit une bonne idée, dit Adrienne.

— Pourquoi ?

— À cause de cette violence. Quelqu'un a été assassiné, Rachel. Ce n'est pas un endroit pour toi.

Rachel lui lança un regard plein de défi.

— Tante Adrienne, je suis journaliste. C'est mon boulot d'enquêter dans ce genre d'endroits. Bon sang, qu'est-ce que tu crois que je vais faire quand j'aurai un boulot à plein temps et que mon rédacteur m'enverra sur une affaire d'homicide ? Trembloter et lui dire que je ne touche pas aux histoires dérangeantes ?

— Non, mais tu n'es pas encore journaliste qualifiée. Et il s'agit de l'assassinat de quelqu'un que tu connaissais.

— À peine. Je n'étais pas proche de Julianna comme Skye. Et j'aurai ma qualification de journaliste dans moins d'un an. Et je serai une bonne journaliste. Une excellente journaliste, même.

— Elle va gagner le prix Pulitzer, prédit Skye à sa mère avec fierté. C'est la plus grande récompense pour une journaliste.

— C'est merveilleux, Rachel, mais tu n'as que vingt ans. Tu n'as pas encore beaucoup d'expérience, alors je crois que pour le moment…

La sonnerie d'un téléphone portable interrompit Adrienne.

— C'est mon portable, dit Rachel. Le journal doit avoir besoin de moi. Rachel Hamilton à l'appareil.

Son visage s'éclaira.

— Salut, Drew ! Quoi de neuf ?

En quelques secondes, son sourire avait disparu.

— Mais j'avais prévu d'aller à La Belle. Je suis chez Tante Adrienne et j'étais sur le point de partir.

Un autre silence.

— Les préparatifs de la foire ? Mais tout le monde s'en fout !

Silence.

— Bon, je sais que *certains* s'y intéressent, mais il y a eu un *meurtre*. Et tu veux y envoyer Bruce ? Je sais qu'il a plus d'expérience que moi, mais il n'écrit pas d'aussi bons articles.

Skye lança un regard désolé à sa mère tandis que le visage de Rachel se durcissait.

— Non, je ne veux pas te désobéir. Je voulais juste, tu sais, te présenter mon point de vue.

Silence.

— OK. Je rencontre le président du comité organisateur de la foire dans vingt minutes. Mais je pense tout de même…

Elle éloigna le portable de son oreille et le dévisagea. Manifestement, Drew Delaney venait de lui raccrocher au nez. Elle rougit, ses yeux étaient brillants de colère.

— Merde alors ! marmonna-t-elle. Bruce. Il veut envoyer Bruce à La Belle cet après-midi. Bruce écrit comme un pied. Je n'arrive pas à croire que Drew ne me laisse pas couvrir cette affaire !

— Drew, c'est pas le mec trop mignon, celui qui ressemble à George Clooney, d'après toi ? demanda Skye innocemment.

Rachel rougit et lui lança un regard lui demandant clairement de la fermer.

— Mince, je suis vraiment désolée que tu ne puisses pas couvrir cette histoire, Rachel, poursuivit pitoyablement Skye pour couvrir sa gaffe.

— Tu n'y peux rien, observa Rachel en enfonçant rageusement son portable dans son sac à main. Je pensais simplement que Drew avait davantage confiance en moi.

— Bruce est un journaliste qualifié, nota Adrienne, cherchant les mots capables d'apaiser la furie de la jeune fille. Tu es une stagiaire qui quittera le journal dans un ou deux mois. Drew prend sans doute en compte les collègues qu'il aura au cours des prochaines années. Il préfère te froisser plutôt que de froisser Bruce.

— À moins qu'il ne veuille flatter Bruce parce que le journal *appartient* à son père. J'ai du mal à croire que Drew se laisserait influencer par ça, mais on ne sait jamais, dit Rachel, soudain vaincue. Enfin, d'après ma mère, tu le connais bien mieux que moi.

Adrienne sentit ses joues rosir. Comme elle semblait loin, l'époque de sa romance avec Drew. Comme elle avait rêvé à lui, le désirant et l'attendant avec une dévotion tout adolescente, ponctuée de jours d'angoisse quand il ne semblait pas remarquer son existence. Puis soudain, lorsqu'elle était au collège et lui au lycée, ils étaient sortis ensemble. Elle s'était crue follement amoureuse de lui. Non, elle s'était sue follement amoureuse de lui ; il ne s'agissait pas d'un fantasme adolescent. Ils avaient même parlé de mariage dans un avenir proche.

Après son bac, il était parti à la fac à New York, en lui faisant de grands adieux. Elle avait le cœur brisé et ne vivait que pour ses lettres et ses coups de téléphone. Mais les appels s'étaient espacés, de deux à une fois par semaine, et ils avaient fini par s'arrêter. Des cartes postales impersonnelles avaient remplacé les longues lettres. Adrienne avait appris par des amis qu'il passait Noël à New York et, l'été suivant, il avait enjôlé le cercle intime d'une grande famille et épousé leur charmante fille. Adrienne s'était sentie complètement humiliée. Furieuse. Anéantie. Et elle était gênée de penser que, maintenant encore, le souvenir de la désertion de Drew la peinait profondément, même si, pour lui, cette première tentative de bonheur nuptial avait été suivie par une autre union désastreuse à une petite starlette de Broadway. Ensuite — il y avait de cela dix-huit mois — il était rentré dans sa ville natale pour travailler comme rédacteur en chef du *Point Pleasant Register*.

Adrienne savait que Vicky avait dû raconter de vieilles histoires sur Drew pour avertir sa fille sur la nature irresponsable de Drew et sa tendance à utiliser des tonnes de charme pour flatter et manipuler les gens. Elle se demandait toutefois si Vicky avait réussi à se faire entendre. Adrienne avait dernièrement eu l'impression que Rachel avait le béguin pour Drew. Et la jeune fille était absolument persuadée qu'elle était indispensable au journal *et* à Drew Delaney. Vicky pourrait dire ce qu'elle voulait, Adrienne ne croyait pas que ça changerait grand-chose.

— Bon, il faut que j'aille travailler sur l'affaire du siècle, la foire, annonça soudain Rachel en se levant. Merci pour le déjeuner.

— Ce n'était pas grand-chose et je suis désolée que nous nous soyons vues dans des circonstances aussi atroces, dit Adrienne.

Rachel la surprit en baissant la tête, le regard vidé de toute colère.

— Enfin, au moins Kit Kirkland ne perdra pas son héritage dans la quinzaine qui suit. Les flics vont prendre leur temps avant d'autoriser la destruction du site où un top-model de renommée mondiale a été assassiné, et Ellen Kirkwood n'est pas en très bonne santé.

Elle haussa les épaules.

— Qui sait ? Kit va peut-être finir par se retrouver avec La Belle.

Chapitre III

1

Après le départ de Rachel, Skye rangea les plats sales dans le lave-vaisselle et nettoya spontanément les plans de cuisine, signe incontestable qu'elle était encore en état de choc. Adrienne annonça ensuite qu'elle avait besoin de s'allonger un instant, et Skye se recroquevilla à ses côtés, sur son lit, ce qu'elle n'avait pas fait depuis des années. Brandon abandonna son coussin moelleux du salon, s'étira par terre près d'elles et se mit à ronfler bruyamment dans les deux minutes qui suivirent.

Pendant ce temps, Skye fixait le plafond, souffrant du même épuisement nerveux qu'Adrienne, mais incapable de dormir.

— Tu crois que Rachel est amoureuse de Drew Delaney ? demanda-t-elle après quelques minutes.

— J'espère bien que non. Il pourrait être son père.

— Rachel m'a dit que tu étais sortie avec lui.

— Je suis sortie avec lui il y a environ un siècle.

— Et après, t'as rencontré papa.

— Je connaissais déjà papa. Je n'avais pas réalisé à quel point il me plaisait avant qu'il me propose de sortir avec lui. On s'est mariés un an plus tard.

— Alors tu l'aimais *vraiment* beaucoup !

— Oui. Je *l'aimais* vraiment. Je l'aimerai toujours.

— Moi aussi.

Skye tendit la main et saisit une mèche de cheveux d'Adrienne, l'enroulant tendrement autour de son doigt, un geste qu'elle faisait depuis qu'elle était toute petite.

— Maman, je crois que ça va mal entre Tante Vicky et Rachel. Elles n'arrêtent pas de se disputer.

Adrienne soupira. Elle avait désespérément besoin d'une sieste, d'échapper brièvement aux horreurs du matin, mais ce n'était pas le moment de repousser sa fille.

— Je crois que Vicky a du mal à accepter que Rachel devienne adulte. Elle a vingt ans. Dans moins d'un an, elle aura son diplôme universitaire. Et puis elle est très indépendante, très autonome. Je pense que Vicky souffre de perdre sa petite fille. Elle essaie de se raccrocher à elle et plus elle s'accroche, plus Rachel essaie de se détacher. Alors elles finissent par se disputer.

— Oh. Ça paraît logique… Mais, maman ?

— Oui ?

— Moi, j'aurai jamais envie de me détacher de toi. Je veux qu'on reste toujours aussi proches qu'on l'est maintenant.

Adrienne sourit.

— J'aimerais que ce soit vrai, mais un jour viendra où il te pèsera vraiment de traîner avec moi. C'est tout à fait naturel, ma chérie. C'est ça, grandir. Je te promets de gérer ça un peu mieux que Vicky.

Elle fit une pause.

— Enfin, j'essaierai en tout cas.

— Ça m'étonnerait que je n'aie plus envie de traîner avec toi.

Skye bâilla à s'en décrocher la mâchoire.

— J'aime bien discuter avec toi, mais je tombe de sommeil, j'arrive pas à garder les yeux ouverts. Et si on faisait une petite sieste ensemble ?

Adrienne sourit.

— Ça me ferait énormément plaisir, mon lapin.

2

Adrienne se réveilla groggy, la tête lourde, comme si elle avait pris un somnifère. Un coup d'œil sur le réveil lui apprit qu'elle avait dormi trois heures. Skye était en position fœtale à côté d'elle et Brandon ronflait toujours. Adrienne mourait d'envie de replonger dans le sommeil, pour ne pas avoir à affronter l'après-midi, mais elle savait que, si elle se rendormait, elle ne fermerait pas l'œil de la nuit. Elle se leva doucement, à contrecœur, et regagna la cuisine à pas feutrés pour préparer un café.

Le café ne lui éclaircit pas les idées, mais elle était au moins capable d'être cohérente lorsque Lucas Flynn appela, une demi-heure plus tard.

— Comment te sens-tu ? lui demanda-t-il.

— Comme si j'avais été renversée par un camion, et le pire, c'est que je crois que je n'ai pas encore réalisé ce qui s'est passé.

— C'est dur de perdre un être aimé, pire quand c'est une personne jeune et pleine de vie, et pire encore quand il s'agit d'un assassinat. Une rage énorme se greffe sur ton chagrin.

— J'étais très en colère quand Trey est mort, mais c'était différent. Je lui reprochais d'avoir eu la stupidité de prendre une moto qu'il ne savait pas conduire. Mais Julianna n'a rien fait de stupide.

— Tu crois ? Elle n'a pas passé la nuit à La Belle sans raison.

— Je crois qu'elle avait une liaison et que c'est sans doute pour cela qu'elle a été tuée.

Cette pensée ne fit que la déprimer davantage.

— Tu sembles fatigué, Lucas.

— Je le suis. C'est le problème quand on est le shérif d'un comté relativement calme. Pas beaucoup de meurtres, Dieu merci, surtout comme celui-ci. Je n'ai pas l'habitude.

— As-tu des informations sur la personne qui aurait pu être avec Julianna à La Belle ?

— Non. Bien sûr, on analyse les indices, mais c'est un vrai cauchemar dans une chambre d'hôtel, même si elle n'a pas été officiellement louée depuis un an. Et puis, il n'y a pas la moindre empreinte. Pas une. Quelqu'un a passé un bon moment à nettoyer les lieux.

— Et Claude ?

Adrienne prit nerveusement le combiné du téléphone sans fil, se mit à la fenêtre et regarda le livreur de journaux forcer l'édition du *Register* dans sa boîte aux lettres au fond du jardin

— Tu crois qu'il aurait pu tuer Julianna ? Je sais bien qu'il ne risquait pas d'être son amant, grand Dieu, mais il était peut-être jaloux de son amant. Il aurait pu l'assassiner pour la punir.

— Il faut reconnaître qu'il est le suspect idéal. Instable, imprévisible, possessif. Mme Kirkwood n'aurait pas dû le garder à son service, même s'il a commencé au moment où l'hôtel fermait et qu'il ne pouvait pas faire trop de dégâts, ce dont elle se moque bien, par ailleurs. Mais tu l'as vu ce matin. Tu crois qu'il aurait eu la présence d'esprit d'effacer toutes les empreintes ? Et pourquoi le ferait-il d'ailleurs ? Sa présence sur place se justifierait. En plus, Claude a un alibi. C'était son jour de chance hier soir au Cat's Meow, tu sais, le bar avec des danseuses aux seins nus, juste en sortant de la ville. Il y a rencontré une jeune fille répondant au nom de Pandora Avalon.

Adrienne l'arrêta net :

— S'il te plaît, n'essaie pas de me dire que c'est son vrai nom.

— Non. Elle s'appelle en réalité Maud Dorfman. Bref, notre demoiselle Avalon, âgée de quarante-quatre ans, a passé une nuit de passion déchaînée chez Claude. Elle jure qu'elle est restée chez lui jusqu'à ce qu'ils soient réveillés par l'accident. Elle dit qu'elle est partie comme une flèche, laissant Claude la tête dans les toilettes, essayant d'évacuer les excès de bourbon de la nuit précédente. Elle dit et je cite : « J'ai jamais vu quelqu'un dégobiller comme ça. J'ai cru que son putain d'estomac allait lui sortir de la bouche. »

— Je me suis toujours dit que ce serait amusant de sortir avec Claude, plaisanta Adrienne.

— Sans doute, surtout s'il emmène sa hache. Quel idiot ! Bref, je ne pense pas qu'il était en état de tuer Julianna, encore moins de lui brosser les cheveux et de la poser aussi délicatement sur le lit avant de dévaler la colline pour venir me chercher sur les lieux de l'accident.

— Tu crois qu'il y a un rapport entre l'accident et le meurtre ?

— Non. Cinq personnes étaient dans l'accident. Deux sont mortes et les trois autres grièvement blessées. Les survivants qui ont repris conscience disent ne pas connaître Julianna.

— Ça ne laisse que Claude. Tu es sûr que ça ne peut pas être lui ?

— Je ne crois vraiment pas qu'il l'ait tuée, mais j'ai le sentiment qu'il nous cache peut-être bien certaines choses. Malheureusement, je n'ai pas le droit d'arrêter les gens en me basant sur mes sentiments.

— Tu devrais parler à quelqu'un pour essayer de faire changer ça.

— Peut-être à ton beau-frère. Je suis sûr qu'il est notre futur gouverneur.

— J'espère que oui. Sinon, Vicky va en baver au cours des prochaines années. Philip n'a pas la défaite facile. C'est un de ces enfants gâtés qui ont toujours obtenu ce qu'ils voulaient.

Elle soupira.

— C'est dégueulasse, ce que je viens de dire.

— C'est pourtant vrai. Je suis loin d'être un fan de Philip Hamilton, et pourtant je vais sans doute voter pour lui.

— J'espère que ce n'est pas à cause de moi.

— Non. C'est parce que, entre deux maux, il faut choisir le moindre.

Adrienne rit.

— Tu sais de quoi tu parles, après tout, tu as travaillé avec lui dans le passé. Mais je lui ferai part du compliment.

— J'ai travaillé pour lui il y a des années et des années, quand j'étais jeune et bête. J'ai toujours espéré qu'on oublierait mes fonctions au sein du camp Hamilton. Et puis, il ne me porte plus dans son cœur non plus. Il était fermement opposé à ce que je devienne shérif.

— Son charme n'a pas de prise sur toi. Il n'aime pas ça. S'il n'arrive pas à séduire les gens, il ne peut pas les utiliser, or c'est en cela qu'il excelle.

Adrienne marqua une pause.

— Je vois que la sieste que j'ai faite avec Skye ne m'a pas donné de meilleures dispositions.

— Tu viens de perdre une de tes amies les plus proches. Ce n'est pas une sieste qui va arranger les choses. En plus de ça, figure-toi qu'on n'arrive pas à trouver la mère de Julianna.

— Lottie ? Elle a disparu ?

— Elle n'est pas rentrée chez elle de la journée, et personne ne semble l'avoir vue.

— Mon Dieu ! Crois-tu qu'il lui est arrivé quelque chose ?

— Il n'y a aucun signe de violence dans sa maison.

— Mais elle habite dans les bois, tout près de La Belle. Elle pourrait être dans les environs, blessée, peut-être même morte.

— On a fait des recherches dans les bois. Il n'y a aucune raison de penser qu'elle n'est pas simplement partie se promener. Ça lui arrive parfois.

Adrienne eut l'impression que Lucas tentait de masquer son inquiétude à ce sujet.

— Comment va Skye ?

— Je ne sais pas bien. Elle a l'air d'aller, étant donné les circonstances, mais les enfants peuvent garder beaucoup de choses à l'intérieur. Après la mort de Trey, elle a été triste mais calme pendant une semaine. Puis elle a eu des cauchemars, des crises de larmes et elle est devenue dépressive. Il a fallu près de six mois pour retrouver ma petite fille radieuse.

— Pauvre gamine. Et maintenant, cette affaire… Je sais qu'elle aimait bien Julianna.

— Forcément ! Elle était belle, marrante et ancien mannequin, bon sang. Julianna et Rachel étaient les deux idoles de Skye.

— Rachel est sans doute un meilleur exemple. Elle semble irréprochable. Julianna, en revanche… enfin, je ne veux pas manquer de respect, mais avec ses histoires de drogue…

— Ses anciennes histoires de drogue, rectifia Adrienne avec froideur, immédiatement sur la défensive. Julianna a fait des efforts énormes pour s'en sortir et elle avait renoncé à son ancienne carrière par peur de sombrer à nouveau. Je l'admire profondément pour ça. Et je crois qu'on peut tous l'admirer.

— Oui, sans doute. Mais il faut que je te prévienne. Skye et toi, vous ne devez pas divulguer les détails du crime, ni à Rachel, ni à qui que ce soit d'autre. Ce n'est pas déjà fait, j'espère ?

— Non, mais Rachel est venue déjeuner ici.

— Bon. Tu connais les procédures — on préfère garder le secret sur certaines choses, comme ça quand des tarés viennent se confesser, on peut les avoir sur des questions de détail.

— Oui, je sais. Je l'ai appris dans mes romans policiers. Et Skye ne dira pas un mot si elle sait que l'ordre vient de toi.

— Vous êtes de grandes filles.

— Des femmes. Des super-femmes pleines de jugeote. Toutes les deux.

— Oui, madame !

Son rire semblait las et forcé.

— Je vais te laisser maintenant. Parler de tout ça ne peut que te faire du mal. Regarde la télé ou bouquine un peu si tu y arrives. Et essaie de bien dormir cette nuit. Je t'appellerai demain.

— Merci, Lucas. Excuse ma mauvaise humeur de ce matin, mais on a dû attendre tellement longtemps à l'hôtel.

— Tu n'as jamais besoin de t'excuser auprès de moi.

C'est vrai, pensa Adrienne. Lucas était toujours gentil, patient, toujours sérieux, il était responsable et faisait toujours ce qu'il fallait faire. Un homme bien, un homme stable.

— Je t'aime, Adrienne. Bonne nuit.

— Bonne nuit, Lucas, dit-elle rapidement, en regrettant de ne pas pouvoir lui répondre « je t'aime aussi ».

Mais elle en était incapable. Elle raccrocha, se sentant mesquine, les nerfs à vif, ingrate et indigne de cet amour. Mais au moins, elle avait été honnête. Tu parles d'un réconfort ! pensa-t-elle tristement. Ils pourront inscrire sur ma tombe : *Adrienne était une garce, mais une garce intègre.*

— Oh, bon Dieu, dit-elle à voix haute, voilà que je m'apitoie sur mon propre sort, maintenant.

— Qu'est-ce que tu racontes, maman ?

Skye était à l'entrée du séjour, ébouriffée, l'air déprimé.

— Je me complais dans mon auto-analyse.

— Oh.

Elle bâilla.

— C'est bizarre.

— Parlons-en.

Adrienne reposa le combiné du téléphone à sa place.

— Nous n'avons pas fini nos sandwichs à midi. Tu as faim ?

— Ouais. Mais j'ai pas trop envie de traîner ici. La maison semble tout isolée et triste ce soir. Si on allait manger une pizza chez Fox ?

Adrienne pensa à l'atmosphère chaleureuse du petit restaurant, à ses portions généreuses et à l'animation des soirs de karaoké.

— C'est une idée géniale.

Elle lança un regard par la fenêtre.

— Ils annoncent une tempête, même si tout paraît plutôt calme pour le moment. Va chercher ton imperméable. Et ne réveille pas Brandon, sinon il va vouloir nous suivre.

***

— Je ne pourrai jamais rentrer dans mon jean demain, annonça Skye une heure plus tard, enfournant un nouveau morceau de pizza.

— Quelques kilos supplémentaires ne te feraient pas de mal, ma petite. Tu grandis, mais tu ne prends pas de poids.

Adrienne fronça les sourcils.

— Tu ne fais rien de pas très sain pour rester mince ?

— Comme quoi ? Vomir après manger ?

Skye fit la grimace.

— Ça va pas, non ? C'est franchement dégueulasse. Et puis, les pizzas de chez Fox sont les meilleures. Ce serait un sacrilège d'en manger une pour la vomir ensuite.

— Je suis contente de te l'entendre dire, déclara Adrienne en mordant dans ce qu'elle jura être sa dernière part de pizza.

C'était une soirée karaoké et un intrépide s'approcha du micro. Après l'avoir bien ajusté, avoir inutilement soufflé dans le micro ouvert et murmuré « testing testing », le type se lança peu à peu dans une version de *You've Lost That Lovin'Feeling* des Righteous Brothers. Plus ça allait, plus il prenait de l'assurance et plus il chantait fort. Malheureusement, il chantait faux. Vraiment faux. Même s'il y mettait tout son cœur, il massacrait la chanson.

Skye et Adrienne essayaient de ne pas ricaner. Skye finit par se contrôler suffisamment pour demander :

— Tu te souviens, il y a quelques mois, quand Julianna avait réussi à te faire chanter ?

Adrienne leva les yeux au ciel.

— J'en ai bien peur. C'est elle qui conduisait et j'avais bu bien trop de bière. Ne m'y fais pas penser.

— Je ne peux pas m'en empêcher.

Les yeux de Skye brillaient.

— T'as chanté cette chanson disco...

— *I Will Survive* de Gloria Gaynor.

— Tu lançais les bras dans tous les sens et tu faisais de ces grimaces ! Et ta voix...

Skye était pliée en deux.

— Maman, t'étais vraiment *atroce* !

— Merci, ma chérie. C'est tellement aimable de ta part de me rappeler une des nuits les plus humiliantes de ma vie.

— C'était peut-être humiliant pour toi, mais tout le monde s'est bien amusé. Surtout Julianna. Elle n'arrêtait pas de me faire du coude, pour m'empêcher de rigoler. Ce qui était impossible. Excuse-moi, mais quand tu as annoncé que tu allais en chanter *une autre*, je me suis dit qu'on ne pourrait peut-être plus jamais remettre les pieds ici, à cause du degré d'embarras.

— Heureusement que Julianna est venue sur scène, sourit Adrienne, gênée par le souvenir. Elle a dû physiquement m'éloigner du micro et insister, en disant que c'était à *son* tour.

Adrienne hocha la tête.

— Et, le pire, c'est qu'elle a super-bien chanté *Wild Horses*.

Skye sourit.

— T'étais furieuse comme tout pendant quelques minutes, mais tu t'es vite remise. Et Juli a fait une super-interprétation. Des gens lui demandaient de chanter autre chose, mais elle a refusé, même quand un gars lui a lancé la somme astronomique d'*un dollar* sur scène !

Elle rit.

— Juli a mis le dollar dans la boîte de dons pour les pompiers, puis elle a fait le tour de la salle pour que tout le monde donne quelque chose.

Le plaisir du souvenir ne dura qu'une minute, le visage de Skye reprit abruptement son air triste.

— Elle va beaucoup me manquer.

— À moi aussi, ma chérie. On a passé de bons moments ensemble, au fil des années.

— Je me demande si Kit a appris la nouvelle.

— Je suis sûre que oui. Elle doit être au restaurant, mais je ne veux pas la déranger là-bas. Je parie qu'elle a passé la journée avec sa mère, à essayer de la calmer, et elle doit être épuisée.

— Mme Kirkwood avait l'air à moitié morte quand on l'a vue monter à l'hôtel rencontrer Lucas. Et le corps de Julianna. M. Kirkwood semblait avoir peur.

Skye saisit une autre part de pizza et enleva les morceaux de poivron avant de demander à contrecœur :

— Tu crois que c'était lui qui était avec Julianna à La Belle ?

— Qui ? Gavin Kirkwood ? Grand Dieu, quelle idée ! Pourquoi tu dis ça ?

— Parce que je sais qu'il est infidèle. J'ai entendu Kit t'en parler, une fois. J'écoutais pas aux portes, je te jure. Mais Kit parlait fort parce qu'elle était en colère et j'étais dans la pièce à côté. Elle disait que sa mère n'aurait jamais dû épouser un mec quatorze ans plus jeune, qu'elle n'aurait pas dû le laisser l'adopter — elle, Kit — et la forcer à porter son nom, et aussi qu'il s'était marié avec elle pour son argent et qu'il arrêtait pas de la tromper.

Adrienne écoutait sa fille, fascinée.

— Eh ben, dis donc, t'en as entendu, des choses, et t'as rien oublié.

— Maman, tu sais bien que je veux écrire des polars. Je dois être très attentive aux détails. C'est pour mes livres.

— C'est vrai.

— Et puis, il faut avouer que Gavin est plutôt mignon pour un type aussi *vieux*, ajouta Skye d'un ton professionnel.

Adrienne réprima un sourire. Gavin Kirkwood n'avait que quarante-cinq ans.

— Il doit avoir les clés de La Belle, et comme tu le dis, Claude est nul comme gardien, alors ça ne devait pas être bien dur pour M. Kirkwood de s'y rendre en cachette quand il voulait. Et tu as dit que Julianna retrouvait sans doute un mec marié.

— Je n'aurais pas dû le dire.

— Parce que t'étais trop blessée pour faire attention à ce que tu disais. Mais je connais ce genre de trucs, maman. Tu penses qu'elle avait une aventure.

— Vraiment ? Je suis épatée.

Adrienne but une gorgée de thé glacé. Elle avait perdu l'appétit et laissa ce qu'il restait de pizza à Skye. Elle poursuivit, s'efforçant de garder un ton neutre :

— Julianna t'a-t-elle dit quoi que ce soit qui puisse te faire penser qu'elle avait une relation avec Gavin ?

— Non. Et je n'aime pas l'idée qu'elle aurait pu faire du mal à la mère de Kit. Mais à l'une des réceptions chez Tante Vicky, ils ont longuement parlé ensemble. M. Kirkwood n'arrêtait pas de toucher le bras de Julianna. Rachel m'a dit : « Je me demande à quoi il pense ? »

Skye s'avança et murmura :

— Elle voulait parler de *sexe*, expliqua-t-elle à sa mère, qui, selon elle, ne jouissait pas de l'expérience et de la sophistication de Rachel.

— Oh, je vois, répondit Adrienne en réussissant à garder son sérieux. Et Julianna, avait-elle l'air attirée par Gavin ?

— Bof. Elle le traitait comme tous les autres — gentille, aimable et attentive à ce qu'ils racontaient même quand elle s'ennuyait ferme.

Skye marqua une pause.

— À part Margaret. Tu sais, elle n'aimait pas du tout Margaret et celle-ci le lui rendait bien. Peut-être que Margaret était jalouse de Juli, mais enfin, elle n'aime pas Rachel non plus. Je ne comprends pas qu'on puisse ne pas aimer Rachel. Elle est *trop* géniale.

— Peut-être, répondit distraitement Adrienne en trouvant Skye un peu trop attachée à Rachel. Dis, chérie, tu sais que tu ne dois pas parler de Julianna à Rachel, enfin, ne pas lui parler de ce que nous avons vu. La barrette dans ses cheveux, les bougies, tous ces trucs-là.

— J'ai déjà dit quelques trucs à midi.

— C'est absolument tout ce que tu peux dire. Rien d'autre.

Choquée, Skye prit du recul.

— Mais enfin, c'est ma cousine et ma meilleure amie. Je lui dis tout !

— Elle est aussi journaliste, Skye. Elle en parlera sans doute à son rédacteur en chef, Drew Delaney, et ils risquent de publier les détails dans le journal. La police ne veut surtout pas ça. Lucas compte sur nous pour garder ces informations confidentielles.

— Tu crois ?

— J'en suis certaine. Il me l'a demandé.

Skye soupira.

— D'accord. Si c'est aussi important pour Lucas, j'en parlerai à personne, même si c'est tellement bizarre que je crève d'envie de le raconter à quelqu'un.

— C'est à moi que tu dois parler quand tu peux plus garder tout ça pour toi.

— Mais tu sais tout ce que je sais, toi. Quelqu'un d'autre saurait peut-être qui détestait Julianna au point de la tuer, et après de la faire toute belle.

— C'est le boulot de la police, pas le nôtre, insista Adrienne avec fermeté, frissonnant en pensant à cette matinée qui lui revenait dans tous ses abominables détails, y compris la peur ressentie avant qu'elles ne découvrent Julianna. Tu dois me le promettre.

— D'accord, je te le promets.

Skye garda un air boudeur, tandis qu'une autre personne du coin s'aventurait au micro et se lançait dans une version déchirante de *Wicked Game*, de Chris Isaak. À la fin de la chanson, le ressentiment de Skye avait disparu. Elle regarda sa mère, le front plissé par ses pensées.

— Tu te rappelles quand j'étais dans les bois avec Brandon, ce matin ? Eh bien, moi aussi, j'ai eu l'impression qu'il y avait quelqu'un. Je n'ai vu *personne*, mais c'est comme si j'avais *senti* la présence de quelqu'un.

— Senti une présence ?

— Oui. Tu sais, comme quand tu as le sentiment d'être observée : tu te retournes et il y a vraiment quelqu'un qui t'observe. C'était comme ça, sauf que je n'ai vu personne. Ah, je m'explique mal.

— Non, non. J'ai ressenti exactement la même chose, dit Adrienne, tandis que son cœur se mettait à battre dangereusement. J'ai même cru entrevoir quelqu'un passant d'un arbre à l'autre en se cachant. C'est pour ça que je t'appelais pour que tu reviennes. J'étais inquiète.

Adrienne s'interrompit, puis prenant sa veste qui pendait sur sa chaise, elle sortit son appareil photo de la poche.

— J'ai pris des photos de ce que je voyais au cas où l'hôtel soit vandalisé ou cambriolé, je me disais que ça aiderait peut-être la police.

— Bien pensé !

M. *Wicked Game* entamait à présent une version de *Where the Streets Have No Name*, que Bono de U2 n'aurait jamais reconnue.

— Alors, si l'assassin de Julianna se cachait dans les bois, t'as peut-être une photo de lui !

L'expression de Skye se figea.

— Maman, cet assassin se trouvait peut-être dans les bois, juste à côté de Brandon et moi !

Adrienne acquiesça, sans vouloir partager son effroi avec Skye, qui sembla soudain terrorisée.

— Chérie, j'aimerais bien apporter la pellicule chez Photo Finish ce soir. Elle sera développée demain matin, et je pourrai la récupérer et la donner à Lucas. Ça te dérange qu'on parte maintenant ?

— Non. Je ne pourrais pas manger une miette de plus. Partons avant l'orage.

Adrienne régla rapidement l'addition et Skye fit un signe d'au revoir au propriétaire du restaurant, James Sanders, avant qu'elles filent. Dès qu'elles furent dehors, Adrienne leva un regard consterné vers le ciel. Le ton de bleuet de l'après-midi avait cédé la place à un sombre héliotrope. Elle se hâta de rejoindre le centre-ville, mais la rue de Photo Finish était bloquée car ils étaient en train de refaire le pavage. Elle dut se garer à l'angle, à une demi-rue de distance. Quand elle sortit de voiture, le vent fouetta ses longs cheveux, elle en prit une poignée et l'enfonça dans le col de sa veste.

Adrienne observa le ciel.

— Ça va vraiment craquer, ce soir.

— S'il y a de l'orage, Brandon sera mort de trouille, cria Skye pour se faire entendre dans le vent.

— Brandon est un bébé de cent livres. Il se réfugiera dans la baignoire s'il sent venir l'orage. Je me demande pourquoi il s'y croit en sécurité, d'ailleurs.

— Il a dû entendre que c'est ce qu'il faut faire en cas d'ouragan. À moins que ce soit pour les tremblements de terre ?

— C'est pour les tornades.

— Peu importe !

En passant hâtivement devant le magasin de disques Criminal Records, Skye jeta un coup d'œil à l'intérieur.

— Maman, y a Sherry et sa mère !

— Sherry ?

— Sherry Granger. Je t'en ai bien parlé. Elle était à côté de moi en histoire l'an dernier. Elle est semi-cool.

— Semi-cool ?

— Ouais. Je crois qu'il y a vraiment de l'espoir pour elle cette année, maintenant qu'elle n'a plus d'appareil et qu'elle ne zozote plus. Je peux aller lui dire bonjour pendant que tu vas à Photo Finish ? J'ai économisé pour me payer un CD de Matchbox 20.

Adrienne n'avait guère envie de quitter sa petite fille des yeux, ce soir-là, mais une pluie glaciale lui tombait sur les épaules. Skye venait juste de se remettre d'un rhume particulièrement tenace qui avait duré quinze jours. Adrienne ne voulait pas qu'elle rechute à cause d'elle.

— Bon d'accord, entre, mais reste bien avec Sherry et sa mère. Si elles partent avant que je revienne te chercher, tu m'attends dans le magasin.

— D'accord.

— Quand tu as acheté ton CD, ne quitte pas le magasin pour me rejoindre à Photo Finish avec le temps qu'il fait.

— Promis.

— Skye ?

— *Quoi ?* demanda la fille, le ton de sa voix révélant son agacement.

— Si t'achètes du rap à la place d'un CD de rock, je te fais passer cette nuit d'orage sous une tente dans le jardin.

Skye ricana.

— Pas de rap. Je ne suis pas plus fan que toi. À tout de suite.

Adrienne observa Skye entrer dans le magasin et se diriger vers Sherry, qui avait apparemment le grand privilège d'évoluer de semi-cool à cool complète. Sherry eut l'air ravie de voir Skye et les deux filles s'étreignirent. Puis leurs bouches s'activèrent à toute allure et en même temps dans un échange de nouvelles manifestement sensationnelles. Mon Dieu, pensa Adrienne. Avait-elle été aussi jeune et joyeuse ? Oui. Elle, Julianna et Kit avaient eu exactement le même comportement que Skye et Sherry.

Adrienne poursuivit son chemin, espérant que le ciel ténébreux retiendrait le plus gros de la pluie jusqu'à ce qu'elle ait déposé sa pellicule et repris Skye. Mais alors même qu'elle formulait cet espoir, le tonnerre roula, proche et menaçant. La conclusion parfaite d'une journée atroce, pensa tristement Adrienne. Elle craignait les éclairs et le bruit du tonnerre rendait Brandon fou. Les hurlements du chien allaient les garder toutes deux éveillées la nuit entière.

Elle tourna à l'angle de la rue, prit l'allée de Photo Finish, situé entre deux magasins vides, à mi-chemin de la prochaine intersection. Depuis dix ans, le centre de Point Pleasant ne cessait de rétrécir. Son père, qui avait été conseiller municipal, râlait sans cesse contre les propriétaires des immeubles du centre, qui augmentaient les loyers, poussant ainsi les commerces à les abandonner pour s'installer dans le grand centre commercial hors de la ville. Papa avait raison de s'inquiéter, songea Adrienne. La rue était déserte, alors que, le vendredi soir, presque tout restait ouvert jusqu'à huit heures au moins.

Le vent lui jeta une tasse en polystyrène sur la jambe. Une goutte lui tomba en plein dans l'œil. Merde ! murmura-t-elle en s'essuyant la paupière. Elle devait avoir une demi-lune de mascara sous l'œil, sans parler qu'il pleuvait tellement fort que la goutte lui avait fait mal.

Adrienne s'arrêta un instant et chercha un mouchoir dans son sac. Elle en tenait un, lorsqu'elle entendit des bruits de pas derrière elle. Des pas rapides. Et maintenant, des pas de course.

Son instinct et un reste de panique des émotions du matin la firent se retourner brusquement. Le vent lui envoya sa chevelure en plein visage et l'aveugla complètement. Son cœur battait furieusement. Elle hurla d'une voix aiguë et frêle :

— Qui est là ?

S'emparant de ses cheveux d'une main, Adrienne se cramponnait à son sac de l'autre, comptant l'utiliser comme une arme. Mais elle n'en eut pas le temps. Quelqu'un se précipita sur elle, la fit tourner en la bousculant violemment et la renversa la tête la première sur le trottoir. Le souffle lui manqua. Pétrifiée et terrifiée, elle donna un coup de pied en arrière, mais le poids de l'assaillant lui écrasait le haut du dos, hors d'atteinte de ses battements de jambes, les bras épinglés au sol. Un nouveau coup de tonnerre gronda, encore plus proche et plus fort. Puis une main la saisit par les cheveux, lui souleva la tête et lui écrasa brutalement le front sur le béton du trottoir. L'orage se calma tandis que la vue d'Adrienne passait du gris au noir.

Chapitre IV

1

— Adrienne ! Ça va ? Adrienne, réveille-toi !

Trey. Elle avait dormi trop longtemps et son mari essayait de la réveiller pour nourrir le bébé.

— Je me lève, marmonna-t-elle. Prends Skye, je vais chercher le biberon.

— Non, Adrienne. Tu mélanges tout. C'est Drew. Drew Delaney.

Drew ? Elle ouvrit un œil et aperçut un visage flou au-dessus d'elle.

— Que fais-tu ici ? Où est Skye ?

— Tu es allongée sur le trottoir sous la pluie. Je ne sais pas si tu t'es évanouie ou si t'as été attaquée, mais t'as une sacrée bosse sur la tête, et tu saignes. Tu dois aller à l'hôpital.

Adrienne tenta de s'asseoir. Une nausée la terrassa.

— J'ai le vertige.

— Rien d'étonnant.

Drew sortit un téléphone portable de sa poche.

— Ne bouge pas. J'appelle une ambulance.

— Je ne veux pas faire une scène. Je dois trouver Skye.

— Il n'y a bien que toi pour s'inquiéter de faire une scène dans un moment pareil. Et nous allons retrouver Skye.

L'eau coulait de son épaisse chevelure brune et tombait sur son visage tandis qu'il composait le 911. Dès qu'il eut fini, il retira sa veste et la lui glissa sous la tête.

— Que s'est-il passé ?

— Quelqu'un m'a attaquée par-derrière, m'a assommée, puis m'a frappé la tête sur le trottoir.

— C'était une agression. Je me bats avec la mairie depuis un an pour leur faire éclairer cette rue.

Ses grands yeux noirs reflétaient son inquiétude.

— Skye était-elle avec toi ?

— Non. Elle est allée dans... je me rappelle plus du nom. Le magasin de disques.

— Criminal Records ?

— Oui. Je lui ai dit de m'attendre pendant que j'allais à Photo Finish. Drew, va voir s'il ne lui est rien arrivé. Elle fait environ un mètre soixante-cinq, elle a de longs cheveux blonds...

— Je la connais, je l'ai déjà vue avec Rachel aux réceptions de ta sœur, mais je n'irai pas la chercher. Je suis sûr qu'elle n'a pas quitté le magasin si tu le lui as demandé, surtout avec ce temps.

— Mais tu pourrais aller voir.

— Il est hors de question que je te laisse dans le noir et dans la pluie, alors n'insiste pas.

— Oh non, gémit Adrienne en sentant de l'eau chaude lui remonter à la bouche. Je crois que je vais vomir. Ne me regarde pas.

— Bon sang, Adrienne. Depuis que t'es ado, tu passes ton temps à te soucier de l'impression que tu fais. Le moment est mal choisi pour t'embarrasser de cette vanité à la noix.

Une bouffée d'indignation chassa sa nausée. Sa vanité ? Le beau et supérieur Drew Delaney l'accusait de vanité après toutes ces années ?

— T'as toujours été un *vrai connard*, dit-elle furieusement.

Il grimaça.

— Je fais de mon mieux.

— C'est très réussi.

— Tu as toujours envie de vomir ?

— Non.

— Alors continue à penser au connard que je suis. Ça a l'air de marcher.

Adrienne ferma les yeux. Elle avait une douleur lancinante dans la tête et n'arrivait pas à sortir de sa confusion. Et de son souci. Skye allait se demander ce qui la retenait si longtemps. Et si elle décidait de venir la chercher en dépit de ce qu'elle lui avait ordonné ?

— Drew, il faut que j'aille voir comment va Skye.

— Tu ne bougeras pas d'ici.

— Je ne peux pas la laisser dans ce magasin. Quelqu'un m'a attaquée. Ça sera peut-être son tour.

Drew soupira.

— Je connais le gérant du magasin. Je vais l'appeler et lui dire de la garder jusqu'à ce qu'on vienne la chercher. Peut-être Vicky ou Rachel.

— Elle va paniquer si quelqu'un d'autre vient la chercher.

— Ta fille n'est pas une niaise hystérique, Adrienne. On va lui dire que tu t'es foulé la cheville en tombant et que tu as dû aller à l'hôpital pour t'assurer qu'il n'y a pas de fracture. Qu'en dis-tu ?

— Bon, d'accord, accepta-t-elle à contrecœur. Mais ne lui dis rien d'autre. Ne lui dis surtout pas que l'on m'a attaquée.

— Ah là là, quelle mère poule, dit Drew en levant ses yeux noirs au ciel derrière ses cils interminables qui lui rappelaient l'époque du lycée.

Elle ferma les yeux. De longs cils. C'était bien le moment de remarquer une chose pareille, songea-t-elle. Elle avait peut-être un traumatisme crânien.

La demi-heure suivante fut une suite embrouillée d'élancements, avec des gens en ciré penchés sur elle et lui posant mille questions sur la qualité de sa vision, son niveau de douleur, si elle se rappelait où elle habitait, hurlant leurs questions comme si elle était dure d'oreille. Puis elle fut chargée dans une ambulance et transportée à toute vitesse à l'hôpital, étendue sur un lit sous des lampes aveuglantes. On lui posa de nouvelles questions, puis on se cria des ordres. Si je m'en sors, se dit Adrienne avec une pointe d'ironie, je m'en sortirai à moitié sourde.

Quand les docteurs et les infirmières suspendirent enfin brièvement leurs soins bruyants, Drew entra dans la salle d'observation.

— Certains ne reculent devant rien pour se faire remarquer, ironisa-t-il.

— Oui, je mourrais d'envie de faire une scène comme ça, dit-elle en essayant d'imiter son ton de voix. As-tu trouvé Skye ?

— Bien sûr. Mais personne n'a répondu chez ta sœur. Rachel dit que d'habitude, c'est comme un hôtel, qu'il y a du monde partout… Bref, Skye est restée dans le magasin comme tu le voulais, avec son amie.

— Sherry Granger.

— Oui. J'ai parlé à Mme Granger, qui était absolument horrifiée par tes mésaventures et qui se faisait du souci pour Skye. Elle m'a promis de lui dire que tu t'es foulé la cheville, comme tu le voulais, ce qu'une fille intelligente comme Skye ne va jamais croire, à mon avis. Bref, Mme Granger va s'occuper de Skye, elle la ramènera chez elle et la gardera jusqu'à nouvel ordre.

— Génial. Comment te remercier, Drew ?

— En me disant comment tu as trouvé Julianna Brent, dans tous les détails.

— Hors de question.

Drew poussa un soupir excessif.

— Merde alors ! Moi qui t'avais seulement secourue pour que tu me racontes tout ça.

— T'es vraiment un prince.

— Tu n'en as jamais douté.

Adrienne leva les yeux sur lui et réussit à sourire. Lorsqu'il lui rendit son sourire, elle remarqua que ses pattes-d'oie s'étaient accentuées, et que des ébauches de rides reliaient son nez à sa bouche. Mais il n'en restait pas moins beau comme un cœur avec sa chevelure brune touffue et ondulée, grisonnante seulement sur les tempes, et son regard blasé. Elle se demanda si les annécs avaient eu aussi peu de prise sur son apparence que sur celle de Drew.

— Quelque chose ne va pas ? demanda-t-il soudain.

— Euh, non, balbutia-t-elle, embarrassée et fermant les yeux. C'est juste ma tête, j'ai mal.

— Pas étonnant. Les têtes n'aiment pas trop être jetées contre du béton.

Il tendit la main et frôla la tempe où le sang avait séché dans les cheveux. Elle garda les yeux fermés mais, à son toucher, elle fut traversée par une petite sensation qui ressemblait presque à un frisson de plaisir.

— Tu m'as fait une de ces frousses quand je t'ai vue évanouie et ratatinée sur le trottoir sous la pluie, dit-il tendrement. Tu semblais si petite et si pâle. Et quand je t'ai retournée et que j'ai vu tout le sang…

— Me revoilà ! claironna le docteur, mettant fin à ce moment délicat.

Adrienne ne savait pas si elle devait être furieuse ou soulagée.

— On vous envoie immédiatement passer un scan, madame Reynolds. On va aller voir ce qui vous traîne dans la caboche.

— Les secrets de l'univers, répondit-elle du tac au tac.

Le rire du docteur s'écrasa autour d'elle.

— Ça tombe bien. Je cherche encore la réponse à quelques questions.

— Pourrait-elle avoir quelque chose pour calmer le mal de tête ? demanda Drew.

— Pas de médicament avant qu'on ait évalué les dégâts, brailla-t-il.

— Et un peu de tranquillité, c'est négociable ? dit Drew.

Adrienne ouvrit les yeux et vit la tête du docteur se tourner brusquement vers Drew, qui arborait un sourire vainqueur.

— Vous avez une voix superbe, Doc, mais vous devriez baisser le volume.

— Oh, dit le docteur qui se crispa et rosit légèrement. Ça doit être un reste de ma carrière de chanteur dans un groupe local.

— Pas les Ravens ! s'exclama Drew.

— Mais si, c'est ça. Vous vous souvenez de nous ?

— Je n'ai jamais manqué un de vos concerts quand vous étiez dans le coin. Vous étiez fantastiques !

Il tendit la main et serra celle du docteur.

— C'est un honneur.

Le docteur eut un sourire satisfait, l'insulte précédente n'était plus qu'un vague souvenir. Drew avait réparé la vexation infligée au docteur en trois simples phrases. Il n'a rien perdu de son charme, songea Adrienne. Un charme engageant. Un charme potentiellement dangereux.

— Ne te sens pas obligé de rester à l'hôpital, Drew. Ça risque de prendre des heures. Je me débrouillerai.

— Je reste.

— Mais enfin, Drew…

— Je reste, point final.

Adrienne soupira et se résigna, trop fatiguée, secouée et endolorie pour se disputer. Par ailleurs, même si elle refusait de l'admettre, elle se sentait inexplicablement réconfortée par la présence de Drew Delaney à ses côtés.

2

Kit Kirkwood jeta un regard satisfait sur l'une des petites salles à manger de l'étage. Il s'en dégageait une impression d'élégance et d'intimité : planchers cirés, boiseries murales et tableau d'une belle femme jouant du piano accroché au-dessus de la cheminée. De la musique celte jouait en sourdine.

— Viens boire un verre avec nous, Kit, l'invita quelqu'un à une table pleine de monde.

Elle sourit et déclina d'un signe de tête. Elle avait trop à faire.

Comme pour répondre à ses pensées, quelqu'un se matérialisa à ses côtés. Kit leva la tête et vit Polly, son employée.

— Oui ? demanda-t-elle, comprenant immédiatement que quelque chose n'allait pas.

Deux rides verticales plissaient le front de Polly, entre ses sourcils noirs : mauvais signe.

— Excusez-moi de vous déranger, madame Kirkwood, mais il y a un problème. Nous avons deux réservations à la même heure, et pour la même table. Nous n'en avons aucune autre de libre !

— Polly, comment avez-vous pu faire une telle erreur ?

— Ce n'est pas moi ! protesta la belle employée, indignée. Voilà un an que je fais ce travail et je n'ai jamais fait la moindre erreur. Jamais !

— Que s'est-il passé, alors ?

Kit essaya de maîtriser sa voix. Il était huit heures, elle avait une migraine abominable, un restaurant plein de clients affamés, un petit ami qui l'attendait pour dîner, un chef cuisinier capricieux qui menaçait de démissionner, une mère proche de la crise de nerfs et elle se sentait meurtrie par l'annonce du décès d'une de ses meilleures amies. Ou plutôt, l'assassinat. Elle sentit les muscles de son estomac se raidir.

— Bon, qu'est-ce que je dois faire, madame Kirkwood ? insista Polly. Les Hanson sont accompagnés d'un autre couple et c'est l'anniversaire de Mme Hanson. Ils ont commandé un gâteau pour le dessert. Les Myers sont furieux, ils sont avec le beau neveu de M. Myers et Mme Myers est déguisée comme un arbre de Noël avec un décolleté jusqu'au nombril. Je suis sûre qu'elle veut lui mettre le grappin dessus, même si elle a vingt ans de plus que lui. Cette femme n'a aucune honte. Mais c'est elle qui incite M. Myers à toujours laisser un pourboire vraiment généreux, alors elle a aussi du bon.

Kit se passa la main sur le front en absorbant le flot d'informations et elle regarda dans les yeux jeunes et clairs de Polly. Cancanière ou non, Polly avait raison. Elle ne faisait jamais d'erreur. Quelqu'un d'autre était responsable de ce problème de réservation. Et ce quelqu'un était peut-être bien Kit elle-même. Elle était très distraite, ces derniers temps. Elle s'efforça de garder une voix posée :

— Bien. Les Hanson sont quatre et ils ont un anniversaire, alors nous leur donnons priorité. Placez-les à l'étage sur une table près de la fenêtre qui donne dans la cour.

— C'est exactement ce qu'ils veulent, ajouta Polly gentiment.

— Parfait. Pendant ce temps, invitez les Myers au bar et offrez-leur l'apéritif. Mme Myers est folle de piano et Alfred doit commencer à jouer dans dix minutes. Dites-lui de jouer tout ce que demande Mme Myers. Demandez-lui de ma part de faire semblant que ça ne le dérange pas quand elle s'assiéra à côté de lui après son troisième cocktail.

— Même si elle se met à chanter ?

Polly précisa en un gémissement à mi-voix :

— Alfred a *horreur* de ça !

— Il devra faire semblant d'adorer ça s'il veut garder son boulot ici. Et assurez-vous que Troy va régulièrement remplir leur verre.

— Mais Troy est aux tables. Il n'est pas barman.

— Je le sais bien, Polly, mais Troy pourrait charmer Attila le Hun. Il gardera tous ces Myers heureux jusqu'à ce qu'une table se libère.

Kit lança un sourire étincelant à la jeune fille.

— Allez, au boulot, Polly. Si quelqu'un peut se débrouiller pour jongler avec tout ce monde, c'est bien vous, et tous les sept.

— Sept peut-être, mais pas huit, répondit Polly en dépit du compliment. Alfred va vraiment péter les plombs si Mme Myers s'assoit à côté de lui.

— Alfred n'est pas un client, et je suis sûre qu'il peut supporter cette torture pour un seul soir.

Kit posa les mains sur les fines et jeunes épaules de Polly.

— À l'attaque, jeune fille. C'est un ordre !

En soupirant, Polly repartit vers l'entrée où un groupe de sept personnes avait commencé à se disputer pour déterminer qui allait s'asseoir à côté de qui. Des nouveaux venus les observaient avec méfiance. Kit avait horreur de telles scènes. Sa migraine empira.

— Euh… Mme Kirkwood ?

Elle se retourna et vit un aide-serveur aux joues empourprées. Il était très jeune et maigre, avec trop de gel dans ses cheveux hérissés.

— Que se passe-t-il ?

— Eh bien, j'étais dehors, à l'arrière — pour ma pause cigarette, hein, j'étais pas en train de glander — et j'ai vu une femme qui traînait. Il me semble que je l'ai déjà vue. Peut-être bien celle qui amène les bougies parfumées que vous vendez dans le foyer. Grande et vraiment maigre — on dirait qu'un coup de vent va l'emporter. Elle porte de vieux habits, ses cheveux sortent de son chignon. Je lui ai demandé si je pouvais l'aider et elle m'a répondu : « Plus personne ne peut m'aider maintenant. » Elle a l'air un peu folle...

Kit le bouscula et se dirigea vers la porte arrière en traversant la cuisine bruyante. L'expression du poème de Keats « errant solitaire et pâle » lui vint à l'esprit lorsqu'elle aperçut Lottie assise sur un banc en fer forgé, à côté d'un petit arbre décoré de guirlandes blanches scintillant dans la nuit comme des étoiles miniatures. Elle avait le regard fixé sur le petit kiosque et le bar polynésien fourmillant de monde.

— Lottie ? demanda doucement Kit en s'asseyant à côté d'elle. Bonjour.

Lottie Brent lui lança un regard effrayé et légèrement décontenancé, puis regarda droit devant elle.

— Mon Dieu, je ne pensais pas qu'on allait te faire venir.

— On vous cherche depuis ce matin.

— Je ne voulais inquiéter personne.

Lottie avait près de soixante-dix ans, mais elle avait la voix douce et chantante d'une jeune fille. Elle n'avait pas poursuivi ses études au-delà de la quatrième, mais elle s'exprimait avec un lyrisme superbe que Kit avait toujours adoré.

— Je ne voulais parler à personne, poursuivit Lottie. J'avais besoin de réfléchir. J'ai passé la journée à marcher, puis j'ai décidé de venir m'asseoir dans ton jardin enchanté. Je ne voulais pas que tu saches que j'étais ici, mais j'étais attirée ici. Il *fallait* que je vienne. Il y a tellement de charme, le soir, on se croirait dans un conte de fées.

Quand Kit avait aménagé ce jardin de deux mille mètres carrés reliant la salle à manger principale avec le Grill, un bâtiment plus petit qui accueillait les déjeuners dans une atmosphère décontractée, les gens s'étaient moqués de son kiosque, de sa fontaine porte-bonheur, du patio entouré de torches et de la chaîne stéréo diffusant de la musique entraînante pour ceux qui préféraient consommer au bar extérieur. La construction terminée, Kit jugea que c'était de l'argent bien placé. Plus personne n'en riait. Les gens venaient bien avant l'heure de leur réservation pour se promener dans le petit parc en admirant les nombreux arbres noyés de lumières, pour boire un verre au bar en fer à cheval éclairé de torches et pour jeter une pièce dans la fontaine porte-bonheur — l'argent était recueilli tous les mois et offert à la protection des animaux. En été, les clients s'arrêtaient près de l'entrée pour parler à Sinbad, un énorme cacatoès blanc majestueusement installé dans une grande cage en fer forgé. Il avait acquis un vocabulaire impressionnant en écoutant ses visiteurs. Kit l'avait payé une fortune et Sinbad semblait conscient d'en valoir chaque centime.

Kit observa discrètement Lottie. Elle avait minci depuis la dernière fois qu'elle l'avait vue. Elle avait des cernes sombres sous les yeux et les petites cicatrices blanches qui s'accumulaient sur ses tempes semblaient plus marquées que d'habitude, en dépit de sa pâleur.

— Sinbad est vraiment impressionnant, finit-elle par dire. Un plumage lisse et brillant et une noble attitude.

Kit s'efforça d'adopter un ton léger.

— Il peut être beau. Il passe la moitié de son temps à se lisser les plumes et à se regarder dans le miroir. C'est l'animal le plus vaniteux que j'aie jamais vu, et en plus, c'est un charmeur.

Lottie sourit.

— Tu as toujours eu le don de me réconforter avec tes bêtises, Kitrina. Mais je dois admettre qu'il m'a sifflée.

— Vous voyez ? Il a très bon goût en ce qui concerne les femmes. Il ne siffle jamais Mme Myers, par exemple. Il repère une fausse poitrine et des cheveux teints à un kilomètre à la ronde.

Lottie rit doucement cette fois-ci. Kit posa une main sur la sienne, sèche et froide malgré la tiédeur du soir. Lottie tira prestement la manche de sa robe de coton pour dissimuler une large et vilaine cicatrice sur son poignet, un poignet qui, Kit le savait, avait été attaché et lié avec une corde, à une occasion.

— Entrez donc dans le restaurant, je vous préparerai un petit quelque chose.

— Merci, Kitrina, mais je n'ai pas faim.

— Je peux vous apporter une boisson ?

— Un thé, peut-être, mais pas tout de suite.

Lottie resserra son emprise sur la main de Kit.

— Naturellement, tu as appris la mort de Julianna.

— Oui, réussit à chuchoter Kit.

— Elle a été assassinée.

Lottie avait la voix calme, tendre et douce comme du velours.

— Je m'attendais à cette tragédie. Aujourd'hui.

Kit haussa les sourcils.

— Je sais qu'on raconte que je suis folle, avec mes prémonitions et mes prédictions. Je surveille toujours les signes de la volonté de Dieu dans la douceur de la nuit, dans le tumulte d'un orage ou dans le soleil brûlant du jour, alors les gens pensent que j'ai perdu la raison. Mais quand nous étions jeunes, ta mère et moi, elle habitait à La Belle avec ses parents et je vivais dans la petite cabane toute proche.

Kit connaissait bien les histoires de sa mère et de Lottie, mais elle la laissa poursuivre sans l'interrompre.

— Nous sommes devenues amies, Ellen et moi. Nous étions proches, comme toi et Julianna. Ta mère me comprenait. Elle m'écoutait. Nous partagions le sentiment, l'impression que quelque chose clochait dans cet hôtel.

— Ce n'est qu'un bâtiment, Lottie, répliqua doucement Kit. De la brique, du mortier et du bois.

— Il y a autre chose, ma petite. Un esprit habite cet endroit. Il ne devrait pas y avoir d'esprit dans un bâtiment, mais il y en a un. Un esprit du mal.

Lottie marqua une pause et serra la main de Kit si fort qu'elle lui fit mal.

— Kitrina, que tu me croies ou non, Dieu m'a avertie à l'aube que quelque chose de terrible allait arriver à Julianna dans La Belle.

Kit ne croyait pas au surnaturel, mais discuter de signes ou présages de désastres imminents la rendait nerveuse. Toute sa vie, elle avait observé avec inquiétude sa mère se plonger de plus en plus profondément dans le paranormal, en particulier en ce qui concernait l'hôtel, et dernièrement, l'obsession d'Ellen pour cet endroit lui avait donné la certitude que sa mère perdait le sens des réalités. Avec Lottie partie dans le même délire, elle commençait à prendre peur, car, à plus d'un titre, elle comptait encore plus que sa propre mère aux yeux de Kit.

— Vous êtes sûre que vous n'avez pas rêvé, Lottie ? implora-t-elle presque.

— Non, ma petite. Ne sois pas aussi inquiète, et ne réagis pas comme tout le monde. Tu n'es pas comme les autres. Ni toi, ni Julianna, ni Adrienne. Je crois que c'est pour ça que vous étiez de si bonnes amies. Vous vous ressembliez, avec chacune ses particularités, et vous étiez donc attirées par l'harmonie de vos pensées et sentiments. Et aucune de vous ne m'a jamais prise pour une folle.

Elle fixa intensément le visage de Kit de ses yeux d'ambre, jadis très beaux, maintenant voilés et diminués par des cataractes. Elle devrait se faire opérer, pensa Kit, mais Lottie n'avait pas assez d'argent et n'accepterait jamais que quelqu'un d'autre règle la facture médicale.

— Il ne faisait pas encore jour ce matin quand un hibou m'a réveillée, annonça Lottie, comme si elle ne faisait que poursuivre ses remarques précédentes. Il était très proche et hululait très fort. Je me suis assise dans mon lit, j'ai respiré à fond, j'ai touché le médaillon qui renferme le portrait de Julianna et une sensation m'a traversée tout entière. Un mélange d'appréhension et de peur. Mais aussi d'impuissance.

Elle éleva la voix.

— Je suis sortie du lit et j'ai essayé de penser à un moyen d'aider ma petite fille.

Elle soupira.

— Mais il était trop tard pour l'aider. De son vivant, en tout cas. Peut-être a-t-elle trouvé le repos dans la mort.

Kit laissa le silence s'installer tandis que Lottie se tamponnait les yeux et toussait en se protégeant d'un fin mouchoir brodé. Même dans l'extrême détresse qu'elle éprouvait, elle gardait un air patient et serein. Kit avait toujours admiré son sang-froid. Elle était à l'opposé d'Ellen, la propre mère de Kit, qui devenait de plus en plus tremblotante et anxieuse quand elle n'était pas tyrannique et hystérique.

— Je me suis dit que Julianna devait être là où elle se rendait souvent, ces derniers temps. La Belle. Cet endroit est mauvais. Je l'ai toujours senti. On y sent le mal, le mal véritable, ténébreux et tangible. Il s'approche de toi insidieusement, comme de la brume, et te pénètre l'âme sans que tu t'en rendes compte. J'ai averti Julianna des centaines de fois, mais elle ne voulait rien savoir. Elle m'embrassait en disant : « C'est gentil de t'inquiéter pour moi, maman. »

Lottie sourit faiblement en évoquant le souvenir.

— Puis elle s'en allait jouer avec le feu.

— Oui, Julianna a toujours aimé prendre des risques.

Lottie poursuivit comme si Kit n'avait pas parlé :

— Mais quand le hibou m'a réveillée ce matin, je savais que son sort était décidé. C'est ma faute, je crois. Je n'ai pas su protéger ma propre fille.

Elle termina d'une voix mal assurée. Kit se sentait un peu ridicule, mais elle ne put s'empêcher de demander :

— Vous aviez votre intuition et vous saviez qu'elle était à l'hôtel, saviez-vous qu'elle y rencontrait un homme ?

Lottie garda le silence.

— Lottie, si vous savez avec qui elle était, vous devez le dire à la police.

Le regard méfiant qui s'installa dans les yeux délavés de Lottie mit Kit mal à l'aise.

— La police saura déduire qu'elle retrouvait un homme. Et ils vont reporter la responsabilité de ce qui lui est arrivé sur Miles Shaw.

— Ils n'ont peut-être pas tort. Il était encore amoureux d'elle. Il aurait sans doute été violemment jaloux de toute nouvelle relation.

Lottie hocha négativement la tête.

— Non, ma petite. Je sais que tu étais très attachée à Miles, alors tu sais bien que c'est un homme tendre et sensible.

Kit sentit ses joues s'enflammer en entendant parler de ses anciens sentiments pour Miles. Elle avait été profondément amoureuse de lui, mais il n'avait jamais partagé ses sentiments et lui avait seulement offert son amitié. Elle savait aussi que Miles était tombé sous le charme de Julianna dès qu'il l'avait rencontrée. Il avait été follement amoureux d'elle. Et Lottie avait tort. Ce n'était pas un homme aussi tendre que ça, en tout cas, pas à l'intérieur. Il était agité de passions turbulentes. Peut-être une passion suffisamment forte pour tuer Julianna qui l'avait abandonné et s'était engagée avec un autre homme.

— Lottie, la police va forcément considérer Miles comme un suspect. Sans doute même le suspect principal. C'est l'ex-mari de Juli et il n'a jamais accepté le divorce.

— Je le sais bien, ma petite. Tout comme je sais aussi que Julianna rencontrait son amant à La Belle. Elle n'aurait pas dû se lier avec cette personne. Ce n'était pas bien —

sans doute la seule chose délibérément égoïste et cruelle que je l'ai vue faire. Mais je sais aussi, sans l'ombre d'un doute, que ce n'est pas Miles qui l'a tuée. Et pourtant, je ne peux pas aller à la police.

— Si vous en êtes sûre — si vous avez des informations, pourquoi n'allez-vous pas voir Lucas Flynn ? C'est un homme raisonnable. Il vous écoutera.

Lottie prit la main de Kit.

— Il y a tant que choses que tu ignores, ma chérie. Et tant de choses que je sais, moi.

Kit observait l'expression abasourdie et un peu craintive de la frêle femme, lorsque la porte du restaurant s'ouvrit. L'aide-serveur hurla :

— On a besoin de vous, madame Kirkwood.

— Une minute ! répliqua sèchement Kit.

— C'est hyper-important.

Lottie sourit gracieusement.

— Va t'occuper de tes affaires, ma petite. Je suis trop fatiguée pour parler plus. Je vais rester ici un petit moment de plus, je vais faire le point. Tout ira bien.

— J'ai dit à Gail de ne pas venir travailler ce soir, expliqua Kit.

Gail était une des serveuses et la fille cadette de Lottie.

— Voulez-vous que je l'appelle pour qu'elle vienne vous chercher ?

— Non !

Le cri retentit dans la nuit. Lottie respira profondément et dit avec un calme étudié :

— Je veux dire, ce n'est pas nécessaire. Comme j'ai passé la journée dehors, elle va être brusque et impatiente avec moi. Je t'assure, Kitrina, ça va aller.

Kit n'était pas quelqu'un de très démonstratif, mais elle se pencha et plaça un petit baiser sur le front de Lottie. C'est alors qu'elle remarqua les traces rouille de sang séché sur le col de la robe de Lottie et sur la couture de l'épaule. Elle sentit aussi L'Heure bleue, le parfum français de luxe de Julianna. Lottie refusait toujours de se parfumer. Kit sentit son cœur bondir douloureusement dans sa poitrine, mais elle garda une voix tranquille :

— Je dois rentrer, mais je reviendrai vous apporter une tasse de thé.

Tandis que Kit regagnait le restaurant, elle réfléchit au sang sur la robe de Lottie et au parfum caractéristique de Julianna, L'Heure bleue, qui imprégnait le cou et le visage de Lottie. Cette femme soignée, sur ses vêtements et sa propre personne, ne pouvait pas porter ces taches et cette fragrance depuis hier.

Kit comprit en frissonnant que Lottie s'était trouvée dans l'hôtel avec Julianna ce matin-là.

3

Le corps flasque de Claude Duncan semblait coulé dans son vieux canapé, il avait les jambes écartées et le bras droit qui pendouillait sur le côté. Près de lui, une table basse était encombrée de journaux, d'emballages de friandises, de deux cartons de pizza, de serviettes en papier utilisées et du carnet sur lequel il tentait d'écrire son roman. Après deux mois de dur labeur, il en était maintenant à la page vingt. Une bouteille de bourbon à moitié pleine était posée à côté du canapé.

Sur la petite télévision en face de lui, un vaisseau spatial atterrissait sur une planète inconnue d'où l'on avait capté un appel au secours. Claude adorait ce film et l'avait regardé avec ravissement à de nombreuses reprises, s'imaginant toujours dans le rôle héroïque du beau capitaine, mais, ce soir, il n'y prêtait aucune attention. Il avait descendu quatre canettes de bière pour accompagner une pizza particulièrement huileuse, et couronné le tout de deux barres chocolatées et de plusieurs gorgées de bourbon. Il s'était endormi, rassasié et plus heureux qu'il ne l'avait été depuis le décès de sa mère.

Et qu'est-ce qui pourrait bien troubler son sommeil ? Après tout, la chance lui souriait enfin. Il n'avait plus à s'inquiéter de perdre son boulot lorsque La Belle serait démolie. Il n'avait pas à se lancer dans le processus humiliant de recherche d'emploi : paraître poli, intelligent et enthousiaste devant des employeurs potentiels qui, pour une raison qu'il n'arrivait jamais à élucider, le regardaient toujours comme quelque chose de dégoûtant collé sous les semelles de leurs chaussures de luxe. Non, monsieur. Claude Duncan n'avait pas à prospecter. Claude Duncan avait réussi.

Au départ, il avait été tourmenté par l'idée que sa chance provienne d'une tragédie. Sa mère était morte quand il avait douze ans, ses souvenirs étaient plutôt flous, mais il se rappelait qu'elle était jolie, généreuse, pieuse et qu'elle avait essayé de lui enseigner à ne pas profiter de la mauvaise fortune d'autrui. Or c'est exactement ce qu'il faisait. Il profitait de la mauvaise fortune. Son père n'aurait jamais fait une chose pareille.

Chaque fois que Claude songeait à son père, son estomac se nouait. Sa mère disait toujours de son mari qu'il était un homme juste et bon, mais qui avait de tels principes que seul un saint aurait pu rivaliser avec lui. Elle le disait gentiment, mais Claude avait perçu une pointe de critique dans ses paroles. D'autres lui disaient que son père était un perfectionniste, un homme admirable. Personne ne racontait, de manière plus explicite, que M. Duncan était un homme acariâtre, injuste, exigeant, content de lui et s'apitoyant sans cesse sur son sort. Personne ne racontait qu'il se demandait amèrement et brutalement ce qu'il avait fait pour mériter ce misérable fils, aussi corrompu que limité intellectuellement. M. Duncan réservait ce genre d'envolées pour les fins de soirée dans le petit pavillon, loin de la clientèle sophistiquée de l'hôtel. Mais Claude, qui ne jouissait pas du privilège des clients, était toujours exposé au mépris de son père, même s'il n'avait jamais été capable d'analyser le problème clairement et de trouver les mots pour l'énoncer, ne serait-ce que dans sa tête.

Mais depuis des mois, maintenant, depuis la mort de Duncan Père, le monde de Claude semblait s'être adouci. Il n'avait plus à lever la tête pour affronter le regard bleu perçant de son père, plein de déception et de mépris. Il n'allait plus se coucher en se sentant comme une erreur visqueuse et répugnante dans le monde parfait de son père. Il ne passait plus ses nuits les yeux grands ouverts en souhaitant se regarder dans la glace le lendemain et, comme par magie, y voir un nouveau garçon — sûr de lui, plein de beauté et d'intelligence, au sourire éclatant, aux yeux perçants, plus grand et plus baraqué, le tout porté avec une aisance naturelle — qui mériterait le respect de son père. Depuis que ce dernier était mort, la vie de Claude était plus calme et plus stable. Après le choc initial de sa brusque disparition suite à une crise cardiaque foudroyante, Claude avait éprouvé un soulagement presque enivrant. Il avait honte de ce sentiment proche de la joie et ne l'aurait jamais avoué à quiconque, mais il l'éprouvait bel et bien. Il continuait cependant à s'échapper de sa vie sans père mais toujours sans intérêt en se réfugiant dans ses rêves de « héros ».

Changeant légèrement de position sur le vieux canapé délabré, Claude Duncan se laissa emporter dans son état préféré — le sommeil — et se mit à rêver. Il se retrouva cependant immédiatement frustré de reconnaître qu'il ne jouait pas son rôle habituel de « héros ». Oui, il était bien à bord du gigantesque vaisseau spatial qu'il venait de voir à la télévision — un truc gris et froid lancé à toute vitesse dans le noir de l'éternité —, il se trouvait au sein de ses entrailles métalliques, dégoulinantes de condensation, et il faisait cliqueter les chaînes et crochets servant à décharger la cargaison. Mais dans son rêve, il avait beau être le capitaine, il se sentait désorienté et terriblement mal à l'aise.

Et il n'était pas seul.

Alors qu'il était dans son propre vaisseau, le grand corps musclé de Claude s'accroupit dans un coin, les bras repliés sur le ventre, ses dents se mirent à claquer, ses yeux jetaient des regards effrayés dans les ténèbres autour de lui. Il savait qu'en haut, des gens comptaient sur lui. Ils comptaient *toujours* sur lui, et pourquoi pas ? Il avait jusqu'alors toujours réussi à trouver une solution audacieuse pour affronter les horreurs envoyées par l'espace. Mais plus maintenant. Cette fois-ci, à sa plus grande honte et surprise, il ne pouvait rien faire d'autre que murmurer encore et encore « monstre sous le lit » d'une voix de petit garçon. « Ne regarde pas le monstre sous le lit/Non, non, pense que le monstre est mort, mort et bien mort. »

Il plissa ses yeux très fort. De plus en plus fort. Si fort que les lumières commencèrent à danser sous les persiennes de ses paupières. Il poussa un petit grognement pathétique. « Non, s'il vous plaît. Je suis le capitaine. J'ai rien fait de mal. »

— Tu en es bien sûr ?

Il sursauta, puis se figea complètement. La voix faisait-elle partie de son rêve ? Forcément. Il savait vaguement que *tout cela* n'était qu'un rêve, même s'il avait dévié du scénario typique du vaisseau spatial. Et quelqu'un l'avait rejoint dans son rêve. Pas un de ses membres d'équipage, ou quelqu'un qu'il puisse physiquement toucher. Peut-être qu'il ne s'agissait pas vraiment de quelqu'*un*. Peut-être était-ce quelque *chose* qui voletait autour de lui comme un moustique ou planait au-dessus de lui en agitant ses grandes ailes silencieuses de libellule.

Il essaya d'appeler Ripley, commandant en second — un élément grand, débrouillard et intelligent, même s'il s'agissait d'une femme — mais elle ne fit que lui répondre d'un ton faussé : « Sortez d'ici ! Ça arrive ! »

Claude s'agita dans son sommeil tourmenté. « Ça arrive ! » marmonnait-il à haute voix, « ça arrive ! ».

— Effectivement, intercéda une voix calme, une voix dont le ton posé ne s'intégrait pas au rêve. Mais n'aie peur de rien.

— J'ai peur, gémit Claude, en continuant à gesticuler, trop ivre pour parvenir à s'extirper de son sommeil. J'ai peur !

— Tu as peur de l'inconnu. Mais l'inconnu n'est pas toujours mauvais.

Une main solide s'empara fermement de l'avant-bras gauche de Claude.

— Peu de tonicité musculaire, Claude. Tu ne fais pas d'exercice.

— Je travaille ! Je travaille beaucoup et j'fais tout ce qu'on me demande de faire !

— Pas complètement, tout de même, si ?

Claude sentit vaguement quelque chose de froid et pointu s'enfoncer dans la tendre chair à l'intérieur du coude. Puis un fluide lui parcourut le bras, le pinçant comme de la glace puis le pénétrant comme du vif-argent, chaud, rapide, galopant en lui comme par magie.

— Qu'est-ce tu fais ?

— Je te fais une piqûre pour t'apaiser.

Bien que très éméché, Claude comprit que quelque chose d'abominable, de véritablement fatal, allait lui arriver. Il tenta faiblement de se débattre. « Faut qu'j'me lève ! » cria-t-il brusquement, reprenant ses sens dans un excès de panique. « Fait qu'j'm'lève ! Faut qu'j'm'lève ! »

Il se pencha en avant, en essayant de s'extirper du canapé, mais quelque chose le repoussa et l'épingla. Il se dégagea et tenta à nouveau de se lever, mais son corps refusa de coopérer. Les mains qui le tenaient le lâchèrent et il tomba à la renverse, glissant entre le canapé et la table basse. Il luttait pour respirer, il avait l'impression qu'on était assis sur sa poitrine.

— Tu n'es pas de ce monde ? haleta-t-il, de la salive dégoulinant sur son menton.

— Je ne ressemble à rien que tu connaisses.

— C'est La Belle. Elle t'a amené ici il y a longtemps.

— Oui. J'appartiens à La Belle.

Claude prit en sifflant une nouvelle bouffée d'air, puis il sentit une tiédeur entre ses jambes. Choqué, il comprit qu'il s'était uriné dessus et se sentit démesurément embarrassé.

L'autre se pencha sur lui.

— On a eu un petit accident, Claude ?

Il essaya de se concentrer sur son visage, mais il était trop mal en point. Il était par ailleurs persuadé que cette créature n'avait aucun visage sous l'étrange voile qu'elle portait. Il n'arrivait pas à l'imaginer, et le voile empêchait l'identification. C'était un *Être* surnaturel, dissimulant un visage horrible sous ce filet, essayant de l'enjôler avec sa voix apaisante qui pouvait brusquement devenir brutale et tranchante, une voix qui avait l'habitude d'être obéie, exactement comme celle de son papa.

Et qui prédisait des punitions cruelles si l'on n'était pas sage. Des prédictions qui se réalisaient toujours.

Claude était si engourdi qu'il sentit à peine l'Être lui verser le reste de sa bouteille de bourbon sur le corps, doucement d'abord, puis très fort sur son visage et ses épaules. Après quelques minutes, du liquide se remit à couler, bien plus que n'en contenait une bouteille de bourbon. Sa langue desséchée par la peur réussit tout de même à pointer pour goûter une dernière fois le doux nectar.

Tandis que Claude avait la langue tirée, cherchant consciencieusement ce liquide qu'il préférait au sang, l'Être frotta une allumette de ménage, en bois, et observa ce corps trempé, cette barbe crasseuse et cette langue tendue.

— Et si tu nous chantais quelque chose ? demanda l'Être. J'ai une idée.

À ce stade, Claude était trop terrifié pour concevoir la moindre pensée rationnelle. Il était amorphe, un sac tremblotant d'os et de sang. Ça n'aurait pas dû se passer comme ça. Juste quand les choses s'arrangeaient pour moi, pensa-t-il avec une colère diffuse. Juste quand je commençais à voir la vie en rose. Ça n'aurait pas dû se passer comme ça !

La voix se mit à chanter : *« Sweet dreams are made of these... »* La voix s'interrompit.

— Tu ne reconnais pas les paroles, Claude ? C'était la chanson préférée de Julianna. Chante avec moi, l'invita l'Être d'un ton désinvolte en reculant, puis en jetant une allumette en feu sur le visage recouvert d'alcool de Claude Duncan.

Puis il en jeta une autre, puis une autre. *« Sweet dreams are made of these... »*

L'Être s'évapora. En quelques instants, un Claude pas tout à fait mort tenta de crier mais ne réussit qu'à pousser deux sifflements pénibles. Sa voix se perdit dans la chaleur intense. Tout en continuant à jeter des allumettes, l'Être abandonna allégrement Claude et sa maison. Enfin, quand Claude ne fut plus ni en mesure de bouger ni même d'être identifiable, l'Être continua à chanter *Sweet Dreams* jusqu'à ce que sa voix se perde dans la froide obscurité, bien au-delà de l'enfer enflammé du pavillon du gardien.

Chapitre V

1

— Je ne peux pas passer la nuit à l'hôpital, expliqua Adrienne à une très jeune infirmière aux yeux d'un bleu tendre, qui reflétaient toutes les incertitudes de son cœur.

— Vous avez perdu connaissance un petit moment, madame Reynolds. Dans ces cas-là, nous insistons pour vous garder en observation toute la nuit, répliqua-t-elle avec un semblant de fermeté.

— Comment vous appelez-vous ?

Un éclair de consternation traversa le regard de la jeune fille, comme si elle allait se faire dénoncer.

— Moi ? Euh, mademoiselle Leary.

— Eh bien, mademoiselle Leary, si quelqu'un veille à mon chevet toute la nuit, suis-je sûre de ne pas plonger dans un coma irréversible ?

— La présence d'une infirmière est toujours gage de prudence, répondit machinalement Mlle Leary.

Manifestement, les sarcasmes d'Adrienne lui échappaient complètement.

— Ne vous agitez pas, madame Reynolds.

Impuissante, Mlle Leary observait Adrienne défaire les nœuds au dos de sa chemise d'hôpital. Frustrée et indûment furieuse contre l'ensemble du personnel hospitalier, Adrienne était sur le point d'arracher le fin vêtement froissé. Mais la salle des urgences était glaciale. Elle voulait ses habits.

— Si vous avez froid, madame Reynolds, je vais vous donner une couverture. Mettez-la sur vos épaules, elle vous réchauffera. N'enlevez pas votre chemise de nuit. Le docteur ne va pas tarder et en attendant, vous pouvez voir M. Reynolds. Il attend juste devant la porte et il se fait un sang d'encre.

— Mon mari est mort, répliqua sèchement Adrienne.

Ce faux pas fit violemment rougir la jeune fille, elle se hâta de consulter la feuille de soins. Adrienne la regarda plus attentivement, et ne put s'empêcher d'être prise de remords. Cette pauvre fille ne devait pas avoir plus de vingt et un ans et, manifestement, elle n'avait aucune expérience des patients emmerdants.

— Excusez-moi, mademoiselle Leary, reprit Adrienne plus gentiment. Je suis fatiguée, inquiète, et j'ai un foutu mal de tête.

— C'est juste qu'il y a un homme dans le couloir. C'est lui qui vous a amenée ici et il a l'air de se faire beaucoup de souci. J'ai cru que c'était votre mari.

Adrienne comprit qu'il s'agissait de Drew.

— C'est un vieil ami. C'est lui qui m'a trouvée dans la rue après mon agression. Il s'appelle Drew Delaney. C'est le rédacteur du journal.

— Sans blague ? souffla Mlle Leary, impressionnée.

— C'est bien lui. Et si vous me mettez ce chiffon qui sert de couverture sur les épaules, vous pourrez le faire entrer jusqu'à la visite du docteur.

Mlle Leary semblait prête à éclater en sanglots de soulagement. La vieille sorcière sur le billard était enfin en perte de vitesse, et elle n'allait pas se faire réprimander pour ne pas réussir à contrôler une patiente.

— Je vous donne immédiatement une couverture, madame Reynolds. Vos cheveux sont encore humides, vous devez vous geler.

Elle sortit une couverture comme par magie et, avec une rapidité inouïe, commença à l'entortiller autour d'Adrienne.

— Vous savez, la pluie s'était calmée, puis elle a repris il y a environ vingt minutes, annonça-t-elle d'une voix professionnelle, « apaisante », tout en la couvrant. Rien que d'entendre la pluie tomber, même en été, me donne froid, surtout ici aux urgences. D'ailleurs, je porte toujours un petit pull.

— J'aime beaucoup le ton de bleu de celui que vous portez aujourd'hui, lui dit Adrienne, essayant de racheter son agressivité antérieure.

— Oh, merci. C'est ma mère qui l'a tricoté.

Pour finir, Mlle Leary enfonça la couverture sous le menton d'Adrienne comme si elle était une vieille dame affaiblie. Adrienne hocha la tête — la seule partie du corps qu'elle pouvait encore bouger — tout en écoutant un appel urgent pour les docteurs Gorman et Price, diffusé dans les haut-parleurs. Mlle Leary semblait préoccupée.

— Je viens d'entendre dire que l'ambulance amène un homme terriblement brûlé. Je ne peux pas supporter les grands brûlés.

— J'ai toujours pensé que la mort par le feu est une mort horrible, dit Adrienne. Vous savez qui c'est ?

— Non, et j'espère bien ne pas avoir à m'en occuper. J'ai toujours peur de tomber dans les pommes si le blessé est horrible à voir.

Elle lança un regard hésitant à Adrienne.

— Si je ne me débarrasse pas de ma sensibilité, je ne ferai jamais une bonne infirmière, et je veux être la meilleure.

Elle se recula et regarda Adrienne.

— Voilà, bien confortable et bien au chaud. Je vais appeler M. Reynolds. Enfin, je veux dire, Delano. Bref, en tout cas, il est bel homme. Mais ne lui répétez pas que je vous l'ai dit. C'est complètement déplacé.

Mlle Leary se remit à rougir et s'enfuit. Un instant plus tard, Drew entra tranquillement, jeta un œil sur Adrienne et dit :

— Salutations, Nanouk du Grand Nord. Tu prévois d'aller sur la banquise ?

Adrienne tenta en vain de desserrer la couverture.

— J'ai fait l'erreur de dire que j'avais froid, et cette adorable infirmière m'a enfilé la camisole de force.

— Tu veux que je t'aide à en sortir ?

Adrienne songea à sa fine chemise ouverte dans le dos.

— Laisse tomber. Je n'ai plus froid, c'est déjà ça.

— Pas étonnant, tu es dans un cocon.

Il fronça les sourcils.

— Comment a-t-elle réussi à t'emmitoufler comme ça ?

— Aucune idée, mais elle était pleine de bonnes intentions, Drew. Et elle te trouve bel homme, ce que je ne suis pas censée te dire. Mais je te prie de la laisser tranquille, par contre, elle doit avoir le même âge que Skye.

Drew sourit.

— Contrairement à ce que les gens croient, je ne drague pas toutes les filles que je vois. Cela dit, après toutes ces années et malgré tes cheveux dégoulinants, ton front éraflé, ton caractère de cochon, ton ingratitude et ton goût abominable pour t'habiller, je te trouve séduisante. Et si je me suis forcé à garder mes distances, depuis que je suis rentré, c'est uniquement parce que tu fréquentes le redoutable shérif Flynn.

Ce bon vieux Drew n'a pas changé, se dit Adrienne. Toujours en train de plaisanter pour dissimuler des sentiments plus sérieux. Elle eut un sursaut de surprise. Ce qu'il éprouvait pour elle allait réellement au-delà de la sollicitude ordinaire. Il sourit, mais elle lut une profonde inquiétude dans ses yeux noirs.

— Je me sens bien, Drew, je t'assure. Je voudrais juste sortir d'ici et être avec ma fille.

— Ta fille va bien.

— Est-elle déjà chez Vicky ?

— Non. Philip et Vicky sont à une soirée et Rachel est sortie avec le grand espoir blanc de la famille Allard…

— Bruce.

— Oui, Bruce, un de mes intrépides reporters. Bref, ils seront tous rentrés dans une heure ou deux. En attendant, c'est Margaret qui viendra vous chercher, toi et Skye.

— Margaret ?

— Margaret Taylor, le pit-bull que Philip a engagé pour diriger sa campagne. Vicky ne sait sans doute pas que tu as été agressée. Il ne faudrait pas que ça perturbe le calendrier politique de Philip.

— Je veux sortir d'ici dès que possible.

— Parfait, le pit-bull est là pour vous secourir, annonça une affable voix de femme.

Les regards d'Adrienne et de Drew se tournèrent vers la femme à l'entrée. Ses cheveux noirs étaient, comme toujours, noués en un chignon brillant, son maquillage discret faisait ressortir son teint mat et ses yeux en amande avaient la clarté de l'adolescence. Elle portait un tailleur en lin vert cendré, sans le moindre faux pli.

— J'ai été choquée d'apprendre ce qui vous est arrivé. Comment vous sentez-vous, madame Reynolds ?

Adrienne était profondément ennuyée qu'elle ait entendu Drew la traiter de pit-bull, mais Drew n'avait pas l'air gêné.

— Bien, juste un peu cabossée. J'ai vraiment une sale tronche. Et appelez-moi Adrienne, s'il vous plaît.

Drew eut un petit sourire narquois, il savait que le ton amical d'Adrienne cherchait à pallier sa culpabilité. Il devait être au courant des sentiments hostiles de Vicky envers Margaret, une hostilité qui déteignait naturellement sur les sentiments d'Adrienne.

— J'ai parlé à votre docteur dans le couloir, poursuivit Margaret aimablement. Il m'a dit que vous étiez décidée à sortir. Il préférerait vous garder, mais il ne peut pas vous forcer. Je vais vous aider à vous habiller, puis je vous ramènerai chez vous. Ou plutôt, chez votre sœur. Le docteur pense que vous ne devriez pas rester seule ce soir.

Elle se tourna vers Drew et lui demanda froidement :

— Puis-je avoir quelques mots en privé avec Adrienne, monsieur Delaney ?

Drew sourit.

— Adrienne, je te laisse en de bonnes mains.

— Merci beaucoup pour tout, lui dit-elle sincèrement. Si tu n'étais pas arrivé à temps...

— Mais je suis arrivé à temps, alors ne t'attarde pas là-dessus. Donne le bonjour à Skye de ma part.

Se tournant vers Margaret, son sourire devint machinal :

— Mademoiselle Taylor.

— Monsieur Delaney.

Le sourire figé et les yeux impassibles, elle ajouta :

— Puisque je vous ai sous la main, je tiens à vous dire que j'ai trouvé votre éditorial d'hier sur Philip plutôt injuste, vous ne croyez pas ?

— Si je le croyais, je ne l'aurais pas fait paraître. Mais le moment est mal choisi pour en débattre. Pourriez-vous raccompagner Mme Reynolds et vous assurer qu'elle ne manque de rien ? Elle a eu une dure soirée.

Quand Drew s'éloigna, Adrienne eut le désir subit de lui hurler de revenir. Sans pouvoir expliquer pourquoi, elle n'avait aucune envie de se trouver seule avec Margaret. Cette femme l'intimidait, ce qui était ridicule. Elles étaient toutes deux éduquées et avaient une carrière réussie — enfin, Adrienne pensait en tout cas qu'elle n'était pas loin de la réussite — mais, à côté de Margaret, elle avait toujours l'impression de manquer de raffinement et d'assurance. Elle ne dépassait pas le mètre soixante mais, avec sa posture impeccable et ses talons hauts, Margaret paraissait plus grande, et ses cheveux tirés en un petit chignon luisant lui conféraient un air de dignité et de maturité bien au-delà de ses trente-deux ans. Sans parler de sa manière de se tenir, gracieuse mais assurée, ni de son sourire aussi vif qu'éblouissant qui gagnait le cœur des gens sans jamais parvenir jusqu'à ses yeux. Avec un nez légèrement pointu et de fines lèvres, elle ne jouissait pas de la beauté naturelle de Julianna ou Rachel, mais elle n'en restait pas moins remarquable et dégageait un sex-appeal calme et maîtrisé.

Elle s'approcha d'Adrienne, s'autorisant une fine ride de sollicitude sur le front.

— M. Delaney m'a raconté ce qui vous est arrivé, vous n'avez pas à revenir là-dessus. Je pense que, dans l'immédiat, il est sans doute préférable que vous pensiez à autre chose.

Elle sourit.

— Je vais vous laisser vous habiller. À moins que vous n'ayez besoin d'aide, bien entendu.

Adrienne regarda le tailleur de luxe immaculé de Margaret et songea à son vieux jean, son tee-shirt et sa veste en jean délavé et encore trempée.

— Merci, je vais me débrouiller.

— Bien, dit Margaret d'un ton qui fit penser à Adrienne que celle-ci avait deviné pourquoi son offre avait été déclinée.

— Nous serons sorties d'ici en un rien de temps, puis nous irons chercher Skye. Je suis sûre que vous vous sentirez mieux en la voyant.

— Amélioration de cent pour cent, confirma Adrienne en descendant de la table d'opération. Heureusement qu'elle n'était pas avec moi.

— Vous n'auriez pas été attaquée si elle avait été avec vous.

Adrienne la regarda.

— Que voulez vous dire ?

— L'agresseur aurait hésité à attaquer deux femmes. Et Skye semble forte et vive d'esprit. Elle ne se serait pas laissée faire.

Et moi, je ne suis ni forte, ni vive, ni capable de me défendre, fulmina intérieurement Adrienne, mais elle se força à sourire.

— Naturellement, vous avez raison. Deux contre un.

Elle ne put toutefois s'empêcher d'ajouter :

— Mais vous savez, je sais me défendre.

— Oui, Philip raconte que vous avez toujours été une bagarreuse.

Margaret lui lança un regard méprisant, comme si elle l'imaginait s'adonner joyeusement à de nombreuses bagarres, dans des allées et bars mal famés. Adrienne n'avait aucun moyen de dominer cette femme, trop habituée à anéantir les gens avec des remarques magistralement bien choisies. C'était sans doute ce qu'elle faisait avec Vicky, pensa Adrienne.

— Nous n'avons pas réussi à trouver le shérif Flynn, mais son adjoint est ici, prêt à prendre votre déposition, poursuivit Margaret. Je vous laisse une vingtaine de minutes pour vous habiller avant de le faire entrer. Ne remettez pas votre veste, elle est complètement trempée et vous prendriez froid. J'ai un imperméable sec dans la malle de ma voiture, je vais vous le prêter. J'aurais dû penser à apporter un sèche-cheveux, vous avez des petites boucles qui vous dégoulinent sur les épaules.

Sur ce, Margaret fit demi-tour et descendit élégamment le couloir, pour finir d'accomplir diligemment sa mission : délivrer Adrienne de prison. Cette dernière resta dans la chambre froide, avec son front égratigné et ses boucles dégoulinantes. Elle passa la fine chemise par-dessus la tête et enfila son jean humide et sali aux genoux à cause de la chute. Elle ne se sentait plus comme une victime méritant la compassion, mais plutôt une créature souillon et pénible qui avait fait exprès de gâcher la soirée de tous. Franchement, pensa-t-elle avec agacement, même quand Margaret Taylor se rend utile, elle trouve le moyen d'être une menace absolue pour l'amour-propre des autres.

Avant de quitter l'hôpital, Drew Delaney s'arrêta à un distributeur. Une canette de Coca dégringola en échange de quelques pièces ; il l'ouvrit et but longuement, en réalisant à quel point il avait soif. La soirée avait été longue et il était fatigué. Il s'adossa à côté de la machine, les longues heures passées debout commençaient à lui donner mal aux reins. Tu te fais vieux, Delaney, pensa-t-il, mais il ne l'aurait avoué à personne. Il entendit un homme parler :

— J'ai entendu dire en ville qu'Adrienne Reynolds avait été agressée en pleine rue. Comment va-t-elle ?

L'homme était à moins d'un mètre de Delaney, mais il était de l'autre côté du distributeur et ne le voyait pas. Drew connaissait cette voix.

— Elle s'est fait un peu tabasser, répondit une femme.

Margaret Taylor, reconnut immédiatement Drew. Ce ton cinglant était inimitable.

— Ça aurait pu être pire si Drew Delaney n'était pas arrivé pour jouer les héros.

— T'as l'air déçue que ça ne soit pas le cas.

Qui était-ce donc ? se demanda Drew. Une voix profonde et délibérément distinguée. Extrêmement familière.

— Tu aurais préféré qu'elle se fasse tuer ?

— Bien sûr que non. Je ne suis pas un monstre, Gavin.

Gavin Kirkwood ! Drew n'avait pas remarqué que Gavin et Margaret étaient plus proches que de simples connaissances se côtoyant aux réceptions des Hamilton, mais leur ton révélait leur intimité. Il se fit tout petit contre le mur, espérant qu'ils ne le découvriraient pas en s'approchant du distributeur.

— Kit est-elle au courant pour Adrienne ? demanda Margaret.

— Non. Elle serait déjà ici si elle le savait. Je n'ai pas voulu m'arrêter au Portillon pour l'avertir. Je ne voulais pas l'inquiéter.

— Ça t'importe vraiment qu'elle soit ou non inquiète ?

— Oui, tu ne me croiras sans doute pas, mais ça m'importe.

— Tu as raison. Je ne te crois pas.

— Je me fiche bien de ce que tu penses, affirma Gavin.

Margaret eut un petit rire.

— Mais enfin, Gavin, tu devrais t'intéresser à ce que je pense. N'oublie pas que tu as beaucoup à perdre.

Après une pause, il siffla presque :

— Tu es un monstre.

— Les chiens aboient... mon cher.

— Écoute, Margaret, tu m'as assez marché sur les pieds, ça suffit.

— Tu crois ça ?

— Oui. Notre arrangement est terminé.

Margaret marqua une pause, puis déclara d'une voix douce et cependant menaçante :

— Notre « arrangement », comme tu le qualifies avec délicatesse, ne sera terminé que quand *je* le déciderai.

— Sinon ?

— Sinon j'irai voir ta riche épouse et je lui dirai tout. C'est ce que tu veux, Gavin ? Rappelle-toi que j'exécute toujours mes menaces. Rappelle-toi aussi que tu n'es rien sans Ellen, il te faudrait des millions d'années pour obtenir par toi-même le train de vie qu'elle te procure !

Drew s'attendait à une réponse enflammée de Gavin, mais rien ne suivit. Il pouvait presque se représenter Gavin Kirkwood, beau mais dénué de personnalité, planté dans le foyer, la bouche bée, cherchant désespérément une réplique cuisante et n'en trouvant aucune.

— Je présume que ton silence est signe de consentement, dit sèchement Margaret. En tout cas, ça devrait l'être si tu sais ce qui est bon pour toi. Bonne nuit, Gavin.

Cours vite retrouver Ellen, elle a besoin de toi. Enfin, elle t'attend tout au moins. Je maîtrise parfaitement la situation et je compte bien poursuivre ainsi sans interférence, ni de toi ni de quiconque.

Margaret partit à grands pas et passa devant le distributeur, le regard droit devant elle. Drew était certain qu'elle ne l'avait pas vu. Cinq minutes plus tard, il venait de quitter l'hôpital et se dirigeait vers sa voiture dans le parking lorsqu'il vit Gavin Kirkwood, assis immobile au volant de sa Jaguar, les épaules effondrées et le visage désespéré.

2

— Désolée d'avoir gâché votre soirée, dit Adrienne tandis qu'elles quittaient l'hôpital dans la voiture de Margaret. Je suis sûre que vous aviez mieux à faire que de faire le chauffeur.

— Ne soyez pas sotte, dit Margaret en souriant. Je faisais de la paperasse sans importance, j'essayais seulement de m'occuper jusqu'à ce que Philip rentre et me raconte sa soirée.

Pas *Vicky* et Philip, seulement Philip, pensa Adrienne avec irritation. Vicky n'inventait pas le ton possessif de Margaret en ce qui concernait Philip, et Adrienne comprenait qu'elle lui en veuille.

La pluie s'était apaisée en un fin crachin mais, tandis qu'elle glissait dans la nouvelle Thunderbird de Margaret, Adrienne se sentit gelée, même emmitouflée dans l'imperméable sec. La brume jouait avec les réverbères, leur donnant une lueur fantomatique ; la lune et les étoiles étaient dissimulées derrière un nuage. C'était une soirée morne et triste.

— Je ne connais pas l'adresse de la femme qui a recueilli Skye, dit enfin Adrienne pour combler le silence. C'est Mme Granger, et sa fille s'appelle Sherry.

— Drew Delaney m'a donné son adresse. Je crois qu'il a même appelé chez elle il y a environ une heure pour dire à Skye que vous alliez mieux.

— Il est très attentionné.

— Ne vous laissez pas berner par sa générosité. C'est un journaliste et c'est le deuxième gros événement auquel vous avez été mêlée aujourd'hui. Il est utile pour lui de se faire bien voir. Il pense qu'ainsi, vous allez lui livrer tous les détails de la découverte de Julianna Brent.

Adrienne fut étrangement agacée par cette réflexion, car elle savait que Margaret n'avait peut-être pas tort. Drew était capable de manipuler les gens pour obtenir ce qu'il voulait, même si ce n'était que des informations. Pourtant, elle ne pouvait pas oublier son regard de véritable inquiétude et de sollicitude lorsqu'il l'avait secourue sur le trottoir pluvieux.

— Je vous ai offensée, observa Margaret. Excusez-moi. J'ai oublié que vous aviez eu une relation avec Drew.

Cet abruti de Philip n'avait pas besoin de donner ce genre de précisions embarrassantes à Margaret, râla Adrienne.

— On est sorti quelquefois ensemble quand on était au lycée. Rien de plus. Il n'y a absolument rien entre nous.

Elle fit une pause, se demandant comment Margaret allait interpréter qu'elle soit ainsi sur la défensive.

— Excusez-moi de réagir ainsi. J'ai mal à la tête.

— Vous irez mieux après avoir pris une aspirine, quitté ces vêtements humides et vous être glissée dans un lit douillet.

Elles gardèrent le silence jusqu'à la maison des Granger. Elles s'engagèrent dans l'allée et Margaret annonça :

— Je vais chercher Skye. Si vous y allez, vous allez devoir répondre à leurs questions, et je suis sûre que vous n'en avez pas la moindre envie.

— C'est vrai. Mais si Mme Granger est comme moi, elle ne laissera pas Skye partir avec quelqu'un qu'elle ne connaît pas.

— Mme Granger ne vous connaît pas non plus, Skye me connaît.

Cette femme a la sale manie d'avoir toujours raison, pensa Adrienne, vexée. Pas étonnant qu'elle rende Vicky folle.

Arrivées devant une maison en brique à un étage, d'aspect confortable, Adrienne resta dans la voiture pendant que Margaret allait chercher Skye. La porte s'ouvrit et l'ampoule de la lampe d'extérieur illumina une femme bien en chair, manifestement Mme Granger, qui approuva d'un signe de tête, les mains jointes en signe d'inquiétude, sourit, se pencha et fit un signe à Adrienne, puis disparut à l'intérieur. Un instant plus tard, Skye déboula en criant quelque chose à Mme Granger et se précipita sur la voiture. Adrienne sortit et sa fille la prit dans ses bras.

— Maman, tu vas bien ? Mme Granger m'a raconté une histoire ridicule de cheville foulée, mais je sais que c'est pas vrai. Qu'est-ce qui s'est passé ? Tu es tombée sur un hold-up à Photo Finish ? C'est ce que je me suis dit. Que tu t'es fait tirer dessus en essayant d'arracher le pistolet du voleur.

— Grands dieux, se mit à rire Adrienne, stupéfaite. Je n'aurais jamais pensé que tu me croies aussi courageuse ! En réalité, on m'a agressée avant que j'atteigne Photo Finish.

— Agressée ?

Skye se dégagea et la regarda.

— Je croyais que ce genre de truc n'arrivait qu'à New York.

— J'imagine que la tendance a fini par atteindre Point Pleasant, en Virginie-Occidentale.

Skye toucha délicatement le pansement sur le front d'Adrienne.

— Qu'est-ce qu'il y a, là-dessous ? C'est grave ?

— Non, une petite blessure, deux ou trois points de suture.

Quatre, pour être précise, mais elle ne voulait pas dramatiser la situation.

— Je me suis cogné la tête sur le trottoir quand l'agresseur m'a renversée. Sinon, j'ai juste des bleus et un peu mal partout.

Skye l'étreignit délicatement.

— Je suis trop contente de te voir. Mais Mme Granger aurait dû me dire la vérité. Comme ça, au moins, je n'aurais pas imaginé le pire.

— La cheville foulée, c'était mon idée. N'en veux pas à Mme Granger. Je n'arrive pas à me mettre dans la tête que tu n'es plus une petite fille qui a besoin d'être protégée de tout.

Margaret était déjà au volant.

— Allons-y, mesdames. Il est l'heure d'aller chez les Hamilton.

— Chez tante Vicky ? demanda Skye. Pourquoi ?

— L'agresseur a volé mon sac, répondit Adrienne. Il a donc les clés de la maison. Il vaut mieux que nous restions avec Vicky jusqu'à ce que je fasse changer les serrures.

— Et Brandon ! s'écria Skye. Il est tout seul là-bas !

— Je suis sûre qu'il ira bien, dit Margaret avec désinvolture. Tu le verras demain matin.

Skye s'indigna.

— Demain matin ! Mais il n'a pas mangé. On ne l'a pas sorti pour faire ses besoins, et il va avoir peur tout seul la nuit. Il faut qu'on aille le chercher.

— Skye, les chiens sont assez autonomes, répliqua Margaret avec autorité. Il ne s'apercevra sans doute même pas que vous n'êtes pas rentrées.

C'en était trop. Le visage de Skye s'empourpra. Même si Adrienne avait été d'accord avec Margaret, ce qui n'était pas le cas, elle savait que Skye était capable d'aller à pied jusqu'à leur maison, à trois kilomètres de là, pour le chercher.

— Si nous passons la nuit chez tante Vicky, Brandon doit aussi venir avec nous.

Skye avait le ton assuré d'une jeune femme de vingt-cinq ans, peu disposée à se laisser raconter des histoires.

— Madame Taylor, je vous prie de passer chercher Brandon.

— Franchement, Skye, tu exagères…

— Je suis d'accord avec Skye, dit Adrienne, récoltant un sourire reconnaissant de sa fille. Soit nous récupérons le chien, soit nous passons la nuit chez nous.

Margaret poussa un énorme soupir, regarda droit devant et murmura enfin :

— Bon, d'accord.

Elle était furieuse. Adrienne s'en moquait bien, elle prenait même un certain plaisir à observer sa frustration. Elle savait que Vicky et Rachel adoreraient l'histoire du triomphe de Skye sur la volonté de fer de Margaret.

Après être allées chercher Brandon — Margaret sur les nerfs en voyant le gros chien aux longs poils noirs s'installer sur les sièges arrière immaculés et clairs — elles partirent chez Vicky. Dès qu'Adrienne vit la maison, elle se sentit déprimée. Elle savait que la sienne était un cauchemar pour un architecte d'intérieur — un méli-mélo de styles, couleurs et motifs qui juraient tous entre eux — mais elle lui semblait pleine d'animation et de vie comparée à l'immense demeure de Vicky, une maison blanche de style colonial, aménagée dans des tons de rose pâle, de bleu glacial et de blanc cru. Rien n'incitait un invité à entrer, à jeter ses chaussures sur un tapis d'Aubusson et à s'installer confortablement sur un sofa raide en brocart.

Cette maison avait appartenu à la riche Octavia, la grand-tante de Philip, qui l'avait élevé après la mort de ses parents, quand il était jeune. On pouvait encore sentir dans chaque pièce la présence glaciale et rigide de la vieille dame. Vicky avait voulu changer le décor, mais Philip permettait uniquement de remplacer les meubles ou autres objets trop usés par des répliques exactes. Un architecte d'intérieur réputé avait noté dans un article que la maison était un sanctuaire, impeccable et de toute beauté. Adrienne la trouvait aussi accueillante et confortable qu'un château de glace. Quelques taches sur la moquette, des plantes vertes avec une ou deux feuilles mortes, un guide de télé ouvert sur la table et une reproduction dans un cadre bon marché : tout cela n'aurait pu qu'améliorer les lieux, d'après Adrienne.

Mais elle savait que rien n'allait changer. Octavia Hamilton n'avait pas conçu cette maison pour abriter des gens ordinaires, aux vies ordinaires, et son neveu semblait déterminé à perpétuer la tradition. Le seul changement apporté par Philip depuis la mort de sa grand-tante avait consisté à planter, devant la maison, un mât où flottait un énorme drapeau américain. En le voyant, Adrienne avait toujours l'impression d'arriver dans un immeuble gouvernemental plutôt que chez sa sœur.

Des lumières étaient allumées un peu partout, mais personne n'était encore rentré. Margaret ouvrit une porte de côté et elles pénétrèrent dans l'immense cuisine, tout en blanc éblouissant et en inox. Elle indiqua une petite pièce sur la gauche.

— Le chien peut rester dans la buanderie.

— La buanderie ! s'indigna Skye. Il dort toujours à côté de mon lit.

Margaret eut un sourire tendu.

— Chez toi, peut-être. Mais pas ici. Philip ne veut pas trouver des poils partout. Rachel n'a jamais eu d'animal domestique.

— C'est bien dommage ! répliqua Skye en lançant un regard plein de reproche à Margaret. Rachel m'a dit qu'elle en avait *vraiment* envie quand elle était petite. Je ne trouve pas ça juste qu'on l'ait privée de cet amour, parce que son père a eu peur de quelques poils sur les meubles.

— Plus de l'urine et des excréments sur les tapis anciens, renvoya Margaret.

— On peut apprendre aux chiens à être propres. Brandon est propre. Il ne ferait jamais de cochonneries dans la maison, n'est-ce pas, maman ?

— C'est vrai, confirma doucement Adrienne. Il est vraiment bien dressé, Margaret. Et puis, c'est aussi la maison de ma sœur, ici, et je sais que les chiens ne la gênent pas. Si c'est contre les règles, je me débrouillerai avec Philip. Vous n'avez pas à assumer cette responsabilité.

Un éclair de rage passa dans les yeux sombres de Margaret, puis elle déclara d'une voix délibérément neutre :

— Comme vous le faites remarquer, nous ne sommes pas ici chez *moi*, mais je suis embauchée pour suivre les instructions de M. Hamilton. Je dois donc insister et vous demander de bien vouloir laisser le chien dans la buanderie, vous pourrez en discuter avec Philip quand il rentrera.

Et Vicky, alors ? N'a-t-elle pas son mot à dire, dans l'histoire ? songea Adrienne tout en sachant que se disputer avec Margaret ne ferait qu'aggraver la situation.

D'un signe de tête, elle indiqua à Skye d'obéir. À contrecœur, sa fille mena son gros chien noir et blanc dans la petite pièce.

— Elle a de la peine, constata Margaret en soupirant. Il vaut mieux que je n'aie pas d'enfants. Je ne sais pas m'y prendre avec eux.

Il y avait une pointe de regret dans sa voix et Adrienne ressentit une légère compassion. Peut-être qu'après des années à diriger des campagnes politiques, à donner des ordres à des dizaines de gens et à prendre sur elle la responsabilité ultime de la réussite ou de l'échec d'un candidat, Margaret ne s'était pas rendu compte qu'elle était toujours perçue comme un général haranguant ses troupes, comportement peu favorable à des relations chaleureuses avec des adolescentes. Adrienne se demanda si Margaret avait toujours été aussi autoritaire et sûre d'elle, ou si elle avait aussi traversé dans ses jeunes années une phase normale d'insécurité et dc sensibilité extrême.

Skye sortit de la buanderie, une expression tragique sur son visage en refermant la porte.

— Chérie, ça ne va pas tuer Brandon de passer une nuit ici, dit Adrienne. Ce n'est pas comme si nous l'avions abandonné en pleine tempête arctique.

— Mais il est habitué à être près de moi. Il ne comprendra pas.

— Tout ira bien.

Un soupçon de sollicitude perçait dans la voix de Margaret. Elle faisait un effort.

— Je vais monter vous aider à préparer les chambres d'invités. Lesquelles voulez-vous ?

— Je veux dormir dans la même chambre que maman, pas toute seule, s'empressa de dire Skye. On veut la chambre à côté de celle de Rachel, c'est celle qui a la plus grosse télé.

Margaret eut l'air sceptique.

— Je ne pense pas que ta mère soit en état de regarder la télévision…

— Je suis toujours en état pour la télé, mentit Adrienne en remarquant la colère naissante de Skye.

Sa fille avait eu une journée éprouvante : le meurtre, l'agression de sa mère et, pour couronner le tout, l'incarcération de Brandon dans cette satanée buanderie, sans son coussin, ses jouets ni même son os en cuir à rogner.

— Vraiment, Margaret, j'ai besoin d'un peu de télé pour m'endormir. Et ce n'est pas la peine d'occuper deux chambres.

Vingt minutes plus tard, Adrienne revint enveloppée dans un des peignoirs de bain de Vicky et trouva Skye en train de regarder un feuilleton policier, étendue sur le lit *king size*. Le bain lui avait fait le plus grand bien, l'eau chaude avait apaisé les tensions qui lui tiraient le cou et les épaules. Elle avait versé beaucoup d'huile de bain et fait brûler plusieurs bougies à la vanille autour de la baignoire. Des bougies fabriquées par Lottie Brent.

« Ta sœur Vicky est la meilleure cliente de ma mère », lui avait dit Julianna quelques années auparavant. « Et elle invite ses amies à être de bonnes clientes aussi. Je lui en suis vraiment reconnaissante. C'est important pour maman d'avoir le sentiment qu'elle peut gagner sa vie sans être trop dépendante de Gail et de moi. »

La vague de tristesse qui s'empara d'Adrienne fut si violente qu'elle en eut presque le vertige. Elle ne reverrait jamais plus le beau visage de Julianna, illuminé de joie, et elle n'entendrait plus son rire enfantin. Elle était partie. Tout ce qu'il restait de Julianna Brent, dans ce monde, était un cadavre froid et pâle dans une morgue. Ça semblait impossible, abominable.

— Maman, ça va ?

Skye avait détourné son regard de la télé et fut paniquée en voyant sa mère.

— Tu es malade ?

Oui, je suis malade à la pensée de mon amie morte, pensa Adrienne. Mon amie assassinée.

— Tout va bien, ma chérie. Ce bain m'a fait le plus grand bien.

— Tu sens bon — on dirait de la vanille — mais t'es toute pâle.

— J'ai versé des tonnes d'huile parfumée à la vanille. Et j'aurai retrouvé mes couleurs demain matin.

— J'espère bien.

Skye soupira.

— Tu sais, maman, à part celui où papa est mort, aujourd'hui a été le pire jour de ma vie.

Adrienne se dirigea vers le lit, s'assit et étreignit sa fille.

— Je sais, mon chou. Moi aussi. Mais c'est fini, maintenant. Cet affreux cauchemar est terminé.

Le ton d'Adrienne était convaincant, mais elle mentait. Elle avait le sentiment inexplicable, mais inexorable, que le cauchemar ne faisait que commencer.

3

— Pour l'amour du ciel, Adrienne, on dirait que tu t'es fait tabasser !

Philip Hamilton — grand et imposant dans son smoking, chevelure impeccable, chaque petite ride de son visage de patricien disposée à son avantage pour lui donner un air jeune, mais expérimenté et sage — fit une grimace féroce en abaissant son regard sur Adrienne, calée sur des oreillers contre la tête de lit.

— Qu'est-ce que tu as fabriqué ? poursuivit-il avec colère. Pourquoi rôdais-tu seule dans les rues, en pleine nuit ?

— Philip, il est temps que je t'avoue que je suis une putain, lui lança Adrienne, incapable de se retenir.

Elle ne pouvait supporter de voir qu'il était clairement plus offusqué de cette agression « indigne » qu'inquiet de sa santé.

— Dans mon nouvel environnement professionnel, les horaires sont difficiles, mais j'apprécie ma hausse de salaire. Se faire tabasser de temps en temps fait simplement partie des risques du métier.

Philip lui lança un regard furieux tandis que Vicky s'approchait.

— Ne le taquine pas, s'il te plaît, Adrienne. Il a horreur de ça.

Vicky plissait le front, elle avait les joues en feu et le sombre regard de ses yeux bleus trahissait son inquiétude.

— Margaret nous a brièvement raconté ce qui t'est arrivé. Elle dit que tu n'as pas beaucoup de mal, mais je ne te trouve pas bonne mine.

— Ça va aller. J'ai juste quelques bleus et une blessure au front.

— Qui t'a fait cela et pourquoi ? exigea de savoir Philip.

— Je n'ai rien pu voir, j'ai été attaquée par-derrière. Quant à *pourquoi*, j'imagine que quelqu'un n'a pas pu résister à l'énorme somme d'argent que je porte toujours dans mon sac.

Elle soupçonnait son agresseur d'avoir voulu son appareil photo, mais elle n'allait certainement pas dévoiler cela à Philip : il bondirait sur l'occasion de la fustiger pour avoir voulu jouer les détectives amateurs. Dieu merci, Rachel était rentrée de sa soirée avec Bruce environ une demi-heure avant, et Skye était avec elle.

— Margaret nous a dit que Drew Delaney te tournait autour à l'hôpital, aboya Philip.

— Drew Delaney m'a *sauvée*, renvoya-t-elle, indignée. C'est lui qui a fait fuir l'agresseur, qui a appelé une ambulance, qui a organisé la garde de Skye et qui est resté avec moi à l'hôpital jusqu'à ce que Margaret vienne me chercher.

— Delaney est seulement resté avec toi pour te soutirer des informations, affirma Philip catégoriquement. J'espère que tu ne lui as rien raconté sur moi.

— En fait, je n'ai aucun autre sujet de conversation dans ma vie, Philip. Toi. Jour et nuit. Tu es dans toutes mes pensées…

— S'il vous plaît ! interrompit Vicky d'une voix stridente, passant une main dans ses courts cheveux blond cendré — exactement la couleur de ceux de Rachel. On dirait deux gamins de six ans en train de se disputer ! Philip, tu manques complètement de tact. Et toi, Adrienne, tu es bêtement défensive.

Adrienne n'en crut pas ses oreilles quand elle s'entendit répondre d'un ton irrité :

— C'est lui qui a commencé !

Philip semblait prêt à répliquer « C'est pas vrai, c'est elle ! », mais lorsque leurs regards se croisèrent, un sourire involontaire se composa lentement sur son beau visage, et Adrienne éclata de rire.

— Elle a raison, Philip. Nous sommes ridicules. J'en ai honte pour nous deux.

— J'ai honte aussi, dit Philip en un aveu surprenant. Mais c'est à moi de m'excuser. Je suis désolé. J'ai eu une dure et longue journée et je suis vraiment à cran. J'ai déversé toute ma mauvaise humeur sur toi.

Il soupira :

— Mon Dieu, j'ai vraiment besoin de boire quelque chose.

— Moi aussi, dit Vicky.

— Tu as assez bu, lui renvoya-t-il comme s'il s'adressait à un enfant.

Les joues de Vicky s'enflammèrent. Philip adressa un sourire tendu à Adrienne.

— Je te laisse avec ta sœur. Je suis franchement désolé pour ce qui t'est arrivé, et je suis soulagé que ce ne soit pas plus grave.

Il partit et Vicky s'assit sur le lit et prit la main d'Adrienne. La sienne était moite et peu assurée.

— Tu es sûre que ça va ? Tu ne fais pas semblant ?

— Ils ne m'auraient pas laissée partir de l'hôpital si c'était grave, expliqua Adrienne en omettant de dire qu'on lui avait conseillé de rester. Mais tu as l'air lessivée, Vicky. Excuse-moi d'avoir provoqué cette scène avec Philip.

— Ce n'est pas toi qui l'as provoquée, c'est lui. Il est d'humeur massacrante depuis ce matin et la réception de ce soir était éreintante. Des hôtes assommants recevant beaucoup trop d'invités encore plus assommants, entassés dans la salle du parti au Club, avec la climatisation en panne. Ma robe de soie est couverte de sueur. Mon maquillage a coulé et mes cheveux se sont aplatis malgré toute la mousse. Je suis dans un triste état.

L'air complètement vaincu, elle paraissait au bord des larmes. Adrienne se souvint du temps où Vicky adorait la vie sociale qui faisait partie de son rôle d'épouse de Philip Hamilton. Mais depuis deux ou trois ans, elle n'y trouvait plus le même plaisir. Elle semblait perpétuellement tourmentée et épuisée.

— Nous avons eu toutes deux des soirées atroces. Je crois que tout le monde a besoin de sommeil, Philip y compris.

Adrienne sourit à sa sœur.

— Tout ira mieux demain matin.

— Ça ne peut pas être bien pire, lança Vicky sourdement, ses yeux, d'ordinaire jolis, injectés de sang. Ça ne peut pas être bien pire.

4

Adrienne ne fut pas sûre de ce qui la réveilla. Elle faisait un rêve merveilleux où elle nageait dans la grande piscine de La Belle avec Julianna et Kit. Puis elle se réveilla en sursaut, immédiatement sur le qui-vive, tel un animal flairant le danger. Elle s'assit et remonta la couverture sur sa poitrine comme pour se protéger. Mais se protéger de quoi ?

De la musique.

Elle entendit un morceau connu. Fort. Vibrant. La voix d'Annie Lennox, d'un ton de zombie envoûtant, chantait *Sweet Dreams*.

— Skye ? murmura Adrienne malgré la musique. Skye ? répéta-t-elle plus fort.

Elle tendit le bras, mais le lit était vide. Elle savait que Skye n'y était pas, mais elle ne put s'empêcher d'allumer la lampe et de vérifier. Les draps étaient à peine froissés, l'oreiller douillet n'était pas tiède.

— Skye !

Adrienne bondit du lit, s'entravant dans l'ourlet du pyjama de satin de sa sœur, plus grande qu'elle. La musique était à fond. Cette chanson qu'elle avait tant aimée ne faisait plus que lui rappeler son amie brutalement assassinée.

— Skye, où es-tu ?

Ce n'était certainement pas sa fille qui avait mis une chanson des années quatre-vingt aussi fort, dans la maison de sa tante, en plein milieu de la nuit. Mais qui donc ferait une chose pareille ? Et où était Skye ?

Adrienne ne chercha pas le peignoir qu'elle avait porté auparavant. Elle fonça dans le hall et faillit rentrer dans Rachel, qui émergeait de sa chambre, l'air effrayé.

— Qu'est-ce qui se passe ? demanda-t-elle.

— Skye est-elle dans ta chambre ?

— Non, je croyais qu'elle dormait avec toi.

La porte au fond du hall s'ouvrit brusquement et Vicky en déboula en essayant maladroitement d'attacher la ceinture de sa robe de chambre.

— Rachel, tu vas réveiller tout le monde avec ta musique !

— Ce n'est pas moi ! s'indigna Rachel. Il est deux heures du matin.

Philip déboula à son tour, les cheveux hérissés, le pyjama froissé.

— Bon sang, les filles, qu'est-ce que vous fabriquez à une heure pareille ? tonna-t-il en s'adressant à Rachel. Je dois aller à ce satané déjeuner du Club des femmes demain et j'ai besoin de sommeil !

Le visage de Rachel devint cramoisi de rage.

— Pourquoi tu t'en prends à moi ? Je n'ai pas mis de musique. Ça vient d'en bas. C'est peut-être Skye qui l'écoute.

Elle plissa les yeux.

— À moins que ce soit Margaret.

— Ne raconte pas n'importe quoi ! répliqua-t-il d'un ton cinglant.

Rachel rougit encore davantage et baissa la tête.

— Margaret est rentrée chez elle il y a des heures et elle ne ferait jamais une chose aussi stupide.

Rachel leva la tête.

— Mais *moi*, si ?

Adrienne se dirigea vers les escaliers.

— Vous n'avez qu'à rester ici à vous disputer, tous les trois, lança-t-elle en partant. Je vais voir ce qui se passe. Ce n'est pas Skye qui a mis ce morceau, mais il faut bien que ce soit quelqu'un. Elle est peut-être en danger, si ça intéresse quelqu'un d'autre que moi.

Elle remonta le long pantalon de pyjama et descendit l'escalier à toute allure. Brandon n'aboie pas, c'est déjà ça, se dit-elle. Ça voulait sans doute dire que personne n'était entré par effraction dans la maison. Brandon aboierait s'il sentait une présence inconnue.

Sauf que le gros chien était enfermé dans la buanderie, incapable de les alerter du danger. Maudit Philip et ses strictes règles, fulmina Adrienne.

Une lampe délicate au pied en cristal était allumée dans le séjour et un lustre éclairait le couloir reliant la cuisine à la salle à manger. Adrienne se précipita dans la salle à manger, la traversa et arriva dans une petite pièce. Meublée d'un bureau ornementé à outrance et de deux fauteuils style Louis XV en brocart, trois de ses murs étaient recouverts de gigantesques tapisseries, qui mangeaient complètement le petit espace. D'après Vicky, la grand-tante Octavia l'appelait sa « pièce du matin » et c'est là qu'elle faisait ses comptes, écrivait ses notes de remerciement et envoyait ses invitations. Vicky avait cette pièce en horreur, en particulier le tapis gris et beige, d'une valeur apparemment inestimable mais très laid, sur lequel on avait placé un lecteur de CD qui jouait les derniers accords de *Sweet Dreams*. À côté du lecteur, deux bougies au jasmin allumées, semblables à celles qui avaient entouré le lit où reposait le corps de Julianna à La Belle. Devant les bougies, des morceaux de verre brisés, rouge sang.

Chapitre VI

1

Un instant de silence séparait *Sweet Dreams* du morceau suivant. Adrienne hurla :

— Skye, où es-tu ?

Elle entendit un coup sourd par-dessus la musique. Puis un autre. Ils provenaient de la cuisine, de l'autre côté du hall. Vicky et Philip restaient plantés à l'entrée de la « pièce du matin », le regard rivé sur le lecteur de CD comme s'il s'agissait d'un serpent venimeux. Adrienne les bouscula et courut dans la cuisine, insensible au froid du vinyle lisse et blanc sous ses pieds nus.

— Skye ?

— Ici !

Deux nouveaux coups sourds se firent entendre venant de la buanderie, au fond de la cuisine. Une chaise de cuisine au cadre en métal avait été poussée en force sous la poignée, coinçant l'accès. Adrienne enleva la chaise et ouvrit grand la porte. Skye s'avança, mais Brandon arriva avant elle : il se jeta sur Adrienne, sauta et plaça ses grosses pattes sur ses épaules, lui léchant la figure en poussant toutes sortes de gémissement joyeux.

— Maman, on a eu trop peur ! s'écria Skye, se rapprochant de sa mère.

Brandon refusait de céder la place, et continuait à faire des petits bruits de conversation comme pour confirmer l'expérience horrible qu'ils avaient vécue. Adrienne le serra contre elle, retira ses pattes et les déposa tendrement par terre pour pouvoir s'occuper de sa fille, qui l'étreignit avec tout autant de passion.

— Je n'arrêtais pas de penser à Brandon enfermé tout seul, complètement terrifié, expliqua Skye. Alors je suis descendue. Puis je l'ai caressé et on s'est endormis. Après, on a entendu une voix. On était à peine réveillés, mais je savais que quelque chose ne tournait pas rond. Je crois qu'à ce moment-là, quelqu'un coinçait la porte avec la chaise. J'ai empêché Brandon d'aboyer parce que je me suis dit qu'on devait être en train de cambrioler la maison, et j'ai eu peur qu'on se fasse tuer, moi et Brandon, s'il faisait du bruit. Et après on a entendu la musique ! On n'a même pas essayé de sortir d'ici avant que tu nous appelles.

— Tu as fait exactement ce qu'il fallait faire.

Skye réussit à sourire faiblement.

— Qu'est-ce qui s'est passé ? Un cambriolage ?

— Je ne sais pas encore. Allons retrouver les autres. Ils sont dans la pièce du matin.

Adrienne n'essaya même pas d'enfermer à nouveau Brandon dans la buanderie. Il était terrifié et il avait besoin de Skye. Tant pis pour Philip !

Les Hamilton adultes avaient fini par entrer dans la pièce, mais c'est Rachel qui était à côté du lecteur de CD. Elle se baissa, arrêta l'appareil, puis se mit à genoux et souffla sur les bougies.

— J'ai *horreur* de cette odeur de jasmin. Maman, c'est toi qui les as achetées à Lottie Brent ?

— Non, répondit faiblement Vicky. Je ne lui en achète qu'à la vanille.

Rachel ramassa un morceau de verre rouge.

— Mon carillon ! Je l'avais rentré avant de sortir avec Bruce, parce qu'il y avait trop de vent sous le porche.

Le beau carillon en verre de Venise peint à la main, songea Adrienne. Philip l'avait rapporté à Rachel d'un voyage en Europe, quand elle avait quinze ans, et elle y tenait énormément. Adrienne l'avait parfois surprise en train de le contempler, son visage baigné de lumière à travers le verre rubis.

Rachel se mit à rassembler les bouts de verre et demanda d'une voix tremblante :

— Comment peut-on faire une chose pareille ?

— La question est surtout de déterminer comment on a réussi à pénétrer dans la maison, dit Philip en se tournant vers Vicky. Avais-tu mis le système de sécurité ?

— Mais oui, naturellement.

Vicky hésita.

— Enfin, il me semble bien que oui.

— Il te semble ?

Le visage de Philip se durcit.

— Comment peux-tu avoir oublié quelque chose d'aussi crucial ?

— J'étais épuisée, Margaret nous parlait d'Adrienne. Je me suis dépêchée de monter la voir. J'étais troublée, et je ne sais plus si je l'ai mis ou non !

— Il suffit d'appuyer sur quelques boutons pour assurer notre sécurité pendant la nuit, et tu ne te souviens plus !

Philip regardait sa femme comme si c'était la dernière des idiotes.

— Franchement, Vicky, je ne sais pas où tu as la tête en ce moment.

Vicky semblait rétrécir dans son beau kimono et Adrienne fut saisie de colère.

— Vicky n'habite pas ici toute seule, lâcha-t-elle à Philip. Tu ne pouvais pas mettre le système en marche, toi ?

Philip lui lança un regard d'acier.

— C'est la responsabilité de Vicky. Je pensais qu'elle l'avait fait.

— Mais *arrêtez* donc ! hurla Rachel, des larmes plein les joues. Vous n'arrêtez pas de vous disputer, et j'en ai ma claque de vous écouter. On devrait peut-être faire le tour de la maison pour voir s'il manque quelque chose. Ou pour voir si quelqu'un est encore *dans la maison* ?

— On devrait appeler le shérif Flynn, suggéra Skye.

— Nous ne sommes pas dans sa circonscription, nous dépendons de la ville, dit Adrienne. Nous devons contacter la police.

— Oui, mais Lucas viendrait quand même si c'était toi qui le lui demandais, contra Skye.

En se retournant pour la fusiller du regard, Philip aperçut Brandon.

— Mets ce chien dehors ou dans la buanderie.

— Non, répondit Skye en soutenant le regard de Philip. S'il y a encore quelqu'un dans la maison, Brandon nous protégera.

Adrienne savait parfaitement que la protection n'était pas le fort de Brandon, mais elle était si fière de voir Skye tenir tête au redoutable Philip qu'elle ne fit aucun commentaire.

Philip continua à regarder la jeune fille, manifestement surpris et peut-être même légèrement intimidé, puis il annonça d'une voix trop forte :

— Je vais faire le tour de la maison.

Vicky lui agrippa le bras.

— Non. Si le cambrioleur est encore ici, il pourrait te blesser. Attendons la police. Où est-elle, d'ailleurs ? Est-ce qu'elle ne doit pas automatiquement venir quand l'alarme se déclenche ?

— L'alarme doit être enclenchée avant de se déclencher.

Philip était dans une telle rage qu'il parlait entre ses dents.

— Je vais aller jeter un coup d'œil. Vicky, appelle la police. Skye, va remettre le chien...

Il faiblit.

— Enlève-moi le chien des pieds. Rachel, monte dans ta chambre si tu n'es pas fichue d'arrêter de chialer pour un carillon.

— Et pour moi, quels sont vos ordres, mon commandant ? demanda Adrienne d'un ton acerbe.

Philip plissa les yeux.

— Je crois que tu as causé assez de problèmes pour aujourd'hui. Retourne te coucher.

— Mais la police va arriver. Je vais faire du café.

— Parfait. Prépare un gâteau, tant qu'à faire. Pourquoi ne pas transformer cette nuit désastreuse en une grande fête ?

Adrienne était prête à lui renvoyer une réplique cuisante lorsqu'elle remarqua que Philip était dans un état effroyable : gris, les traits tirés, il semblait avoir pris dix ans en une semaine. La situation le déconcertait — elle l'effrayait même, peut-être — mais ce n'était pas tout. Elle vit une veine palpiter sur son front. Était-il sur le point d'avoir une attaque ? Les hommes en bonne santé d'une quarantaine d'années avaient-ils des attaques ? Elle ressentit un élan de sollicitude inhabituel à son égard.

— Sois prudent, Philip.

Il lui lança un regard étonné.

— Elles ont raison. Il reste peut-être quelqu'un dans la maison. Prends Brandon avec toi.

— Brandon ! s'écria Skye. Ah non, il risque de se faire blesser !

Philip marqua une pause, puis en haussant les sourcils, dit à Adrienne :

— Il semblerait que certaines personnes préfèrent me sacrifier plutôt que le chien, dit-il avec une pointe d'ironie.

— Avec un comportement comme le tien, il n'y a rien d'étonnant.

Rachel laissa tomber un morceau de verre de son carillon brisé et partit à l'étage. Skye s'apprêtait à la suivre, mais elle s'arrêta.

— Je crois qu'elle a envie d'être seule, murmura-t-elle à Adrienne tandis que Philip descendait le hall.

— Son père lui a fait de la peine. Je ne l'ai jamais entendu dire de telles méchancetés.

— Il est perturbé.

— Tu sais, maman, je ne comprends pas pourquoi tante Vicky l'a épousé. Il n'arrête pas de râler, à part quand il est devant tous ces gens qu'il estime importants et qui risquent de voter pour lui.

— Je sais, ma chérie. Mais il n'a pas toujours été comme ça. Quand Vicky l'a épousé, il était charmant et amusant. Un rien arrogant, mais agréable. Même moi, il m'aimait bien.

Skye sourit.

— Je ne comprends pas ce qui lui est arrivé au fil des ans. Mais on ne va pas s'en faire pour Philip tout de suite. Reste avec Brandon et protégez-nous, Vicky et moi.

— J'ai besoin de boire quelque chose, annonça soudain Vicky. Tu veux un verre, Adrienne ?

— Non, ils m'ont donné un analgésique à l'hôpital. Je crois que tu devrais éviter de boire, toi aussi. La police risque de le sentir à ton haleine.

— Qu'ils aillent se faire voir.

D'un pas décidé, Adrienne et Skye suivirent Vicky dans la cuisine et la regardèrent mélanger deux doses de vodka dans un petit verre de jus d'orange. Elle en but une longue gorgée, et Adrienne se demanda si sa sœur ne se mettait pas à boire un peu trop.

Un quart d'heure plus tard, deux policiers arrivèrent. Toutes les lumières étaient allumées, dedans comme dehors, et Adrienne aperçut des voisins observer la scène de leurs fenêtres, alors qu'il était deux heures et demie du matin. Vicky sirota un deuxième verre et s'assit à la table de la cuisine, l'inquiétude qui transparaissait auparavant dans ses yeux bleus était maintenant voilée derrière un regard indifférent. Adrienne téléphona à Lucas et prépara un café, tandis que Skye tournait en rond près de la petite télé de la cuisine, en faisant semblant de s'intéresser à un vieux film, pour ne pas gêner.

Les policiers fouillèrent la maison et Philip les suivit, sans cesser de les houspiller bruyamment. Adrienne savait que s'il n'avait pas été un notable, on lui aurait dit depuis longtemps de s'asseoir et de ne pas déranger le travail des policiers. Et c'est exactement ce que lui dit Lucas Flynn lorsqu'il arriva. Il prit Philip à part et lui parla avec le plus grand sérieux. Quelques minutes plus tard, Adrienne remarqua que le visage et les épaules de Philip commençaient à se relaxer. Pour un homme comme lui, devina-t-elle, le simple fait de voir le plus haut représentant de la loi du comté s'occuper de sa petite affaire devait l'aider à mieux prendre les choses.

Peu après, Lucas se trouva seul avec Adrienne.

— Je n'ai appris qu'à onze heures ce qui t'est arrivé dans la rue ce soir. Mon Dieu, je suis vraiment navré.

— Je survivrai. Mais je suis venue passer la nuit ici en pensant que j'y serais plus en sécurité. Tu parles d'un jugement infaillible.

Lucas haussa les épaules.

— Tu ne pouvais pas deviner qu'une telle chose allait se produire. Le système de sécurité n'était pas enclenché et on n'a trouvé aucun signe d'effraction. As-tu la moindre idée de ce qui se passe ici ?

— Tu veux dire que c'est un coup monté par quelqu'un de la maison ?

La bouche de Lucas grimaça d'amusement à son choix de mots. Elle l'ignora.

— Vois-tu parmi nous des suspects probables, shérif ?

— Pour briser un carillon et mettre la musique à fond dans la nuit ? Non, pas vraiment.

— Rien n'a été volé ?

— D'après Philip, non.

— Lucas, c'est encore plus étrange que ça ne paraît. Les bougies sont au même parfum que celles de la chambre d'hôtel de Julianna. La chaîne jouait *Sweet Dreams* des Eurythmics, la chanson préférée de Julianna pendant vingt ans. Elle en avait des cassettes, des CD et elle n'arrêtait pas de la chanter.

Adrienne eut soudain l'impression que Julianna lui passait un de ses longs doigts froids dans le cou, et elle eut un abominable sentiment d'appréhension.

— Lucas, ils devaient savoir que je ferais immédiatement le rapport entre les bougies et le corps de Julianna. Et que j'associerais *Sweet Dreams* avec elle. La chanson n'était pas choisie au hasard.

Il la regarda avec inquiétude.

— Mais alors, pourquoi l'ont-ils jouée dans cette maison ?

— Parce que quelqu'un m'observe et savait que je me trouvais ici ce soir.

Sans en avoir conscience, elle tendit le bras et lui serra le poignet.

— Lucas, cette chanson représente une menace pour *moi*.

2

Une heure plus tard, la police était partie et, même si tout le monde s'était recouché, Adrienne doutait fort que quelqu'un ait réussi à trouver le sommeil. À six heures, ils étaient tous debout, sauf Vicky, et manifestaient des degrés variables de mauvaise humeur et de fatigue. Le brave Brandon était le seul à être en forme, il semblait avoir beaucoup apprécié l'animation nocturne. Il se sentit encore mieux à six heures et demie, à l'arrivée de la femme de charge, Mme Pitt, qui prépara un petit déjeuner pour les humains, sans omettre de lui donner une tranche de jambon, des œufs brouillés et un biscuit qui sortait du four.

Alors qu'Adrienne s'apprêtait à engouffrer un morceau de biscuit tiède et beurré, Margaret entra : véritable tourbillon impeccablement vêtue, elle se mit à poser des questions sur l'effraction, prit des notes et lança des ordres à la maisonnée entière sur ce qu'ils devaient ou ne devaient pas dire aux reporters, qu'elle décrivit comme des « vautours ».

Rachel la regardait d'un air revêche.

— C'est vraiment gentil de me considérer comme un vautour, Margaret.

— Mais pas du tout. Tu n'es qu'une stagiaire dans une feuille de chou locale, tu n'es pas une vraie journaliste, lui répondit froidement Margaret.

Rachel posa bruyamment sa fourchette dans son assiette et éloigna sa chaise de la table.

— J'en ai assez.

Elle fusilla Margaret du regard.

— De vous et du petit déjeuner. En ce qui me concerne, vous pouvez…

Adrienne l'interrompit en haussant la voix :

— Madame Pitt, pouvez-vous préparer un café pour Vicky, je lui apporterai.

Rachel quitta furieusement la cuisine, fusillant Margaret d'un regard meurtrier.

— Mettez-lui aussi un ou deux de ces délicieux biscuits.

Mme Pitt, une femme d'âge moyen au visage ingrat qui semblait perpétuellement avoir mordu dans un kaki pas mûr, mais avec le naturel d'un ange, acquiesça en souriant.

— Tout de suite, dit-elle en sortant une Thermos et un plateau du placard. Mme Hamilton a un faible pour mes biscuits.

— Où est Vicky ? demanda abruptement Margaret. Est-elle malade ?

Adrienne n'apprécia pas son ton.

— Vicky était déjà épuisée en rentrant de la réception hier soir et le cambriolage n'a pas arrangé les choses. Elle n'a pas fermé l'œil de la nuit.

Adrienne n'avait pas la moindre idée de ce qu'elle avançait, mais elle devait protéger sa sœur de l'agressivité de Margaret.

— Elle doit passer la matinée au lit.

Margaret souffla d'impatience, exaspérée par la faiblesse de Vicky mais, avant qu'elle puisse l'exprimer, Philip s'en mêla :

— Je ne me sens pas au mieux de ma forme non plus. Prenons la matinée, Margaret.

Elle le regarda comme s'il venait juste de lui demander de se déshabiller. Ses yeux s'arrondirent, ses lèvres s'entrouvrirent ; son corps tout entier semblait en état de choc.

— Comment ça, prendre la matinée ? Toute la matinée ?

Il acquiesça d'un signe de tête.

— Philip, vous avez oublié le déjeuner du Club des femmes ? Nous devons revoir votre discours. Je veux simplement vous donner quelques renseignements sur ce nouveau projet d'égouts à Baker County.

— S'il y a une chose dont je ne supporterai pas de parler ce matin, c'est bien d'égouts, ronchonna Philip en se servant une troisième tasse de café. Je connais mon discours, même si j'ai l'intention de supprimer certaines des statistiques que vous avez ajoutées.

— Qu'est-ce que vous voulez dire, que les *femmes* trouvent les statistiques ennuyeuses ? demanda Margaret avec froideur.

— Je veux dire que, dans ce genre d'événement, *tout le monde* trouve les avalanches de statistiques ennuyeuses. C'est un déjeuner, Margaret, pas la réunion d'un conseil d'administration.

Les lèvres subtilement colorées de Margaret se raidirent d'exaspération. Elle se mit à taper un pied menu enveloppé dans un escarpin gris taupe sur le vinyle du sol.

— Vous serez peut-être mieux disposé à travailler dans une heure ou deux.

— Peut-être, répondit Philip avec désinvolture. Mais ça m'étonnerait. Après tout, Margaret, nous partons après-demain pour le nord de l'État. Je dois aller au déjeuner, mais j'ai besoin de me reposer cet après-midi et ce soir. Nous avons eu un train d'enfer ces deux derniers mois.

Adrienne remarqua qu'il avait l'air exténué, comme si tout son dynamisme naturel s'était évaporé pendant la nuit.

— J'espère que Vicky réussira à se lever à temps pour aller dans le nord avec nous, lança Margaret d'un ton irrité. C'est important qu'elle soit à vos côtés.

— Elle en est consciente et naturellement elle viendra, répondit Philip. Rachel doit rester ici à cause de son travail, vous n'aurez donc pas à la supporter, puisque vous n'avez pas l'air de bien vous entendre.

Margaret prit un air offusqué.

— Je fais tout mon possible pour m'entendre avec Rachel. C'est elle, le problème.

— Peu importe.

Philip jeta un coup d'œil sur sa belliqueuse assistante.

— Puisque vous avez tant d'énergie ce matin, Margaret, ramenez donc Adrienne et Skye chez elles.

— Les ramener chez elles ?

Margaret était atterrée et n'arriva pas à le dissimuler.

— Jusque chez elles ?

Philip eut l'air exaspéré.

— Non, Margaret. Je me disais que vous pourriez peut-être les conduire jusqu'au coin de la rue et les laisser rentrer chez elles en stop. Oui, *jusque* chez elles.

— Ce n'est pas ce que je voulais dire. C'est simplement que j'ai beaucoup à faire.

Elle s'interrompit, son regard se posa sur Brandon qui poussait sa gamelle autour de la cuisine en essayant d'atteindre les derniers morceaux collés au fond.

— Il faut aussi que je ramène le chien ?

— Je ne crois pas que Skye soit prête à s'en débarrasser.

Philip parvint à faire un petit sourire à Skye.

— Donc oui, le chien aussi. Et assez rapidement. Je vois bien qu'Adrienne et Skye languissent de rentrer chez elles. Nous ne leur avons pas offert une hospitalité très reposante.

— Très bien, lâcha Margaret.

Elle évita de regarder Adrienne dans les yeux.

— Vous êtes prête ?

Adrienne n'avait pas encore songé à son départ, mais Philip était manifestement pressé de se débarrasser d'elle, de Skye et surtout de Brandon. Il ne pouvait dissimuler son impatience.

— Donnez-moi le temps de m'habiller, dit Adrienne. Donnez-nous vingt minutes.

Vingt-trois minutes plus tard, précisément, Margaret les poussa dans sa voiture. La pluie avait cessé depuis des heures. Il n'y avait plus un nuage dans le ciel, l'herbe et les fleurs semblaient brillantes et neuves sous le soleil matinal. En sortant de l'allée, Adrienne s'exclama :

— Ah, n'est-ce pas une matinée superbe ?

— Sans doute, répliqua platement Margaret.

— Moi, je trouve aussi que c'est une matinée superbe, dit Skye, par loyauté envers sa mère.

Adrienne observa le visage sans expression de Margaret.

— Je suis navrée d'avoir à vous déranger ainsi. Je suis prête à payer pour faire nettoyer l'intérieur de votre voiture si Brandon a mis des poils sur les sièges.

— Ce ne sera pas nécessaire, répondit froidement Margaret.

Ses projets pour la matinée avaient été bouleversés et elle n'appréciait guère ce changement de plan. La flexibilité n'est pas son fort, songea Adrienne, à la fois amusée et agacée.

— Mais il faut dire qu'un chien à poils longs est horriblement salissant, ajouta Margaret. Si l'on doit avoir un chien, mieux vaut un caniche. Ils ne perdent pas leurs poils, eux.

— Ça alors ? C'est très sympa de leur part, répliqua froidement Adrienne.

Margaret serra la mâchoire, mais Adrienne ne pouvait rien faire pour adoucir ses propos antérieurs. Elle décida de se taire.

À partir de ce moment-là, seul le halètement de Brandon brisa le silence des quelques kilomètres de trajet restant. Adrienne eut envie de hurler de joie lorsqu'elles arrivèrent dans leur rue, jusqu'à ce qu'elle voie deux voitures de police garées devant chez elle.

— Mon Dieu, qu'est-ce que c'est que ça, maintenant ?

Adrienne se rapprocha du pare-brise, comme si elle parviendrait, de plus près, à gommer le signe infaillible du problème. Mais les véhicules restèrent devant chez elle. Elle aperçut Lucas dans l'entrée.

— Maman ? demanda timidement Skye à l'arrière.

— Lucas est ici, répondit Adrienne. Ne t'en fais pas.

Adrienne ne savait pas ce qui s'était passé, mais la présence du shérif la rassurait un peu. Margaret se gara dans l'allée et soupira.

— Je vais attendre pour voir ce qui s'est passé.

— Ce n'est pas la peine, Margaret. Je ne pense pas que vous puissiez être utile.

— Philip tiendra à être informé de la situation.

— Je vois. Vous ne restez pas pour nous, vous restez pour Philip, répliqua sèchement Adrienne. Il reste toujours votre préoccupation principale.

— Je suis payée pour qu'il soit ma préoccupation principale.

J'espère seulement que votre préoccupation est strictement professionnelle, pas émotionnelle, pensa Adrienne, en choisissant de se taire. Le moment était mal choisi pour se disputer avec Margaret.

Quand Adrienne sortit de la voiture, Lucas se dirigeait vers elle. Il semblait fatigué et sa bouche était tendue, comme c'était toujours le cas quand il était sous pression.

— Qu'est-ce qui se passe ? lâcha-t-elle avant qu'il ne puisse placer un mot.

— Un agent de police est passé devant chez toi ce matin. Il savait que tu avais été agressée et que tu passais la nuit chez ta sœur, mais comme la porte d'entrée était grande ouverte il s'est arrêté. Il est au courant de notre relation, alors il m'a passé un coup de fil, et a aussi prévenu d'autres flics de la ville. On n'a pas eu le temps de tout vérifier, mais ta maison a été retournée.

— Retournée ?

— Fouillée. On ne voit pas de dégât particulier, il ne s'agit donc pas de vandalisme et ce n'est pas non plus un cambriolage puisqu'on n'a pas touché à tes télés, à ton magnétoscope, à ton lecteur de DVD, ni à ta chaîne stéréo.

— Fouillée, répéta Adrienne, puis elle se tut quelques secondes pour digérer ces renseignements.

Puis elle comprit.

— L'appareil photo ! Quelqu'un essaie de trouver l'appareil et les photos que j'ai prises à La Belle !

Lucas haussa les sourcils.

— De quelles photos veux-tu parler ?

Adrienne se dirigea vers la voiture de Margaret, ouvrit la porte arrière et retira sa veste en jean.

— Elle était trempée, alors Margaret m'a prêté son imperméable. Je l'avais jetée dans la voiture et je n'y ai plus pensé.

Elle enfonça la main dans la poche intérieure.

— Le voilà !

L'Olympus Zoom 170 à la main, elle lança triomphalement :

— Il a passé toute la nuit dans la voiture de Margaret. Pas chez moi, ni chez Vicky !

Lucas la regardait d'un air intrigué. Il lui demanda calmement :

— Peux-tu te calmer un peu et m'expliquer le rôle de cet appareil dans cette affaire ?

— Tu es trop énervée, maman. Laisse-moi expliquer.

Skye semblait parfaitement mûre et posée. Plantée à côté de sa mère, elle tenait fermement Brandon en laisse.

— Quand on est allées à La Belle hier matin, Brandon galopait dans les bois et je lui courais après. Maman a eu l'impression de voir quelqu'un — quelqu'un d'autre que moi — dans les bois. Alors elle a pris des photos.

— Pourquoi ? demanda Lucas.

— Parce qu'elle pensait que c'était peut-être un voleur et qu'en le photographiant, on pourrait l'identifier et l'arrêter. Moi, je n'ai pas vraiment vu quelqu'un, mais j'ai aussi eu l'impression d'une présence dans les bois.

Adrienne s'en mêla.

— Après avoir découvert Julianna, je me suis dit qu'au lieu d'une photo de vandale, j'avais peut-être bien celle de l'assassin. J'allais déposer la pellicule à Photo Finish quand je me suis fait agresser. Je pense que l'agresseur voulait mon appareil.

— Parce que l'agresseur était l'assassin, ajouta inutilement Skye.

— Et tu penses que cette même personne est entrée chez les Hamilton hier soir, quand elle s'est aperçue que l'appareil n'était pas dans ton sac ? demanda Lucas.

— Oui. Et après ou avant cela, il a fouillé ma maison. Ça me paraît tout à fait logique, puisque ma maison n'a pas été cambriolée.

Lucas approuva en hochant lentement la tête.

— C'est vrai. Donne-moi cet appareil, dit-il en tendant la main, je ferai développer la pellicule. Il vaut mieux que tu ne la gardes pas plus longtemps.

Adrienne lui donna l'appareil.

— J'aurais dû t'en parler hier, mais j'étais tellement choquée d'avoir trouvé Julianna.

— Je ne te soupçonne pas de rétention d'information, dit-il avec un sourire. Mais tu aurais évité bien des tracas si tu me l'avais donné hier.

— Je ne vois pas comment l'assassin de Julianna aurait pu savoir que je t'avais donné la pellicule, à moins qu'il n'ait continué à m'épier. Mais je me sens mieux maintenant que je m'en suis débarrassée.

Adrienne jeta un regard morne vers sa maison.

— Je ferais mieux de rentrer et d'évaluer les dégâts.

Les deux gros lilas encadrant la porte d'entrée rayonnaient dans la lumière. Adrienne respira leur fort parfum sucré comme pour se fortifier. L'idée d'un étranger tripotant toutes ses affaires lui donnait un sentiment de violation encore plus puissant que l'attaque de la nuit précédente.

Elle entra et s'aperçut que son intérieur produisait un véritable assaut visuel comparé à la sobriété de la maison de Vicky. Le salon contenait une explosion de meubles jaunes, rose, pêche et bleus — des modernes, d'autres anciens, certains étaient des créations personnelles, comme la table basse recouverte d'un énorme bloc de verre ambré avec des pieds en faux livres. Il y avait des coussins un peu partout, à même le sol. Les tiroirs étaient ouverts, leur contenu renversé. Magazines et livres étaient empilés au hasard et une plante verte avait été renversée, laissant de la terre sur la moquette. La pièce était dans le plus grand désordre, mais rien ne semblait cassé. Il en était de même dans la cuisine, la salle à manger, mais le cœur d'Adrienne fut pris de panique en songeant à une autre pièce. Son studio.

Elle prit le couloir et se précipita dans la chambre de taille moyenne avec des fenêtres sur deux côtés qu'elle avait convertie en atelier. Elle s'attendait à une catastrophe. Au lieu de ça, son chevalet trônait près de la fenêtre avec la nouvelle toile qu'elle venait de tendre et d'apprêter. Elle la destinait à son tableau de La Belle Rivière. L'huile qu'elle comptait exposer au Gala d'été de la French Art Colony était placée sur un autre chevalet le long du mur. Elle y séchait depuis deux semaines et, à son grand soulagement, elle n'avait pas été sabotée. Sur son long établi, tous ses tubes de peinture à l'huile étaient alignés soigneusement, comme elle les avait laissés. Aucun signe n'indiquait que quelqu'un était entré dans cette pièce, seul un tiroir de rangement était ouvert et une esquisse de Skye, intacte, posée par terre.

— On aurait pu faire de sacrés dégâts, ici, remarqua Lucas. Ton intrus était sans doute un amateur d'art.

— Dieu merci. Je n'aurais jamais pu refaire cette toile à temps pour l'expo, et j'ai bien l'intention de l'exposer.

Elle l'examina de plus près pour s'assurer que la personne qui s'était invitée chez elle n'avait pas été tentée de laisser quelques petits signes de sa présence sur la peinture. Pas de trace.

Légèrement réconfortée, Adrienne partit vers sa chambre à coucher. Elle marqua un temps d'arrêt à l'entrée, le cœur gros. On n'avait pas traité cette pièce avec autant de respect que son studio.

Une petite chaise était en travers de l'entrée. Lucas l'enleva et dit :

— Je n'ai pas encore inspecté cette pièce. Je ferai mieux de passer devant.

— Personne ne se cache ici.

Dans la chambre inondée de soleil, Adrienne remarqua que les fins rideaux flottaient au vent de la fenêtre ouverte.

— S'il était encore ici ce matin, il sera sorti par la fenêtre quand la police est arrivée.

Elle entra et regarda autour d'elle. Tous les tiroirs de sa commode en chêne étaient ouverts, leur contenu déversé par terre. Le sol était jonché de sous-vêtements, chemises de nuit, collants et chaussettes. On avait ôté les draps et les couvertures du lit, et retiré le matelas et le sommier à ressorts de leur cadre. Les chaussures et les boîtes de l'armoire étaient jetées dans la pièce, comme si l'intrus était frustré et enragé.

— J'espère que tu n'avais rien de valeur ici, dit Lucas.

— Un coup de chance : je garde mes vastes collections de bijoux et de fourrures dans une chambre forte, murmura Adrienne.

Elle se donnait un air léger, car elle n'avait guère envie d'admettre à quel point le chaos étalé devant ses yeux la perturbait.

Elle s'avança lentement vers la commode, il ne restait plus rien dessus. Sa petite boîte à bijoux, la brosse et le miroir au dos en argent que lui avait donné sa mère avaient été jetés à terre. Le miroir était brisé et les morceaux d'une bouteille d'eau de Cologne se mêlaient aux débris de verre. Un fort relent de tubéreuse lui sauta au nez lorsqu'elle s'approcha.

— Voilà de l'argent jeté par les fenêtres, je venais juste d'acheter cette eau de Cologne, dit-elle tristement. Enfin, je suis contente de ne pas m'être offert le parfum.

— Les dégâts auraient pu être bien pires qu'un miroir brisé et un flacon de Cologne, lui rappela Lucas.

— Tu as raison. Je devrais m'estimer heureuse…

C'est alors qu'Adrienne leva les yeux du désordre qu'il y avait par terre. Son visage se figea et Lucas suivit son regard. Sur la glace au-dessus de la commode, un message avait été gribouillé en rouge : PARS OU MEURS.

Chapitre VII

1

— Oh mon Dieu, s'écria Adrienne, c'est écrit avec du sang ?

Lucas s'approcha et examina attentivement l'inscription. Elle remarqua qu'il faisait bien attention à ne toucher ni le dessus de la commode ni le miroir. Il finit par répondre :

— Non, ce n'est pas du sang. C'est cireux.

Adrienne le rejoignit, sans quitter le message des yeux. Puis elle reconnut la couleur.

— C'est du rouge à lèvres. Rouge de Perse. Le bâton était sur la commode.

Lucas recula et regarda autour de lui.

— Je ne vois pas le tube. Tu es sûre que c'est bien ton rouge à lèvres ?

— Oui. Je trouvais la couleur trop vive en plein jour, mais le tube était joli et je le gardais en décoration.

— Il est possible qu'il soit enfoui au milieu de tout ça.

Adrienne se tourna vers lui.

— Lucas, pourquoi tu t'entêtes à vouloir retrouver le rouge à lèvres. Tu ne comprends donc pas le message ?

— *Pars ou meurs.* C'est plutôt mélodramatique. C'est censé te faire peur, ce n'est pas un avertissement.

— Je suis contente que tu le prennes aussi bien.

— C'est de la folie de dire que je le prends bien, répondit calmement Lucas. Je ne prends pas ce message à la légère, Adrienne. Mais je ne panique pas, et tu devrais ne pas paniquer non plus.

— Bien sûr que non. On devrait toujours s'attendre à rentrer chez soi et à trouver des menaces de mort sur son miroir. Je ne vois vraiment pas pourquoi je m'affole !

Lucas posa les mains sur ses épaules et la regarda droit dans les yeux.

— Est-ce que tu penses que je connais mon boulot de flic ?

— Tu sais bien que oui. Mais…

— Pas de *mais*. Il est *possible* que ce soit une menace. Mais au premier abord, je dirais que quelqu'un te souhaitant vraiment du mal aurait causé plus de dégâts dans ta maison. Il semble que celui qui a fouillé était presque respectueux, jusqu'à ce qu'il entre dans ta chambre, où il a piqué sa crise parce qu'il n'avait rien trouvé. Et ce message, on dirait un truc écrit par un gamin.

— Donc, tu penses que ça ne veut rien dire.

— Je n'ai pas dit ça.

Il examina la pièce, mais son regard était manifestement tourné vers l'intérieur. Il finit par dire :

— Je pense que toi et Skye, vous devriez passer quelques jours de plus chez Vicky. Au cas où…

Pour qu'on ne soit pas seules *au cas où* on soit en danger ? Ça ne marchera pas. Philip et Vicky partent en campagne demain. Il n'y aura que Rachel et, si je suis une cible, je ne pense pas que Vicky apprécie que je détourne le danger sur sa fille. Et puis, leur maison aussi a été cambriolée.

— Parce que le système de sécurité n'était pas enclenché. Toi, tu n'en as même pas.

— Je vais en faire installer un aujourd'hui.

— Adrienne, ça ne sera pas forcément possible aujourd'hui. Si tu tiens vraiment à protéger Rachel en t'éloignant d'elle, tu vas devoir quitter Point Pleasant.

— Quitter Point Pleasant ? Mais j'enseigne, j'ai besoin de ce boulot. Et je vais le perdre si je m'en vais.

— Tu n'assures que deux cours à l'université d'été.

— Peut-être, mais les cours ont commencé. S'il ne s'agissait que de peu de jours, je pourrais sans doute me permettre d'en rater quelques-uns. Mais comment savoir quand tu trouveras l'assassin de Julianna ? Ça risque de prendre des semaines. Je ne peux pas partir si longtemps, Lucas, c'est impossible.

Il gardait un air renfrogné, mais elle savait qu'elle devait tenir bon. Son poste d'enseignante était vital pour assurer sa subsistance et celle de sa fille. Elle respira profondément et dit d'une voix faussement assurée :

— D'ailleurs, même si le meurtrier n'apparaît pas sur mes photos, il ne va pas pouvoir se dire bien longtemps que je l'ai vu et que j'ai simplement décidé de ne rien dire.

— Pourquoi pas ?

— Parce qu'il doit savoir que j'ai peur de lui. Il doit savoir que je préférerais le voir derrière les verrous. Quand il verra que je n'ai rien dit, il finira bien par comprendre qu'il n'a rien à craindre de moi.

— Et en attendant ?

— En attendant, tu devrais user de ton influence considérable de shérif pour faire pression sur une entreprise de sécurité et me faire installer une alarme dès aujourd'hui. Skye et moi, nous serons extra-prudentes. Je ne la quitterai pas des yeux, ce qui va la rendre maboule, mais au moins je me sentirai mieux. Rachel sera en sécurité dans sa maison, Skye et moi dans la nôtre, et tout va finir par se calmer.

— Je n'en suis pas si sûre, Adrienne. Il y a quelque chose que je ne t'ai pas encore dit.

Elle se raidit. Elle avait envie de se couvrir les oreilles avec les mains, comme une enfant, mais elle se força à écouter.

— Qu'est-ce que c'est ?

— Claude Duncan est mort dans un incendie la nuit dernière. C'est pour ça que je n'ai pas pu venir te voir à l'hôpital. Je suis allé chez lui. C'était atroce. Il ne reste plus rien du pavillon, Adrienne, et je suis prêt à parier n'importe quoi qu'il ne s'agissait pas d'un accident.

2

Une odeur de bois brûlé flottait sur les décombres comme un nuage de basse altitude, contaminant la pureté de l'air matinal. Les cendres recouvraient la couleur des buissons et des fleurs environnantes comme un linceul, et l'herbe autour du site calciné était piétinée et inondée par les lances d'incendie, qui avaient tenté en vain d'éteindre les flammes dévorant le pavillon du gardien.

Drew Delaney ne pouvait retenir sa respiration plus longtemps. Il inhala un air qui sembla lui roussir l'intérieur du nez et qui lui fit pleurer les yeux. Son petit déjeuner pourtant frugal, composé de café et de pain grillé, se retourna dans son estomac en pensant à l'homme qui avait trouvé la mort dans ce brasier.

Claude Duncan.

Un des grands perdants de la ville. La risée de la ville.

Drew se souvint que, quand il avait dix-sept ans, il était parti à toute allure de La Belle Rivière dans la Corvette métallisée de son oncle, par une étouffante journée d'été. Il avait chaud, mais il se sentait cool, et il marchait sur des nuages parce qu'il avait ce soir-là rendez-vous avec Adrienne, à ses yeux la plus belle fille de la ville, et qu'il allait la chercher en Corvette. Oui, la journée s'annonçait parfaite.

Puis il avait repéré un garçon dégingandé aux cheveux filasse qui traînait des pieds sur la route. Drew l'avait immédiatement reconnu : Claude Duncan, le fils du gérant. Mince et élancé, il devait avoir onze ans, mais il avait le dos voûté comme s'il avait été vidé de toute joie et de toute confiance en lui. Sans réfléchir, Drew s'était arrêté à côté de lui.

— Salut, Claude, t'es parti où, comme ça ?

Claude avait sursauté et répondu nerveusement :

— Je fais rien de mal. Je le jure.

Drew avait ri.

— Je n'ai jamais dit le contraire. Je t'ai juste demandé où tu allais. On dirait que t'as besoin d'un moyen de transport.

— Ah bon ? Ben, ouais, c'est vrai. Je vais à la pharmacie pour ma maman. Elle est malade et papa n'a pas le temps d'aller chercher les médicaments.

Drew avait dévisagé le garçon. La pharmacie était à plus de six kilomètres et son père s'attendait à ce qu'il fasse l'aller et retour à pied, par cette chaleur ? Oui, probablement. Aux yeux de Drew, M. Duncan était vraiment le dernier des enfoirés.

— Tu veux monter ?

— Monter ?

Claude avait regardé la Corvette comme s'il s'agissait d'un fabuleux vaisseau spatial.

— Là-dedans ?

— Bien sûr. Allez, grimpe. Tu seras à la pharmacie en cinq sec.

Claude était précautionneusement monté et regardait autour de lui, les yeux ronds.

— C'est la voiture la plus cool que j'ai jamais vue, monsieur Delaney, dit-il d'un ton révérencieux. C'est la vôtre ?

— Non, elle est à mon oncle. Mais j'en aurai une comme ça, un jour. Et tu peux m'appeler Drew, je suis bien trop jeune pour être monsieur Delaney.

— Oh. D'accord, monsieur. Drew. Je m'en souviendrai. Mais il faut que je continue à vous appeler monsieur Delaney devant mon père. C'est le règlement de mon père.

S'il savait où il peut se le mettre, son règlement, s'était retenu de justesse de dire Drew. Encourager le garçon à défier son père ne pouvait que lui attirer des ennuis supplémentaires.

Drew avait attendu Claude dans la Corvette devant la pharmacie, bénéficiant des regards admiratifs de plusieurs jolies filles, ce qui n'était pas pour lui déplaire. Quand Claude était sorti, il se tenait droit et il sautillait presque. Sans savoir pourquoi, Drew n'avait pas supporté l'idée de ramener immédiatement Claude à l'hôtel et à son père. Il avait décidé de l'inviter au Dairy Queen, où ils avaient mangé une grosse glace au chocolat, puis il avait bruyamment fait le tour de la ville une ou deux fois, la radio à fond, pour frimer. Claude avait même ri et Drew s'était rendu compte que, durant toutes les années où il avait fréquenté la piscine de La Belle — il était autorisé à y aller parce qu'il était un ami de Kit Kirkwood —, il n'avait jamais vu Claude sourire.

Ils étaient rentrés à l'hôtel une heure plus tard, et il aurait fallu bien plus longtemps à Claude pour faire le trajet à pied. Le garçon était descendu de la Corvette, le visage radieux, et avait lancé joyeusement :

— Merci, monsieur Delaney. Je veux dire, Drew.

Il avait rougi.

— Franchement, c'est le plus beau jour de ma vie !

Puis il avait déguerpi vers le petit pavillon, avec aux lèvres un grand sourire et, à la main, le petit sac de médicaments pour sa mère, qui, disait-on, mourait lentement d'un cancer.

Quand Drew était revenu à Point Pleasant, il y avait moins de deux ans, il avait été saisi par le changement survenu chez ce garçon aux yeux écarquillés, qui avait démontré une telle capacité à être heureux. Manifestement, quelque chose s'était brisé en lui, sans doute à cause de son redoutable père, que la mère de Kit Kirkwood avait toujours toléré à cause de son efficacité à gérer La Belle. Depuis, Drew avait eu quelques occasions d'offrir un verre à Claude dans un bar du coin et de discuter un peu avec lui, mais ces rencontres avaient été déprimantes. Claude n'était jamais très bavard s'il n'était pas saoul, et son esprit était alourdi par l'alcool et les sévices émotionnels. Quand il avait bu, soit il n'arrêtait pas de se plaindre, soit il faisait preuve d'une vantardise ridicule. Drew avait ressenti une profonde pitié pour l'homme qu'était devenu Claude Duncan.

Et voilà maintenant que ce pauvre type était mort avant d'avoir fêté son trentième anniversaire.

Drew se trouvait encore à l'hôpital avec Adrienne quand ils avaient amené le corps atrocement brûlé de Claude. Une de ses anciennes conquêtes, qui était infirmière, lui avait confié que Claude était brûlé au deuxième et troisième degré sur quatre-vingts pour cent du corps. Même s'il avait été vivant en arrivant à l'hôpital, il n'aurait eu aucune chance de s'en sortir. Mais elle avait également entendu un docteur dire qu'il avait les pupilles complètement contractées, signe qu'il était drogué. Elle avait émis l'espoir qu'il ait été assez « défoncé » avant d'être atteint par les flammes.

La mort de Claude ne pouvait être accidentelle, pensa Drew. Au fil des ans, La Belle avait eu plus que son lot de décès, c'était vrai. Mais deux morts en moins de vingt-quatre heures ? Même pour La Belle, c'était dur à imaginer. À moins qu'il n'y ait un lien entre les morts. Drew se demandait bien quel lien aurait pu se tisser entre Julianna Brent et Claude Duncan. Ça ne risquait pas d'être un lien amoureux. Ni un lien commercial. Quelque chose qu'ils savaient tous les deux ? Mais quoi ? L'identité de l'amant de Julianna ? Merde, Claude était incapable de garder la moindre information secrète plus d'une journée. S'il avait su qui était l'amant de Julianna, il l'aurait raconté à tous les habitants de la ville, faisant jurer le secret à chacun d'entre eux. Drew était convaincu que Claude n'avait pas eu connaissance du nom de cet amant. Mais, dans ce cas, quel lien les unissait dans la mort ?

Drew ferma ses yeux sombres et hocha la tête. Il arrivait parfois que sa curiosité de journaliste l'exténue. Sa mère, qui parlait plus simplement de sa tendance à fourrer son nez partout, l'avait averti qu'il finirait par s'attirer des ennuis. Mais ça ne s'était pas encore produit, et il avait l'esprit toujours aussi curieux.

Les rubans jaunes de la police protégeaient les décombres du pavillon. Un policier boulot, d'âge moyen et à la figure perpétuellement rouge, s'approcha de lui. Drew reconnut Sonny Keller.

— Je ne sais pas comment vous avez franchi le barrage routier à Rivière Lane, Delaney, mais vous n'êtes pas autorisé à vous approcher du pavillon.

— J'ai simplement contourné le barrage en marchant dans les bois et je suis encore assez loin du pavillon, répondit aimablement Drew.

— Le shérif Flynn ne veut pas qu'on se ramasse tout un tas de mecs venus chercher des souvenirs.

— Je n'ai aucune intention de faire un raid. D'ailleurs, je ne pense pas qu'il reste grand-chose à prendre.

Keller acquiesça d'un signe de tête.

— Vous parlez d'un foutoir. Et encore, si quelqu'un n'avait pas repéré l'incendie depuis la route et appelé les pompiers juste avant la seconde grosse averse, il ne resterait rien du tout. C'est cette pluie qui a sauvé Claude.

— Pour quelques brefs moments d'agonie, précisa Drew en frissonnant. Vous savez ce qui a causé l'incendie ?

Keller le regarda avec méfiance.

— Je connais votre jeu. Vous allez repartir au journal et imprimer chacun de mes mots. Flynn nous a demandé de rien dire.

— Donc, vous savez ce qui a provoqué l'incendie.

— Je n'ai pas dit ça.

— Oh, dit Drew en feignant la déception. J'avais cru qu'avec toutes vos années d'expérience, Keller, si quelqu'un savait quelque chose, c'était bien vous.

— Ce n'est pas faux.

Drew savait que Sonny Keller ne parviendrait pas à la fermer bien longtemps, surtout si on lui laissait entendre qu'il n'avait pas réponse à toutes les questions. Les ordres de Lucas Flynn passeraient au second plan.

— Flynn a demandé à un expert en incendies criminels de venir cet après-midi, lui confia Keller à voix basse et en s'assurant que personne ne se trouvait à proximité. Je n'arrive pas à y croire ! Comme si on avait besoin d'avoir un petit malin, soi-disant expert, dans les pieds. C'est évident que cet idiot de Claude était bourré, qu'il a renversé sa bouteille de whisky, abruti par la boisson et qu'il a fait tomber sa cigarette dans l'alcool. Et *voilà* ! conclut-il triomphalement, prononçant le mot français « vaille-o-lé ».

— Hum.

Drew hocha la tête avec sérieux, comme s'il réfléchissait à ce qu'il venait d'entendre. Puis il dit :

— Mais pourtant, Claude tenait bien l'alcool. S'il avait bu au point de perdre conscience, il ne serait pas resté grand-chose dans sa bouteille, sans doute pas assez pour qu'un mégot puisse provoquer un brasier capable de rétamer toute la maison. Comment expliquez-vous ça ?

Sa question ne reflétait qu'une perplexité polie.

Sonny Keller hésita, manifestement perturbé par l'élément de complexité que Drew avait apporté à son explication. Il respira profondément et finit par avancer avec certitude :

— Eh bien, je dirais qu'un mégot dans une toute petite quantité d'alcool peut avoir allumé le feu. Y a des dizaines de façons que cette cigarette a pu enflammer l'alcool et provoquer un incendie. Je vous assure, c'est comme ça.

— Peut-être, dit tranquillement Drew, mais je connaissais un peu Claude et y a deux trucs qui tournent pas rond dans ce scénario. Premièrement, Claude ne fumait pas. Sa mère est morte d'un cancer du poumon et il avait juré de ne jamais toucher une cigarette. Et il s'y est tenu. Il n'avait jamais de cigarettes sur lui et n'en acceptait jamais quand on lui en offrait. Deuxièmement, le docteur qui l'a examiné avant sa mort a vu dans ses yeux qu'il était complètement camé. Et figurez-vous que je sais aussi que Claude était *terrifié* par la drogue. Il n'avait jamais assez picolé, mais de son plein gré, il n'aurait jamais rien pris de plus fort qu'une aspirine ou un antibiotique.

Drew observa la fureur monter chez le policier.

— Alors, Keller, tout ça me dit que quelqu'un a dû donner un petit coup de main à Claude la nuit dernière.

3

Un autel. Voilà ce qu'était cet endroit — une saleté d'autel voué au culte de Julianna Brent.

Gail Brent était chez sa mère Lottie. Elle avait horreur de cette cabane. Lottie y avait vécu toute sa vie et la qualifiait d'« humble » demeure. Gail l'appelait un taudis, ce qui peinait Lottie et énervait Juli. Mais ça n'en restait pas moins un taudis, songea Gail comme par défi. C'était exigu, primitif, les meubles provenaient de vide-greniers ou avaient été grossièrement fabriqués par son grand-père, les tapis aux couleurs passées recouvraient un plancher qu'aucune cire n'aurait pu rendre présentable. Et — ce qui n'arrangeait rien pour Gail — au cours des seize dernières années, Lottie avait tapissé les murs de photos de Julianna, découpées dans des revues de mode ou en couverture de magazines tels que *Vogue*, *Glamour* ou *Cosmopolitan*. Aucun des devoirs d'école de Gail notés 20/20 et couverts de commentaires élogieux. Lottie s'était contentée d'en sourire, de faire un vague commentaire, puis de les glisser dans une chemise en carton. Chaque fois que Lottie avait épinglé une nouvelle photo de Julianna, bien en évidence, Gail avait eu l'impression d'être une poupée vaudou dans laquelle sa mère enfonçait une épingle.

Gail avait huit heures moins dix à sa montre, mais Lottie n'était pas chez elle et, d'après sa fille, n'y avait pas mis les pieds depuis au moins vingt-quatre heures. Il n'y avait aucune odeur de cuisine, les fenêtres étaient fermées et le chat poussait des miaulements affamés devant la porte. Pourquoi Lottie s'était-elle absentée aussi longtemps ? Était-elle seulement partie se promener ? Ou son absence avait-elle une autre signification, à la lumière de l'assassinat de Juli ?

Le regard de Gail se posa sur une photo particulièrement réussie de sa sœur, dans une robe de soirée à paillettes vert forêt, ses cheveux auburn relevés sur le sommet de la tête, ses yeux d'un brun doré à la fois innocents et aguicheurs. À contrecœur, Gail admit que sa sœur était d'une grande beauté et qu'elle ne pouvait éviter de se comparer à elle. Il n'y avait pourtant aucune comparaison, songea-t-elle amèrement, en se dirigeant vers une petite glace pour étudier son visage.

Ses cheveux blond foncé, d'un lustre naturel, lui arrivaient à mi-épaules. J'ai de super-cheveux, pensa Gail. Son petit ami, le policier Sonny Keller, semblait beaucoup les apprécier et, un jour qu'il était ivre, il les avait même comparés à du satin de miel. Il adorait ses cheveux et aussi sa grosse poitrine, même si elle la trouvait personnellement trop grosse et déjà tombante alors qu'elle n'avait que trente-deux ans et n'avait jamais allaité.

Malgré ses dents, parfaitement alignées et blanches, lorsqu'elle regardait son visage rond, ses joues d'écureuil, ses petits yeux bleu foncé, son nez retroussé et son cou trop épais, Gail se sentait toujours violemment déprimée.

Quand elle était petite, Lottie n'arrêtait pas de lui dire qu'elle était mignonne, même jolie lorsqu'elle souriait, mais Gail était persuadée que Lottie mentait. Elle savait que sa mère la détestait car elle lui rappelait son père : Butch, un homme petit et trapu, sans éducation mais intelligent, que la folie de Lottie avait fait fuir. Gail trouvait à son père des qualités qui semblaient échapper aux autres, et elle savait qu'il l'avait aimée, même si Juli avait toujours reçu plus d'attention et de baisers de sa part. Julianna et Lottie avaient été heureuses quand Butch était parti, Gail en bouillait encore de colère après toutes ces années. *Heureuses !* Elle, elle avait été anéantie par son départ.

Sans s'en rendre compte, Gail serra les dents en y repensant, puis elle relaxa sa mâchoire. Elle ne voulait pas se casser une dent en se remettant à serrer et faire grincer sa mâchoire comme elle en avait la manie quand elle était petite. Mais dernièrement, elle n'avait pas pu s'en empêcher. Elle n'éprouvait que du mépris pour la dernière liaison amoureuse de Julianna. Une liaison dégoûtante, quasiment profane, aurait-elle pu penser si elle avait été pieuse, ce qui était loin d'être le cas. Mais par-dessus tout, Gail pensait que cette liaison était injuste et écœurante. Juli avait une nouvelle fois obtenu ce qu'elle voulait, comme toujours !

J'aurais dû faire quelque chose il y a longtemps, se reprocha Gail. Julianna avait causé tant de peine à un homme qui l'aimait. Mais au lieu de ça, Gail avait laissé couler tout en élaborant un plan d'action. Mais, comme d'habitude, elle avait hésité, craignant d'agir avant d'avoir examiné chaque scénario dans ses plus infimes détails. Pendant ce temps-là, la situation atteignait des dimensions critiques et elle devenait incontrôlable. Et maintenant, pour couronner le tout, Julianna avait probablement le statut de sainte aux yeux de l'homme que Gail aimait plus que la vie.

Sentant de chaudes larmes de chagrin et de frustration couler de ses yeux bleu sombre sur ses joues d'écureuil, Gail déplaça une lourde malle et découvrit un morceau de plancher rayé. Elle prit un des couteaux de cuisine de sa mère et le glissa doucement le long des bords d'une craquelure à peine visible dans le bois, tout autour, en faisant très attention de ne pas endommager le vernis déjà bien abîmé. Quelques minutes plus tard, elle réussit à enfoncer la lame dans la fente et à soulever un morceau de bois de vingt centimètres sur vingt-cinq. Elle le posa sur le côté, passa la main à l'intérieur et en sortit un sac de velours. C'était l'emballage d'une délicieuse bouteille de Crown Royal qu'un patron de son père lui avait jadis offerte, dans un élan de générosité à l'approche de Noël. Ni la disposition généreuse du patron ni le whisky n'avaient duré bien longtemps, mais Gail avait chéri le sac, lui avait trouvé une cachette secrète qu'elle ouvrait chaque fois qu'elle était seule dans la cabane, et, depuis des années, y déposait ses souvenirs précieux.

Gail savait que Lottie n'était pas proche de la cabane — elle pouvait presque sentir l'absence de son « aura », — mais elle jeta tout de même un regard par-dessus son épaule avant de déverser le contenu du sac en velours. Elle sourit en revoyant la barrette que sa mère avait fabriquée — elle en avait fait deux —, une pour elle et une pour Juli. Deux barrettes d'au moins cinq centimètres de long, en forme de papillon, avec des éclats bleus, verts et roses de cristal autrichien sur les ailes fines.

Elle prit ensuite une boucle d'oreille avec un diamant. L'homme qui avait intéressé Julianna pendant quelque temps et que Gail adorait la portait presque toujours, jusqu'à ce qu'elle disparaisse de sa commode un beau jour.

Le dernier objet dans le sac était un portrait de son amour, une petite esquisse qu'elle avait elle-même dessinée. Il n'était pas très réussi, mais il était reconnaissable. C'est pour cela qu'elle avait oblitéré le visage, au cas où son terrier secret serait découvert. D'ailleurs, elle n'avait pas besoin de regarder son portrait pour se souvenir de son visage. Il était marqué au fer rouge dans son cerveau.

Gail aurait voulu rapporter ses trésors chez elle, mais elle n'osait pas. Elle ne pensait pas être soupçonnée du meurtre de sa sœur, mais on n'est jamais trop prudent. Elle essuya chaque objet, les remit dans le sac en velours et glissa le tout dans la cachette. Elle prit soin de bien replacer le morceau de bois, de le recouvrir du tapis et de remettre le rocking-chair dessus, puis elle sortit de la cabane.

De la véranda, elle jeta un coup d'œil aux alentours. Le soleil brûlant du matin avait purifié le ciel et l'air. Près d'elle, le petit chat de sa mère, Calypso, poussa un léger miaulement pitoyable et affamé. Gail l'observa un instant, lui adressa un demi-sourire tordu et lui dit : « C'est dur pour tout le monde, le chat », avant de regagner sa petite voiture blanche, sous le regard pathétique de l'animal.

4

— Grands dieux, on dirait qu'un cyclone a traversé ta maison !

Kit Kirkwood examinait la pagaille dans le salon d'Adrienne.

— T'en as pour des lustres à tout ranger.

— Pas vraiment.

Adrienne replaça un gros coussin sur le canapé.

— Deux ou trois petites choses seulement ont été cassées. Le reste a juste été « retourné », comme dit Lucas.

— Je vais t'aider à ranger.

— Je me débrouillerai, Skye va m'aider.

— Et si je m'y mets, on ira encore plus vite.

Kit avait payé une fortune chez le coiffeur pour donner à ses cheveux bruns un air ébouriffé. Elle portait un pantalon Capri, des sandales, un tee-shirt et n'avait qu'une mince couche de brillant à lèvres et un peu de mascara. Sans le rouge à lèvres très foncé, le fard à joues et l'eyeliner au-dessus de ses yeux noisette qu'elle appliquait au restaurant, elle faisait facilement cinq ans de moins. Elle avait d'ordinaire un large et adorable sourire, mais pas aujourd'hui.

— Je me demande bien ce qui se passe dans cette satanée ville, dit-elle en soulevant une lampe. Je commence à me croire dans un épisode de *La Quatrième Dimension*.

— Ça a toujours été le cas. N'oublie pas que Point Pleasant est censé subir une vieille malédiction indienne.

— J'ai l'impression d'entendre ma mère.

— Je vais finir par penser qu'on a sous-estimé ses croyances dans le surnaturel.

Adrienne enfonça le dernier coussin dans le canapé et se redressa, les mains sur les hanches.

— Comment peut-on rire de la situation, alors que Julianna a été assassinée ? On perd la tête !

— On est sous le choc.

Kit posa la lampe sur une table, s'approcha d'Adrienne, lui passa un bras autour des épaules et la serra contre elle.

— Quand on était ados, je me trouvais toujours ordinaire, toi, je te trouvais unique et Julianna me semblait complètement hors pair. Elle avait une telle beauté, une telle énergie et une telle joie qu'on l'aurait cru… je ne sais pas… *éternelle*. Ça paraît idiot, mais même quand elle a eu ses problèmes de drogue, j'étais sûre qu'elle allait s'en tirer. Et elle ne nous a jamais oubliées. Même au sommet de sa carrière, il ne s'est pas écoulé un mois sans qu'on se parle.

— Je sais bien, répondit tristement Adrienne. J'avais tellement besoin d'elle quand j'étais à Las Vegas avec Trey.

J'étais malheureuse, j'avais des soucis d'argent, surtout quand Skye est née, et j'étais encore en train d'étudier pour ma maîtrise. J'écrivais à Juli, je ne pouvais pas me permettre de téléphoner. Elle comprenait sans que j'aie besoin de lui expliquer. C'est elle qui m'appelait et on papotait pendant des heures. Sa note de téléphone devait être salée. Mais je me sentais toujours mieux après lui avoir parlé. Toi aussi, d'ailleurs. C'est simplement que Julianna...

— ... avait une vie plus palpitante que moi. On vivait toutes deux par procuration.

Adrienne avait maintenant les yeux remplis de larmes.

— Elle va tellement me manquer.

— Moi aussi. Rien ne sera plus jamais pareil pour nous.

— Ni pour Lottie, soupira Adrienne. Comment Gail le prend-elle ?

Kit dégagea son bras et haussa les épaules.

— Toujours la même, cette sacrée Gail. Une véritable énigme. On ne devinerait jamais que sa sœur vient de mourir. Hier, elle est venue faire le service du soir, comme si de rien n'était. Je lui ai dit de prendre la soirée. Elle m'a répondu que ce n'était pas nécessaire. T'arrives à y croire, toi ? Mais j'ai insisté pour qu'elle rentre chez elle. J'étais tellement en colère qu'elle soit aussi peu touchée par le décès de sa sœur, j'ai failli la gifler.

— Je te comprends. Mais elle doit bien ressentir quelque chose. Julianna était sa seule sœur.

— Et elle en était horriblement jalouse. Elle n'avait ni sa beauté, ni son charme, ni son ambition. Gail n'est pas moche, elle peut être agréable si ça lui chante et elle est efficace. C'est à peu près tout. J'ai essayé d'être aimable avec elle, à cause de Julianna — je lui ai même donné un boulot — mais je n'arrive pas à l'apprécier. C'est une des personnes les plus froides que j'aie jamais rencontrées.

Adrienne se mit à pousser la lourde table basse.

— Gail a très mal pris le départ de son père. Elle avait honte de leur pauvreté. Juli s'en foutait complètement.

Kit se plaça de l'autre côté de la table et l'aida à pousser.

— J'adore le verre que tu as mis sur ce truc, mais ça pèse une tonne, souffla-t-elle. Et Lucas, qu'est-ce qu'il pense de tout ça ?

— Les cambriolages, la mort de Claude ou l'assassinat de Julianna ?

— Les trois.

— Je n'ai pas l'impression qu'il sache grand-chose sur Julianna pour le moment. Son corps est toujours chez le médecin légiste à Charleston. Ils doivent déterminer la cause du décès. Pour Claude aussi.

— Claude ? Il est mort brûlé.

— Il y avait autre chose. Lucas n'a rien dit de précis, mais il ne pense pas que sa mort ait été accidentelle.

— Un autre assassinat ? s'exclama Kit. Punaise, je n'y avais même pas pensé.

Elle se laissa tomber sur un pouf.

— Tu crois qu'une espèce de maniaque rôde dans la ville ?

— Apparemment.

— Mon Dieu.

Elles se raidirent toutes les deux en entendant la sonnette. Leurs regards se croisèrent tandis qu'elles restaient parfaitement immobiles, pétrifiées d'anxiété. Puis un homme cria :

— Adrienne ? Je veux dire, madame Reynolds ? C'est Rod, le serrurier de chez Rod's Lock and Key. Le shérif m'a demandé de venir en personne plutôt que d'envoyer un de mes ouvriers parce qu'on se connaît. Je suis venu installer l'alarme et changer les serrures.

Adrienne souffla et alla jusqu'à la porte. Elle l'entrouvrit et aperçut Rod, qu'elle connaissait depuis qu'elle était toute petite. Il sourit, elle lui rendit son sourire.

— Rod, ça me fait plaisir de te voir.

— Moi aussi, madame Reynolds.

— Depuis quand tu m'appelles madame Reynolds ?

Elle ouvrit grand la porte.

— On a fait toutes nos années d'école ensemble.

Les énormes dents de Rod brillèrent dans son visage mince et buriné, qui reflétait son dur labeur en plein air quand il n'était pas au magasin. Son père avait exploité une petite ferme et, sans scrupule, avait fait travailler Rod extrêmement dur quand il était jeune. Après en avoir hérité, Rod avait continué à s'en occuper seul, refusant de réduire à son tour ses jeunes fils en un quasi-esclavage.

— Eh bien, Adrienne, t'es jolie comme un cœur, ces jours-ci.

— Oui, ce pansement sur le front est vraiment à mon avantage. Sans parler de mes cernes sous les yeux dus au manque de sommeil, répondit-elle en souriant.

— Il faudrait plus qu'un pansement et des cernes pour gâcher ton visage, même si je suis franchement désolé pour ce qui t'est arrivé. Dieu du ciel, j'ai entendu dire que c'est toi qui as trouvé le corps de Julianna Brent.

Adrienne acquiesça d'un signe de tête, en espérant qu'il ne lui demanderait pas de détails.

— Puis tu t'es fait attaquer et maintenant ta maison a été cambriolée.

Il hocha tristement la tête, de profondes rides se formant entre ses épais sourcils déteints par le soleil.

— Heureusement que t'étais chez ta sœur, quoi que j'aie entendu dire qu'elle avait aussi été cambriolée. Pourtant j'ai installé moi-même le système chez Hamilton. C'est ce qui se fait de mieux et de plus cher. Je ne comprends pas ce qui s'est passé.

— Ils ne l'ont pas enclenché, Rod.

Il eut l'air à la fois soulagé et agacé.

— Je suis content que ce ne soit pas la faute du système, mais bon sang de bois, pourquoi payer une fortune pour la meilleure alarme et oublier ensuite de la mettre en marche ?

— C'est un oubli. Quand Philip et Vicky sont rentrés chez eux, ils ont trouvé Skye, moi et notre chien comme invités surprises et appris que je venais juste de sortir de l'hôpital après m'être fait cogner sur la tête.

Elle s'efforça de lui faire un petit sourire.

— Tout le monde était un peu paumé la nuit dernière. Je suis à peu près sûre que c'est la première fois qu'ils oublient de mettre l'alarme.

— Ouf. Je me sens mieux, dit Rod. Je n'aimerais pas leur avoir fait payer tant d'argent pour un système qui ne fonctionne pas parfaitement.

— Et moi, tu vas pas m'adresser la parole, Rod l'Éclair ?

Rod se retourna, vit Kit et son sourire s'élargit et dévoila encore plus de dents. Adrienne était persuadée qu'il devait en avoir bien plus que les trente-deux habituelles.

— Kit Kirkwood ! Ça fait vingt ans qu'on ne m'a pas appelé Rod l'Éclair !

Skye venait d'entrer dans la pièce.

— Bonjour. Pourquoi on vous appelle Rod l'Éclair ?

Le visage de Rod s'éclaira. Il avait toujours adoré raconter cette histoire.

— Quand j'avais trois ans, je me suis mis à courir dans un pré pendant un orage. Quand ma mère m'a aperçu, un coup de foudre s'est abattu à moins de deux mètres de moi. Elle est tombée dans les pommes.

Skye dit d'une voix entrecoupée :

— Pas étonnant ! Vous avez eu du mal ?

— Pas une égratignure. Apparemment, j'ai trouvé ça très rigolo. J'ai trouvé ça moins drôle la fois suivante. J'avais treize ans et je rentrais chez moi à vélo pour arriver avant l'orage ; la foudre a touché un poteau téléphonique qui s'est écrasé juste devant moi. Y avait des fils qui partaient dans tous les sens, ils se tortillaient par terre comme des serpents et jetaient de sales étincelles.

— Bon sang, vous êtes un désastre ambulant, fit Skye, impressionnée.

— Skye ! s'écria Adrienne.

Rod rit.

— Ne t'en fais pas, Adrienne. Elle a raison. Je suis célèbre pour frôler la foudre. Mais t'inquiète, ma petite, Dieu a décidé de me protéger.

Il regarda Adrienne et Kit.

— Ça me fait plaisir de vous revoir. Bien sûr, c'est dans de mauvaises circonstances, mais au moins je revois les deux plus jolies filles de ma classe d'un seul coup. Dites rien à ma femme, mais j'avais le béguin pour toutes les deux.

— Tu avais le béguin pour au moins vingt filles, répliqua sèchement Kit. Mais tu as tiré le bon numéro. J'ai toujours pensé que Carrie est à la fois gentille et jolie. Terriblement timide, aussi.

— Elle n'est plus aussi timide maintenant. Et elle est encore plus jolie avec l'âge. En plus, elle est une très bonne mère.

Brandon arriva alors et s'approcha immédiatement de la main que lui tendit Rod.

— Les chiens savent toujours si on les aime, déclara-t-il. Mes deux garçons ont un chien chacun. Marron et Blanc.

— Comment ils s'appellent ? demanda Skye.

— Marron et Blanc.

Rod semblait intrigué par sa question puisqu'il croyait avoir déjà donné leur nom.

— Et ce gros bonhomme, comment s'appelle-t-il ? Noiraud ?

— Brandon, s'empressa de répondre Skye.

Rod avait l'air amusé.

— Brandon, c'est un beau nom, ma foi. Drôlement chic, même.

Il fixa son regard sur Skye.

— Tu penses que Brandon voudrait m'aider à changer les serrures ?

— Je suis sûre qu'il adorerait ça ! Je peux regarder, moi aussi ? J'ai jamais vu faire ça.

— Je ne veux pas que vous gêniez Rod dans son boulot, dit Adrienne.

Rod hocha la tête. L'épi de son épaisse chevelure aux mèches blondies par le soleil ondulait comme s'il était vivant.

— Les enfants ne me gênent jamais, Adrienne. C'est que du bonheur, pour moi. J'en aurais une demi-douzaine si ma femme ne me limitait pas strictement à quatre. Le troisième est en cours — prévu dans deux ou trois mois. Faudra que je lui trouve un chien aussi.

Il s'adressa à Skye.

— Peut-être que tu pourras nous aider à lui trouver un nom. Un truc un peu chic, comme Brandon.

— Ça serait quel genre de chien, monsieur…

— Appelle-moi Rod, ma poule. Je pensais à un beagle que j'aurais appelé Oreilles Plates.

— Oreilles Plates ! s'indigna Skye avant de se souvenir d'être polie. Eh bien, c'est pas mal, Oreilles Plates, mais on pourra réfléchir à d'autres possibilités pendant que vous changerez les serrures.

Adrienne se tourna vers Kit.

— Bon, je crois qu'on a mérité une pause. Tu veux du thé glacé ou du café ?

— J'ai besoin de café. Du fort.

— Rod ?

— Je prendrai volontiers un petit café. Je ne sais pas ce que boivent mes deux assistants.

— Je m'occupe d'eux, dit Adrienne. Attention à ne pas les faire bosser trop dur.

Rod se mit immédiatement à bavarder avec Skye, leurs voix suivant Adrienne et Kit jusque dans la cuisine.

— Tu crois qu'il avait vraiment le béguin pour nous ? murmura Kit.

— Il me semble, oui, lui répondit Adrienne à voix basse. Mais à l'époque, on avait toutes trop peur d'être foudroyées si on s'approchait de lui.

Elles réprimèrent un fou rire qui éclata quand elles eurent fermé la porte de la cuisine. Elles s'écroulèrent, ricanant comme des filles de l'âge de Skye de quelque chose qui n'était pas spécialement amusant, mais le rire était un bon moyen de relâcher la tension et les sombres pensées qui les avaient accompagnées avant.

Une minute après avoir séché leurs larmes de rire avec deux mouchoirs, Adrienne dit :

— Tu veux du café, mais je n'ai pas un super-moulin comme toi pour le moudre fraîchement. Je ne peux pas t'offrir la qualité à laquelle tu es habituée.

— Franchement, je ne l'utilise que rarement moi-même. Ne t'en fais pas.

Pendant que le café passait, Kit passa ses mains dans ses courts cheveux noirs, les coinça derrière ses oreilles, puis les remit à nouveau sur l'avant. Tripoter ses cheveux était pour Kit un signe infaillible de nervosité.

— Tu sais avec qui sortait Julianna ? Avec qui elle était à La Belle ? demanda-t-elle abruptement.

— Non. Mais Skye pense qu'elle était avec ton beau-père.

Kit en resta bouche bée :

— Skye pense que c'était Gavin ? Mais pourquoi ?

Adrienne sortit deux tasses du placard.

— Elle va aux réceptions de Philip pour tenir compagnie à Rachel, qui les a en horreur. Bref, elles ont toutes deux remarqué que, quand Gavin et Julianna étaient ensemble, Gavin n'arrêtait pas de la toucher.

— Gavin n'arrête pas de toucher *toutes* les jeunes femmes, observa Kit d'un air dégoûté. Skye se basait seulement là-dessus ?

— Gavin a les clés de La Belle, ce qui aurait pu faciliter les rendez-vous secrets.

Adrienne versa le café et posa une tasse devant Kit.

— Si je te le dis, c'est parce que je ne pense vraiment pas que Julianna ait eu une liaison avec Gavin. Je pense qu'elle le tolérait seulement par respect pour Ellen. Mais la rumeur risque d'arriver aux oreilles de ta mère et elle la croira peut-être.

— Évidemment qu'elle la croira, soupira Kit. Franchement, avec toutes les aventures qu'a ce connard, je ne comprends pas qu'elle soit restée avec lui toutes ces années. Je sais qu'elle en était folle quand ils se sont mariés, mais elle ne l'aime plus maintenant. Elle m'a dit que quand elle a découvert qu'il courait, elle a décidé de rester avec lui parce que j'avais besoin d'un père quand le mien s'est barré ! Ah ! Gavin n'a jamais été un père pour moi. Ni pour Jamie d'ailleurs. Il l'a laissé mourir...

Kit s'interrompit. Elle avait adoré son petit frère adoptif, qui s'était noyé l'été dernier à La Belle. Elle réussit à terminer :

— Je crois que la mort de Jamie, ça a vraiment été le coup de grâce pour maman. Quant à Gavin, il ne peut pas la quitter s'il veut finir avec sa fortune, et elle ne risque pas de proposer de lui verser une bonne pension. Il est trop cupide et trop faible pour la quitter les mains vides. Alors elle se venge de la perte de Jamie en se raccrochant à Gavin et en lui rendant la vie dure. Et elle y arrive. Certains jours, j'en arrive presque à avoir pitié de Gavin.

Kit marqua une pause.

— Presque.

— Si Lucas soupçonne Gavin, il ne m'en a pas parlé.

Adrienne but une gorgée de son café.

— Remarque, il ne m'en parlerait pas. Personne ne peut accuser Lucas Flynn d'être trop bavard. Tout ce que je sais, c'est qu'il se fait du souci pour Lottie. Il m'a dit avant de partir ce matin qu'ils ne l'avaient toujours pas trouvée.

Elle n'est peut-être même pas au courant de la mort de Julianna.

— Elle est au courant.

Adrienne lui jeta un regard surpris.

— Tu l'as vue ?

— Hier soir au restaurant.

Kit avait apporté son sac dans la cuisine ; elle le fouilla et en sortit un paquet de cigarettes et son briquet en or gravé. Tandis qu'Adrienne tapotait impatiemment des doigts sur la table, Kit alluma sa cigarette et tira une bouffée, rejetant lentement la fumée. Adrienne finit par craquer :

— Bon, tu me racontes ce qui s'est passé avec Lottie, oui ou non ?

— Si tu me parles sur ce ton, je ne te dis rien du tout.

Elles étaient amies depuis trop longtemps pour se fâcher à propos d'une exaspération passagère, surtout dans une situation aussi éprouvante que le meurtre de Julianna. Adrienne remarqua d'ailleurs que la main de Kit tremblait quand elle porta la cigarette à sa bouche une deuxième fois.

— Lottie est venue au restaurant hier soir. Elle s'est assise dehors, dans le kiosque, pour regarder les guirlandes dans les arbres. Elle m'a dit qu'elle se sentait bien dans mon « jardin magique ».

Kit but une gorgée de café et tira une autre bouffée de sa cigarette.

— Elle m'a dit que quand elle s'était réveillée, hier matin, elle savait que quelque chose allait arriver à Juli. Elle m'a raconté une histoire de ululement de hibou et une de ses prémonitions. Elle a encore parlé de La Belle comme d'un endroit maudit, exactement comme maman, puis elle a mentionné que Julianna avait une liaison avec quelqu'un. Elle n'a pas dit qui, mais elle semblait savoir qu'ils se retrouvaient à La Belle.

Kit inspira une grosse bouffée d'air et observa le pot de bégonias rouge vif qui pendait à la fenêtre, comme si elle évitait le regard d'Adrienne.

— Elle délirait un peu plus que d'habitude, mais ce qui m'a vraiment fait peur, c'est que j'ai vu du sang sur sa robe et senti L'Heure bleue sur sa peau.

— Le parfum de Julianna, murmura Adrienne.

Kit approuva.

— Et tu sais comme elle est soigneuse avec ses vieilles robes. Si elle s'était coupée et qu'elle se soit tachée, elle l'aurait nettoyée. Alors c'était peut-être le sang de Juli et c'est là qu'elle aurait aussi pris son parfum.

Kit se tourna vers Adrienne, les yeux pleins d'angoisse.

— Adrienne, elle est allée à La Belle hier matin. Elle a touché le corps de Juli. Et pour une raison ou pour une autre, elle n'a pas appelé la police.

Adrienne était horrifiée à la pensée que Lottie avait vu sa superbe fille morte. Puis la signification des paroles de Kit la frappa.

— Lottie savait que Julianna avait été assassinée, mais elle n'a pas appelé la police ? Que veux-tu insinuer ? Que c'est elle qui a tué Juli ?

— Je n'en sais rien, répondit tristement Kit. Elle a dit que Julianna avait tort de voir cet homme. Tu sais comme elle est étrange.

Adrienne avait toujours adoré Lottie et tout en elle se rebellait contre ce que Kit semblait dire.

— Kit, Lottie est excentrique. *Ta mère* aussi, d'ailleurs.

Kit lui lança un regard plein de reproches.

— Ne m'en veux pas. Tu sais bien ce que je veux dire. Elles sont vieilles, mais jeunes, c'étaient deux filles influençables, qui ont grandi ensemble avec toutes leurs histoires. Et elles ont eu toutes les deux de mauvaises expériences — pire même, de *terribles* expériences — à La Belle. Elles haïssent cet endroit. Mais il y a une sacrée différence entre quelqu'un d'inhabituel et un assassin. Comment peux-tu imaginer que Lottie ait tué sa propre fille !

— Je n'ai pas dit cela, précisa Kit en écrasant sa cigarette. Mais pourquoi n'a-t-elle pas appelé la police ? Et hier soir, quand je suis revenue lui apporter son thé, elle avait disparu. Je suis allée dans sa cabane ce matin. Elle n'y était pas et je ne crois même pas qu'elle y soit passée, parce que sa chatte, Calypso, était sur la véranda en train de miauler tout ce qu'elle savait. Elle avait faim, et tu sais que Lottie s'en serait occupée si elle avait été dans le coin.

— Lucas m'a dit qu'ils la cherchaient toujours hier après-midi. Et franchement, avec ces histoires de cambriolage, j'ai oublié de lui en parler ce matin.

Adrienne fronça les sourcils.

— Bien sûr, ce n'est pas la première fois qu'elle disparaît un jour ou deux, mais les circonstances ne sont pas les mêmes.

Elle marqua une pause.

— Je devrais aller nourrir Calypso.

— Je l'ai ramenée dans mon appartement.

— Tu gardes Calypso ?

— Lottie y tient tellement…

Kit essayait toujours de jouer les dures. Elle avait horreur qu'on pense qu'elle était trop sensible.

— Je l'ai déposée chez moi avec une boîte de thon et un peu de lait. En rentrant, je vais m'arrêter à Wal-Mart pour acheter une litière et des boîtes pour chat.

— Plus de l'herbe à chat et une planche pour se faire les griffes.

— Bonne idée. Et peut-être quelques friandises.

Adrienne sourit.

— Tu n'as jamais eu d'animal, Kit. Tu es sûre de bien vouloir t'occuper de Calypso ? Tu pourrais te contenter de passer la nourrir à la cabane tous les jours jusqu'à ce que Lottie revienne.

Le regard de Kit se fit grave.

— C'est bien le problème, Adrienne. J'ai le sentiment horrible que Lottie ne reviendra jamais chez elle.

5

Adrienne ne parvenait pas à s'endormir, elle recensait mentalement les avantages à rester à Point Pleasant. Premièrement, son travail. Elle enseignait à mi-temps depuis trois ans et avait de bonnes chances d'obtenir un poste à plein temps à la rentrée. Sauf si elle abandonnait ses cours d'été en plein milieu en sachant qu'il n'y avait personne pour la remplacer. S'ils ne pouvaient pas compter sur elle, elle pouvait faire une croix sur ce poste qui la libérerait pourtant de ses problèmes d'argent ; elle risquait même de perdre son mi-temps. Non, elle ne pouvait pas courir un tel risque. Elle avait sa fille à charge.

Quant à sa maison, elle ne pouvait pas se permettre de louer indéfiniment une chambre d'hôtel pour elles deux, avec à la clé un chenil pour Brandon. L'appartement de Kit était élégant, mais c'était un petit F1 situé au-dessus du restaurant. Elle n'avait pas de chambre à leur proposer, même si Adrienne savait qu'elle n'hésiterait pas à les héberger. Pour ce qui était de la maison des Hamilton, Adrienne ne pouvait pas compromettre la sécurité de Rachel.

Non, elle n'avait qu'une option : rester chez elle. Elle avait pris des précautions. Depuis cet après-midi, toutes les portes et fenêtres étaient équipées de nouvelles serrures et la maison avait un système de sécurité neuf. Vicky lui avait prêté l'argent nécessaire. Adrienne avait décidé qu'elle ne laisserait jamais Skye toute seule, surtout la nuit. Lucas l'avait avertie qu'il n'avait pas assez de personnel pour assurer une surveillance permanente, mais qu'une voiture patrouillerait dans le quartier trois ou quatre fois par nuit.

Pour toutes ces raisons, rester chez elle à Point Pleasant semblait une solution logique — c'était d'ailleurs la seule solution, étant donné les circonstances — jusqu'à ce qu'elle se rappelle les mots inscrits sur son miroir : *Pars ou meurs.* Une menace inscrite au rouge à lèvres couleur de sang.

Adrienne regarda l'heure au réveil de la table de nuit. Une heure et quart. Elle essayait de dormir depuis onze heures. Elle se leva et, dans la cuisine, se prépara une tasse de lait qu'elle mit au micro-ondes. Quand il fut tiède, elle ajouta une goutte de cognac et alla le boire dans le grand fauteuil rosâtre du salon. La seule source de lumière provenait d'une petite veilleuse installée près de la porte d'entrée, sa lueur s'infiltrait par la baie vitrée en face d'elle, mais elle semblait ridiculement faible, de la rue. Et naturellement, remarqua-t-elle, l'ampoule de l'énorme et puissant lampadaire placé à côté de chez elle dans Hawthorne Way avait grillé en début de soirée et ne serait réparée que dans le courant de la semaine.

Davantage d'éclairage, songea Adrienne en se recroquevillant dans sa chaise, assise sur ses pieds nus. Elle téléphonerait demain pour faire installer deux veilleuses plus puissantes dans le jardin, une devant et une derrière. Peut-être même trois. Elle allait sans doute essuyer des plaintes de voisins, mais sa sécurité devait passer avant les voisins tatillons.

Elle suspendit ses pensées en voyant un éclat de phares percer la nuit. Suivit la voiture — qui ralentit en passant devant chez elle. Elle retint sa respiration, plissant les yeux même si sa vue était excellente. Elle repéra ensuite des bandes réfléchissantes jaunes sur la carrosserie métallisée. Une voiture de police vérifiait que tout allait bien, comme le lui avait promis Lucas.

Adrienne se détendit, légèrement réconfortée. Elle but une autre gorgée de son lait au cognac de plus en plus tiède. Elle se promit de se recoucher dès qu'elle l'aurait terminé. Elle allait se recoucher et *dormir*, car demain elle devait livrer un de ses tableaux à la galerie d'art pour l'intégrer à la compétition prévue pour le gala d'été, la semaine prochaine, et le soir, elle avait un cours à donner. Il s'agissait simplement d'Appréciation de l'Art 101, un cours qu'elle avait enseigné tant de fois qu'elle pouvait le faire les yeux fermés, mais il lui faudrait cependant rassembler un peu d'enthousiasme. Si elle avait l'air de s'ennuyer, ses étudiants le repéreraient rapidement et perdraient eux aussi tout intérêt.

Une autre paire de phares transperça la nuit. La voiture de police était passée il y avait à peine dix minutes, il devait donc s'agir de quelqu'un qui habitait dans cette rue, pourtant peu fréquentée. Et comme ses voisins n'étaient pas vraiment des oiseaux de nuit, elle observa avec curiosité la voiture qui rôdait autour de sa maison. Elle ne la reconnut pas. Les voisins conduisaient des voitures plus grandes que ça. Et elle roulait très *lentement*.

Adrienne sentit un chatouillement d'appréhension lui parcourir le dos. Elle ne connaissait pas grand-chose aux marques de voiture, mais celle-ci semblait être une deux-portes avec un long capot et une malle ratatinée. Dans le quartier, ses voisins préféraient les énormes voitures utilitaires, modèle sport, qui bouffaient énormément d'essence et qu'elle avait en horreur. Pourtant, elle en possédait une elle aussi, pour transporter son matériel de peinture et un passager coutumier, Brandon. Adrienne se pencha et observa plus attentivement cette voiture inconnue. Le manque de lumière ne lui permettait pas de dire si elle était vert ou bleu foncé, ou noire. Elle ne s'arrêta pas devant chez elle et ne fit rien de suspect. Elle appréhendait cependant la présence de cette voiture inconnue roulant au ralenti devant chez elle à une heure quarante du matin.

— Deux jours plus tôt, je ne l'aurais même pas remarquée, murmura-t-elle tandis qu'elle décrochait pour avertir Lucas.

Puis elle réfléchit. Il avait l'air épuisé ce matin. Il avait besoin d'une nuit de repos ininterrompue. Et puis c'était une chose d'être prudente, une autre d'être paranoïaque.

Elle resta donc sur la chaise. Une peau s'était formée sur son lait refroidi et le seul bruit de la pièce était le tic-tac d'une pendule mécanique posée sur la cheminée. Ses paupières s'alourdirent au fil des minutes. Puis elle sursauta, regarda l'heure et s'aperçut qu'elle avait dormi vingt minutes. Voilà plus d'une demi-heure qu'elle avait vu la voiture.

En grognant, elle déplia ses jambes engourdies et les fit bouger. Tandis que des fourmis lui picotaient le mollet avec le retour de la circulation, elle aperçut la lueur de phares s'approchant. Elle resta immobile, malgré ses jambes douloureuses, et la deux-portes passa à nouveau devant chez elle.

Cette fois-ci, Adrienne vit un visage flou derrière le volant, visage qui se tourna et regarda nettement à travers la baie vitrée.

Chapitre VIII

1

— Je reviens juste de Photo Finish, j'ai récupéré les photos que tu as prises à La Belle hier, dit Lucas.

La main d'Adrienne se crispa sur le téléphone.

— On n'y voit rien qu'on puisse utiliser.

— Rien ! lâcha-t-elle. Lucas, j'ai vu, de mes yeux vu, quelqu'un dans le viseur !

— Je n'ai pas dit qu'il n'y avait rien dessus. J'ai dit qu'il n'y avait rien d'utilisable. On distingue une forme floue derrière des arbres, mais on ne peut même pas voir s'il s'agit d'un homme ou d'une femme.

— Alors agrandissez-les par ordinateur. Je l'ai vu faire à la télé.

— Oui, et ça marche toujours à la télé, mais dans la réalité c'est autre chose. On va essayer, cela dit, mais je ne suis pas très optimiste.

— Oh, merde.

Plantée devant la fenêtre de la cuisine, Adrienne regardait un parterre de pensées à côté du patio.

— Lucas, je suis persuadée que j'ai pris la photo du meurtrier de Julianna.

— Tu ne peux pas en être certaine, lui répondit patiemment Lucas. Je n'ai pas encore reçu le rapport d'autopsie de Julianna. On ne connaît pas l'heure du décès. Mais même s'il a eu lieu une demi-heure avant ton arrivée, pourquoi l'assassin se serait-il amusé à traîner dans les bois ?

— Je ne sais pas.

Elle marqua une pause.

— À moins qu'il y ait un lien avec l'accident sur la grand-route. Avec toute l'agitation et la présence de la police sur les lieux, l'assassin pouvait difficilement quitter La Belle en descendant la colline.

— Dans ce cas, pourquoi ne pas monter la colline ? Pourquoi continuer à traîner autour de l'hôtel alors que toi et Skye arriviez, et en plus, avec un chien ?

— Eh bien…

— Eh bien, quoi ?

— Donne-moi du temps. Je trouverai une raison.

Lucas lâcha un petit rire.

— Dès que tu l'as trouvée, appelle-moi. Dans l'immédiat, ne parlons plus des photos. As-tu bien dormi la nuit dernière ?

— Non. Et à cause de cela, j'ai passé beaucoup de temps dans le salon et j'ai vu quelque chose d'inquiétant.

Elle lui parla de la voiture foncée avec le long capot et la malle ratatinée.

— Une malle ratatinée ? Ça s'appelle un hayon.

— Et comment appelles-tu le truc sur l'avant qui ressemble à une petite étagère ?

— Un becquet. Tu n'as pas vu la plaque d'immatriculation, par hasard ?

— Je t'aurais donné le numéro plutôt que de m'embrouiller dans cette description.

— Ta description allait très bien. Mais elle correspond à pas mal de modèles. Tu ne peux rien me dire du conducteur ?

— Non, je ne l'ai pas vu distinctement. Comme la silhouette dans les photos. Décidément, je vis dans un monde vraiment flou.

— Franchement, je suis presque content que tu n'aies aucun bon cliché de cette personne à La Belle. Il y a des choses qu'il vaut mieux ne pas savoir. C'est pour ça qu'après avoir regardé les photos, j'ai expliqué à Hal de Photo Finish où et quand tu les avais prises, mais qu'elles ne montraient rien du tout. Hal raconte toujours tout. Je répète cette information à tous les cancaniers du coin. Si le tueur est d'ici et cherche à se renseigner, je veux qu'il sache que tu n'as pas vu grand-chose et qu'on ne peut identifier personne sur les photos.

Il marqua une pause.

— Mais je n'aime pas cette histoire de voiture qui est passée lentement devant chez toi plusieurs fois la nuit dernière. Deux fois, c'est ça ?

Adrienne eut honte d'admettre qu'elle s'était endormie sur sa chaise aux alentours de trois heures.

— J'aurais dû rester éveillée et surveiller.

— Tu étais exténuée.

— Je le suis toujours. Et j'ai très mal au cou, après une nuit sur une chaise.

— Alors repose-toi un peu aujourd'hui.

— Je ne peux pas. Je dois livrer mon tableau à la French Art Colony pour le gala. J'ai quelques courses à faire, et ce soir j'enseigne. C'est étrange, la vie suit son cours en dépit d'au moins un crime atroce.

— La vie suit son cours, mais différemment.

L'inquiétude perçait dans la voix triste de Lucas.

— Tu dois redoubler de prudence, Adrienne. C'est très important, crois-moi. Ne prends absolument aucun risque, dans ton intérêt et dans celui de ta fille.

2

— Est-ce qu'il y a des histoires effrayantes sur cet endroit ? demanda Skye. On dit qu'il est hanté ou quoi ?

— Bien sûr que non.

Adrienne regarda la digne façade en brique de la French Art Colony, avec ses épaisses colonnes blanches.

— Je ne connais pas un seul fantôme qui ait élu domicile ici.

— Pfff... murmura Skye, déçue. Point Pleasant a beaucoup de maisons hantées. L'Art Colony est juste de l'autre côté de la rivière à Gallipolis. Comment se fait-il qu'on se les ramasse tous ? Hé, peut-être qu'après la démolition de La Belle, ses fantômes viendront s'installer ici !

— Depuis quand crois-tu aux fantômes, toi ?

Adrienne sortait prudemment son tableau enveloppé dans une toile, du coffre de sa voiture.

— Même petite, tu ne croyais ni aux fantômes ni aux monstres. T'étais la gamine la plus courageuse que j'aie jamais vue.

— Je le suis toujours, la rassura Skye. C'est juste rigolo de prétendre que certains endroits sont hantés. Est-ce que la French Art Colony est aussi vieille que La Belle ?

— Plus vieille.

— Tu vois. Au cinéma et dans les livres, les fantômes aiment toujours les vieux endroits. Aucun fantôme digne de ce nom ne se baladerait dans notre maison. C'est trop neuf et en plus y a pas d'étage. Mais ici, par contre, c'est un paradis pour fantômes.

— Tu sais, Skye, tu devrais écrire des histoires sur le paranormal. Tu seras peut-être la prochaine Stephen King et je n'aurai plus le moindre souci d'argent.

Adrienne se cogna la tête sur une vitre en se débattant pour sortir le tableau de la voiture. Le manque de sommeil et la chaleur du milieu de matinée s'ajoutaient à sa frustration.

— Écoute, ma chérie, peux-tu arrêter de penser aux fantômes et me donner un coup de main ?

— Skye à la rescousse.

En deux minutes, elles avaient retiré le tableau sans l'ombre d'un problème.

— Et voilà ! Qu'est-ce que tu ferais sans moi ?

— Je n'ai aucune envie d'y penser

Adrienne glissa ses longs cheveux derrière ses oreilles, se disant qu'elle aurait mieux fait de les tresser et prit soudain conscience du pansement qu'elle avait sur le front.

— Laisse tomber tes théories sur les fantômes quand on sera rentrées. Je crois que Mlle Neige est là aujourd'hui et elle est parano au sujet de tout ce qui peut ternir la réputation de l'Art Colony.

— Je trouve qu'un fantôme de l'Art Colony serait plutôt cool.

— Pas elle. Cool, pour elle, se limite aux recommandations des traités de bonnes manières.

La French Art Colony avait jadis été une énorme bâtisse en brique. Une clôture en fer forgé noir entourait les jardins bien entretenus. Adrienne et Skye s'approchèrent du bâtiment par le passage en brique et grimpèrent les escaliers menant au grand porche. Comme l'avait craint Adrienne, le membre le plus actif du conseil d'administration de l'Art Colony, Mlle Neige, était de service. Elle ouvrit l'une des doubles portes et resta plantée à observer leur entrée, un petit sourire tendu ridant son visage à la peau parcheminée. C'était une grande femme aux cheveux blancs, à l'œil sombre et morne, d'une maigreur cadavéreuse ; elle s'habillait généralement en bleu marine, marron ou aubergine. Pour Adrienne, elle évoquait toujours Mrs Danvers, l'inquiétante gouvernante de *Rebecca,* le roman de Daphné du Maurier.

— Bonjour, madame Reynolds.

Le ton de Mlle Neige était aussi glacial que son nom de famille. Elle regarda dédaigneusement Skye.

— Votre enfant est avec vous.

Adrienne se força à sourire.

— Je préférerais que vous m'appeliez Adrienne. Et Skye a maintenant quatorze ans, ce n'est plus une enfant. Elle m'a beaucoup aidée aujourd'hui.

— Oui, eh bien...

Mlle Neige ne finit pas sa phrase, mais elle semblait sceptique.

Adrienne sentit Skye se hérisser derrière elle et dit d'une voix forte et artificiellement enthousiaste :

— J'apporte mon tableau pour la compétition avant le gala !

— C'est ce que je vois.

Vous pourriez éviter de telles évidences, disait le ton de Mlle Neige. Adrienne aimait beaucoup les autres membres du conseil d'administration, ils étaient amicaux, simples et insistaient pour qu'elle les appelle par leur prénom. Adrienne se rendit compte qu'elle ne connaissait même pas le prénom de Mlle Neige. Elle la soupçonnait d'avoir été baptisée « mademoiselle Neige ». Pour l'amour de Dieu, pourquoi fallait-il que ce soit elle à la barre aujourd'hui ? songea Adrienne, désabusée, elle n'était pas d'humeur à nourrir le complexe de supériorité de cette femme.

Elles se tenaient toutes trois maladroitement dans l'entrée. Mlle Neige finit par dire :

— Le tableau doit être lourd. Vous feriez mieux de le déposer à l'intérieur. C'est une huile ou une aquarelle ?

Adrienne n'avait pas touché à la peinture à l'eau depuis dix ans.

— Une huile.

— Oh mon Dieu ! Encore une ! Nous en avons tant.

Elle soupira.

— Enfin, je crois que le président a choisi un bel emplacement pour vous au premier étage.

Mlle Neige se tourna vers une petite table et feuilleta ses papiers.

— Oui, premier étage, la pièce sur votre droite. Votre tableau sera juste à gauche de la cheminée. Comment s'appelle-t-il ?

— *Exode d'automne.*

Mlle Neige vérifia à nouveau ses papiers.

— Oui, c'est bien ce qui est indiqué.

Voilà, c'est officiel, pensa aigrement Adrienne. Le titre est vérifié.

— *Automne*... je ne sais quoi à gauche de la cheminée.

— *Exode d'automne*, ne put s'empêcher de lâcher Adrienne d'un ton sec. À gauche, donc. Je crois que je parviendrai à m'en souvenir.

— Maman, est-ce que je peux rester au rez-de-chaussée pour regarder les autres tableaux ? demanda Skye.

— Bien sûr, répondit Adrienne.

Mlle Neige sembla perturbée, comme si elle redoutait que Skye pose ses doigts poisseux sur toutes les toiles. Skye tourna à gauche dans la salle de musique baignée de soleil.

— Je crois que je vais commencer ici.

— Ne touche pas au piano à queue, avertit sévèrement Mlle Neige, trottinant anxieusement derrière Skye. C'est une antiquité. Le chandelier aussi !

— Mince alors, mademoiselle Neige, je ne vois pas comment je pourrais toucher le chandelier, à moins que vous ne me prêtiez une échelle, plaisanta Skye.

Bien joué, Skye, pensa Adrienne en souriant. Mlle Neige était la seule personne qu'elle connaisse que Skye essayait délibérément d'agacer.

Adrienne saisit fermement son tableau et s'approcha de sa partie préférée de la French Art Colony : l'escalier flottant. Bien qu'étant solidement arrimé au mur, le côté de la rampe n'avait aucun soutien structurel, on avait l'impression qu'il tourbillonnait dans le vide jusqu'en haut. Adrienne se représentait toujours une belle femme en robe de soirée descendant gracieusement ce superbe escalier.

L'Art Colony accueillait parfois des réceptions de mariage et Adrienne imagina qu'elle verrait un jour Skye en haut des escaliers, dans une magnifique robe blanche. Mais pas avant dix ans, se dit-elle. Peut-être même plus. Elle n'avait pas envie que sa petite fille grandisse et se jette trop tôt dans le mariage et ses responsabilités, comme elle l'avait fait elle-même en épousant Trey Reynolds à l'âge de vingt et un ans, avant qu'ils ne soient prêts.

Adrienne accrocha son tableau à l'emplacement prévu et prit un peu de recul pour l'examiner. Elle lut la carte que le président avait déjà affichée à côté : Adrienne Reynolds, *Exode d'automne*, huile sur toile, 55 cm x 65 cm. C'était l'un de ses plus grands tableaux et aussi l'un de ses meilleurs. Elle avait choisi la scène fin novembre dernier, après avoir vu une vingtaine d'oies canadiennes sur un grand étang au milieu d'un champ bordé d'épicéas bleus géants. Tandis qu'elle les observait, dix des grandes oies, qui formaient des couples pour la vie, avaient gracieusement pris leur envol, les ailes étendues, les plumes brunes et les rayures blanches sur leurs têtes noires se détachant clairement dans la douce lumière dorée d'une fin d'après-midi d'automne. Elle avait utilisé dans sa peinture un peu de jaune pour la luminosité sur la neige à l'extrémité des branches des arbres et un fond gris-bleu pour annoncer la tombée du jour. Elle pensait avoir bien rendu le mouvement agile et limpide des oiseaux ainsi que le jeu compliqué des lumières et des ombres. Elle sourit, fière du tableau et s'autorisant l'espoir d'être classée dans la compétition.

Adrienne redescendit les escaliers, puis s'arrêta. Quelque chose l'attendait au deuxième étage, quelque chose l'appelait irrésistiblement. Elle remonta lentement l'escalier flottant, glissant la main gauche sur le bois froid de la rampe cirée. Je ne devrais pas y aller, se dit-elle. Je vais être perturbée. Je vais souffrir. Mais elle ne pouvait s'en empêcher.

Arrivée au deuxième, Adrienne tourna à droite, s'arrêta, puis entra dans une pièce. Elle retint son souffle. La pièce avait un nom officiel, mais depuis quatre ans la plupart des gens l'appelaient la « salle Julianna » — en raison du portrait grandeur nature de Julianna, peint par un artiste de grand talent qui avait été son mari, Miles Shaw.

Adrienne n'alluma pas la lumière. Elle n'en avait pas besoin. Un rayon de soleil traversant une des grandes fenêtres tombait directement sur le portrait, comme si la nature avait programmé l'éclairage pour un effet maximal. Miles avait fait don du tableau à la French Art Colony, à la condition qu'il ne soit jamais vendu. Au cours des quatre dernières années, c'était devenu l'une des plus grandes attractions de l'établissement. Et il le valait bien, pensa Adrienne.

Sur ce portrait, le corps de Julianna était de trois quarts et son visage de face. Elle portait une robe en satin noir recouvert de dentelle noire. Avec des touches de maître, Miles avait accentué en marron chaque filigrane du motif compliqué de la dentelle d'ébène sur le satin ténébreux. Le décolleté plongeant révélait la naissance des seins de Juli. Les mains négligemment posées juste sous la taille, elle portait au majeur gauche une bague en platine surmontée d'une grosse perle noire de Tahiti. Débordant sous un superbe chapeau à plumes couvert de dentelle noire, ses longs cheveux auburn aux reflets cuivrés tombaient en boucles souples sur son épaule gauche.

Mais le plus réussi était son visage. La perfection calme, à la Grace Kelly, était adoucie par un soupçon de sourire espiègle et la promesse d'amour dans ses yeux madère semblait accompagner l'observateur où qu'il soit dans la pièce. Aucun doute, se dit Adrienne, Miles Shaw a peint un chef-d'œuvre. Mais ce qui était encore plus important, c'est qu'il avait saisi une image incroyable de Julianna Brent qui durerait pendant des siècles.

Mlle Neige avait mis de la musique, sans doute pour décourager Skye de jouer du vieux piano qu'elle n'avait d'ailleurs aucun désir d'essayer. Tandis qu'Adrienne restait fascinée devant le portrait, un vieux classique dans une version superbe de Blackmore's Night se mit à retentir autour d'elle :

> Hélas mon amour, tu me blesses en me rejetant si impoliment,
> Je t'ai aimé si longtemps, j'ai trouvé tant de plaisir en ta compagnie,
> Greensleeves était tout mon amour,
> Greensleeves était tout mon délice,
> Greensleeves était mon cœur d'or
> Qui d'autre que Dame Greensleeves…

— Tu crois que j'aurais dû l'intituler *Greensleeves* au lieu de *Julianna* ?

Adrienne sursauta, se tourna et s'aperçut que Miles Shaw était à moins d'un mètre d'elle. Depuis le jour où Julianna lui avait présenté Miles, Adrienne pensait qu'il n'était pas le plus beau, mais certainement le plus impressionnant des hommes qu'elle ait jamais rencontrés. Sa mère était une Indienne Shawnee dont il avait hérité une chevelure noire et luisante, qu'il portait en une queue de cheval lui descendant au milieu du dos, une superbe peau bronze clair et des pommettes hautes. Il mesurait plus d'un mètre quatre-vingt-dix, avait un nez aquilin légèrement tordu car cassé autrefois, des lèvres aux courbes sensuelles et les seuls yeux véritablement noir corbeau qu'Adrienne ait jamais vus. Ses larges épaules de culturiste reposaient sur une taille fine et il bougeait ses longues jambes avec la grâce d'un danseur. Il portait un jean serré et une chemise noire à manches longues. Une large turquoise sertie dans de l'argent oxydé pendait à une cordelette en cuir autour de son cou, un cadeau de Julianna pour ses trente-sept ans.

Adrienne le trouva vieilli depuis la dernière fois qu'elle l'avait vu, un an auparavant : un nouveau réseau de rides entourait ses yeux pénétrants et ses joues s'étaient creusées sous les pommettes. On attendait une voix retentissante s'accordant avec ce corps. Au lieu de ça, il parlait toujours d'une voix douce mais sonore, comme s'il estimait que son interlocuteur était seul au monde. Julianna avait confié à Adrienne que, dans un premier temps, c'était avec sa voix que Miles l'avait séduite.

— J'ai toujours cru que *Greensleeves* parlait d'une femme délibérément blessante, répondit Adrienne lorsqu'elle retrouva sa propre voix. Ce n'était pas le cas de Julianna.

— Il arrive qu'une personne ait deux visages.

— Oui, mais je connaissais Julianna depuis trente ans...

— Bien plus longtemps que moi. Peut-être aussi mieux que moi.

Miles haussa un sourcil.

— Et peut-être pas.

Mal à l'aise, Adrienne fit un pas en arrière pour s'éloigner de Miles, puis se tourna vers le portrait pour masquer sa retraite.

— Cette toile est vraiment belle, dit-elle faiblement.

— Julianna était mon inspiration. Pendant un certain temps.

— J'ai toujours regretté que ça n'ait pas marché entre vous deux.

— Ça marchait, pour moi. Mais apparemment pas pour elle, répondit Miles d'une manière sardonique.

Sa proximité et le sujet de la conversation rendaient Adrienne de plus en plus nerveuse. Elle ne pouvait pas quitter la pièce en courant. Elle devait trouver une réplique pour Miles.

— Julianna était une âme insaisissable, Miles. Je ne pense pas qu'elle était faite pour le mariage.

— Vraiment ? Avec personne ?

Il s'agissait moins d'une question que d'un défi.

— Non, avec personne, il me semble. Franchement.

Une nouvelle chanson avait commencé, mais la pièce semblait se rétrécir et se réchauffer. Et Miles paraissait plus proche, même si Adrienne ne l'avait pas vu bouger.

Il regarda le portrait.

— Quand je l'ai peinte, j'ai cru avoir immortalisé son âme.

— Tu as réussi.

— J'ai saisi ce qu'elle projetait à ce moment-là. De l'impertinence, certes. Mais aussi de l'innocence. Ce n'était pas nécessairement la vraie Julianna.

— Tu as immortalisé l'image d'une belle femme. Elle n'était pas parfaite, Miles, mais qui l'est ? Elle était chaleureuse, compatissante et joyeuse. Et je vois tout cela dans ce tableau.

— Tu transpires.

Miles tendit la main et toucha doucement le pansement sur son front.

— Et puis tu t'es blessée. Ou plus précisément, quelqu'un t'a blessée. Une agression. C'est ce que j'ai entendu dire.

— Oui. Il y a deux soirs. Il a réussi à partir avec mon sac, du rouge à lèvres bon marché, un vieux peigne et la somme astronomique de dix dollars.

Sa tentative de plaisanterie légère ressemblait davantage à un bêlement de peur.

— Philip est furieux. Je lui fais de la mauvaise publicité.

Le visage de Miles se durcit.

— Philip Hamilton est un imbécile pompeux qui ne s'intéresse qu'à lui.

— Oh !

Adrienne fut prise au dépourvu par la haine pure qui transparaissait dans sa voix.

— En tout cas, je voudrais penser qu'il aime ma sœur et ma nièce. Je veux dire, je suis sûre qu'il les aime. Mais il a un ego gigantesque. C'est peut-être indispensable pour un homme politique. Il faut avoir sacrément confiance en soi pour se présenter aux élections de gouverneur : tous ces discours, tous ces gens qui vous regardent tout le temps, bref, tout ça...

Elle fut à court de mots et de souffle au même moment. Les doigts de Miles touchaient toujours le pansement. Ses yeux perçants continuaient de la sonder. Il se rapprocha encore et, l'ombre d'un instant absurde, elle crut qu'il allait l'embrasser. Un sentiment de panique étonnamment puissant la parcourut, mais elle restait pétrifiée, son cœur battant la chamade, comme un petit animal piégé.

— Excusez-moi de vous interrompre, mais vous savez que nous, les journalistes, rien ne nous arrête.

La main de Miles glissa de son front. Lorsqu'il s'écarta et se retourna, Adrienne vit Drew Delaney. Il s'appuyait avec décontraction contre l'encadrement de la porte, mais son visage était tendu, ses yeux noirs légèrement plissés.

— J'aimerais pouvoir vous citer tous les deux dans le prochain article sur le gala.

Adrienne résista à la tentation de courir vers Drew et de se jeter dans les bras pleins de tendresse qui l'avaient accueillie quand elle était jeune. Mais il y avait bien longtemps de ça. Il ne l'avait sans doute pas aimée à l'époque, alors maintenant, n'en parlons pas. Elle n'en restait pas moins ravie de le voir. Les jambes encore en coton tant elle avait appréhendé Miles, elle alla le rejoindre.

— Il y a des jours où je préfère être reporter que rédacteur.

Drew saisit la main moite qu'elle lui tendit, la serrant comme s'ils se rencontraient pour la première fois. Ils se connaissaient depuis longtemps et ce geste était déplacé, Miles s'apercevait forcément qu'elle cherchait à masquer sa gêne.

Il semblait vibrer d'hostilité.

— Je pensais que notre petit gala ne serait guère digne d'intérêt, comparé aux assassinats.

— *Aux* assassinats ? répéta innocemment Drew. Je croyais que seule Julianna Brent avait été victime d'un meurtre.

Miles rougit.

— Je veux parler de Claude Duncan. Quelqu'un m'a dit qu'il avait sans doute été assassiné.

— Vous devriez essayer de vous rappeler qui. J'aimerais pouvoir citer une source qui semble en savoir plus que les flics.

La police soupçonnait que la mort de Claude n'était pas accidentelle, Adrienne le savait, mais Lucas ne l'avait pas encore annoncé en public. Miles avait-il réellement une source ? Ou pis, était-il le mieux placé pour savoir que Claude avait été assassiné ?

— Malheureusement, je n'en sais pas plus que les autres sur le décès de Julianna, dit Miles en traversant la pièce, se dirigeant vers les escaliers flottants. Mais je peux vous dire que j'aimerais mettre la main sur l'enfant de putain qui a tué mon ex-femme. Je le tuerais lentement et je le ferais souffrir, comme il le mérite.

Les paroles de Miles étaient agressives, mais son ton manquait de conviction. Adrienne savait qu'il avait aimé Julianna passionnément, mais elle n'entendait pas cet amour-là résonner dans ses paroles et ne le lisait pas sur son visage.

— Il est vrai que les meurtres à sensation font augmenter la vente, mais je ne voudrais pas que le *Register* devienne un journal à grand tirage, annonça Drew sans expression. C'est pour cela que nous ne voulons pas négliger l'Art Colony Gala. Ça donne un peu de classe à notre journal.

— Même si l'Art Colony est dans l'État de l'Ohio, pas en Virginie-Occidentale ? demanda Miles d'un ton acerbe.

Drew ignora le sarcasme.

— Nous couvrons ce qui se passe au-delà de la Virginie-Occidentale.

— Mais ce boulot au *Register* doit être un peu décevant après avoir travaillé au *New York Times*, demanda innocemment Miles.

— J'apprécie de ralentir le rythme.

— Ça, pour ralentir…

Miles n'était pas parti pour reculer.

— J'imagine que même si vous êtes parti dans une atmosphère de scandale étouffé, il doit bien vous rester quelques contacts au *Times*. Si vous aviez voulu l'aider, vous auriez pu faire glisser le nom de Julianna dans la rubrique mondaine, raviver un peu son image, peut-être même l'aider à reprendre sa carrière de mannequin.

La mâchoire de Drew se serra.

— Je ne sais pas trop ce qui vous donne cette idée, Miles. Ni celle de penser que Julianna avait envie d'être à nouveau mannequin.

— Julianna était Julianna. Elle aimait se croire le centre du monde, ce qui n'était plus le cas depuis quelques années. Je suis sûre que ça lui manquait de ne plus être entourée de tout ce ramdam.

Miles haussa les épaules.

— Et je ne l'ai *jamais* vu refuser l'aide qu'elle pouvait obtenir d'hommes.

— Si j'avais l'influence que vous voulez bien m'attribuer, Miles, j'aurais commencé par promouvoir ma propre carrière et c'est moi qui vous verriez en couverture de *Vanity Fair*, répondit Drew d'un ton léger. Peut-être que vous devriez réorienter votre réseau d'espions. Faites-leur surveiller un peu Gavin Kirkwood. Vous apprendrez peut-être quelque chose d'intéressant.

Mlle Neige les avait à présent rejoints sur le palier du deuxième étage, Skye la suivait, les yeux écarquillés. Les fines lèvres de Mlle Neige étaient tellement tendues qu'on ne les voyait presque plus, mais un rose vif lui enflammait les pommettes.

— Je n'étais pas avertie de cette réunion, lança-t-elle d'un ton sec. Les interviews doivent se faire dans le salon du rez-de-chaussée où l'on peut servir le thé. Ou alors dans la cuisine, c'est encore mieux, comme ça nous ne salirons rien.

— Les invités du gala vont-ils boire le thé dans le salon ? demanda Skye en feignant l'innocence. Ou devront-ils rester debout dans la cuisine ?

— Les invités officiels peuvent manger où ils le souhaitent.

Drew eut un large sourire.

— J'espère que vous avez prévu des hot dogs. J'adore les hot dogs.

— Et des sardines ! poursuivit Skye. Avec de la sauce au raifort et de la bière !

La consternation se lut sur le visage de Mlle Neige.

— Tu ne bois tout de même pas de la bière à ton âge ?

— Pas plus de deux ou trois bouteilles par jour. Maman dit que ça requinque les gènes de la créativité.

Même Miles ne put s'empêcher de sourire, Drew avait abandonné son sérieux depuis longtemps. Adrienne était mi-horrifiée mi-admirative face à l'audace de sa fille, mais pour Mlle Neige c'était un affront absolu. Elle lança un regard furieux à Skye, puis se tourna vers Drew.

— Je croyais que vous étiez venu pour une interview, monsieur Delaney.

— J'ai seulement besoin de deux ou trois impressions de participants que je puisse citer.

— Me voilà libre, dit Miles. Je n'ai pas proposé de tableau cette année, mais Adrienne participe. C'est elle qu'il faut citer.

— Moi, je suis au conseil d'administration, tint à rappeler Mlle Neige. Je peux répondre à toutes vos questions sur la collection.

— Je sais, mademoiselle Neige, dit tranquillement Drew. Je reviendrai vous parler. Mais pour le moment, j'aimerais raccompagner Adrienne et Skye jusqu'à leur voiture.

— Je ne crois pas que Mme Reynolds soit prête à partir, déclara Miles, manifestement plus irrité par le fait que Drew décide du cours des choses que par le départ d'Adrienne.

— Si, je dois m'en aller, intervint Adrienne. J'ai une journée chargée.

En redescendant l'allée en brique devant la French Art Colony, Adrienne respira profondément. Drew lui lança un regard de côté et demanda :

— Ça t'ennuierait de m'expliquer ce qui se passait entre toi et Miles Shaw ?

— Je n'en suis pas sûre, mais il était bizarre. On n'a jamais été proches, mais on n'est pas ennemis non plus. Et aujourd'hui, il m'a vraiment foutu la chair de poule.

— Il me fout toujours la chair de poule, dit Drew. Venant de lui, rien ne me surprend.

Adrienne le regarda. Ses yeux étaient aussi intenses que ceux de Miles, mais elle n'y lisait aucune menace ni sous-entendu. Le soleil faisait ressortir les rides qu'il avait en riant et la petite marque d'humour à la commissure des lèvres. Adrienne se sentit soudain envahie d'affection à son égard. Tout embarrassée qu'elle fût d'une telle réaction, elle lui prit le bras pour descendre l'allée. Puis elle remarqua une automobile garée devant l'entrée.

— C'est quoi, comme voiture ? demanda-t-elle brusquement.

Drew sembla surpris par le ton de sa voix.

— C'est une Camero.

Adrienne examinait la voiture bleu foncé, à deux portes, un coupé avec un long capot et un becquet. C'était exactement le type de la voiture qui avait rôdé plusieurs fois dans son quartier la nuit dernière.

— Elle te plaît ? demanda Drew. C'est la mienne.

3

Lucas Flynn avait envie d'une cigarette. Il n'avait pas fumé depuis six semaines, se contentant des patchs de nicotine, mais aujourd'hui ça ne suffisait plus. Nerveux et sacrément irritable, il décida qu'il ne pouvait plus supporter le manque. Dès qu'il aurait fini de lire le rapport d'autopsie qui venait d'arriver sur son bureau, il craquerait, sortirait en douce et fumerait une Marlboro. Peut-être même deux. Probablement trois.

Un des aspects de son travail que Lucas aimait le moins était de patauger dans les rapports d'autopsie. De froides analyses scientifiques de blessures béantes, de sang renfermant des toxines, de cadavres quasi décapités par strangulation avec des fils de fer : tout cela transformait des êtres humains en viande sans âme, ne valant guère mieux que les infortunées grenouilles disséquées sans enthousiasme par des étudiants de biologie au lycée. Mais ces rapports étaient essentiels et Lucas savait que plus vite il les lirait, plus vite il pourrait revenir dans le monde des vivants avec leurs plaisirs simples, celui de fumer, par exemple. Ou de déguster un bon repas. Il décida qu'il allait s'offrir un déjeuner au grill du Portillon.

Il tira une liasse de papiers vers lui, et avec les lunettes de lecture que l'optométriste lui avait prescrites la semaine dernière et qu'il haïssait passionnément, il lut ce qui était écrit à propos de Julianna Brent, âgée de trente-six ans. Elle n'avait jamais eu d'enfant et était apparemment en excellente santé, hormis le coup à la tête causé par un objet contondant et la perforation profonde de la carotide sur le côté gauche du cou.

Lucas savait que le coup à la tête avait été asséné avec le lourd pied de lampe en céramique dont il avait trouvé les éclats à côté du lit d'hôtel. Le cuir chevelu de Julianna portait peu de marques d'ecchymose, parce que la peau tendue sur les os est moins sensible aux bleus que la peau plus tendre, et que la mort avait suivi de peu le coup. La perforation était moins simple à analyser. Un objet pointu avait été enfoncé dans le cou avec une force considérable, mais les bords de la blessure n'étaient pas déchirés, indiquant qu'il s'agissait d'une arme circulaire avec une pointe affilée. Aucune arme d'une telle nature n'avait été retrouvée sur le lieu du crime, mais d'après la profondeur de pénétration, elle devait mesurer environ huit centimètres de long, peut-être un peu moins si la force de l'insertion l'avait poussée plus profondément dans la chair tendre du cou.

La perte considérable de sang indiquait que Julianna était encore vivante quand la carotide avait été perforée. Le fait qu'il n'y ait aucune marque de blessure défensive suggérait qu'elle avait été assommée avec le pied de lampe, puis attaquée avec un objet pointu et qu'elle s'était vidée de son sang.

Lucas s'interrompit et regarda le mur beige et les casiers de rangement devant lui. Mais ces casiers, il ne les voyait pas. Il voyait Julianna allongée sur le lit, son beau visage paisible même s'il était d'une blancheur surnaturelle, ses cheveux éparpillés sur la profonde blessure ensanglantée de son cou, la barrette en papillon étincelant de cristal autrichien rose et bleu contre sa tempe droite. Quelqu'un l'avait brutalement assassinée, puis l'avait disposée ainsi, prenant même soin de recouvrir son corps nu du drap et de la couverture.

Selon les psychologues de la médecine légale, recouvrir le cadavre après un crime était un signe de conflit intérieur chez l'assassin. Il désirait la mort de la victime au point de la tuer de ses mains, puis se sentait obligé de lui restituer un semblant de dignité en la recouvrant.

Mais Lucas savait que le meurtrier de Julianna n'avait éprouvé aucun conflit intérieur. Il espérait seulement que personne d'autre n'avait éprouvé cela. Le fait qu'on l'ait délicatement recouverte jusqu'au cou d'un drap de satin et qu'on ait brossé ses cheveux n'avait pas été révélé à la presse. Mais Rachel Hamilton était journaliste et appartenait à la famille des gens qui avaient découvert le corps et qui risquaient d'avoir décrit la scène. Il savait qu'Adrienne aurait la prudence de ne pas révéler ces détails-là, mais il craignait qu'une fille de l'âge de Skye ne soit pas en mesure de dissimuler ces informations à sa cousine Rachel, qu'elle idolâtrait.

Lucas se rendit compte qu'il fixait les casiers de rangement, perdu dans ses pensées, depuis près de cinq minutes. Râlant intérieurement, il ouvrit le rapport d'autopsie de Claude Duncan.

Il garda un instant les yeux fixés sur la page imprimée, incapable de la déchiffrer, ne voyant que le visage aux yeux troubles de Claude tel qu'il l'avait vu devant la chambre de La Belle Rivière ce matin-là, une hache à la main, tentant de manière ridicule de protéger la chambre où reposait Julianna. Ridicule. C'était bien le terme qu'utilisait la majorité des gens pour décrire Claude. Ridicule. Absurde. Bête. Pitoyable. Un gaspillage. Et ils avaient sans doute raison, pensa Lucas. Dans l'histoire de l'univers, il n'aurait pas compté pour grand-chose. Mais Claude n'était pas détestable au point que l'on veuille l'assassiner. Sauf s'il savait quelque chose. Connaissant la chance de Claude, il s'était sans doute simplement trouvé au bon endroit au mauvais moment.

La première partie du rapport n'apprit rien de plus à Lucas sur ce qu'il avait déjà deviné en voyant le cadavre de Claude. Il avait des brûlures de troisième degré sur plus de cinquante pour cent du corps, ce qui détruit la peau et expose les organes internes. Des brûlures de deuxième degré couvraient trente pour cent de plus. La température élevée du feu avait rompu les tissus, et la peau s'était craquelée sur l'ensemble de son corps.

Il avait une fracture au crâne, la blessure semblant antérieure au meurtre puisque les fragments osseux étaient tournés vers l'extérieur. Il n'avait pas été frappé à la tête, sinon les fragments auraient été localisés et poussés à l'intérieur du crâne. La pression interne avait provoqué des lésions au cerveau, phénomène typique des morts par le feu. Les deux blessures pouvaient provenir de la chaleur intense des flammes et n'indiquaient aucunement que Claude avait été tué, puis que le feu avait été allumé pour masquer le crime. Cette conclusion s'appuyait également sur le fait qu'il avait un taux d'oxyde de carbone dans le sang d'environ cinq pour cent, et qu'il avait des particules de carbone dans les voies respiratoires.

Ce qui était troublant, c'est que, dans la plupart des décès par le feu, le taux de concentration d'oxyde de carbone dans le sang dépasse les dix pour cent, et qu'on trouve davantage de particules de carbone dans les voies aérifères. Il semblait donc qu'il ait été vivant, mais n'ait pas respiré normalement pendant l'incendie.

Lucas fronça les sourcils. Il était certain que Claude était ivre, mais habituellement l'ivresse ne réduit pas le souffle. Il devait donc y avoir une autre explication.

Qui fut fournie par les résultats des analyses toxicologiques. En plus d'un taux élevé d'alcoolémie, le sang de Claude contenait de larges quantités d'oxymorphone hydrochloride, un opiacé semi-synthétique qui peut remplacer la morphine.

Lucas connaissait déjà les effets caractéristiques des opiacés, telles que les défaillances respiratoires. Ils affaiblissent aussi le réflexe de la toux, ce qui expliquerait la faible concentration d'oxyde de carbone dans le sang de Claude et le faible taux de particules de carbone dans les voies respiratoires. Il ne respirait donc pas normalement et n'avait pas eu la capacité de tousser et recracher le peu d'oxyde de carbone qu'il avait d'ores et déjà respiré.

Lucas savait également que les opiacés étaient des sédatifs.

— Des sédatifs, dit-il à haute voix. Ça doit être très pratique d'avoir une victime sous sédatifs, incapable de s'enfuir ou même de ramper, mais toujours vivante si l'on veut faire croire à une mort accidentelle par les flammes.

— Vous désirez quelque chose, shérif ?

Lucas aperçut Naomi, sa nouvelle secrétaire, pleine d'entrain, chargée à mi-temps d'expédier le personnel sur le terrain : elle avait la sale manie d'interrompre constamment ses pensées.

— Non, merci.

— Ah bon. Je vous ai entendu parler, j'ai cru que vous vous adressiez à moi. Que vous vouliez quelque chose. Peut-être un café.

— Non, merci.

— Bon.

Naomi était entrée dans la pièce en discutant et, presque sur la pointe des pieds, elle tentait de regarder les papiers qu'il tenait à la main.

— C'est un rapport d'autopsie ?

— Oui, répondit Lucas, agacé.

— Y a des trucs intéressants, dedans ? demanda-t-elle, ses yeux bleus étincelant de curiosité.

— Une ou deux choses très intéressantes, renvoya-t-il sèchement.

Il en avait assez, et de se priver de tabac et de sa curiosité mal dissimulée. Il se leva de sa chaise.

— Intéressantes à propos de Julianna Brent ? poursuivit Naomi, nullement découragée.

— Elle et Claude Duncan.

— Oh, *lui*... dit-elle avec indifférence. Rien de juteux sur le top-model ?

Lucas lui lança un regard foudroyant, signifiant qu'elle ne faisait pas que l'agacer. Elle lui était franchement antipathique.

— Désolé, rien d'assez juteux pour vous satisfaire, j'en ai peur.

Naomi n'afficha aucune expression et ne se sentit nullement offensée.

— Si on me cherche, je suis juste dehors une dizaine de minutes.

Le regard de Naomi sur les rapports ne lui échappa nullement, il les prit avec lui.

— Je vais y jeter un coup d'œil à la lumière du jour.

— Oh, d'accord. Mais je peux les ranger si vous voulez.

— Non, merci.

— Si vous en êtes sûr.

— J'en suis sûr.

Et je suis tout aussi sûr que je suis parti pour une pause de trois cigarettes, pensa Lucas en passant devant l'agaçante jeune fille au visage innocent mais aux yeux de rapace. Tout aussi sûr également que je ne vais jamais te laisser la chance de jeter un seul coup d'œil sur ces rapports, même si, pour cela, je dois les enfermer à double tour.

Naomi portait une eau de Cologne très forte qui chatouilla les narines de Lucas et elle avait complètement gelé sa chevelure brun souris et argentée avec une laque qui semblait contenir de la super-glu. Elle ne s'écarta pas et il dut se pousser contre l'encadrement de la porte pour ne pas avoir à la frôler au passage.

— Je vous souhaite une bonne cigarette, shérif. Vous travaillez tellement dur, vous méritez bien une petite pause, même si le tabac n'est pas bon pour la santé.

Elle eut un sourire plein d'insinuation et roucoula presque :

— Peut-être qu'un jour je réussirai à vous faire arrêter. De fumer, je veux dire.

Lucas réussit à ne pas frissonner. Mais il décida qu'à la même heure, la semaine prochaine, Naomi ne ferait plus partie de son équipe.

4

— La plupart des gens savent deux choses d'Henri Toulouse-Lautrec, annonça Adrienne à sa classe d'étude de l'art. Premièrement qu'il était nain, ou pour utiliser un terme plus « politiquement correct », une personne de petite taille. Et deuxièmement, qu'il menait une vie dissolue, ou de débauche, dans les night-clubs et les maisons closes de Paris.

— Voilà un mec comme je les aime, dit à haute voix un garçon souriant, aux traits épais, assis au fond de la classe. Enfin surtout pour les night-clubs et les maisons de putes, pas trop pour l'histoire d'être nain.

Un jeune homme sérieux, assis au premier rang, murmura :

— Elle a dit « maisons closes », pas maisons de putes. À côté de ça, Toulouse-Lautrec était un grand artiste. C'est cela qu'on devrait se rappeler, crétin !

— Qu'est-ce que tu racontes, graine d'abruti ? le défia le jeune impudent.

— Il a juste fait remarquer que Toulouse-Lautrec était un grand artiste, coupa rapidement Adrienne.

Les deux jeunes se faisaient la guerre depuis le début des cours et se comportaient comme s'ils étaient au collège plutôt qu'à la fac.

— Toulouse-Lautrec a été profondément influencé par Degas et Gauguin, mais il a développé son propre style — un style graphique. C'est pour cela que ses peintures se prêtent si bien à la lithographie ou aux posters. Je vous propose d'en regarder quelques-uns.

— Fantastique. T'en peux plus d'attendre, hein, graine d'abruti ? entendit-on clairement au fond de la classe.

« Graine d'abruti » soupira, en proie au martyre. Adrienne serra les dents, baissa la lumière et projeta une diapositive d'*Au Moulin-Rouge*.

— Cette scène est beaucoup moins joyeuse qu'elle n'apparaît au premier coup d'œil. Les personnages n'ont pas vraiment l'air heureux. Un autre aspect intéressant de ce tableau, c'est le petit personnage barbu, que l'on voit à côté du grand homme au fond de la salle. Il s'agit de Toulouse-Lautrec. Il s'est représenté dans son propre tableau !

Elle regarda les élèves. À quoi s'attendait-elle ? Des exclamations époustouflées ? Des hurlements de plaisir ? La classe était silencieuse. Graine d'abruti était plongé dans un examen grave et attentif du tableau tandis que Crétin bâillait à s'en décrocher la mâchoire. Ignorant le manque de réaction verbale des étudiants et poursuivant une projection qu'elle avait crue passionnante, Adrienne jeta un coup d'œil à sa fille.

Skye était avachie au fond de la classe. Elle n'était pas sûre d'avoir envie d'être ici. Assister à un cours de fac lui donnait l'impression d'être adulte et raffinée. Mais, en même temps, elle était embarrassée d'avoir été traînée dans un cours donné par sa mère. La première demi-heure, elle sembla alerte et alla même jusqu'à prendre des notes. Mais maintenant que la seconde heure avait commencé, elle avait abandonné son carnet et l'observation attentive des étudiants : elle semblait s'ennuyer ferme. Après tout, personne ne s'échangeait de notes, personne ne mâchait les chewing-gums interdits dans le secondaire, et il n'y avait aucun garçon mignon de moins de dix-huit ans susceptible de s'intéresser à une fille de quatorze ans.

Pour couronner le tout, le programme préféré de Skye passait en ce moment à la télévision. Adrienne avait programmé le magnétoscope pour l'enregistrer, mais Skye s'était plainte de ce que les émissions enregistrées perdaient leur « caractère immédiat », un terme qu'elle devait à Rachel. Mais après les cambriolages et toutes les horreurs de ces derniers jours, il était hors de question qu'Adrienne laisse sa fille toute seule, même si le cours se terminait à neuf heures, avant que Skye aille se coucher. En réalité, elle se demandait si elle allait pouvoir se résoudre à laisser sa fille à nouveau seule un jour.

— C'était *vraiment* un bon cours, maman, lui dit Skye tandis qu'elles marchaient vers leur voiture dans le parking éclairé.

— Merci, mon lapin.

Même si j'ai cru plusieurs fois que t'allais crever d'ennui, pensa Adrienne.

— Tu sais, ces deux gars qui s'insultaient ne sont pas des étudiants types.

— Je m'en doute. On dirait des mecs de ma classe. Je les ai ignorés. Je me suis concentrée sur toi.

— Peut-être que tu auras bientôt envie de faire quelques essais de peinture.

— Hum... Je crois que je tiens plutôt de papa. Je veux être écrivain.

— Ton père n'était pas écrivain.

— Quand il vivait à Las Vegas, c'est lui qui écrivait les textes de ses sketchs. Il me l'a raconté.

Adrienne n'avait aucune envie de songer à ces sketchs vaguement amusants que Trey trouvait désopilants.

— Mais je croyais que tu voulais écrire des romans policiers.

— Bien sûr, répliqua Skye. J'espère que tu n'es pas blessée que je ne veuille pas être artiste. Je ne crois pas avoir le moindre talent pour la peinture.

Adrienne enlaça Skye.

— Je ne suis pas blessée du tout. Mon père voulait que je sois docteur et je n'avais aucune envie d'être docteur. J'ai suivi mes propres aspirations, c'est toujours ce qu'il y a de mieux à faire.

— Pas pour papa. Il voulait devenir une star à Las Vegas, c'était son rêve, et finalement, ça s'est soldé par un désastre. Je crois qu'il ne s'en est jamais remis.

Adrienne fut surprise de la maturité de cette observation. Sur le coup, elle ne sut quoi répondre. Puis elle se lança prudemment :

— Ton père n'avait pas assez de talent pour un numéro de comique et de musicien, mais il avait beaucoup de charisme. Il était fabuleux comme marchand de meubles dans le magasin de ton grand-père, quand on est revenus à Point Pleasant.

— C'est bien. Mais ça me fait quand même de la peine de penser qu'il n'a pas réussi à faire ce qu'il voulait vraiment faire. Et ça me peine aussi de ne plus me souvenir de lui aussi bien qu'avant.

Adrienne se demanda ce qu'elle devait répondre à cela. Elle ne pouvait pas lui dire qu'à elle aussi, Trey ne semblait plus très présent. Ni qu'elle se demandait parfois si elle l'avait aimé autant qu'elle l'avait cru, ou si elle avait pensé qu'épouser un charmant et beau jeune homme l'aiderait à oublier sa ridicule toquade d'adolescente pour Drew Delaney. Toquade qu'elle ne devait pas se permettre de raviver, surtout avec cette histoire de voiture qui soulevait certaines questions sur son compte.

— Je ne voulais pas t'attrister en pensant à papa, dit Skye.

— Ne t'en fais pas, répondit Adrienne en serrant la main de Skye. Papa est mort il y a quatre ans. Il est tout à fait naturel que nos souvenirs ne soient plus aussi nets, c'est pour que nous ne soyons pas tout le temps tristes. Mais tu adorais ton père et il le savait. C'est ce qui compte.

Skye eut un petit sourire soulagé.

— Voici enfin la voiture, dit Adrienne. La prochaine fois, nous viendrons plus tôt. Je n'aime pas me garer tout au fond du parking, même s'il est bien éclairé.

La faculté n'était qu'à une dizaine de minutes de chez elles, ce qui réjouit Adrienne. Elle se sentait étrangement fatiguée à l'issue d'une classe qui n'avait rien de difficile. En arrivant dans sa rue, elle fut surprise de voir une petite voiture rouge près de la nouvelle veilleuse qu'un électricien lui avait installée dans l'après-midi.

— C'est la voiture de Rachel, s'exclama joyeusement Skye.

Elles la trouvèrent assise sur les marches du perron, le menton posé dans la paume de la main.

— J'ai cru que vous n'alliez jamais rentrer, vous deux.

— Que se passe-t-il ? demanda Adrienne anxieusement. Vicky et Philip vont bien ?

— Mais oui. Partis dans une nouvelle campagne. Ils ont téléphoné il y a environ trois heures. Papa s'exerçait pour son discours. Franchement, je crois qu'il a oublié comment parler normalement. Il est constamment en train de déclamer en faisant de grands gestes. C'est bizarre.

Skye ricana.

— Bref, je me sentais un peu seule dans cette grande maison, alors je me suis dit que j'allais rendre visite à mes deux personnes préférées. J'avais oublié que tu avais ton cours ce soir, tante Adrienne.

Adrienne détecta une note de tristesse dans la voix animée de Rachel.

— On est ravies de te voir, Rachel, mais tu n'aurais pas dû nous attendre seule ici après le cambriolage.

— Nous aussi, nous avons été cambriolés. Et maintenant ta maison est tellement éclairée qu'on se croirait dans un parking.

— Oui, c'est peut-être un peu trop, mais mieux vaut prévenir que guérir.

Adrienne vit la tête de Brandon par la baie vitrée, il tirait la langue. Il adorait Rachel.

— Entrons et installons-nous. Je ne sais pas ce qui m'a pris de mettre des talons hauts ce soir.

— Je suis trop contente que tu sois venue ! dit Skye en prenant sa cousine par la main tandis qu'Adrienne ouvrait la porte et composait le code de l'alarme en se disant qu'elle n'arriverait jamais à s'y habituer.

— Il est arrivé tellement de choses ces derniers jours et on n'a pas pu en discuter ! Mais je te croyais avec Bruce, ce soir.

— Il voulait aller au cinéma, mais ça ne me disait rien. Bruce est sympa, mais je n'ai pas envie de passer autant de temps avec lui, en tête à tête.

Rachel sourit et tapota le nez de Skye.

— Toi, tu es bien plus marrante que Bruce Allard.

Elle se baissa et enlaça un Brandon plein de joie.

— Et toi, tu es bien plus beau !

Rachel regarda toute l'installation du système de sécurité tandis qu'Adrienne se débarrassait de ses maudits talons aiguilles, puis elles se dirigèrent toutes trois vers la cuisine. Elle comprit à quel point Rachel était déprimée lorsqu'elle lui demanda un chocolat chaud. Le cacao avait toujours été sa plus grande source de réconfort. Skye annonça immédiatement qu'elle mourait aussi d'envie d'un chocolat, alors qu'elle parlait en rentrant de son envie de limonade car il faisait particulièrement chaud en cette nuit de juin. Adrienne était toujours amusée de remarquer les efforts de Skye pour imiter sa belle cousine, plus âgée qu'elle. Amusée et heureuse. Rachel était un bon exemple pour elle.

— Comment ça va, au boulot ? lui demanda Adrienne en se servant une tasse de cacao dont elle n'avait guère envie.

— Ça va, même si j'aimerais être plus impliquée dans le meurtre de Brent.

— Je n'ai aucune information du shérif Flynn, la prévint Adrienne.

Rachel rougit

— Je ne suis pas venue vous soutirer des informations cette fois-ci. Promis. C'est juste que cette histoire me travaille.

Adrienne s'assit avec les filles à la table de la cuisine.

— Rachel, le meurtre de Julianna Brent est l'affaire la plus sensationnelle que le *Register* ait eue à se mettre sous la dent depuis des années, et tu as beau être une journaliste intelligente et pleine d'avenir, tu sais que tu n'es pas encore qualifiée. Drew doit simplement se dire que tu n'as pas l'expérience nécessaire pour t'occuper de cette affaire, sans compter que les autres journalistes, qui travaillent pour le journal depuis des années et non pas quelques mois, risqueraient de ne pas apprécier.

Rachel but une gorgée de chocolat chaud et, sans se préoccuper de sa petite moustache de chamallow fondant, répondit sérieusement :

— Tu as sans doute raison, tante Adrienne.

Skye approuva d'un signe de tête.

— Il arrive parfois à maman d'avoir de très bonnes idées.

— Merci, ma chérie, répondit Adrienne avec une pointe d'ironie.

— Mais il y a aussi la mort de Claude Duncan, dit Rachel. Il est possible que quelqu'un ait délibérément mis le feu à sa maison.

— Où as-tu entendu ça ? lui demanda sèchement Adrienne.

— Le shérif Flynn a apparemment demandé à un expert en incendies volontaires d'examiner le site. Et un assassinat serait logique si Claude avait vu quelque chose le matin où Julianna a été tuée.

— Si c'était le cas, pourquoi n'en aurait-il pas parlé à la police ?

— Je ne sais pas. Il n'était pas très malin. Peut-être qu'il n'avait pas saisi l'importance de ce qu'il avait vu, mais l'assassin ne pouvait pas le savoir, ou il avait peur que Claude le réalise plus tard.

— Mais c'est une bonne idée ! s'exclama Skye en regardant sa mère. Je devrais prendre des notes si je veux écrire de bons polars un jour. Quoique je préférerais ne pas en écrire sur le meurtre de Julianna.

— Moi aussi, mon lapin. Si tu es sûre que c'est ce que tu veux faire, j'aimerais mieux que tu te cantonnes à des personnages fictifs sans utiliser l'une de mes meilleures amies.

On sonna à la porte. Brandon se mit à aboyer et les trois femmes sursautèrent, puis se tendirent. Rachel finit par sourire et dit :

— Je ne pense pas que les assassins et les voleurs aient l'habitude de sonner. C'est sans doute le shérif Flynn, tante Adrienne.

Évidemment, songea Adrienne.

Elle avait décidé de rester chez elle, alors elle n'allait tout de même pas s'effondrer chaque fois qu'on sonnait à la porte ou téléphonait. Et elle n'avait pas parlé à Lucas depuis ce matin. Il était sans doute venu s'assurer que tout allait bien.

Mais ce n'était pas Lucas. C'était Bruce Allard — grand, beau, bronzé, le sourire vainqueur.

— Bonsoir madame Reynolds. J'ai vu la voiture de Rachel devant chez vous et j'aimerais lui parler, si je ne vous dérange pas.

Rachel apparut à côté d'Adrienne.

— Que se passe-t-il, Bruce ? demanda-t-elle avant qu'Adrienne ait pu dire un mot.

— Tu m'as dit que tu n'avais pas envie d'aller voir un film, mais tu aimerais peut-être en voir un à la maison, alors j'ai loué un DVD.

Il le brandit.

— *Chicago.* Un de tes préférés.

Rachel le dévisagea quelques instants, puis répondit platement :

— Je l'ai déjà vu cinq fois.

— C'est ce que j'ai pensé, alors j'ai aussi pris *Mulholland Drive*.

— Vous pouvez le regarder ici, si vous voulez, proposa Adrienne.

Rachel n'avait manifestement aucune envie de passer une soirée en tête à tête avec Bruce, sinon elle n'aurait pas décliné son offre précédente.

Le sourire super-charmeur de Bruce s'estompa et Adrienne perçut même un éclat de colère dans ses yeux bleus, une colère qui disparut si rapidement qu'elle crut l'avoir imaginé jusqu'à ce que Rachel s'empresse de dire :

— Je ne pense pas que ce soit un film pour Skye.

— Je ne suis pas une petite gamine, s'exclama Skye avec indignation, l'air affligé.

Le clin d'œil discret de Rachel la calma, elle comprit que Rachel voulait seulement une excuse pour ne pas leur imposer Bruce toute la soirée.

— D'accord, monsieur Allard, tu as gagné, dit Rachel d'une voix lasse. Allons chez moi regarder le film.

— Rachel, si tu préfères passer la soirée avec nous et ne pas voir de film, je suis sûre que Bruce comprendra, dit Adrienne, de plus en plus agacée par Bruce.

— Nous avions prévu de sortir ensemble, madame Reynolds.

Bruce gardait une expression courtoise, mais le ton de sa voix était sans appel. L'agacement d'Adrienne se transforma en énervement profond. Elle avait toujours su que l'enfant gâté de la famille la plus influente de la ville était sûr de lui, mais ce soir-là il lui parut carrément arrogant. Rachel avait déjà refusé de sortir avec lui, et tenté de le décourager gentiment à la porte d'Adrienne. Mais Bruce exigeait que l'on fasse ce qu'il voulait. Ce n'était pas un trait de caractère particulièrement attrayant.

Rachel prit son sac et s'apprêtait à sortir lorsque Adrienne aperçut la voiture de Bruce, garée derrière celle de Rachel.

— Elle est belle ta voiture, Bruce. C'est quelle marque ?

Il s'enorgueillit du compliment.

— Une GTO. Ils viennent juste d'en reprendre la production, après vingt ans. Trois cent cinquante chevaux. Je peux la monter à cent kilomètres à l'heure en cinq secondes.

— Arrête de frimer et allons-y, dit Rachel avec un rire forcé.

Elle se pencha légèrement et embrassa rapidement Adrienne sur la joue.

Mais Adrienne remarqua à peine la marque d'affection inhabituelle de sa nièce. Toute son attention était rivée sur la GTO de Bruce — noire, deux portes, avec un long capot, un hayon et un becquet. Encore une voiture qui ressemblait à celle qui avait rôdé autour de sa maison la nuit précédente.

Chapitre IX

1

— Mais qu'est-ce que tu fabriques avec ce chat sur les genoux ? Tu sais bien que tu es allergique aux chats !

Kit Kirkwood leva la tête et vit sa mère Ellen ; elle portait un pantalon de lin bleu et un chemisier blanc, en soie, qui lui allait parfaitement l'été dernier et semblait maintenant au moins une taille trop grand. En dépit d'un maquillage élaboré, elle avait le teint terreux et ses yeux gris et glacials semblaient creux et entourés de rides que le fard ne pouvait masquer. Mon Dieu, elle avait tellement vieilli depuis la mort de Jamie, songea Kit. Elle avait pris dix ans en l'espace d'un an.

— Je ne suis plus allergique aux chats depuis vingt ans, répondit Kit calmement, caressant le chat qui s'était raidi en entendant la voix perçante d'Ellen.

— Et puis, ce n'est pas n'importe quel chat. C'est la chatte de Lottie, Calypso. Tu ne la reconnais pas ?

— Calypso ?

Ellen plissa les yeux. Kit était convaincue que sa mère avait besoin de lunettes, mais refusait d'en porter parce qu'elle pensait que ça la vieillirait. Ellen n'oubliait jamais l'importance de son allure à côté de son beau mari, Gavin, qui avait quatorze ans de moins qu'elle.

— Qu'est-ce que tu fais avec le chat de Lottie ?

Kit était assise dans le kiosque, près du bar extérieur du Grill du Portillon. Le restaurant ouvrait dans deux heures et elle profitait de la matinée claire et tiède pour décompresser.

— Prends une chaise et viens t'asseoir avec moi dans le kiosque, maman, au lieu de hurler sur le trottoir.

— Je ne veux pas salir mon pantalon.

— Ces chaises ont été nettoyées ce matin. Viens boire un Mimosa avec moi.

— À cette heure ?

Ellen feignait d'être surprise par une telle invitation, mais Kit savait qu'elle n'était pas venue par hasard. Toute sa vie, elle avait observé sa mère aborder en diagonale les sujets risquant de déclencher une dispute.

— Eh bien, je peux sans doute m'accorder quelques minutes. Et j'imagine qu'un Mimosa ne va pas me tuer.

Ellen entra dans le kiosque et s'assit prudemment sur la chaise, comme si elle risquait d'exploser. Kit fit signe à un serveur qui nettoyait le bar et lui demanda deux Mimosas.

Ellen jeta un regard atterré sur les torches et le décor polynésien du bar.

— Je préférerais que tu te débarrasses de ce truc, Kit.

— Pourquoi donc ? Les gens l'adorent.

— Ça manque de respect. Après tout, ton restaurant n'est pas loin des abords du vieux Silver Bridge.

C'est reparti pour Silver Bridge, ronchonna intérieurement Kit. Elle n'était pas encore née quand ce pont, qui reliait la Virginie-Occidentale et l'Ohio, s'était effondré. Mais Ellen lui avait raconté l'histoire si souvent que Kit avait l'impression que c'était elle, et non sa mère, qui était restée impuissante dans sa voiture en cette nuit fatidique du 15 décembre 1967, quand le pont s'était effondré, projetant tous ceux qui faisaient leurs courses de Noël dans les eaux glaciales de la rivière Ohio. Quarante-six personnes avaient trouvé la mort, dont deux proches amies d'Ellen. Cette catastrophe la préoccupait presque autant que l'épopée malencontreuse de La Belle Rivière.

Le serveur déposa les Mimosas et déguerpit. Ellen lui jeta un regard critique.

— Pourquoi a-t-il les cheveux dressés tout droit sur la tête ?

— Il met du gel.

— Tu devrais le lui interdire. On dirait qu'il vient de mettre les doigts dans une prise électrique.

Elle tapota sa propre chevelure — courte, coiffée avec soin et teinte du même brun foncé que Kit — puis but une gorgée. Passant du coq à l'âne comme elle en avait l'habitude, elle demanda :

— Pourquoi Lottie t'a-t-elle donné Calypso ?

— Elle ne me l'a pas donnée. Je l'ai ramenée chez moi parce que Lottie a disparu.

Le regard d'Ellen se fixa brusquement sur Kit.

— Disparue ? Pourquoi ne m'a-t-on rien dit ?

— Tu n'étais pas très en forme, hier, maman.

— J'aurais quand même pu être informée de la disparition de ma meilleure amie !

Ellen et Lottie évoluaient dans des mondes complètement différents, mais les camarades d'enfance étaient restées très proches.

— Il ne faut pas trop s'inquiéter, dit Ellen avec espoir. Tous les ans, Lottie part faire un petit tour.

— Cette fois, c'est différent. Sa fille vient d'être assassinée. Je ne pense pas qu'elle soit d'humeur à se balader tranquillement dans la campagne.

Kit s'interrompit et caressa la petite Calypso sous le menton, la faisant ronronner d'extase.

— Lottie est venue ici hier soir, mais elle n'a pas voulu entrer. Nous nous sommes assises sur un banc. Elle semblait très calme — trop calme, si l'on pense à son amour pour Juli. On aurait dit qu'elle avait un peu peur, aussi. Je suis rentrée lui chercher une tasse de thé et, quand je suis revenue, elle avait disparu. Je suis allée chez elle et je ne crois pas qu'elle y soit passée. Calypso mourait de faim, alors je l'ai ramenée ici.

Ellen sembla prise d'une inquiétude sincère.

— Tu sais que Lottie ne négligerait jamais un animal. Il n'y a pas que la mort de Juli. Quelqu'un devrait chercher Lottie !

— La police la cherche, maman.

Ellen pouffa.

— Tu peux être sûre qu'ils ne font pas d'heures supplémentaires. Ils sont trop occupés sur l'affaire de Julianna pour se soucier de cette pauvre Lottie. Comment le prend Gail ?

— On dirait qu'elle se fiche complètement de Lottie, comme de Julianna.

Ellen se renfrogna.

— Cette fille est atroce ! Comme son père, Butch. Tu l'as à peine connu, mais je peux t'assurer qu'il était odieux. Il faisait preuve d'une intelligence surprenante dans sa malhonnêteté, mais il était odieux. Aucun principe. Lottie n'a épousé Butch que parce qu'il était le patron de son père et qu'il la voulait.

Ellen soupira.

— Lottie était d'une telle beauté. Vraiment belle, comme Juli. Elle voulait toujours faire plaisir à son père. Et son père lui a dit qu'elle devait s'estimer heureuse d'avoir Butch, parce qu'après ce qui s'était passé à La Belle, personne d'autre ne voudrait d'elle.

— Lottie a eu une vie tragique, dit doucement Kit.

— Mais elle s'en est toujours sortie et a réussi à garder une attitude positive. Et elle a toujours été fière de ses deux filles, envers et contre tout. Elle était persuadée que Julianna pourrait à nouveau briller dans le monde de la mode si elle le désirait, et que Gail pouvait réussir tout ce qu'elle entreprendrait. Gail aurait pu obtenir une bourse pour poursuivre ses études, mais elle n'a jamais voulu partir d'ici. Quelque chose semblait la retenir. Peut-être qu'elle espérait le retour de Butch.

— Pas très alléchant comme espoir, observa Kit avec une pointe d'ironie.

— Pour nous, non, mais pour Gail peut-être. Le cœur est imprévisible.

Ellen fit une grimace, puis dit avec conviction :

— Dès que je sors d'ici, je pars à la recherche de Lottie.

Kit savait qu'il était inutile de faire remarquer à sa mère qu'elle se fatiguerait en moins d'une heure. Ellen adorait Lottie et avait toujours cherché à l'aider dans son quotidien, mais tout au long de leur demi-siècle d'amitié, Lottie n'avait jamais rien accepté, pas même un prêt. Comme si elle lisait dans ses pensées, Ellen annonça :

— Lottie n'a pas pu aller bien loin. Elle n'a pas d'argent.

Ellen observa Kit caresser le chat, puis annonça catégoriquement :

— C'est Miles Shaw qui a assassiné Julianna.

Kit glissa un regard vers sa mère.

— Il n'était pas en ville.

— C'est ce qu'il dit.

— La police l'a confirmé. Et puis, n'oublie pas que tu parles de meurtre, maman. Miles n'aurait jamais pu faire une chose pareille !

— Je crois qu'il en est capable.

— Et tu le connais tellement bien, répliqua Kit d'un ton sarcastique.

— Je n'ai pas besoin de mieux le connaître. Quant à toi, tu es toujours amoureuse de lui.

— Mais non, maman. Je ne suis jamais sortie avec Miles. On est amis. C'est moi qui lui ai présenté Julianna.

— Vous êtes amis, parce qu'il tient à une relation platonique, pas toi.

— C'est de l'histoire ancienne, maman. Tu sais bien que je sors avec J.C. maintenant.

— Le bel homme aux yeux bleus qui est toujours dans ton restaurant ? Je veux bien croire qu'il te plaise, mais tu n'es pas amoureuse de lui comme tu l'as été de Miles.

La bouche de Kit se tendit.

— Si au moins tu pouvais en parler, Kit — l'admettre —, tu te sentirais mieux.

— Tu ne lâches jamais le morceau, maman, dit Kit entre ses dents. Tu ne peux pas t'empêcher de mordiller les talons des autres comme un sale petit roquet, jusqu'à ce qu'on te dise ce que tu as envie d'entendre simplement pour que tu la fermes ! C'est un des trucs qui exaspèrent Gavin.

Les yeux pâles d'Ellen se durcirent.

— Ne mêle pas Gavin à cette histoire.

— Si justement, mêlons-le à cette histoire. Si l'on y regarde d'un peu près, ce n'est pas très beau.

Ellen fit claquer son verre de Mimosa sur la table.

— Tu es d'une humeur exécrable, ma fille, et je crois que j'en ai assez entendu pour aujourd'hui.

Elle se leva.

— Je vais chercher Lottie.

— Tu veux que je t'accompagne ?

— Non ! Je n'ai besoin de personne pour la trouver.

— Fais de ton mieux, murmura Kit en regardant Ellen regagner sa Mercedes au pas de charge, le dos raide. Mais tu n'as aucune chance de la trouver.

2

Adrienne avait installé son chevalet une heure auparavant, décidée à ébaucher sa peinture de La Belle Rivière. Kit la voulait toujours et Adrienne ne la décevrait pas. Mais c'était aussi pour elle-même qu'elle avait envie de peindre La Belle, car c'était un endroit exceptionnel, qui ne devait pas être oublié, simplement parce que Ellen Kirkwood le croyait hanté. Cette femme avait une approche complètement irrationnelle de certains sujets — comme celui de l'hôtel — et son intention de détruire le bâtiment faisait enrager Adrienne, malgré ce qui était arrivé à Julianna dans ce même lieu.

Mais Adrienne s'aperçut qu'occulter le sort de Julianna pour se consacrer à la peinture une heure ou deux était au-delà de ses capacités. La police avait scellé les portes, mais de l'extérieur l'hôtel n'avait rien perdu de sa majestueuse splendeur d'antan. Le manque d'entretien de l'année passée ne semblait pas l'avoir touché, comme s'il était protégé des effets du temps par une sorte de bouclier surnaturel. Cela dit, l'atmosphère avait changé. Adrienne ressentit une impression de déchéance, de désolation et même de malveillance émanant du bel hôtel désaffecté. Il semblait vivant. Et dépravé.

Elle fut brièvement tentée de plier tout son attirail et de partir, en dépit de la surveillance qu'avait organisée Lucas, avec une voiture qui patrouillait toutes les heures pour assurer sa sécurité. Elle respira profondément et ferma les yeux. Adrienne, tu es ridicule, se reprocha-t-elle sévèrement. Tu te racontes des histoires et tu t'effraies pour rien, comme une enfant. Ce n'est qu'une bâtisse. Et tu n'es pas perdue, toute seule. On te sait ici, et les flics passent régulièrement. D'ailleurs, l'assassin ne risque pas de se promener ici pour te tuer en plein jour.

Elle ouvrit les yeux. Elle souffla. Elle se força même à sourire.

Elle ne se sentait absolument pas mieux.

Chez elle, Adrienne peignait toujours en musique, mais à l'extérieur, rarement. Aujourd'hui, toutefois, elle avait pensé qu'un peu de musique aiderait à alléger l'atmosphère lugubre et perturbante de ce lieu de meurtre. Du rock. Et fort. Elle avait donc apporté sa stéréo portable et écoutait *Save Me*. Elle venait juste de monter le volume d'un cran quand la Mercedes d'Ellen Kirkwood s'arrêta dans un crissement de pneus. Ellen bondit hors de sa voiture en criant :

— Adrienne !

Oh non, ronchonna intérieurement Adrienne. Ellen allait piquer une crise à cause de sa peinture. Mais elle la surprit :

— Déjà au boulot, si tôt le matin ?

— Il est dix heures et quart, Ellen. Ce n'est pas exactement le petit matin.

— Ah, vous les jeunes, vous avez une telle énergie. J'étais comme vous dans le temps.

Vous étiez un derviche tourneur un jour et au lit le lendemain, se souvint silencieusement Adrienne. Le comportement imprévisible d'Ellen avait toujours tapé sur les nerfs de Kit. C'était bien compréhensible, car ça ne favorisait pas un environnement familial bien stable. Ellen regarda autour d'elle.

— Où est Lune, ta petite fille ?

— Elle s'appelle Skye[1]. Sa copine Sherry Granger l'a invitée, avec une ou deux autres, à aller bronzer au bord de leur piscine. Mme Granger est une mère vigilante et je savais que ce serait plus marrant pour Skye de gambader autour de leur piscine que d'être coincée avec moi toute la journée.

— Tu as bien fait.

Ellen lança un regard glacial à la stéréo.

— Qu'est-ce que c'est que cette musique ?

— C'est un groupe qui s'appelle Remy Zero.

— Mon Dieu ! C'est horrible.

— C'est une question de goût.

— Non, c'est horrible. Je ne sais pas comment tu peux peindre avec un tel boucan.

Ellen scruta les environs.

1. *Sky* signifie « ciel ». [*N.d.T.*]

— As-tu vu Lottie ?

— Non, Ellen. Kit est la seule à avoir vu Lottie.

— Elle m'a parlé de sa visite au restaurant.

Ellen poussa un long soupir.

— Je suis morte d'inquiétude et c'est moi qui vais la chercher puisque la police ne fait rien.

— Ils la recherchent.

— Peut-être, mais ils ne la trouvent pas, ce qui prouve qu'ils ne doivent pas faire grand-chose. Elle n'est pas loin. Je le sens. Peut-être dans les bois.

— Vous allez la chercher dans les bois ?

— Bien sûr. J'ai grandi ici, à l'hôtel. Je connais ces bois comme ma poche.

Elle paraissait frêle, ses joues étaient enflammées et son élocution bien plus rapide que la normale. Elle n'était pas en état de parcourir les bois.

Adrienne nettoya résolument son pinceau. Elle était ennuyée d'être interrompue, mais si elle laissait Ellen partir seule et qu'il lui arrive quelque chose, elle ne se le pardonnerait jamais. De toute façon, l'angle du soleil qui lui convenait ne durerait pas plus d'une dizaine de minutes. C'est en tout cas ce qu'elle se dit pour se convaincre d'abandonner son travail. Mais au fond, Ellen lui avait peut-être fourni une excuse qui l'arrangeait bien.

— J'allais juste faire une pause, Ellen. Je peux vous accompagner ?

— Tu peux venir avec moi si tu veux m'aider à retrouver Lottie, mais pas si tu le fais pour moi. Je n'ai pas besoin de surveillance. Je suis bien plus forte que vous le croyez.

C'est probablement vrai, pensa Adrienne. Ellen Kirkwood avait vécu des tragédies et des chagrins qui en auraient brisé plus d'un, mais elle persévérait et se dominait, avec à chaque fois un grain d'excentricité ou de superstition supplémentaire.

Quelques minutes plus tard, Adrienne marchait aux côtés d'Ellen en direction de la colline derrière l'hôtel.

— Sais-tu que la première fois que ma mère m'a promenée dans ces jardins, dit Ellen en indiquant les belles pelouses de La Belle, j'ai hurlé et hurlé sans que personne ne puisse me calmer. À l'âge de trois semaines, je savais déjà que quelque chose ne tournait pas rond ici.

— Beaucoup de bébés pleurent sans raison. Skye était comme ça.

— Oui, mais pas moi. Ma mère m'a dit que j'avais toujours été un bon bébé, calme et docile, quand j'étais loin d'ici. Nous avons vécu chez les parents de ma mère jusqu'à ce que j'aie six mois. Puis comme mon père ne s'entendait plus avec son beau-père, il nous avait fait aménager un appartement au deuxième étage de La Belle.

Elle hocha la tête.

— Et après cela, il ne nous a jamais laissé beaucoup fréquenter mes grands-parents.

— Votre père voulait sans doute que vous passiez le plus de temps possible auprès de lui, dit Adrienne prudemment, sentant la colère d'Ellen remonter avec cette vieille histoire.

Ellen eut un rire incrédule.

— Des possessions. C'est comme ça que nous considérait mon père. Il nous voulait près de lui, parce qu'il voulait faire croire que maman ne pouvait pas vivre sans lui. Elle était belle femme, tu sais, et elle venait d'un milieu social plus élevé, même s'il était plus riche qu'elle. Mais cette histoire de bonheur et de satisfaction dans sa vie conjugale, c'est un mythe. Il avait une maîtresse.

La colère d'Ellen lui fit accélérer le pas. Adrienne observa l'étendue des bois. Elle n'était pas d'humeur à entreprendre une marche vigoureuse. Les confidences intimes d'Ellen commençaient aussi à la déranger.

— Elle était belle pour ceux qui sont sensibles aux femmes débordant de santé et au charme tapageur, cracha Ellen. C'était l'épouse de notre *médecin* de famille. Celui qui m'a mise au monde. Mais apparemment, elle s'ennuyait dans cette vie respectable avec un mari bien plus âgé qu'elle. Alors elle s'est mise en quête de divertissement, et elle a fini par briser le cœur de son mari et détruire la vie de ma mère.

Le soleil disparaissait dans le bosquet d'érables et d'ormes qui menait à la cabane de Lottie, au sud de l'hôtel. Un trio d'hirondelles voleta dans les feuilles luisantes d'un érable, gazouillant avec exubérance. Ellen ne lui prêta aucune attention.

— Enfin, j'imagine que Kit t'a déjà raconté tous les détails de ce scandale-là, lança Ellen d'une voix qui frôlait l'accusation.

— Pas du tout, répondit Adrienne en évitant un buisson d'herbes à la puce.

— Eh bien, puisque tu as la gentillesse de m'aider à chercher Lottie, je vais te raconter l'histoire.

— Ne vous sentez pas obligée de le faire, Ellen, surtout si c'est douloureux.

Ellen l'ignora.

— Leur liaison durait depuis un ou deux ans, mais mon père avait fini par se lasser et décidé d'y mettre un terme. L'affaire a éclaté au grand jour lors d'un réveillon de nouvel an, à La Belle. J'avais douze ans. Je m'étais glissée dans la salle de bal et j'ai vu mon père lui parler. Elle s'est mise à faire une scène épouvantable et lui a jeté un verre de champagne à la figure. Mon père a essayé de lui faire rapidement quitter la salle. Ma mère était embarrassée, elle est sortie en douce. Mon père a poussé la femme dans une des chambres du troisième étage. Elle était ivre et devait avoir des pilules avec elle — peut-être de la morphine.

» Une ou deux heures plus tard, elle s'est jetée de la véranda du troisième en hurlant. Elle est tombée sur la terrasse et s'est fendu le crâne sur une urne en pierre.

Ellen marqua une pause, puis ajouta d'un ton neutre :

— Je n'oublierai jamais tout ce sang rouge vif sur la neige tandis que la musique continuait à jouer des airs joyeux dans la salle de bal.

— Mon Dieu, c'est horrible ! lança Adrienne, véritablement horrifiée. Vous l'avez vue ?

— Oh oui. Personne ne se souciait de moi. Malheureusement, quelqu'un observait ma mère. C'est tout du moins ce qu'ils ont prétendu. Une servante a dit qu'elle avait vu maman sortir de la chambre où était la femme quelques minutes avant qu'elle saute. Alors, bien sûr, les langues sont allées bon train. Il s'est raconté que maman l'avait poussée. La police a donc enquêté, et c'était atroce. Ma mère n'était déjà pas très solide, mais avec l'enquête, les soupçons et le scandale, elle s'est retrouvée complètement déprimée, bien qu'elle n'ait jamais comparu au tribunal. Mais bon, elle n'a pas été la même après ça et elle s'est laissé dépérir les trois années suivantes. Et tout cela à cause de mon père. Je ne le lui ai jamais pardonné.

Une partie d'Adrienne s'intéressait à l'histoire d'Ellen. Une autre partie était révoltée par son caractère sordide et tragique. Elle en avait assez entendu et décida de changer de sujet.

— Vous connaissez Lottie mieux que personne, Ellen. Si elle n'était pas blessée, pourquoi aurait-elle disparu à un tel moment ? Elle ne va même pas pouvoir s'occuper de l'enterrement de Juli.

Ellen sembla perturbée.

— Bien sûr, il est possible qu'elle soit blessée et qu'elle soit dans les bois, incapable de bouger.

Puis son visage s'éclaira.

— Mais je ne crois pas que ce soit le cas. Je pense qu'elle se cache.

— Se cacher ? Mais pourquoi ? Parce qu'elle sait qui a tué Julianna et qu'elle a peur qu'on la tue à son tour pour qu'elle se taise ?

— Lottie est bien trop courageuse pour se comporter ainsi. Si elle savait qui a tué Julianna, elle serait immédiatement allée voir la police, sans se soucier des conséquences.

Lottie paraît fragile, mais elle a une force incroyable. Elle a toujours été comme ça.

Ellen s'arrêta, sa respiration s'accélérait.

— Même toute petite. Après ce qu'elle a subi ici, à La Belle…

Elles s'étaient enfoncées plus profondément dans la forêt. Des cigales chantaient dans les arbres et les rayons du soleil ne perçaient que par intermittence à travers le lourd feuillage, atteignant les tapis de mousse. Un écureuil s'enfuit devant elles et grimpa à un arbre. Adrienne sursauta, mais Ellen ne sembla pas s'en apercevoir.

— Tu *sais* ce que La Belle a fait à Lottie, n'est-ce pas ? demanda Ellen.

— Je sais qu'il s'est passé quelque chose dans les jardins quand elle était jeune. Mais je crois que même Juli ne savait pas exactement quoi.

— Bien sûr, Lottie ne souhaitait pas s'étendre là-dessus. Elle en parlait rarement, même à moi.

Ellen prit une grosse bouffée d'air, comme si elle était déjà essoufflée par l'escalade de la colline dans la chaleur de midi.

— J'ai été encore plus proche de Lottie pendant le déclin de ma mère, qui ne parlait presque plus et passait ses journées au lit alors que mon père semblait toujours en déplacement.

— C'est triste, dit Adrienne, tout en réalisant à quel point ses paroles étaient inadéquates.

— La mère de Lottie était morte des années auparavant, alors on a passé beaucoup de temps ensemble. C'était l'été et elle venait presque toujours ici. Un soir de bal, beaucoup de monde est venu à La Belle. Lottie et moi n'avions pas de cavaliers — nous n'avions que quatorze ans — et après le bal, elle est repartie toute seule chez elle, à la cabane. J'aurais dû demander à quelqu'un de la raccompagner, mais j'étais jeune, insouciante et sotte.

Elle se tut et enjamba prudemment des plantes grimpantes avec ses chaussures en toile beige, à semelle compensée, déjà irrémédiablement couvertes de taches d'herbe et de terre. La forêt s'était épaissie et le soleil semblait avoir complètement disparu au-dessus des arbres. Même l'air avait fraîchi dans l'ombre.

— Quand je suis allée à la cabane, le lendemain à midi, le père de Lottie m'a dit qu'elle n'était pas rentrée la veille. Il croyait qu'elle était restée à La Belle, mais le connaissant, il ne devait même pas s'être demandé où elle était. On s'est lancé dans des recherches. On ne l'a pas trouvée avant le soir.

Ellen déglutit et sa voix se mit à trembler.

— Un homme l'avait agressée dans les jardins de La Belle. Il l'avait assommée et traînée dans une vieille cabane à outils, puis il l'avait ligotée avec de la ficelle et avait passé la nuit à la brutaliser et à la violer. Je sais que tu as vu les cicatrices sur ses tempes. Tu devrais voir le reste de son corps. Même ses poignets et ses chevilles portent les cicatrices des cordes qu'il avait utilisées pour la ficeler comme un cochon. Et les viols avaient été si brutaux...

Ellen avala un sanglot.

— ... qu'elle a failli mourir.

Adrienne frissonna.

— Je ne savais pas, murmura-t-elle, la gorge serrée par les larmes. A-t-on arrêté l'homme ?

— Non. Lottie a dit qu'elle n'avait pas vu son visage. Tout le monde a pensé qu'il s'agissait d'un vagabond. Mon père insistait beaucoup sur la théorie du vagabond.

Ellen s'interrompit, puis reprit d'une voix dure :

— Mon père insistait beaucoup trop. Tu vois, il y avait un client à La Belle à ce moment-là, un homme riche et influent mais, comme je l'ai appris plus tard, suivi partout où il allait par des rumeurs sur ses comportements déviants. Or le jour où Lottie a été trouvée, j'ai entendu mon père se disputer avec lui. L'homme s'est dépêché de partir en Europe et n'a jamais remis les pieds à La Belle. Je suis persuadée que c'était lui, le monstre qui avait brutalisé Lottie. Mon père l'avait couvert. Il ne voulait surtout pas qu'on raconte qu'un client de son hôtel était capable de telles atrocités. Mon père fit détruire la cabane à outils, comme si ça pouvait indiquer son degré de compassion pour Lottie. Et l'affaire en est restée là. Deux jours après, la police avait abandonné l'enquête, comme si cette pauvre Lottie ne comptait pour rien.

Adrienne était écœurée, en partie à la pensée de la jeune Lottie ligotée et violée à plusieurs reprises, en partie par ce sentier forestier qui semblait interminable, accompagné comme il l'était des contes macabres d'Ellen. Adrienne commençait aussi à s'inquiéter du souffle d'Ellen, de plus en plus court. Elle se félicitait de l'avoir accompagnée, même si elle ne croyait pas une seconde que la recherche allait aboutir, mais elle était soucieuse. Ellen semblait de plus en plus mal en point. Adrienne tapota discrètement sa poche pour s'assurer qu'elle avait bien son téléphone portable, pour pouvoir appeler les urgences si Ellen se sentait mal.

Elles aperçurent enfin la cabane de Lottie et Adrienne fut traversée par une vague de soulagement.

— Dieu merci, j'espère qu'elle est dedans, dit-elle.

Ellen hocha la tête.

— Ça m'étonnerait. Les fenêtres sont fermées et il n'y a pas de linge sur la corde. C'est son jour de lessive.

— Mais dans les circonstances présentes…

— Si Lottie était chez elle, elle aurait fait la lessive. Je la connais mieux que toi, Adrienne.

— C'est évident.

Ellen semblait assez fatiguée pour s'effondrer et Adrienne lui demanda sans paraître s'inquiéter :

— Voulez-vous jeter un coup d'œil dans la cabane, même si elle n'y est pas ? On trouvera peut-être un indice.

— Comme un petit mot sur la table nous disant qu'elle est partie ?

Ellen grimaça.

— Excuse mes sarcasmes, mon petit. J'ai les nerfs à vif en ce moment. Tu as raison, entrons. On trouvera peut-être au moins un signe de son passage ici au cours des deux derniers jours.

Mais elles ne trouvèrent rien. En montant les escaliers extérieurs, elles entendirent un concert impressionnant de carillons en verre de couleur, en bois délicatement sculpté et en métal fin qui tintaient dans une brise légère, sinon, tout était silencieux. À l'intérieur, la cabane minable était très propre, comme si elle avait été nettoyée le matin même, tout en donnant l'impression que personne n'y avait habité depuis des jours.

— Lottie n'aime pas les serrures ? demanda Adrienne en poussant la porte d'entrée dans un bruit de charnières rouillées.

Ellen fonça tout droit et s'effondra sur une chaise au dos canné, essayant de dissimuler ses halètements.

— Non, ce qui est incroyable après ce qui lui est arrivé jeune. Elle a eu de la chance, pourtant. Elle n'a jamais été cambriolée.

— J'aimerais pouvoir dire pareil.

Adrienne resta debout, regardant toutes les photos de Julianna.

— Je n'ai pas été cambriolée, mais ma maison a été fouillée. Celle de ma sœur aussi.

— J'en ai entendu parler. Je n'arrive pas à croire que quelqu'un soit entré chez Philip Hamilton alors que toute la famille était à l'intérieur. Quelle utilité ?

Pour me terroriser, pensa Adrienne. En jouant la chanson préférée de Julianna pour me dire que j'étais en danger à cause des photos que j'avais prises — et qui ne montraient rien.

— Tu fais une drôle de tête, remarqua Ellen. Tu dois savoir quelque chose sur ce cambriolage, mais tu ne peux pas en parler.

— Bien sûr que non.

— Tu es aussi peu douée que Kit pour mentir.

— Je ne savais pas si Lottie avait le téléphone, dit Adrienne en ignorant la raillerie.

Elle toucha un vieux modèle de téléphone noir, encombrant, posé sur une table près de la porte.

— Elle le déteste, c'est Juli qui avait insisté et qui le lui avait acheté.

— Vous êtes sûre qu'il fonctionne ?

Ellen souleva le combiné, puis le tendit à Adrienne pour qu'elle entende la tonalité.

— Il marche parfaitement.

Ellen se leva lentement, une main posée sur ses reins qui devaient commencer à la faire souffrir.

— Contrairement à moi, si je ne bouge pas avant d'être complètement ankylosée.

Elle respira profondément.

— Ce n'est pas en restant ici à papoter que nous allons trouver Lottie. Il y a un endroit bien précis où je veux aller. C'est au sommet de la colline. Tu es prête à y grimper ?

— Moi oui, mais j'ai peur que vous vouliez trop en faire, Ellen. Vous n'avez pas l'habitude de ce genre d'exercice.

— N'importe quoi ! se hérissa Ellen. Je suis bien plus forte qu'on ne le croie.

J'espère, se dit Adrienne, parce qu'on vous croirait aussi fragile qu'une brindille desséchée.

— Dans ce cas, en avant ! Mais marchons lentement.

Ellen lui lança un regard furieux.

— Peut-être que vous ne sentez rien, mais moi, si. Mes cuisses tirent déjà.

Ce n'était pas vrai, mais la colère d'Ellen s'apaisa.

Ellen referma soigneusement la porte d'entrée, même si aucune serrure ne pouvait repousser d'éventuels intrus. Adrienne attacha ses longs cheveux avec un morceau de ficelle trouvé chez Lottie et apprécia de sentir le vent frais dans son cou. Elle regarda la coiffure d'Ellen, ses boucles soigneusement arrangées commençaient à se décoiffer. Des épines de roses multiflores avaient déchiré son beau chemisier en soie et il lui manquait une boucle d'oreille. Elle n'en paraissait pas moins déterminée, marchant légèrement devant Adrienne pour s'imposer physiquement en tant que leader de l'expédition.

— Si tu pouvais arrêter de me regarder comme si j'allais m'effondrer d'une seconde à l'autre… aboya Ellen. Ça me tape sur les nerfs.

— Je ne l'ai pas fait exprès.

— Je sais. Tu as toujours été une fille très polie, Adrienne. Bien moins turbulente et têtue que Kit.

Adrienne n'avait aucune intention de répondre à ce commentaire.

— Ça ne se voit plus, mais j'étais très athlétique, annonça Ellen. Et une excellente danseuse.

— Ah bon ? Vous faisiez de la danse classique ?

— Mais non, grands dieux ! Je dansais le rock and roll. Le vrai, pas cette horreur que tu écoutais tout à l'heure.

Son sourire disparut.

— J'aimais danser avec Jamie.

Adrienne pensa à son fils adoptif, qui s'était noyé à l'âge de quatre ans dans la piscine de La Belle, l'été dernier.

— Votre petit garçon aimait danser ?

Ellen sembla décontenancée, puis elle hocha négativement la tête.

— Mon cousin Jamie. On était cousins par alliance. Il avait trois ans de plus que moi et il a été le grand amour de ma vie. Il était d'une beauté incroyable. Un sourire à vous faire oublier de respirer et du charme comme ça n'est pas permis.

— Pas étonnant que vous l'aimiez.

— Il était en dernière année à l'université de Princeton, mais il était revenu ici pour fêter ses vingt et un ans, poursuivit Ellen, sans s'adresser particulièrement à Adrienne. Elle semblait parler toute seule.

— Mon père avait organisé une soirée somptueuse dans la salle de bal de La Belle. Je portais une robe de soirée bleu de méthylène, trop décolletée d'après mon père, mais Jamie m'avait dit que j'étais la plus belle fille du monde. Je savais qu'il allait me demander en mariage ce soir-là. Je n'avais jamais été aussi heureuse de ma vie. Puis, vers minuit, nous étions en train de danser sur *Love Me Tender* d'Elvis Presley quand Jamie s'est brusquement paralysé. Il m'a lancé le plus étrange des regards, a pris sa tête à deux mains et s'est écroulé. Les gens se sont mis à hurler et à courir dans tous les sens. Un docteur est arrivé et s'est agenouillé à côté de lui. Et moi j'ai regardé Jamie, mon amour, son corps sans vie, son sourire disparu à jamais.

Ellen déglutit et sa voix se durcit :

— Plus tard, ils ont diagnostiqué une rupture d'anévrisme. Ils ont décrété que c'était inévitable, programmé depuis l'enfance, mais je n'en crois pas un mot. C'est La Belle qui l'a détruit, tout comme elle a détruit mon garçon, mon second Jamie.

Adrienne savait que tout ce qu'elle dirait sonnerait creux, d'ailleurs Ellen semblait détachée, comme si elle ne voulait rien entendre. Il ne fallait pas s'étonner qu'elle déteste tant La Belle, songea Adrienne, même si elle ne jugeait pas l'hôtel responsable des tragédies d'Ellen. Ce n'était rien de plus qu'un bâtiment. Mais il fallait reconnaître qu'Ellen avait essuyé des souffrances et pertes incroyables dans cet hôtel, assez pour que sa nature impressionnable lui fasse décider que l'endroit était véritablement maléfique.

— J'étais complètement perdue l'année qui a suivi le décès de Jamie, poursuivit Ellen. Puis j'ai épousé le père de

Kit. Le sale type par excellence. Quand j'étais enceinte d'elle, il m'a tabassé un jour qu'il était ivre et mon père l'a payé pour le faire partir.

Ellen cligna rapidement des yeux, comme pour repousser des larmes.

— Puis mon père est mort, je me suis consacrée à ma fille et à l'hôtel jusqu'à ce que je rencontre Gavin.

Elle soupira.

— Gavin me faisait penser à Jamie. Parfois il m'y fait encore penser.

Adrienne observa un faucon glisser sereinement au-dessus d'elles. Ellen venait de lui expliquer tant de choses : sa relation avec Kit, indubitablement complexe puisqu'elle était l'enfant d'un homme qu'Ellen semblait détester ; son mariage avec Gavin, cet homme qui paraissait toujours désœuvré, mais qu'elle avait laissé adopter Kit, pour la débarrasser du nom de sa brute de père.

Quand elles atteignirent le sommet de la colline, Adrienne était à bout de souffle, alors qu'Ellen semblait avoir repris du poil de la bête. Elle accéléra le pas devant deux cerisiers aux troncs couverts de chèvrefeuille. Une odeur sucrée, presque écœurante, flottait dans l'air humide et chaud. Puis Adrienne entendit un bruit familier. Un croassement. Perché sur une branche, un corbeau la fixait de ses petits yeux noirs et absents. La vieille comptine dont elle s'était souvenue le jour où elle avait trouvé le corps de Julianna lui revint à l'esprit.

— Un, c'est pas de chance…

— Qu'est-ce que tu dis ? demanda Ellen en tournant la tête vers Adrienne qui ne s'était même pas rendu compte qu'elle parlait à voix haute.

L'esprit d'Adrienne accéléra. Un corbeau, pas de chance. Mais six annonçaient la mort. Y en avait-il cinq autres dans les parages ?

— Partons, Ellen ! dit Adrienne d'une voix aiguë, soudain saisie d'une panique irrationnelle. Il n'y a rien ici.

— C'est ce que tout le monde pense.

Avec bien plus de force qu'Adrienne ne l'en aurait crue capable, Ellen commença à tirer vigoureusement sur des lianes entremêlées de chèvrefeuille.

— Je vous en prie, Ellen, nous devons y aller !

— Ne dis pas de sottises, répondit-elle en continuant à défricher. Qu'est-ce qui ne va pas ? On dirait une petite gamine terrorisée.

Adrienne se précipita vers Ellen pour l'empêcher de continuer, mais il était trop tard. Ellen avait arraché les lianes avec une facilité surprenante et découvert un couvercle rectangulaire en bois vieilli. Avec une force considérable qui stupéfia Adrienne, Ellen souleva le lourd battant qui retomba par terre avec un bruit sourd. Puis elle se pencha et cria dans le trou :

— Lottie, c'est Ellen. N'aie pas peur. On est venues avec Adrienne voir si tout allait bien.

— Vous pensez qu'elle est là-dessous ? demanda Adrienne, incrédule.

— Peut-être.

Adrienne observa Ellen s'agenouiller et parler doucement dans les profondeurs inconnues.

— Ma petite Lottie ? Ce n'est plus la peine de te cacher. Je suis ici.

Adrienne avait du mal à imaginer que la présence de la frêle Ellen soit en mesure de réconforter qui que ce soit. Cependant Ellen s'était montrée moins fragile qu'elle ne paraissait. Ou qu'elle ne faisait semblant de l'être.

Ce qu'Adrienne trouvait vraiment difficile à croire, c'était que Lottie puisse vivre dans cet abri souterrain recouvert de lianes. Le silence qui suivit l'écho des paroles réconfortantes d'Ellen sembla étayer ses doutes.

Ellen se pencha davantage et atterrit sur le sol.

— Soyez prudente, dit Adrienne. Il fait sombre. Il risque d'y avoir des serpents ou des rats.

— Je fais attention, répondit distraitement Ellen en entrant dans l'abri, son regard parcourant toute la pièce sans se soucier du sol. Tu as une lampe électrique ?

— Juste un stylo avec une petite lampe.

— Descends-le-moi.

Adrienne suivit Ellen à contrecœur. Un air froid et humide l'enveloppa comme un linceul et elle s'arrêta.

— Quel est cet endroit, Ellen ?

— L'un des anciens gardiens de La Belle était un peu excentrique.

Quelle surprise, pensa Adrienne avec ironie.

— Il considérait La Belle comme son propre petit royaume. Quand il est devenu trop vieux pour travailler, mon grand-père a voulu le remplacer, mais il a refusé de partir. Alors on l'a autorisé à construire une petite cabane discrète sur le domaine. C'était la condition. Le vieux gardien était un ancien combattant de la Première Guerre mondiale, et il s'est construit un bunker — on peut difficilement faire plus discret — et il a vécu ici : il se croyait toujours en charge de La Belle alors que la guerre faisait rage autour de lui. Il y est mort dans les années trente. Il a fallu plusieurs jours à mon père pour le retrouver. Ça a dû être très désagréable.

— Évidemment, ajouta Adrienne écœurée, d'un ton creux.

— Nous avons découvert le bunker avec Lottie il y a près de quarante ans. En fait, elle a trébuché un jour, elle est tombée là où les lianes n'étaient pas très épaisses, et on a fouillé. Nous n'en avons parlé à personne. Nous avions nettoyé l'intérieur, mais nous avions laissé les lianes pour camoufler l'entrée et nous l'appelions notre Cachette. Nous avions juré de toujours garder cet endroit secret. Je n'en ai jamais parlé à Kit. Elle aurait trouvé cela étrange et aurait voulu le faire détruire.

— Ce ne serait peut-être pas une mauvaise idée, avança raisonnablement Adrienne. C'est sans doute dangereux, si jamais un enfant le découvre, qu'il entre et ne puisse plus sortir.

Ellen ignora sa remarque et scruta la semi-obscurité. Elle s'agenouilla et ramassa une couverture.

— C'est la couverture piquée que Lottie a fabriquée cette année, je reconnais le motif. Et voilà son oreiller.

Adrienne s'approcha pour mieux voir et renversa un bocal en verre d'un coup de pied. Elle le prit et renifla.

— Une bougie. Au jasmin.

— Il y en a une autre ici.

Ellen reposa la couverture. Dans le peu de lumière qui pénétrait par la porte ouverte dans cette pièce lugubre, Adrienne vit Ellen poser les mains sur ses hanches.

— La pauvre, elle est bien restée ici.

Quelque chose couina dans le coin. Adrienne sursauta et espéra qu'il s'agissait d'une souris plutôt que d'un rat.

— Ellen, cet endroit est abominable !

Ellen haussa les épaules.

— Quand on craint pour sa vie, on doit pouvoir supporter pas mal de choses pour se sentir en sécurité.

— Vous êtes certaine que Lottie craignait pour sa vie ?

— Je n'en suis pas certaine, mais connaissant Lottie c'est la seule réponse qui me paraisse logique.

Ellen marqua une pause.

— Adrienne, je t'ai dit que je n'avais jamais parlé de cet endroit à Kit. J'aimerais bien que tu ne lui en parles pas non plus.

Adrienne fut surprise.

— Si vous ne voulez pas que votre propre fille soit au courant, pourquoi m'avez-vous amenée ici ?

Elle se dirigea lentement vers la porte en disant par-dessus son épaule :

— Parce que je sais que tu ne ferais jamais de mal à Lottie.

Adrienne la regardait sans comprendre. Que voulait-elle dire ? Que Kit, elle, serait susceptible de vouloir du mal à Lottie ? Pourquoi ?

Seule raison plausible : Ellen pensait que Kit avait tué Julianna et que Lottie le savait.

Chapitre X

1

— Je suis désolée, Lottie. Vraiment désolée. Tout est de ma faute. Ma faute.

Gavin Kirkwood était au lit, il écoutait sa femme. La tête dans la main, il la regardait rêver, l'expression perturbée. Elle avait le visage recouvert d'une crème qui coûtait plus de cent dollars le pot, il le savait, une crème qui promettait d'atténuer les rides et de raffermir la peau. Une arnaque. En dépit d'une utilisation régulière au cours des six derniers mois, la peau d'Ellen s'affaissait et portait toujours les inévitables marques du temps. Gavin savait que, d'ici un an, elle aurait recours à la chirurgie esthétique.

Il se moquait pourtant complètement de l'âge que faisait sa femme. L'attirance sexuelle qu'il avait ressentie pour elle lorsqu'ils s'étaient rencontrés avait depuis longtemps disparu, et il était franchement soulagé qu'elle n'ait que peu d'exigences physiques. Depuis le décès du petit Jamie, l'année précédente, Ellen avait été trop déprimée pour avoir envie de rapports sexuels. C'était la seule chose positive qu'ait apportée la mort de Jamie. Gavin l'avait aimé, lui aussi et bien qu'Ellen ait absorbé toute la compassion de leurs parents et amis, Gavin souhaitait souvent avoir coulé à la place du petit garçon vif et charmant. Le monde de Gavin était devenu gris et froid sans leur enfant. Mais personne ne semblait s'apercevoir ou se soucier de son chagrin à lui.

Ellen était rentrée à cinq heures en disant qu'elle avait cherché Lottie. Elle était en nage, égratignée, tremblotante et si faible qu'elle tenait à peine debout. Incapable de distinguer si elle souffrait vraiment ou si elle jouait la comédie pour attirer l'attention, dans le doute, Gavin avait appelé le docteur. Ce dernier avait gentiment réprimandé Ellen de s'être surmenée, puis il avait fait la morale à Gavin et l'avait vivement houspillé de ne pas l'avoir surveillée. Comme si lui, ou n'importe qui d'autre, exerçait le moindre contrôle sur elle, s'était intérieurement insurgé Gavin, hors de lui. Il avait eu envie de lui mettre son poing dans la figure, mais ça n'aurait fait que susciter une crise d'hystérie chez Ellen et une action en justice du médecin. Alors, comme d'habitude, Gavin avait bouillonné en silence tandis que l'état émotionnel d'Ellen gouvernait encore une fois sa vie, et il supporta d'être à nouveau rabaissé et méprisé par quelqu'un qui estimait qu'il s'était marié uniquement pour l'argent.

À présent, cinq heures après le départ du docteur qui avait prescrit un tranquillisant et envoyé son épouse au lit, Gavin était allongé à ses côtés, misérable, ayant à supporter ses bribes de délire mal articulées et ses coups de pied incessants. Il eut même le désir fugace, mais accablant, de poser un oreiller sur sa figure en sueur et de le tenir jusqu'à ce qu'elle finisse par arrêter de parler. Et de respirer. Le désir devint si fort que Gavin s'en effraya et rejeta les couvertures, abandonnant la chambre sans même enfiler sa robe de chambre. Le pyjama en soie prétentieux qu'Ellen lui faisait porter couvrait assez de son corps tonique pour que la servante ne soit pas choquée si jamais elle sortait de sa chambre et le surprenait en train d'errer dans la maison.

Il se retrouva dans la pièce qu'Ellen avait décorée et appelait *son* bureau, une pièce qu'il trouvait sombre, déprimante et malcommode. Mais s'il détestait ce bureau, il y trouvait cependant l'un de ses plaisirs enfoui sous une pile de dossiers dans un tiroir du bureau : Sour Mash Kentucky Bourbon Whisky. Une cuvée, songea-t-il affectueusement, qu'il tenait pour l'un des meilleurs whiskies ; elle nécessitait quatre-vingt-seize heures de fermentation et au moins quatre ans d'âge avant d'être bonne à la consommation. Pour Ellen, c'était du tord-boyaux et elle refusait même d'en avoir une bouteille à la maison. Mais il y avait des jours où Gavin pouvait en boire jusqu'à plus soif. Aujourd'hui était un tel jour.

Il se versa une ou deux rasades dans un simple gobelet qu'il gardait aussi dissimulé derrière les dossiers du tiroir. Puis il alluma la faible lampe de bureau à abat-jour vert et s'assit dans le fauteuil lourd et rembourré, la tête en arrière et le regard fixé sur les poutres du plafond. Il se sentait fatigué. Exténué. Mais il ne trouvait pas le sommeil. Et ça durait depuis la mort de Julianna. Avec elle, pour la première fois depuis des années, il s'était senti redevenir un homme. Il avait maintenant perdu ce sentiment, sans doute à jamais.

Kit était adolescente quand il avait épousé Ellen et il n'avait jamais remarqué son amie Julianna. Elle n'était qu'une parmi tant d'autres, grande et maigre avec une épaisse chevelure auburn et bien trop bavarde à son goût. Ses bavardages étaient certes plus agréables que les bouderies de Kit. Mais des trois amies, c'était Adrienne qu'il préférait. Aucun attrait sexuel toutefois. Ellen était encore séduisante, il savait qu'aux yeux de tous, c'était pour son argent qu'il avait épousé cette femme de quatorze ans son aînée, mais en fait, il avait été véritablement attiré par son physique, sa sophistication et son charme. Il l'avait réellement aimée. Et elle avait été folle de lui. « Entichée », c'est le terme qu'avait employé la mère de Gavin. « Elle s'est entichée de tes beaux yeux et ton joli corps », lui avait-elle dit avec venin. « Comme moi avec ton père. Mais tu verras, mon fils, elle s'apercevra rapidement que tu es le pire des perdants. Je te parle d'expérience. »

Quand il était jeune, Gavin était assez sûr de lui pour ignorer sa mère et aborder n'importe quelle femme. Il était lui-même surpris des effets de son physique agréable et de son bagout, et il avait pris conscience de son pouvoir dès l'âge de seize ans, quand sa prof d'histoire, une femme de vingt-quatre ans particulièrement chic et élégante, lui avait fait des avances. Entre elle et Ellen, il y avait eu des tas de femmes, de tous âges, degrés d'intelligence et de séduction confondus. Mais Ellen avait été la première femme belle, intelligente *et* riche à s'intéresser à lui.

Gavin, flatté, en était véritablement tombé amoureux. Il avait été ravi de l'épouser et n'en croyait pas sa bonne étoile. Mais il avait compté sans la domination passive-agressive de son épouse, ses névroses et son talent raffiné et subtil pour l'émasculation qui s'était révélé bien plus efficace que les tentatives directes et maladroites de sa mère.

Entre la domination de sa femme, le mépris de sa belle-fille et la noyade de son jeune fils adoptif — dont on l'avait injustement accusé d'être responsable, par négligence —, Gavin Kirkwood était au bout du rouleau lorsqu'il avait revu Julianna lors d'une réception chez Philip Hamilton.

D'après ce que savait Gavin, Julianna n'était pas particulièrement proche de Philip ou de Vicky. C'était Adrienne, la sœur cadette de Vicky, qui formait le trio d'amies proches, avec Kit et Julianna. Il en avait déduit qu'on l'avait invitée pour profiter de son statut d'ex-mannequin de renommée mondiale. Et ça avait marché. Il y avait eu foule aux réceptions et les gens tournaient autour de Julianna comme des groupies. Gavin ne faisait pas exception.

Au cours des trois mois suivants, Gavin s'était rendu compte qu'il était en train de tomber profondément amoureux pour la première fois de sa vie. Il avait essayé de masquer ses sentiments à tous, sauf à Julianna. Il avait fait très attention.

Mais il avait échoué. Margaret Taylor l'avait percé à jour et menacé d'en parler à Ellen s'il n'achetait pas son silence. Et, comble de malheur, Julianna n'avait éprouvé aucun sentiment amoureux à son égard, elle le lui avait confié avec une gentillesse terrible, en prenant bien soin de ménager sa fierté. Il en avait eu le cœur brisé. Il s'était senti froid, sec, vieux et lamentable.

Puis un soir, contre toute attente, Julianna lui avait téléphoné. Elle était bouleversée. Elle avait dit lui faire confiance et vouloir lui parler en *privé*. Elle l'avait invité dans son appartement. Il était arrivé chez elle en un temps record, avait monté les escaliers quatre à quatre, s'apprêtait à frapper à la porte, mais était resté cloué sur place. Il avait entendu des voix. Qui parlaient fort. Des voix furieuses. Il reconnut tout de suite celle de Julianna, et l'autre ne lui sembla pas étrangère ; il entendit une accusation de liaison amoureuse.

Il s'était camouflé dans la chaise d'une alcôve et avait attendu. Et attendu. Deux heures plus tard, personne n'était sorti de l'appartement. Tout était calme. Mais Julianna voulait lui parler en privé et, comme elle n'était manifestement pas seule, il n'avait pas osé frapper.

Il était rentré chez lui, vaincu, meurtri, se consolant en se promettant de lui parler le lendemain. Elle serait tout aussi prête à lui parler demain qu'aujourd'hui.

Mais le lendemain, Kit avait appelé et annoncé la mort de Julianna. Elle avait été brutalement assassinée à La Belle.

Il avait tendu le combiné à Ellen et était directement allé vomir dans la salle de bain. Il avait ensuite bu un verre et pris l'un des tranquillisants d'Ellen, puis il avait conduit sa femme jusqu'à l'hôtel maudit, puisqu'elle insistait pour y aller et il était resté derrière elle, vaincu, incapable de regarder son jeune amour, pâle et froid comme la pierre sous les draps de satin.

Il ne s'en remettrait jamais, pensa-t-il en se versant une autre double dose de bourbon. La perte de Jamie avait été accablante, mais elle avait été accidentelle. La mort de Julianna n'était pas un accident. Elle était délibérée et obscène. Elle risquait de marquer la fin de Gavin Kirkwood.

Mais pas encore, pensa-t-il. Quelqu'un doit payer pour ce qui est arrivé à Julianna, décida-t-il en vidant son verre d'un trait, ses traits se durcissant avec une détermination haineuse.

Et quelqu'un va payer.

2

— Nous sommes rentrés !

Adrienne resta silencieuse quelques instants, le téléphone à la main, avant de replacer la voix perçante et faussement enthousiaste : c'était sa sœur Vicky.

— Contente de te savoir de retour, Vicky. Comment s'est passé le voyage ?

— La routine électorale. Sourires. Poignées de main. Incapable de me souvenir de toute la platée de noms des donateurs éventuels. Repas dégueulasses. Je crève d'envie de manger et de boire quelque chose de bon avec quelqu'un que j'aime vraiment !

Son petit rire aigu sembla un peu forcé.

— Je peux t'inviter à déjeuner au Portillon ?

— Évidemment, c'est une idée merveilleuse, Vicky, si Skye peut se joindre à nous.

— Oh.

Vicky semblait tomber des nues en un atterrissage fracassant.

— Eh bien... bien sûr.

Skye, qui était en train de scruter désespérément le réfrigérateur pour trouver quelque chose d'intéressant à manger, se retourna et fit des gestes frénétiques des mains.

— Attends une minute, dit Adrienne à sa sœur, puis s'adressant à Skye : Qu'est-ce que c'est ?

— Si tante Vicky veut faire quelque chose avec toi, laisse-moi aller chez Sherry. Elle m'a invitée, je sais que tu as dit qu'il ne fallait pas abuser, mais je t'assure que je n'abuse pas. Patty y sera. Et aussi Joël, je crois.

— Qui est ce Joël ?

— Oh, personne. Juste le frère de Patty.

Skye avait parlé à toute vitesse, en rougissant. Elle a le béguin pour Joël, pensa Adrienne, en prévoyant de se renseigner sur lui auprès de la mère de Sherry.

— Bref, si moi je vais chez Sherry et toi avec tante Vicky, on s'amusera toutes les deux plutôt que de rester ici à se regarder en chiens de faïence.

— Et à s'ennuyer.

— C'est pas ce que je veux dire. C'est juste...

— Que tu en as marre que je te surveille comme une gamine de huit ans.

Adrienne fit semblant de peser le pour et le contre.

— D'accord. Prends ton maillot de bain — pas le bikini sexy que tu as acheté contre mon avis — et passe l'après-midi avec Sherry et Joël Personne. Je vais manger avec Vicky et on sera toutes deux de meilleure humeur ce soir.

Une heure plus tard, elle avait déposé Skye chez Sherry Granger, Mme Granger l'assurant que Skye était une fille adorable qui ne pourrait jamais abuser de son hospitalité. Adrienne remarqua avec amusement que Skye et Sherry ignorèrent soigneusement Joël, le frère de Patty. Il avait conscience d'être beau garçon et, avec une année de plus que les filles, il se sentait supérieur et sûr de lui. Skye avait un sacré défi sur les bras si elle comptait gagner l'affection de ce Roméo des ados.

Adrienne descendit au centre-ville et prit le dernier emplacement libre du parking encombré du Portillon. Elle entra et repéra immédiatement Vicky, qui sirotait déjà un verre et attira son attention avec de grands gestes enthousiastes. Dès qu'Adrienne fut assise, Vicky s'exclama :

— Tu as une mine merveilleuse ! Tu as pris le soleil, hier ?

— Plus que je n'en avais l'intention.

Adrienne toucha l'arête brûlée de son nez.

— J'ai fait une longue marche. Je suis persuadée que c'était bon pour moi, mais mes muscles me disent que je devrais faire de l'exercice plus souvent.

— Bois un coup et ça ira mieux. J'ai pris une piña colada. Très festif. T'en veux une ?

— C'est un peu tôt pour moi, Vicky.

— N'importe quoi.

Vicky fit signe à une serveuse brune.

— Elle prendra une piña colada. Et amenez-en une autre pour moi.

— Une autre ?

Vicky lui lança un regard glacial, et Adrienne comprit que tout commentaire sur la consommation d'alcool de Vicky lui attirerait des ennuis. Elle avait dû essuyer suffisamment de reproches de Philip lorsqu'ils étaient en voyage.

— Les calories ne te font pas peur ? se rattrapa-t-elle d'un ton léger.

— Pas aujourd'hui. J'ai fait bonne figure pendant tout le voyage. L'épouse parfaite pour une campagne électorale. Alors maintenant, je peux m'amuser un peu.

Vicky était pâle et un reflet de sueur lui couvrait la lèvre supérieure. Elle s'empara rapidement de son verre, la main tellement tremblante qu'elle faillit s'enfoncer l'ombrelle en papier dans le nez avant de trouver la paille ; elle avala la moitié du cocktail.

— Qu'est-ce qui ne va pas, Vicky ? lui demanda Adrienne. S'est-il passé quelque chose pendant le voyage ?

Les yeux bleus de Vicky furent inondés de tristesse.

— C'était comme d'habitude. Bouffe dégueulasse, sourires sans fin, Philip charmant en public, un ours en privé. Et pendant ce temps, Margaret commandait tout le monde et se comportait comme l'épouse de Philip !

— Philip devrait lui en toucher un mot. Ce type de comportement ne peut pas faire bonne impression sur les gens dont ils veulent tous les deux le vote.

— Oh, Margaret est assez intelligente pour ne pas faire cela en public, répondit amèrement Vicky. Quand il y a du monde, elle reste en retrait. Quand on est en famille, elle traite Rachel comme de la merde et moi, comme si j'étais invisible. Margaret et Rachel ont eu une dispute terrible avant notre départ.

— À propos de quoi ?

Vicky regarda son verre.

— Je ne sais pas. Il y a toujours quelque chose. Puis Philip est arrivé et c'est Rachel qu'il a réprimandée. Pas un mot à Margaret pour lui demander de montrer un peu de respect envers sa propre fille. Et il laisse Margaret me traiter comme si j'étais totalement insignifiante. Quand je lui en ai parlé, il m'a répondu : « C'est normal qu'elle s'intéresse plus à moi qu'à toi, Vicky. Tu te prends toujours pour le nombril du monde ! » Comme si j'étais une gamine gâtée. Je n'ai aucune envie d'être le nombril du monde, mais il ne m'écoute même pas.

Ses yeux se remplirent de larmes.

— Ils ont une liaison amoureuse, annonça-t-elle brusquement.

— Sûrement pas, répliqua Adrienne en remarquant le peu de conviction que véhiculait sa voix.

Elle espérait que Vicky ne s'en rendrait pas compte, mais elle avait quelques soupçons sur Philip et Margaret.

— Philip ne te tromperait pas.

— C'est ce que je pensais. Pas parce qu'il m'aime, mais à cause de son image publique. Il aurait trop peur que ça se sache.

La serveuse apporta les verres — le premier pour Adrienne, dont elle n'avait aucune envie et le second pour Vicky, dont elle n'avait aucun besoin — et leur laissa le menu.

— Avant, je n'avais jamais pensé qu'il oserait prendre un tel risque. Mais Margaret est tellement séduisante. Physiquement, je veux dire. Sa personnalité laisse à désirer, quoiqu'elle soit tendre comme un agneau avec Philip. Elle le flatte de manière écœurante et il en redemande. Tu sais à quel point les hommes peuvent être cons quand il s'agit de leur ego !

— Je ne me rappelle pas papa comme ça.

Vicky rejeta l'idée d'un geste de la main.

— Oh, il ne compte pas.

En tant qu'homme ? Adrienne sourit intérieurement. Elle se demanda comment son père aurait réagi à un tel commentaire.

— Écoute, Vicky, as-tu des preuves pour Philip et Margaret ?

— Il ne me touche pratiquement plus jamais.

— Il est très stressé.

— Comme si le stress arrêtait les hommes !

Adrienne se demanda si c'était le rhum dans les piña coladas qui faisait soudain de Vicky une telle experte en hommes.

— Et Margaret n'a aucune liaison, que je sache, poursuivit Vicky avec colère et trop fort. Voici des lustres qu'elle ne sort avec personne, et je suis persuadée que ce n'est pas le genre de femme qui peut rester longtemps sans rapports *sexuels* !

— Eh bien…

Adrienne ne sut que répondre. Elle remarqua avec embarras que les hommes à la table derrière Vicky s'étaient tus et écoutaient la tirade — alimentée aux piña coladas — de l'épouse du candidat au poste de gouverneur, qui ne montrait par ailleurs aucun signe d'apaisement. Elle leva les yeux et fut soulagée de voir Kit s'approcher.

— Voilà Kit ! s'empressa-t-elle de lâcher. Je parie que ça fait longtemps que tu ne l'as pas vue !

— Ça doit bien faire une semaine, répondit Vicky, contrariée, et ne voulant manifestement pas abandonner le sujet de Margaret et Philip.

Mais des années de pratique sur l'arène politique avaient enseigné à Vicky à faire rapidement semblant. Elle parut ravie de voir Kit.

— Bien le bonjour, mademoiselle Kirkwood. Les affaires marchent bien, on dirait.

— Presque trop bien, dit Kit. Il m'arrive de souhaiter quelques mauvaises journées pour pouvoir me reposer un peu.

— Les vacances sont faites pour ça, dit Adrienne en invitant Kit à s'asseoir.

Kit se précipita vers Adrienne, mais continua à s'adresser à Vicky :

— Alors, cette campagne électorale ?

— Fatigante, mais passionnante.

Vicky avait repris le rôle de l'épouse qui soutient son mari avec enthousiasme. Sa relation avec Kit était cordiale, mais elles n'avaient jamais été proches.

— Je suis convaincue que Philip sera notre prochain gouverneur, même s'il affirme que si je dis cela trop souvent, je vais lui porter la poisse.

Kit sourit mielleusement.

— Je ne savais pas que Philip était superstitieux.

— Il plaisante.

Le sourire forcé et professionnel de Vicky disparut et elle demanda soudain :

— Y a-t-il du nouveau dans le meurtre de Julianna ?

— Pas que je sache, répondit Kit. Mais Adrienne a peut-être des renseignements privés.

Adrienne hocha négativement la tête.

— Lucas ne me parle jamais de ses affaires.

— Même quand l'affaire concerne une de tes meilleures amies ? demanda Vicky, en s'intéressant de nouveau à sa paille.

— Encore moins. Il craint que les détails me perturbent.

Kit grimaça.

— Qu'est-ce qu'il peut y avoir de pire que ce que tu as vu ?

La serveuse vint prendre la commande. Kit ne voulut pas manger. Vicky stoppa net l'objection d'Adrienne à un troisième cocktail d'un regard glacial. Puis elle se reprit rapidement et dit à Kit :

— Je pèserais cent kilos si je travaillais avec toute cette bonne nourriture constamment autour de moi.

Kit sourit.

— Constamment est le mot clé. Certains jours, l'odeur de toute cette nourriture me rend malade, même si elle est excellente.

Kit se tourna vers Adrienne.

— Il paraît que tu es partie à l'aventure avec ma mère hier ?

Décelait-elle une pointe d'agacement dans sa voix ? Adrienne n'en était pas certaine. Mais les yeux noisette de Kit n'exprimaient aucune colère. Simplement de la curiosité.

— Ta mère est passée alors que je peignais à La Belle, et elle était bien décidée à grimper en haut de la colline et à chercher Lottie jusqu'à sa cabane. Malheureusement, on ne l'a pas trouvée.

— Lottie n'a toujours pas réapparu ? demanda Vicky, surprise. Je pensais qu'on l'aurait trouvée ou qu'elle serait revenue chez elle.

Adrienne fit non d'un signe de tête.

— Non. En tout cas, on n'a trouvé aucune trace d'elle. Mais l'excursion a failli avoir raison d'Ellen.

Elle se sentit coupable de ne pas mentionner la suite de leur escapade, dans le bunker recouvert de lianes, « la Cachette », comme l'appelait Ellen. Mais cette dernière lui avait fait promettre de ne pas en parler en revenant à l'hôtel. Comme une enfant, elle avait même insisté pour qu'elle répète sa promesse trois fois : une promesse sacrée.

— Comment va Ellen ? demanda-t-elle à Kit.

— Pas très bien. Elle était dans tous ses états hier soir. C'était une détresse plus émotionnelle que physique, comme toujours avec maman, mais Gavin s'est cru obligé d'appeler le docteur. Puis il m'a appelée. Il ne peut rien gérer tout seul. À moins qu'il ne veuille pas se sentir responsable de ma mère. Peu importe, c'est comme ça que j'ai entendu parler de votre excursion.

— Je suis navrée, dit Adrienne sincèrement, j'aurais dû l'en empêcher.

Kit sourit d'un air désabusé.

— Il aurait fallu l'attacher à un arbre pour la dissuader d'y aller. Elle a une volonté de fer, et elle est bien plus forte qu'on le croirait. Physiquement, je veux dire. Je te suis reconnaissante de l'avoir accompagnée. Elle n'a pas voulu que j'y aille, moi.

Adrienne se souvint d'Ellen lui disant qu'elle voulait bien qu'elle l'accompagne car elle savait qu'elle ne ferait jamais de mal à Lottie. Avait-elle peur que Kit puisse lui faire du mal ?

Non. L'idée était absurde, pensa Adrienne. Après tout, Lottie était allée chez Kit et non pas chez Ellen, après le meurtre de Julianna. Elle s'était tournée vers Kit et non pas vers sa meilleure amie Ellen. *Pas Ellen.*

— Adrienne, ça va ?

En levant la tête, Adrienne sentit ses joues se vider de sang. Les yeux troubles de sa sœur la regardaient et ceux de

Kit semblaient s'être légèrement plissés. Kit connaissait trop bien Adrienne pour ignorer qu'elle venait d'avoir des pensées troublantes.

— Ça va, Kit, dit-elle gaiement. J'ai faim, c'est tout.

Mais elle ne se sentait guère mieux quand Kit se leva abruptement, les laissant déjeuner et quittant rapidement la table. Kit soupçonnait bel et bien quelque chose, comprit Adrienne. Et ce qu'elle soupçonnait la mettait extrêmement mal à l'aise.

Misérable et perdue, Adrienne se força à avaler ce qui aurait dû être un déjeuner excellent tandis que Vicky haranguait sans cesse Margaret Taylor, la femme qu'elle détestait.

3

— J'en ai assez qu'on se voie en cachette comme des adolescents. J'aimerais qu'on puisse avoir une relation ouverte.

Margaret Taylor cligna langoureusement des paupières, consciente de l'effet aguicheur de cette mimique sur Miles Shaw, puis elle caressa du pied sa jambe nue jusqu'à la cuisse.

— Enfin, chéri, tu sais qu'il est impossible d'attirer l'attention sur moi et d'en priver Philip, et c'est exactement ce qui se passerait si j'annonçais que je fréquente un artiste de renommée mondiale.

Miles rit doucement.

— Renommée mondiale. Là, tu deviens vraiment comique.

— Tu ne peux pas nier ta célébrité.

— Dans un rayon de trois États, peut-être. Un gros poisson dans une petite mare. Rien de plus.

— Un poisson au talent fabuleux qui sera bientôt reconnu dans une mare bien plus étendue. Dès que j'ai fait élire Philip, donne-moi deux ou trois ans pour travailler sur ton cas. Tu seras célèbre dans tous les États-Unis et en Europe.

Miles tendit la main et caressa la coiffure soyeuse et brune de Margaret.

— On ne doute de rien, mademoiselle Taylor.

— Il n'y a pas de place pour le doute, dans mon métier.

— Et tu connais ton métier sur le bout des doigts. Tu es experte pour disséminer *et* dissimuler les informations. Mais es-tu certaine que Philip n'a pas le moindre soupçon au sujet de notre relation ?

Margaret se tourna légèrement et prit son verre de vin rouge sur la table de chevet.

— J'en suis tout à fait certaine. J'ai fait très attention à ce que notre relation reste secrète.

Miles l'observa attentivement tandis qu'elle buvait une gorgée.

— Alors pourquoi baisses-tu les yeux quand tu parles de notre secret ? Est-ce pour cacher une lueur de doute ?

Margaret plissa légèrement le front.

— Il y a peut-être un tout petit doute.

Elle but une autre gorgée et sa voix se durcit :

— C'est cette satanée Rachel. Je crois qu'elle, elle a des soupçons. Et si c'est le cas, elle va en parler à sa mère.

— Et tu ne veux pas que Vicky soit au courant, tu préfères qu'elle continue de penser que tu as une liaison avec Philip, ce qui te fait mousser.

Margaret tenta en vain d'affecter une mine offensée. Les lèvres de Miles se tordirent en un petit rictus.

— Tu ne peux pas supporter Vicky, hein ?

— Elle est décevante.

Margaret replaça le verre de vin sur la table, se tourna vers Miles et se mit à tracer des petits cercles sur son torse.

— D'après ce que je sais, Philip a fait un bon choix en l'épousant. Elle était charmante, séduisante, pleine de sang-froid et, de plus, elle suivait à peu près l'actualité politique. La parfaite épouse d'un homme politique. Elle avait même des tripes, semble-t-il, comme sa sœur Adrienne, qui ne me plaît pas beaucoup, du reste. Elle m'observe comme si elle attendait que je me plante. C'est sans doute parce que Vicky lui a raconté tout un tas d'histoires horribles sur moi.

— Quelle idée ! dit Miles avec une pointe d'ironie.

— Je ne sais pas ce qui est arrivé à Vicky au fil des ans, mais elle est d'une *faiblesse* insupportable aujourd'hui, poursuivit Margaret sans prendre en compte les sarcasmes de Miles.

» Une vraie pleurnicharde. Sans parler qu'elle n'est plus très présentable, physiquement. Sais-tu qu'elle se maquille de travers une fois sur deux ?

— Grands dieux ! C'est abominable !

— Tu trouves peut-être ça drôle, mais ça ne l'est pas. C'est un signe. Vicky se laisse aller parce qu'elle est sur la pente de l'alcoolisme. Elle boit son premier verre à dix heures du matin. Midi au plus tard. Une femme alcoolique ! Elle pourrait tout gâcher, pour Philip !

— Très bien, je comprends ton souci avec Vicky. Je la connais à peine, mais elle ne me plaît pas beaucoup non plus. Mais parlons de Rachel. Qu'est-ce que tu lui reproches ?

Margaret fit une moue pleine de rancœur.

— J'ai beaucoup de problèmes avec Rachel ; le premier est sans doute qu'elle n'a aucune idée de sa chance. Sa petite vie privilégiée lui a été offerte sur un plateau, mais elle estime que c'est un dû, un point c'est tout. Si elle avait été obligée de se bouger et se démener pour s'en tirer, comme moi, elle accorderait peut-être un peu plus de valeur aux choses. Mais au lieu de ça, elle me méprise.

— Tu es sûre qu'elle te méprise ? Ou est-ce que tu l'imagines ? T'as tendance à être un peu parano.

— Ce n'est pas vrai du tout !

Margaret s'écarta de lui, le visage rosissant.

— Ah, je crois que j'ai visé juste.

— Non, tu n'as pas visé juste. Tu m'as accusée à tort. Et ça ne me plaît pas.

— Ce qui ne te plaît pas, c'est d'être critiquée.

Miles sourit, se rapprocha d'elle, et prit son sein ferme et nu dans la paume de sa main.

— Mais à moins d'être masochiste, personne n'aime les critiques. Excuse-moi, chère amante. J'ai trop bu et les mots sortent tout seuls de ma bouche.

— Je ne vois aucun problème avec ta bouche.

Margaret l'embrassa passionnément, puis lui lécha le lobe de l'oreille.

— Pas de boucle d'oreille, ce soir ?

— Tu as failli l'arracher la dernière fois, répondit-il en riant. D'ailleurs, je crois que je l'ai égarée. En parlant d'arracher, si on s'arrachait un peu des draps ; un de mes amis organise une petite fête, on pourrait y aller puis revenir ici s'amuser ?

Margaret se tendit, elle prit du recul et le regarda droit dans les yeux.

— Tes amis qui se droguent ?

— Avec modération, simplement pour s'élargir l'esprit.

Elle refusa d'un signe de tête.

— Non, merci, chéri. Trop risqué. Chaque fois qu'on y va, je m'attends à tout instant à ce que les flics débarquent. Et puis, Philip a un meeting important demain.

— C'est Philip qui a un meeting, pas toi.

— Quand Philip a un meeting, moi aussi. Tu sais que je dois être vigilante pour pouvoir le briefer.

Miles poussa un soupir de dégoût.

— Bon sang, si seulement les gens savaient que c'est toi qu'ils élisent en votant pour Philip.

— Qu'est-ce que tu veux dire ?

— On dirait que c'est toi qui fais tout le boulot. Philip est comme un acteur, il récite en public les discours que tu lui as rédigés. Il n'est rien de plus qu'une marionnette, un beau mec, au sens conventionnel du terme, dans un costume cher, qui réussit à mémoriser son texte.

— Ce n'est pas vrai, Miles. Philip Hamilton est un homme brillant.

Miles ricana.

— Mais si, c'est vrai. Aucune personnalité politique ne se charge de toutes ses recherches. Pas même le Président.

— Là, je veux bien te croire.

Margaret s'assit sur le lit, sans prendre la peine de se couvrir avec les draps, les cheveux détachés et emmêlés sur les épaules.

— Tu es jaloux de Philip ?

— Je suis jaloux du temps que tu lui consacres. Il est toujours prioritaire. Tu ne peux pas venir ici avec moi. Tu ne peux pas aller là-bas avec moi. Être vue en public avec moi risque de provoquer des cancans qui portent atteinte à Philip. Bon sang, Margaret, avec toi, je me sens comme une pute.

Les yeux ébène de Miles s'enflammèrent.

— Peut-être que c'est tout ce que je suis pour toi, une pute.

— C'est absurde.

— Alors prouve-le. Consacre-moi une nuit, plutôt qu'à Philip.

— Je t'ai déjà consacré de *nombreuses* nuits. C'est juste que, ce soir, je dois abréger notre soirée. J'ai des notes à revoir et j'ai besoin d'une bonne nuit de sommeil. Seule.

— Et tu as oublié de me préciser tout ça quand tu m'as invité à dîner.

Miles rejeta le drap et se leva, sa carrure impressionnante d'homme d'un mètre quatre-vingt-treize dominant le corps menu de Margaret.

— Je n'aime pas qu'on se serve de moi, Maggie.

— Qu'on se serve de toi !

Margaret se leva à la hâte et se dressa devant lui.

— Je ne pensais pas me servir de toi en te cuisinant un excellent repas et en te faisant l'amour !

— Vraiment ? Et si c'était moi, qui t'avais préparé à dîner, qui t'avais fait l'amour, puis qui t'avais demandé de partir ? Tu serais furieuse. Mais tu penses que faire cela à un *homme*, c'est complètement différent. Le problème avec vous, les féministes, c'est que vous ne changez rien. Vous inversez les vieux comportements, traitez les hommes comme de la merde, et vous vous justifiez comme ça !

— C'est absurde, Philip !

Ses yeux se plissèrent et il répondit d'une voix sourde et courroucée :

— Je m'appelle *Miles*, Margaret.

Elle rougit.

— C'est ce que je voulais dire, Miles. Je dis Philip cent fois par jour, alors parfois ça m'échappe.

— Oui, particulièrement en présence d'un homme nu.

Miles se baissa et prit son jean.

— Tu ne fais que jouer avec moi, n'est-ce pas ? Tu m'utilises pour tenter de dissimuler le véritable objet de ton amour : Philip Hamilton.

— Je t'en prie, cracha pratiquement Margaret. Ne compare pas ma moralité à celle de ta Julianna adorée. Elle couchait avec tellement d'hommes qu'elle devait sans doute les confondre. Elle n'avait pas peur de s'abaisser, elle. Mais tu t'en foutais bien, n'est-ce pas ? Tu ne la voyais pas comme elle était, tu étais aveugle. Complètement et totalement aveugle. Quel idiot !

Dès qu'elle eut fini, Margaret sut qu'elle venait de commettre une faute grave. Miles arrêta de boutonner son jean et la regarda, les yeux pleins d'une furie puissante, profonde et dangereuse. Margaret n'avait jamais eu peur d'un homme avant. Pas vraiment. Mais comme elle fut extrêmement surprise de le découvrir, elle avait peur, maintenant.

Et le plus étrange, c'est qu'elle ne comprenait pas comment cette dispute avait commencé. Les dernières minutes semblaient floues, la querelle s'était envenimée avec une vitesse et une amertume stupéfiantes. Mais Margaret avait l'habitude de se tirer de situations délicates. Il suffisait d'un peu de charme et de finesse.

Elle se reprit et sourit tendrement.

— Chéri, nous passions une excellente soirée qui s'est transformée en quelque chose de ridicule. On piaffe comme des oiseaux et je suis désolée d'y avoir contribué. J'ai eu une journée épuisante. Si on enterrait notre hostilité et qu'on revienne à la situation précédente, au calme et au bien-être ?

Miles lui lança un regard dur et prit sa chemise.

— Il est temps que j'y aille, je crois.

— Tu t'en vas ? Tout de suite ? Il n'est même pas dix heures !

— Tu as un meeting important demain matin, souviens-toi. Si tu n'es pas au lit d'ici une demi-heure, tu auras des cernes sous les yeux et Dieu sait ce qui va se passer. Peut-être que ça provoquera la défaite électorale d'Hamilton.

Margaret eut un rire forcé.

— Personne ne s'occupe de moi dans ces réunions, et même si c'était le cas, je ne crois pas que je mettrais Philip en danger en ayant l'air un peu fatigué.

— Je n'en suis pas si sûr. Tu es le cerveau qui actionne la marionnette. Ton air fatigué risque de compromettre la campagne.

Elle soupira.

— Écoute, mon chéri, il m'arrive d'en faire un peu trop. Je suis une perfectionniste.

— Sans blague, répliqua Miles en finissant de boutonner sa chemise et en attachant ses cheveux noirs en une longue queue de cheval.

— Eh bien, moi aussi, je suis un perfectionniste. Je dois travailler sur un tableau ce soir. Tout de suite. Excuse-moi de ne pas t'en avoir parlé plus tôt. J'ai horreur de bouffer, baiser et me casser, mais si quelqu'un peut comprendre que le devoir passe avant tout, c'est bien toi.

Margaret glissa hors du lit et se précipita vers lui, elle passa une main sur sa nuque et tenta d'attirer son visage vers elle pour un baiser passionné. Mais elle ne réussit pas à faire bouger sa tête. Son cou semblait soudain rigide comme de l'acier. Et le regard qu'il lui lança la refroidit jusqu'à la moelle.

— Laisse-moi, Margaret, lui dit-il d'une voix à peine plus forte qu'un murmure. N'essaie pas de m'embrasser, lâche-moi, ne me touche même pas.

Elle recula, frappée par le venin dans sa voix.

— Et encore une chose, Maggie. Ne redis jamais du mal de Julianna, jamais, sinon je te jure que tu le regretteras.

Un quart d'heure plus tard, Miles était remonté dans sa voiture tandis que Margaret tournait autour de la porte d'entrée mi-ouverte, négligemment drapée dans son peignoir en soie. Au fond de ses yeux noirs se mêlaient la colère, la confusion et un peu de peur. Elle était abasourdie. Blessée. Mais elle n'était pas du genre à accepter la défaite, elle claqua la porte, la ferma à double tour et mit la sécurité. Un geste bien futile puisque Miles n'avait aucune intention de revenir, mais savoir qu'il avait entendu le claquement de porte la réconfortait.

La grande horloge du salon sonna dix coups. Comme elle avait aimé cette horloge en cerisier quand elle était adolescente, et quelle avait été sa surprise quand son mentor et son amant de l'époque, un homme plus âgé, la lui avait offerte pour son master en relations publiques.

— Je suis un vieil homme. Je n'en ai plus besoin, lui avait-il dit. Mais quand tu la regarderas, tu penseras à moi. Et ne me dis pas que tu ne me quitteras pas : je sais que tu vas me quitter. Tu m'as dépassé, et je ne veux pas être trop gourmand et pitoyable en essayant de te retenir. Mais je ne peux pas oublier quand tu es venue à moi, à l'âge de seize ans ; tu m'es apparue comme un cadeau magique. Et une femme magique a besoin d'une horloge magnifique, à carillon, pour lui indiquer minuit — l'heure du crime, surtout les nuits de pleine lune où la sorcellerie est la plus puissante.

— J'aimerais que tu sois encore parmi nous, murmura Margaret avec regret à l'amant qui était décédé une année après leur séparation. Tu saurais comment faire avec Miles. Tu saurais s'il m'aime ou non, ou si je ne suis qu'un pâle substitut de sa Julianna perdue. Cette salope ! Si je racontais ce que je sais de sa mort, je pourrais rectifier pas mal de choses par ici, et pas seulement pour Miles.

À onze heures et demie, Margaret avait rangé les assiettes dans le lave-vaisselle, révisé ses notes pour le lendemain, regardé les informations et, chose rare, écrit une lettre à sa mère. Aucune de ces activités n'avait pourtant réussi à la calmer. Elle finit par enfiler une vieille chemise de nuit et se dirigea dans la salle de bain pour se lancer dans le rituel de ses soins de beauté nocturnes, sans pour cela maîtriser sa colère contre la femme qui lui avait causé tant de problèmes dans la vie, et qui, dans la mort même, parvenait encore à lui attirer des ennuis.

Julianna Brent. Margaret pouvait facilement démystifier ce personnage. Certes, Julianna était belle. Elle était aussi une femme égoïste, inconsidérée et idiote, âgée de trente-six ans mais avec la jugeote d'une fille de douze ans. Même moins de jugeote, rouspéta Margaret en se badigeonnant le visage de crème nettoyante. Oui, elle pourrait créer un sacré branle-bas de combat si elle révélait qui avait tué

Julianna et la raison de sa mort. À ce moment précis, elle eut presque envie de le faire ; au diable les conséquences !

Margaret se passa un gant sur le visage, enleva la crème en frottant, puis grimaça lorsqu'elle s'en mit dans le coin de l'œil. Cette crème ne devait pas piquer, c'était garanti. Fausse garantie. Elle avait l'impression de s'être versé du vinaigre dans l'œil droit.

— Merde ! marmonna-t-elle, en se baissant et en inclinant la tête pour se passer l'œil sous le robinet.

— Merde, merde et merde !

Margaret éclaboussa de l'eau dans ses cheveux, dans son nez, sur le miroir et sur le lavabo. L'eau finit par s'égoutter le long du nouveau meuble en acajou qu'elle venait juste de faire installer. Le sel de l'adoucissant d'eau allait laisser des traces et abîmer le vernis brillant de la table. Elle tâtonna pour s'emparer d'une serviette et se baissa pour essuyer le bois. C'est là que, un œil fermé par la douleur et l'autre voyant flou à cause de l'eau, elle le vit.

Un pied.

Un pied dans une pantoufle en tissu éponge.

Margaret se releva.

— Mais qu'est-ce que c'est que ça ? parvint-elle à dire avant que quelque chose la frappe à l'arrière du crâne.

Elle s'écroula comme si ses os s'étaient dissous. Son front heurta le coin du meuble et ses genoux se plièrent, piégeant ses mollets sous ses cuisses.

En un éclair, quelqu'un se rua sur elle, lui assénant un coup terrible sur le haut du visage et brisant les os autour des yeux. Elle perdit la vue, comme si l'on venait de tirer un rideau, mais elle était toujours assez consciente pour entendre les craquements des os de son visage, le cartilage nasal broyé, les dents brisées.

Margaret n'eut pas mal, tout d'abord. Effondrée, en boule, elle était aveugle, silencieuse, dans un état de stupeur proche de l'insensibilité, abrutie. Puis la douleur s'abattit sur elle, s'emparant de chaque membre, lui coupant le souffle. Son bras gauche qui s'agitait dans tous les sens, involontairement, fut promptement cloué au sol. Une autre explosion de douleur la déchira tandis qu'un objet froid et lourd lui écrasait le coude.

Quand Margaret eut repris assez de souffle pour crier, elle s'étouffa avec des morceaux de dents cassées. Des dents qui avaient été parfaites, songea-t-elle avec le peu d'esprit qui restait alerte. On aurait dit de la porcelaine. Couvertes de sang à présent, elles lui encombraient la gorge. Elle tenta d'émettre un bruit de gargarisme.

— Les mots te viennent moins facilement, maintenant, Margaret ? demanda une voix. Tu n'es plus aussi sûre de toi.

Quelque chose s'écrasa sur sa poitrine, elle entendit un craquement de côte, juste avant la douleur aiguë de son poumon perforé.

— Mais tu sais ce que dit la Bible : *L'arrogance précède la ruine, et l'orgueil précède la chute*. Alors tu n'as que ce que tu mérites, tu vois. Enfin, non, tu ne vois pas. Tu ne verras jamais plus. Comme c'est triste. Tu vas devoir me croire sur parole.

Margaret agonisait en se demandant pourquoi elle ne pouvait pas perdre conscience. Les coups avaient cessé. La voix railleuse aussi. Mais elle entendait toujours, et pis encore, elle sentait encore. Un instinct profond la harcelait, lui commandait de se lever, de s'extirper de la salle de bain pour atteindre le téléphone de la chambre. Mais un autre instinct, plus fort et plus puissant, voulait lui éviter la douleur.

Elle resta complètement immobile, elle sentait qu'on l'observait et qu'au premier mouvement, aussi infime soit-il, les coups pleuvraient à nouveau. Elle se permettait à peine de respirer. Elle sentit sa conscience se ratatiner en une minuscule étincelle au sein de son corps. Ou de ce qui restait de son corps.

Si je vis, pensa-t-elle avec une certitude étrangement détachée, personne ne réussira à me guérir. Personne ne pourra me rendre à moitié présentable. Je serai lamentable. Repoussante. Monstrueuse.

Et, pour Margaret Taylor qui avait tant cherché à atteindre la perfection, ce serait pire que la mort.

C'est fini, pensa-t-elle, affligée. En dix minutes, tout ce qu'elle possédait d'intelligence, de beauté, d'ambition et de potentiel avait été brisé comme les os fragiles de son visage. Elle s'était sentie invincible cet après-midi. Comme elle se sentait anéantie maintenant !

Le sang dégoulinait sur le visage amoché de Margaret et s'imprégnait dans la moquette beige de la salle de bain. Après ce qui lui sembla des heures, elle sentit la douleur s'assourdir et le rythme de son cœur ralentir. C'est la fin, pensa-t-elle avec soulagement, sachant qu'on l'observait toujours. C'est enfin la fin.

Avec son dernier souffle, Margaret entendit l'horloge du salon carillonner douze fois, annonçant joyeusement l'heure du crime.

Chapitre XI

1

Ruby, la femme de ménage de Margaret Taylor, venait chez elle une fois par semaine à sept heures sonnantes, de manière que les odeurs de désinfectants se soient dissipées quand Margaret rentrait chez elle, onze heures plus tard. Elle se disait allergique aux détergents, leur odeur la faisait éternuer et lui irritait les yeux.

D'après Ruby, l'idée de frotter et récurer, sans parler de l'acte même, répugnait « Mlle Perfection », tout simplement. Elle se demandait si la mère de Margaret n'avait pas fait des ménages et qu'elle en ait eu honte. Ou mieux encore, la précieuse Margaret avait peut-être elle-même été obligée de gagner sa vie ainsi ! Cette explication était encore plus logique pour Ruby, qui se targuait d'être bonne psychologue. Elle se demandait souvent si elle ne devrait pas laisser tomber sa carrière de nettoyage et se lancer dans la psychologie où elle pourrait gagner des centaines de milliers de dollars par an, en passant ses journées assise dans un beau bureau à écouter des gens parler d'eux-mêmes et de l'ennui de leur vie.

Mais Ruby abandonna toute idée de changement de carrière, le matin où elle traversa lentement la maison Taylor, remarquant les signes révélateurs de la visite d'un amant, et où elle trouva le corps de Margaret, sur le sol de la salle de bain. Enfin, elle pensa qu'il s'agissait de Margaret. Elle se précipita hors de la maison en hurlant dans le quartier paisible à cette heure matinale. Elle n'avait vu qu'une chose écrasée, sanglante et hideuse, qui ressemblait à une femme, sur cette moquette beige, posée contre toute logique devant le meuble de toilette.

Ruby avait parcouru la moitié de l'allée résidentielle, en poussant toujours des cris perçants, lorsque le digne Dr Hawkins, qui se levait toujours avec le chant du coq, sortit en courant dans sa robe de chambre en tartan et dut littéralement lutter avec le corps trapu et gesticulant de Ruby pour la calmer. Elle hurlait, braillait et baragouinait sans pouvoir s'arrêter, et c'est en grimaçant que le doux Dr Hawkins gifla sèchement mais légèrement sa joue rebondie. Les yeux de Ruby s'arrondirent et elle le gifla à son tour. Une gifle violente. Mais au moins, elle avait fermé sa trappe.

— Mon Dieu, que se passe-t-il donc ? lui demanda le Dr Hawkins, clignant des yeux pour retenir les larmes brûlantes qu'il devait au coup assené par la main calleuse de Ruby.

Mais il était trop tard. Elle avait vu les larmes et regrettait amèrement son geste. Dire qu'il était anglais et professeur de littérature à l'université, rien de moins.

— Oh, docteur Hawkins, je suis *vraiment* désolée.

Ruby, âgée de quarante-cinq ans, trouvait le docteur fort bel homme pour quelqu'un qui approchait la soixantaine. Il était par ailleurs veuf, et riche.

— C'est juste que… vous n'allez pas me croire… C'est tellement *horrible*…

L'image du corps brisé lui revint à l'esprit et elle lança un nouveau gémissement à donner la chair de poule.

— Madame… Excusez-moi, je ne connais pas votre nom…

— Fincher, sanglota Ruby. *Mademoiselle* Ruby Fincher.

— Eh bien, donc, mademoiselle Fincher, essayez de vous calmer et de m'expliquer ce qui ne va pas. Ça ne peut pas être aussi terrible que ça.

— Elle est morte ! hurla Ruby. La Taylor ! Enfin, je crois que c'est elle.

Dr Hawkins recula d'un pas.

— Morte ? Non. C'est impossible. Elle est très jeune. Elle n'est peut-être que souffrante.

— Souffrante ? Ça m'étonnerait ! Elle est en bouillie sur le sol de la salle de bain, la tête défoncée, les dents cassées, et du sang *partout.*

Ruby ne sembla pas remarquer le regard de dégoût du Dr Hawkins, une autre pensée lui vint à l'esprit.

— Seigneur, je ne réussirai jamais à nettoyer la moquette !

— Grands dieux, dit faiblement le docteur. Nous devons faire quelque chose…

— Je ne retourne pas dans cette maison, hors de question !

— Bien sûr que non. Nous allons avertir quelqu'un. Oui, c'est ce que nous allons faire. Allons chez moi appeler les secours.

Il tenta de relâcher un peu l'emprise de Ruby qui lui agrippait le cou comme un boa constrictor.

— Êtes-vous capable de marcher, mademoiselle Fincher ?

— Je crois que oui.

Ruby se remit sur pied, elle prit un peu de recul, tituba dans ses chaussures de tennis, puis prit le bras du docteur comme pour se stabiliser.

— Oui, je pourrai y arriver si je peux me reposer sur vous.

— Allez-y, reposez-vous sur moi tant que vous voulez, mademoiselle Fincher.

Ils s'approchèrent lentement de sa grande demeure en ardoise bleue, de style colonial.

— Mon Dieu, c'est incroyable, tout bonnement incroyable. Je n'arrive pas à y croire. Quand je pense que vous avez été exposée à un tel spectacle, ma pauvre.

Le Dr Hawkins frissonna.

— Je téléphone, puis je vous prépare un thé. Un bon thé bien chaud. Ça vous remontera.

Ruby lui lança son plus beau sourire, tout en pensant que, dans les circonstances présentes, elle aurait préféré un double scotch, même à sept heures du matin. Mais boire un thé avec le docteur, c'était mieux que rien. Eh oui, peut-être que cette bêcheuse de Margaret, qui n'aurait même pas daigné essuyer ses chaussures sur elle, lui avait rendu service. Grâce à elle, Ruby avait enfin pu faire connaissance avec le Dr Hawkins.

Mais Ruby se représenta ensuite la masse écrabouillée de ce qu'il restait de Margaret et toucha la petite croix en or qu'elle portait toujours. Elle ne devait pas se permettre de penser ainsi à cette femme, même si elle avait été d'une arrogance insupportable. Ruby irait à l'église ce soir, elle allumerait un cierge et réciterait une prière pour Margaret. Oui, voilà qui lui donnerait bonne conscience. Un « Je vous salue Marie » catholique et une belle petite prière protestante improvisée pour assurer la paix de son âme. Ça devrait faire l'affaire.

Et elle espérait bien que personne ne lui demanderait de nettoyer la moquette.

2

— Adrienne ? Est-ce que je t'ai réveillée ?

Il était rare que sa nièce l'appelle simplement « Adrienne ».

— Non, Rachel. Je suis debout depuis une vingtaine de minutes.

Adrienne jeta un œil sur la pendule murale et vit qu'il était un peu plus de huit heures.

— Quelque chose ne va pas ?

— C'est le moins qu'on puisse dire.

Rachel prit sa respiration et annonça avec un calme forcé :

— Margaret est morte.

— Morte ? répéta Adrienne platement. Dans un accident de voiture ?

— Non, répondit Rachel, la voix tremblotante. Elle a été assassinée. Chez elle. Sa femme de ménage vient de la trouver.

Le mot *assassinée* coupa la voix à Adrienne. Elle se représentait ce tourbillon agaçant, élégant, volubile et dominateur qu'était Margaret Taylor reposant, morte, dans sa maison.

— Tante Adrienne ?

— Oui, ma chérie, je suis là.

— La presse est déjà au courant. Il y a quelques reporters sur place et d'autres vont suivre. Papa est en train de gueuler comme un fou contre maman et moi, comme si c'était notre faute. Il m'a interdit d'aller au travail aujourd'hui et maman est en train de s'effondrer.

Le ton de Rachel hésita, puis se fit implorant :

— Est-ce que tu peux venir ? Je crois que maman a vraiment besoin de toi.

— J'arrive.

Un calme étrange, dû au choc, envahit Adrienne. Elle se sentait forte, capable et professionnelle.

— Ne sors pas et ne parle pas aux journalistes, même si ce sont tes amis. Ça ne ferait que rendre ton père plus furieux. Et essaie de l'éloigner de ta mère. Dis-lui d'aller hurler dans la cave s'il pense que ça aidera à éclaircir la situation.

Adrienne sentit un sourire s'immiscer dans la voix de Rachel.

— Merci, tante Adrienne. Tu me sauves la vie.

Adrienne posa sa tasse de café et entra dans la chambre de Skye. Elle dormait rarement aussi tard, mais elles s'étaient toutes deux senties anxieuses la nuit dernière et elles étaient restées tard, à grignoter du pop-corn en regardant un film insolite à la télévision : *Les Autres*. Brandon était couché sur le coussin géant à côté du lit de Skye ; il ronflait, battant des babines à chaque respiration. Adrienne dut se pencher sur lui pour réveiller doucement sa fille.

Skye grogna, fronça les sourcils, puis regarda sa mère avec des yeux ronds et alertes.

— Que se passe-t-il ?

— Il y a un problème. Margaret Taylor est morte. Rachel vient de téléphoner pour nous demander d'aller chez eux, ils ont besoin de notre soutien. Les journalistes y sont déjà.

— Morte ! Punaise.

Skye se découvrit et enjamba Brandon, qui faisait de son mieux pour s'étirer et réactiver ses muscles engourdis de sommeil.

— De quoi est-elle morte ?

— Eh bien, apparemment, elle aurait été… assassinée.

— Assassinée ! répéta Skye en se figeant. Comment ?

Adrienne se rendit compte qu'elle avait oublié de le demander à Rachel.

— Je ne sais pas.

— Tu ne sais pas !

Skye lui jeta un regard incrédule.

— Bon sang, maman, comment peux-tu ne pas le savoir ? Tu ne lui as même pas demandé ?

— Non. J'étais tellement surprise et Rachel était inquiète et pressée.

Skye faillit tomber sur Brandon, qui était parvenu à se hisser sur les pattes avant, tandis que l'arrière était toujours planté sur le coussin.

— On le saura quand on arrivera chez Vicky, dit Adrienne sèchement pour éviter d'autres questions. Habille-toi vite. Rachel dit que ses parents sont complètement bouleversés.

— Évidemment ! Maman, comment peux-tu rester si calme ? C'est un *nouveau* meurtre, nom d'un chien. Et pire encore, le meurtre d'une autre personne que l'on connaît !

Adrienne se sentit glacée. C'est peut-être pour cela qu'elle n'avait pas demandé de détails à Rachel. Skye avait raison — une autre de leurs connaissances venait d'être assassinée, les implications étaient si effrayantes qu'elle n'avait pas voulu les regarder en face.

Elle se disputa brièvement avec Skye pour savoir si elles devaient amener Brandon. Lorsqu'elles se garèrent dans l'allée des Hamilton, un groupe de journalistes, peu nombreux mais agressifs, foncèrent sur elles. Adrienne fut heureuse de la victoire de Skye. Un chien de cent livres qui grondait férocement fit reculer la plupart d'entre eux ; ils ne pouvaient pas savoir que Brandon n'avait jamais mordu personne de sa vie. Skye lui avait appris à gronder ainsi et dès qu'ils arrivèrent à la maison, sans encombre, il regarda sa maîtresse, la langue pendante, attendant le compliment qu'il recevait toujours après ses interprétations théâtrales, dignes d'un oscar.

Mme Pitt les accueillit, le visage encore plus ingrat que d'ordinaire.

— N'est-ce pas terrible ? Et ces gens abominables qui cognent à la porte et essaient même de regarder par les fenêtres ! Mlle Taylor se débarrassait toujours d'eux sans histoire et je croyais que ce serait facile. Je vois bien maintenant que ce n'est pas si facile, mais je ne pourrai plus jamais lui dire quel bon boulot elle faisait.

— Je ne crois pas que Margaret ait attendu des compliments pour avoir confiance en elle.

Adrienne réalisa immédiatement la sévérité de ses propos et termina pitoyablement :

— Elle adorait son travail.

— C'est bien vrai, confirma Mme Pitt en hochant tristement la tête. Personne ne voulait déjeuner ce matin, alors j'ai seulement fait des petits pains à la cannelle. Ça vous tente ?

— J'ai un peu faim, dit Skye.

Un sourire se dessina enfin sur les lèvres de Mme Pitt.

— Bien. Rachel prend son café dans la cuisine. Vous pourrez peut-être la convaincre de manger un petit quelque chose.

— Moi, je mangerai plus tard, je vais aller voir ma sœur. Est-elle dans sa chambre ? demanda Adrienne.

Elle connaissait déjà la réponse. Depuis l'adolescence, Vicky se réfugiait toujours dans sa chambre quand elle n'allait pas bien.

— Oui. Elle n'est descendue que deux fois ce matin et à chaque fois, elle et monsieur Hamilton… enfin… c'est dur pour tout le monde.

Ce qui voulait dire que Vicky s'était heurté au courroux de Philip et avait fui. Adrienne se demanda avec colère comment Philip pensait qu'un tel climat de confrontation pourrait arranger quoi que ce soit dans sa propre maison.

— Allez voir votre sœur, madame Reynolds, dit Mme Pitt. Je vous monterai du café et des petits pains un peu plus tard.

Mme Pitt travaillait chez les Hamilton depuis dix ans et Adrienne avait parfois l'impression que cette veuve efficace et pleine de sollicitude était le ciment de la famille. Elle lui tapota le bras.

— Merci. Et ne donnez pas trop de petits pains à Brandon.

Arrivée à l'étage, elle frappa doucement à la porte et entra sans attendre de réponse. Vicky était appuyée contre la tête de lit, le teint terreux, les lèvres livides, sa frange blonde tirée à l'arrière, révélant des racines imprégnées de transpiration. Elle porta une cigarette tremblotante jusqu'à ses lèvres, tira une bouffée profonde, puis dit :

— Dieu merci, te voilà. Je crois que je vais craquer.

Adrienne s'attendait à trouver sa sœur agitée, mais pas aussi dévastée. Après tout, Vicky n'aimait même pas Margaret. Mais elle n'aurait pas eu l'air plus ravagée si la victime avait été Rachel.

Adrienne traversa la chambre et s'assit sur le lit, à côté de Vicky, qui lui dit promptement :

— Ne va pas raconter que je fume. J'ai arrêté depuis un an, mais je crois que j'en mérite une tout de suite.

— Je n'avais rien l'intention de raconter.

— Comment va Rachel ?

— À peu près, j'imagine. Elle est dans la cuisine avec Mme Pitt. Skye est allée la rejoindre. Tu sais que Rachel aime bien sa compagnie.

Vicky fit un vague signe de tête. Adrienne regarda son épave de sœur et demanda :

— Qu'est-il arrivé à Margaret ?

— Elle est partie d'ici hier à six heures, en donnant des ordres à droite et à gauche, elle est rentrée chez elle où on l'a assassinée.

— Tu veux dire que quelqu'un l'attendait chez elle ? Elle a surpris un cambrioleur ?

Vicky haussa les épaules.

— Je ne sais pas grand-chose. Si ce n'est que sa femme de ménage l'a trouvée ce matin.

Elle marqua une pause, le temps de décider si elle voulait divulguer davantage de renseignements.

— Elle l'a trouvée dans sa salle de bain. Brutalement tabassée. Un journaliste a dit à Philip qu'elle était à peine reconnaissable.

— Mon Dieu, souffla Adrienne. Si elle avait été attaquée juste en rentrant, on ne l'aurait pas trouvée dans la salle de bain.

— Je t'ai dit tout ce que je savais. Tout ce qui compte.

— Tout ce qui compte ?

— Oui. Elle est partie. Pour de bon. Sortie de nos vies. Pour moi, c'est tout ce qui compte.

— Écoute, Vicky, je sais que tu ne l'aimais pas. Moi non plus, mais elle ne méritait pas une mort pareille.

— Ah bon ?

Vicky rejeta brusquement un mince souffle de fumée.

— On ne la connaissait pas très bien. Pas vraiment. Enfin, moi pas, en tout cas. Si ça se trouve, elle a fait quelque chose de vraiment abominable et n'a eu que ce qu'elle méritait.

Adrienne garda le silence, abasourdie par la virulence des paroles de sa sœur. Elle comprit que les sentiments de Vicky envers Margaret allaient bien au-delà de l'antipathie ou de la jalousie. Elle avait méprisé cette femme et se réjouissait de sa mort, même brutale. Adrienne eut froid dans le dos en réalisant la haine pure que sa sœur éprouvait pour la victime.

Aussi éprouvée que l'était Adrienne, elle réussit à maintenir une expression et une voix neutres en demandant :

— Sait-on s'ils ont des pistes, comme ils disent à la télé ?

— Ça, je sais pas.

Vicky écrasa sa cigarette et en sortit immédiatement une autre du paquet.

— C'est toi qui fréquentes le représentant de l'ordre. Tu disposes donc de meilleures sources d'information que moi. Il ne t'a pas encore passé de coup de fil ?

— Non, Vicky, répondit calmement Adrienne. Lucas est plutôt insaisissable en ce moment.

Vicky fit claquer son briquet et haussa les sourcils.

— L'idylle se refroidit ?

— Elle n'a jamais été brûlante…

— Non, c'est bien ce que je pensais, répondit lentement Vicky. Il travaillait pour Philip, avant, tu sais. On était assez proches. C'est un homme bien, Adrienne.

— Je sais.

— Digne de confiance, bien plus que Drew Delaney.

— Qu'est-ce que Drew vient faire ici ?

Adrienne entendit sa voix s'élever, sur la défensive :

— Je ne sors pas avec Drew.

— Je ne parle pas de tes actes. Je parle juste de tes sentiments.

Vicky tira à nouveau une bouffée profonde sur sa cigarette.

— Je crois que Rachel a le béguin pour lui.

Adrienne s'empressa de changer de sujet en abordant la question de Rachel.

— Drew est bel homme et il a beaucoup de charme. Et elle n'est manifestement pas folle de Bruce Allard. Je dois dire que je la comprends. Il est bien trop satisfait de sa petite personne.

— Ses parents lui ont répété toute sa vie qu'il était merveilleux. Tu devrais les entendre. Ça te rendrait malade. Pas étonnant qu'il soit aussi arrogant. Mais il est inoffensif et il a l'âge de Rachel. Il ne me dérange pas. Alors que s'engager avec Drew Delaney, c'est une autre histoire.

— Qui est engagé avec Drew Delaney ? exigea de savoir Philip, entrant dans la chambre à grands pas, comme prêt à la bataille.

— Tu sors avec Delaney, Adrienne ?

Avant qu'elle n'ait eu le temps de répondre, il roula les yeux en ricanant.

— Ça compléterait le tableau. D'abord Trey Reynolds, gigolo à Las Vegas, puis le vieux Lothario du coin.

Adrienne fut envahie de rage.

— Comment oses-tu parler ainsi de mon mari décédé ?

— C'est la vérité !

— Trey était un homme de scène. C'est ce que tu es. Et je te signale qu'il y a beaucoup de gens qui ont plus de respect pour la scène de Las Vegas que pour la scène politique !

Le visage de Philip s'empourpra.

— Ne me compare jamais plus à lui !

— Ne t'inquiète pas. Trey mérite mieux que ça.

Les poings de Philip se serrèrent, mais Adrienne ne put se retenir :

— Et je te signale aussi que je ne sors pas avec Drew, mais que, si c'était le cas, ça ne te regarderait absolument pas !

— Tout ce qui a un impact sur ma carrière me regarde.

Adrienne se leva d'un bond et le fusilla du regard.

— Je n'ai absolument rien à voir avec ta carrière !

— Tu es la sœur de ma femme. Tes actes ont un impact sur moi. Mais je ne m'attends pas à ce que tu prennes ça en considération. Tu ne t'es toujours préoccupée que de toi, sans la moindre considération pour Vicky ou moi, et Rachel, n'en parlons pas.

— C'est toi qui n'as aucune considération pour Vicky et Rachel, pas moi !

Le cœur d'Adrienne s'était animé avec sa rage.

— Écoute, Philip, je comprends que tu sois sous le choc, avec ce qui est arrivé à Margaret, mais ça ne te donne pas le droit de traiter tous les autres d'une manière aussi cavalière. Surtout quand il s'agit de ta femme, de ta fille ou de moi-même !

— La mort de Margaret fait plus que le choquer, dit soudain Vicky d'une voix glaciale et métallique. Il est anéanti parce qu'il était amoureux d'elle.

— Bon Dieu ! explosa Philip, son regard furieux quittant Adrienne pour se fixer sur son épouse. Ne recommence pas ton petit refrain jaloux !

— Si, je recommence, dit Vicky, les yeux rougis par les larmes. Je sais que Margaret avait un amant, et cet amant, c'était toi, Philip.

Philip sembla se raidir et se préparer à bondir comme un serpent. Adrienne recula légèrement, inquiète de ce qui allait suivre. Il finit par s'adresser à Vicky avec un mépris contrôlé :

— Tu as raison sur un point seulement, ma chère. Margaret avait un amant. Je viens d'avoir un appel d'une de mes sources au sein de la police. Il semblerait que la femme de ménage de Margaret la connaissait bien mieux que nous. Selon elle, Margaret entretenait une relation passionnelle et juteuse avec Miles Shaw.

— Le Miles de Julianna ? lâcha Adrienne sous le coup de la surprise.

— Celui-là même, poursuivit Philip en gardant le regard fixé sur sa femme. Alors, qu'est-ce que tu dis de ça, Vicky ?

Vicky semblait rétrécir dans les oreillers, atterrée. Adrienne songea à la haine qu'avait entretenue Vicky pour Margaret, à sa conviction qu'elle avait une liaison avec Philip et à son apparence terrible, comme si elle avait survécu à une expérience féroce et brutale.

Et Adrienne se demanda où était sa sœur à l'heure du meurtre de Margaret.

3

Une perle de sueur longea les racines des cheveux de Miles Shaw, traversa la toile de pattes-d'oie tissées autour de ses yeux, par-dessus ses hautes pommettes et glissa de sa joue sur sa chemise noire. Il était dans la salle d'interrogatoire du commissariat, assis en face du shérif Lucas Flynn, qui ne le quittait pas des yeux. Lucas nota que Shaw faisait de suprêmes efforts pour soutenir son regard sans sourciller, mais qu'il n'y parvenait pas complètement. Toutes les dix secondes environ, les yeux verts de Shaw s'échappaient à droite, à gauche, ou se baissaient pour regarder ses doigts fins d'artiste, luttant pour qu'ils restent immobiles et sereins.

— Vous savez que Margaret Taylor a été assassinée, commença abruptement Lucas.

— Je l'ai appris ce matin, quand vous avez cogné à la porte de mon studio.

— Pas avant ?

Shaw fit non d'un signe de tête.

— Je venais juste de me lever.

— Et vous ne l'avez pas vu aux informations ?

— Je ne regarde pas le journal du matin.

— Et vous n'avez pas vu le corps chez Mlle Taylor ce matin ?

— Je ne suis pas allée chez elle ce matin.

— Mais vous y étiez la nuit dernière.

Shaw hésita. Son regard fuit. Lucas l'observa attentivement, de nombreuses pensées défilaient derrière ses paupières. Il finit par admettre :

— Ouais, d'accord. Je n'ai aucune raison de mentir. J'étais effectivement chez elle hier soir.

— Jusqu'à quelle heure ?

— Dix heures.

— Dix heures pile ?

— Oui.

— Vous êtes drôlement précis, vous, dit aimablement Lucas. Plus que la plupart des gens.

— Margaret a une horloge. Elle s'est mise à sonner quand je suis sorti.

— C'est bien commode.

— Disons plutôt que c'est une coïncidence.

— Et Margaret était vivante quand vous êtes parti ?

— Évidemment, aboya Shaw.

— Parce que, après, elle s'est fait méchamment tabasser. Quelqu'un s'est attaqué à votre petite amie avec une sorte de gros marteau, Shaw. Et ce quelqu'un lui a défoncé le visage. Elle a dû terriblement souffrir, car elle n'est pas morte sur le coup.

Shaw serra les poings et sa mâchoire se raidit.

— Margaret allait très bien quand je l'ai quittée à dix heures.

Lucas sourit.

— Vous voulez boire quelque chose, monsieur Shaw ? Un café ? Une boisson fraîche ?

Miles ne sut comment interpréter ce changement d'attitude.

— Je voudrais une cigarette.

— Désolé, il est interdit de fumer dans ce bâtiment.

— Ça ne m'étonne pas.

— Vous vivrez plus vieux.

— Avec une cigarette de moins ? ricana Miles. J'en doute.

— Vous ne fumez pas la même marque de cigarettes que Margaret, n'est-ce pas ?

Miles le dévisagea avec une expression à la fois incrédule et agacée.

— Qu'est-ce que ça peut bien faire ?

— C'est pour cette raison, entre autres, que Ruby Fincher, la femme de ménage de Mlle Taylor, a su que vous étiez chez elle hier soir. Vous avez laissé, dans le cendrier, des mégots qui n'étaient pas de la même marque que celles de Margaret.

— Et je suis la seule personne à fumer des Camel ?

— Ces mégots ont été trouvés sur la table de nuit de Margaret, à côté du lit défait où nous avons trouvé des traces de sperme.

— Ce qui veut dire que je suis l'homme avec qui Margaret avait une liaison ?

Lucas haussa les épaules.

— D'après Ruby Fincher, oui.

— C'est une véritable Sherlock Holmes, n'est-ce pas ? Dites-moi comment ce brillant esprit a déduit qu'il s'agissait de moi ?

— Eh bien, il y a quelques semaines de cela, Ruby a trouvé un article de journal parlant de vous sur le bureau de Margaret. Puis elle a remarqué un nouveau tableau, un des vôtres, et Margaret lui en a chanté les louanges alors qu'elle daignait à peine lui adresser la parole en temps normal. Une autre fois, vous avez oublié un paquet de Camel vide et cette pierre turquoise que vous portez autour du cou, sur la table de chevet. Ruby a reconnu le collier grâce à la photo du journal. Voyez-vous, monsieur Shaw, ce sont toujours les petits détails qui nous perdent.

— Les petits détails et les aides ménagères qui fourrent leur nez partout.

Miles s'enfonça dans la chaise en bois et croisa ses bras derrière le cou. Le regard de Lucas était rivé sur la longue tresse soyeuse de Shaw. Dans la région, aucun homme ne portait une tresse lacée avec du cuir comme lui. Lucas n'y avait jamais bien prêté attention avant, mais ça l'énerva soudain. Ça lui parut prétentieux et il y vit une tentative délibérée de s'afficher comme un artiste. Il se pavane comme un paon, fulmina intérieurement Lucas, il se fait mousser comme s'il était vraiment au-dessus des autres, supérieur à cette masse sans imagination ni talent avec qui il doit avoir des relations au quotidien.

— Quelque chose ne va pas, shérif ? finit par lui demander Miles.

Il devinait que sa présence seule suffisait à mettre Lucas en boule, comme l'insinuait discrètement le ton de sa voix.

— Seulement ce qui est évident.

Qu'il interprète « évident » comme il veut, pensa Lucas.

— Pourquoi ne vous voyait-on jamais avec Mlle Taylor ? Pourquoi ne parliez-vous ni l'un ni l'autre de votre relation et ne sortiez-vous pas ensemble ?

Miles s'agita sur sa chaise, il dénoua les mains de son cou. Ses doigts frémirent, avec ce désir urgent qu'a le fumeur de se raccrocher à son petit bâton de tabac.

— C'est Margaret qui insistait sur la discrétion. Elle estimait que sa liaison amoureuse risquait de détourner l'attention de la campagne électorale de Philip Hamilton. J'ai toujours pensé qu'en réalité, elle craignait qu'il soit jaloux.

— Vous pensez que Philip Hamilton était amoureux de Margaret ?

Miles réfléchit, frottant distraitement son sourcil noir de l'annulaire.

— Il me semble qu'il est possessif avec toutes les femmes qui gravitent autour de lui. Il a l'impression qu'elles lui appartiennent. Elles doivent être à la hauteur, se comporter d'une manière qui lui convienne. Et elles ne doivent jamais lui voler la vedette.

Miles regarda Lucas droit dans les yeux.

— Il se comporte de la même manière avec Adrienne. Vous n'allez pas me dire que ça vous a échappé.

— Pour tout dire, si. Ça m'a complètement échappé.

La voix de Lucas restait calme, même si Shaw l'avait déstabilisé en mêlant Adrienne à l'interrogatoire et qu'il ait eu raison, en ce qui concernait Hamilton. Adrienne lui avait dit que Philip avait réagi comme le pire des égoïstes quand elle avait été agressée, et qu'il ne s'inquiétait que de la mauvaise impression qu'elle risquait de donner en tant que belle-sœur. Peu importait, Lucas n'allait pas se ranger du côté de Miles Shaw.

— Adrienne a une forte personnalité. Elle ne risque pas de se laisser mener par Philip Hamilton.

Miles se mit à rire en jetant la tête en arrière, agaçant Lucas, qui essayait de ne pas le montrer.

— On peut dire d'Adrienne qu'elle a une forte personnalité. Je peux toutefois penser à d'autres qualificatifs plus précis pour la décrire…

Lucas lança un regard dur à Miles, sachant qu'il essayait de le provoquer en insinuant qu'il connaissait intimement Adrienne. Mais le shérif ne voulut pas réagir à l'allusion de Shaw, il ne voulait pas lui donner ce plaisir.

— Je dois être informé de votre alibi, Shaw, si vous en avez un, dit-il froidement. Où êtes-vous allé après avoir quitté Margaret ?

— Aux Portes du paradis. C'est le bar qui se trouve sur la Route 2.

— À quelle heure y êtes-vous arrivé ?

— Je ne sais pas. Entre dix heures et dix heures et demie.

— Pas d'horloge pour vous donner l'heure précise ?

— Non, répondit Miles d'un ton détaché. Mais je m'y suis rendu directement en sortant de chez Margaret.

— Pourquoi n'êtes-vous pas rentré chez vous ?

— Je n'en avais pas envie. Trop d'énergie à dépenser.

— Et vous aimez danser ?

— Non, je n'aime pas danser, mais j'aime écouter de la musique. Il y avait un bon groupe.

— Il n'y a pas qu'un groupe qui joue aux Portes du paradis. Lequel jouait hier ?

— Nepenthe. Ça veut dire « paix » en langue indienne.

— Merci d'enrichir mon vocabulaire, monsieur Shaw. Êtes-vous déjà allé dans ce bar dans le passé ?

— Plusieurs fois.

— Seul ?

Une légère hésitation. Un égarement passager du regard.

— Oui, je m'y suis toujours rendu seul. Mais il m'arrivait parfois d'y rencontrer quelqu'un.

— Quelqu'un en particulier ?

Une pause.

— Eh bien, oui. Une fille. Elle s'appelle Nikki. C'est tout ce que je sais d'elle. Et avant que vous me posiez la question, il nous est arrivé de partir ensemble.

— Voudriez-vous me donner des renseignements supplémentaires pour que je puisse vérifier votre alibi avec elle ?

— Elle mesure environ un mètre soixante-dix, brune, séduisante et jeune. Je ne connais pas son nom de famille. Je ne sais pas où elle habite. Nous n'allons jamais chez elle, elle a de la famille. Mais elle n'y était pas hier soir, vous ne pourrez donc rien vérifier avec elle.

— Vraiment ? Nikki sans nom de famille et sans adresse connue n'y était pas hier soir, alors même qu'elle aurait pu vous fournir un alibi. C'est encore une fois bien commode, monsieur Shaw.

Miles se tut, il essayait manifestement de dominer sa colère. Et peut-être se sentait-il envahi par la peur. Il finit par lever les mains en un geste d'impuissance.

— Écoutez, je n'y peux rien. Je ne suis sorti avec Nikki que deux ou trois fois et croyez-moi, si elle pouvait me procurer un alibi, je n'hésiterais pas. Mais je ne suis sans doute pas le seul à l'avoir vue aux Portes du paradis. Et moi aussi, on a bien dû m'y voir hier soir.

— Vous ? Mais bien sûr. Où ai-je la tête ? Les fans doivent vous assiéger à chaque fois que vous sortez, un artiste de votre renommée. Vous êtes l'Andy Warhol du coin, non ? Ils ne vous rendent pas fou à vous demander des autographes et autres trucs dans ce genre ?

— Ma peinture n'a rien en commun avec celle d'Andy Warhol, même si nous nous ressemblons un peu physiquement. Je veux parler de *caractéristiques*, shérif Flynn, répliqua Shaw d'un ton d'une satisfaction exaspérante. Je fais un mètre quatre-vingt-treize. J'ai des cheveux noirs qui m'arrivent presque à la taille. J'ai une gueule d'Indien américain. Une belle gueule. En d'autres termes, je ne passe pas inaperçu dans le coin.

Avec un sourire narquois, Shaw bascula dans sa chaise comme un délinquant juvénile faisant son malin. Lucas eut envie de lancer un coup de pied sous la chaise pour la faire tomber.

— Eh bien, monsieur Shaw, je vous souhaite de ne pas être passé inaperçu hier, déclara Lucas d'une voix forte et tranquille, car, dans le cas contraire, vous n'avez pas le moindre alibi. Et sans alibi, le procureur et moi-même allons penser que vous avez sauvagement assassiné et mutilé une jeune femme innocente et respectée, qui était aussi, incidemment, la directrice de campagne d'un candidat au poste de gouverneur. Et si nous vous arrêtons pour meurtre, ne vous attendez pas à un grand mouvement de soutien, parce qu'il n'y aura pas grand monde pour vous plaindre, mon petit Miles. Pas grand monde.

Chapitre XII

1

À six heures, Adrienne et Skye s'installèrent devant la télé pour regarder les informations. Elles écoutèrent attentivement l'indicatif, qui se termina sur l'image d'une présentatrice d'une vingtaine d'années avec la mine standard et soignée de milliers d'autres présentatrices. Elle lança avec enthousiasme :

— Mesdames et messieurs, bonsoir. Merci d'être avec nous, ce soir.

Puis son expression radieuse devint brusquement solennelle.

— Et pour ouvrir ce journal, nous apprenons, de source policière, le meurtre de Margaret Taylor, âgée de trente-deux ans, rossée dans sa maison de Point Pleasant, aux alentours de minuit. Mlle Taylor était directrice de campagne de Philip Hamilton, candidat au poste de gouverneur.

L'image de la présentatrice fut remplacée par une photo où Margaret figurait seule, le teint olive de son visage souligné d'un tendre sourire, ses yeux amande vulnérables et doux, et, contrairement à son habitude, ses cheveux noirs ondulés et luisants lui tombant sur les épaules. La photo suivante la montrait mince et habillée avec soin, souriant radieusement en direction de Philip, tandis que Vicky, légèrement en retrait, semblait rongée par les soucis, les yeux plissés, triste et un peu hostile.

— Oh non, geignit Adrienne.

Retour sur la présentatrice au visage solennel.

— Mlle Taylor a été découverte à sept heures ce matin par sa femme de ménage, Ruby Fincher.

Dans le reportage qui suivit, Ruby Fincher jetait nerveusement un regard de côté, attendant qu'on lui fasse signe de commencer. Puis elle écarquilla les yeux devant la caméra, respira profondément et se lança avec jubilation :

— Je n'ai jamais rien vu d'aussi terrible de toutes mes trente-cinq années de vie ! J'étais horrifiée ! HORRIFIÉE ! À m'en retourner l'estomac ! À tel point que j'ai dû prendre un calmant !

Ruby Fincher marqua une pause, sans quitter la caméra des yeux, son visage rond et rouge surexcité, ses yeux bleus avides et brillants. Elle avait manifestement du mal à ne pas sourire à son public. Elle paraissait plus que les trente-cinq ans qu'elle s'attribuait, mais elle semblait vivre le plus grand moment de sa vie. La femme qui avait découvert le corps grotesquement amoché de Margaret Taylor était pour l'instant la star des médias et elle en savourait chaque seconde.

Ruby disparut. La belle présentatrice réapparut, l'air toujours grave.

— Les policiers n'auraient constaté aucune forme d'effraction, aucun cambriolage. Ils ont ouvert une enquête et, bien qu'ils aient plusieurs suspects, ils n'ont procédé à aucune arrestation pour le moment.

Skye continua à regarder le poste de télévision sans dire un mot, tandis qu'Adrienne restait bouche bée quelques secondes. Elle se reprit, ferma la bouche et déglutit avant de dire à Skye :

— Cette Fincher était abominable.

— Tu m'étonnes ! Et tu as remarqué la photo de Margaret avec Oncle Philip ? On aurait dit des amoureux. Maintenant, Tante Vicky ne sera plus la seule à penser qu'Oncle Philip avait une liaison avec Margaret.

— Comment sais-tu ce que pensait Vicky ? lui demanda Adrienne, surprise.

— C'est Rachel qui me l'a dit. Mais de toute façon, je m'en doutais. Tante Vicky le surveille toujours de près et elle est toujours nerveuse et bizarre quand Margaret est, enfin quand elle était, avec eux.

La présentatrice s'enthousiasmait maintenant sur un pique-nique organisé par une organisation caritative. Tandis qu'elle parlait, des images révoltantes montraient des gens se déplaçant lentement et lourdement autour d'une table, empilant de la nourriture sur des assiettes en carton avant de se gaver. Adrienne songeait que les reportages de ce genre semblaient toujours sélectionner les images des plus goinfres, donnant l'impression que la ville était peuplée de gloutons.

— Je te parie que c'est Miles Shaw qui a tué Margaret, annonça soudain Skye. Il est tellement bizarre. Il me donne des frissons dans le dos.

— Est-ce que tu les as déjà vus ensemble ? demanda Adrienne, consciente que, ces derniers mois, Skye avait passé beaucoup plus de temps qu'elle chez les Hamilton.

— Est-ce qu'il était invité aux réceptions ?

Skye hocha négativement la tête.

— Je ne l'ai jamais vu là-bas. Rachel dit que son père n'aime pas Miles. Elle pense que c'est pour ça que Margaret ne voulait pas qu'on sache qu'ils sortaient ensemble.

— Oh.

Adrienne prit une décision.

— N'en parle ni à Sherry ni aux autres. N'en parle à personne, mais j'ai discuté avec Lucas cet après-midi. Il a interrogé Miles, et il a un alibi. Il était dans un bar, qui s'appelle les Clés du Paradis…

— Les Portes, maman. Les Portes du Paradis.

— Comment sais-tu cela ?

— Punaise, maman, mais tout le monde en a entendu parler. C'est l'endroit à la mode si t'es cool et un peu plus vieux. Mais continue.

— Oui, bref, Miles était aux *Portes* du Paradis au moment où Margaret a été assassinée. Il y est resté une heure ou deux et beaucoup de gens l'y ont vu. Il passe difficilement inaperçu, avec une taille et des cheveux pareils.

— Ça, je suppose que oui.

Skye réfléchit. Puis elle fixa sérieusement Adrienne.

— Je te promets que je n'en parlerai à personne, maman, mais je pense toujours qu'il est coupable. À mon avis, il s'est débrouillé pour tuer Margaret sans que personne ne puisse l'épingler.

À la fin du journal du soir, Adrienne eut l'impression d'attendre quelque chose. Le sentiment dura pendant qu'elles mangeaient l'énorme pizza livrée par Fox's Pizza Den, dévorée en un temps record. Il persista pendant qu'Adrienne regardait une comédie qui n'avait rien de comique tandis que Skye discutait longuement au téléphone avec Sherry, qu'elle n'avait pas vue depuis vingt-quatre heures, un laps de temps insupportable. Il se prolongea tandis qu'Adrienne cherchait à brûler un peu de son énergie nerveuse en rangeant les placards de la cuisine et en forçant Skye, offusquée, à aller au lit pour rattraper le peu de sommeil de la nuit précédente.

À onze heures, Adrienne était assise dans le patio, s'imprégnant de la fraîcheur de la brise nocturne, quand le téléphone sonna. Adrienne sut immédiatement que cet appel allait mettre un terme à ce sentiment d'attente, qui l'avait rendue nerveuse toute la soirée.

Elle courut à l'intérieur, sans se soucier de fermer les portes du patio, et décrocha. Une petite pause suivit son « Allô », puis une voix fluette et grinçante demanda :

— Adrienne ?

— Oui, c'est Adrienne Reynolds.

La voix lui sembla vaguement familière, mais elle n'arrivait pas à la replacer.

— Qui est à l'appareil ?

Un petit rire rouillé se fit entendre.

— C'est Lottie, ma petite Adrienne, la maman de Julianna.

— Lottie ! On se fait un sang d'encre pour vous.

— Je vais bien. J'avais dit à Kit de ne pas s'inquiéter. Vous n'auriez pas dû.

— Où êtes-vous ?

Une nouvelle pause.

— Je préfère ne pas le dire.

— Mais Lottie…

— S'il te plaît, mon petit, il est inutile de se faire du souci pour moi. Je me fais du souci pour quelqu'un d'autre et il faut que je t'en parle. Je crois qu'il est temps, maintenant.

— Lottie, laissez-moi vous reconduire chez vous. Après, vous me direz ce que vous voudrez.

— Non, Adrienne. Laisse-moi faire comme je l'entends, sinon je ne ferai rien du tout. Je ne veux pas être difficile, mais j'ai mes raisons.

Adrienne soupira ; elle éprouvait un sentiment d'impuissance, c'était bien Lottie qui contrôlait la situation à présent. Elle ne pouvait que lui obéir.

— D'accord, Lottie. Je vous écoute.

— Tu as toujours été une fille bien, Adrienne. Skye a de la chance de t'avoir comme mère.

— Elle ne serait pas d'accord avec vous ce soir, je l'ai envoyée se coucher contre son gré.

Lottie eut un petit rire qui se transforma en toux. Adrienne lui redemanda si elle ne pouvait pas aller la chercher, mais sans grand espoir ; Lottie pouvait se montrer inflexible quand elle était décidée. Elle ne voulait pas l'irriter et la faire raccrocher.

— Je suis sûre que Skye t'aura pardonnée demain matin, finit par dire Lottie lorsque la quinte fut calmée. Mais écoute la raison de mon appel. J'ai appris aujourd'hui que Margaret Taylor avait été assassinée. Je l'avais rencontrée chez ta sœur, une fois que j'étais allée vendre des bougies. Je sais bien que Vicky m'en achète toujours plus qu'elle n'en a besoin, mais elle est généreuse. Je ne dirais pas la même chose de Mlle Taylor. Elle ne m'a pas fait grande impression. Cela ne m'empêche pas d'être navrée qu'elle ait connu une fin aussi tragique. Mais j'ai aussi entendu que Miles Shaw était, comme ils disent, le suspect numéro un dans cette affaire.

Lottie marqua une pause, puis dit avec émotion :

— Adrienne, Miles n'a tué *personne.*

— On ne peut pas en être sûr, Lottie.

— Moi, j'en suis sûre.

Adrienne savait que Lottie avait toujours eu un faible pour Miles. Elle avait eu le cœur brisé quand Julianna l'avait quitté, et Adrienne comprenait sa déception. Certes, Miles était excentrique et mettait beaucoup de gens mal à l'aise, mais Adrienne était persuadée qu'il avait véritablement aimé Julianna, et qu'il avait eu une influence équilibrante sur elle et sur sa nature turbulente, impulsive et souvent imprudente. Mais l'idée qu'Adrienne se faisait de Miles avait changé ces quatre dernières années. Depuis la rupture, il était devenu caustique et son comportement avait évolué d'excentrique à insolite. Adrienne ne lui faisait plus confiance. Elle n'avait plus l'impression de pouvoir évaluer ce qu'il était ou non capable de faire.

— Lottie, Miles a dit au shérif qu'il avait une liaison avec Margaret, dit doucement Adrienne. Il a même reconnu qu'il était avec elle la nuit du meurtre.

— Ce n'est pas lui qui l'a tuée, Adrienne. Miles est incapable de meurtre.

— Comment pouvez-vous en être si sûre, Lottie ?

Adrienne se décida à poser une question difficile :

— Et d'ailleurs, comment pouvez-vous être sûre qu'il n'a pas assassiné Julianna par jalousie, parce qu'elle avait un amant ?

— J'en suis sûre et certaine, lui répondit catégoriquement Lottie. Miles aimait Julianna. Il haïssait l'homme avec qui elle avait une liaison au moment de sa mort, mais ce n'est pas elle qu'il haïssait.

— Miles savait qui était l'amant de Julianna ? s'écria Adrienne. Vous aussi, vous le savez ?

Le silence sembla vibrer sur la ligne du téléphone quelques instants. Puis Lottie répondit à contrecœur :

— Oui, ma petite, je sais de qui il s'agit.

— Allez-vous me le dire ?

— Seulement parce que la situation s'est aggravée à tel point que je dois t'en informer.

Lottie prit son souffle, une respiration profonde et rauque.

— Je suis navrée, Adrienne, mais Julianna avait une liaison avec ton beau-frère, Philip Hamilton.

2

Adrienne transporta le récepteur du téléphone sans fil dans le salon et s'installa dans la chaise de son studio, face à la fenêtre, assez loin de la chambre de Skye pour qu'elle ne risque pas de l'entendre.

— Lottie, si Philip avait une liaison, c'était sans doute avec Margaret. Il connaissait à peine Julianna.

— C'est ce que tout le monde pense, Adrienne. C'est ce que Julianna et Philip voulaient que tout le monde pense. Mais la vérité est tout autre. Julianna a rencontré Philip quand vous étiez jeunes et qu'il était déjà fiancé avec

Vicky. Julianna et Philip sont tombés amoureux, mon petit. Et ils le sont restés.

Adrienne était stupéfaite. Elle se souvint des trois amies — Kit, Julianna et elle-même — papillonnant autour de Vicky, fascinées par son mariage en grande pompe avec un jeune homme riche et beau, au cours d'une somptueuse réception à La Belle. Elles avaient agacé Vicky, mais elle était tellement heureuse qu'elle avait supporté leur présence ininterrompue, leurs questions incessantes et leurs glapissements d'admiration. Et Adrienne revit Philip, qui faisait quelques apparitions au sein des préparatifs frénétiques et qui ne semblait pas particulièrement intéressé par l'une d'entre elles. Pas même par Vicky, maintenant qu'elle y réfléchissait.

— Mais Julianna était si jeune, dit Adrienne en désespoir de cause.

Elle voulait se raccrocher à l'espoir que l'amour de Philip pour son amie n'était que le produit de l'imagination de Lottie, mais elle se rendait compte, rétrospectivement, que quelque chose n'avait pas tourné rond. Philip ne s'était pas comporté en fiancé amoureux. Et en fouillant sa mémoire, Adrienne se souvint que son regard était fréquemment fixé sur Julianna. Pourtant, Adrienne refusait d'accepter ce qu'elle venait d'entendre.

— Lottie, si Philip avait été amoureux de Julianna, pourquoi aurait-il épousé Vicky ? Parce que Julianna était trop jeune pour se marier ?

— L'âge n'était pas un problème, dit tristement Lottie. C'était le milieu dont elle était issue, sa généalogie. Julianna était la fille de Butch et de Lottie Brent. On était loin de faire partie de l'élite sociale. Depuis qu'il était tout petit, Philip avait des aspirations politiques. Sa mégère de grand-tante — elle s'appelait Octavia, il me semble — avait commencé à l'endoctriner au berceau. Vicky vient d'une bonne famille. C'était une fille aimable, intelligente, elle avait d'excellentes manières et ne se faisait pas trop remarquer. Je crois qu'elle n'a jamais fait le moindre faux pas en société.

— C'est exact, dit sèchement Adrienne. Je pense qu'elle partageait les aspirations de Philip. Enfin, elle les partageait quand ils se sont mariés. Je ne crois pas qu'elle ait trouvé sa vie aussi dorée qu'elle l'espérait.

— La vie a souvent tendance à nous décevoir. Enfin, la plupart d'entre nous. Julianna aurait pu être comme sa sœur Gail — amère de ne pas avoir eu de meilleurs parents, davantage d'argent et de respect dans cette ville — mais ça n'a pas été le cas. Julianna avait le don miraculeux de toujours savoir se contenter joyeusement de ce qu'elle avait. Pas étonnant que Philip l'ait aimée.

Elle marqua une pause, puis ajouta rapidement :

— Sans vouloir offenser Vicky, qui est une femme très bien.

— Elle est capable d'être une femme très bien, mais elle n'est pas aussi passionnante et exubérante que Julianna. Et elle était loin d'être aussi glamour.

Adrienne marqua une pause.

— Quand leur liaison a-t-elle commencé ?

— Ça n'allait pas plus loin que de douces rencontres et des lettres d'amour jusqu'à ce que Julianna revienne de New York. C'est alors que les choses sont devenues… physiques, expliqua Lottie, mal à l'aise, avant de toussoter à nouveau. Puis Juli s'est sentie coupable et elle a voulu rompre. C'est pour ça qu'elle a épousé Miles. Mais il ne pouvait pas la rendre heureuse. Alors elle l'a quitté et a repris sa relation avec Philip.

— Est-ce que Miles était au courant, pour Philip ?

— Je n'en suis pas sûre. Si oui, il n'en a jamais rien dit à Julianna. Elle me l'aurait confié.

— Lottie, pourquoi me dire tout cela, maintenant ?

— Parce que je me fais du souci pour Miles. Le shérif t'aime, et il t'écoutera. Tu peux le convaincre de laisser Miles tranquille.

Lottie surestimait manifestement l'influence d'Adrienne sur Lucas, d'autant plus qu'Adrienne n'était pas convaincue de l'innocence de Miles, mais elle n'eut pas le temps d'argumenter. Lottie poursuivit d'une voix faible et essoufflée :

— Adrienne, je veux que tu saches que Julianna détestait trahir ta sœur. Sa duplicité la faisait beaucoup souffrir. Mais elle aimait trop Philip pour réussir à se contrôler. Il affirmait partager cet amour. Il lui avait promis qu'une fois gouverneur, il quitterait Vicky et l'épouserait.

— Quitter Vicky et épouser Juli ? répéta Adrienne qui n'en croyait pas ses oreilles. Lottie, je ne sais pas ce que Philip avait dit à Julianna, mais il n'aurait jamais pu faire une chose pareille. Ses aspirations ne s'arrêtent pas au poste de gouverneur. Il compte bien se présenter un jour à la présidentielle. Larguer sa femme pour son amante de plusieurs années serait un véritable suicide politique !

— Je sais. Juli le savait, elle aussi. Elle voulait juste être avec lui, même si elle devait rester dans l'ombre. Mais elle faisait semblant de le croire.

Les mains d'Adrienne se glacèrent. Et si Philip n'avait pas su qu'elle faisait semblant ? S'il avait cru que Julianna était décidée à l'avoir, pour elle seule, coûte que coûte ? Elle serait alors devenue un obstacle dont il aurait fallu se débarrasser à tout prix. Peut-être en l'éliminant.

Lottie rendit soudain Adrienne nerveuse. Plus que nerveuse, même, elle l'inquiétait carrément.

— Lottie, vous avez trop longtemps joué à cache-cache, dit-elle avec détermination. Je veux venir vous chercher. Je ne vous trouve pas bien.

— J'ai un petit rhume, rien de sérieux.

— Ça pourrait être une pneumonie.

— Bien sûr que non, mon Dieu !

La voix de Lottie était encore plus frêle et rêche.

— Je vais très bien. Ne te fais pas de souci pour moi.

— Mais je m'en fais, Lottie. Dites-moi où vous êtes.

Lottie hésita.

— Non. Non et non. J'ai seulement appelé pour aider Miles. Je peux très bien me débrouiller toute seule.

Elle sembla s'étouffer, puis fut secouée par une violente quinte de toux. Elle tenta de reprendre son souffle en haletant.

— Lottie, je suis sérieuse. Vous êtes malade.

— Noooon.

— Où êtes-vous, Lottie ?

— Je te verrai peut-être demain, après avoir fait ma lessive.

Lottie commençait à divaguer un peu comme si elle était fébrile.

— Je n'ai pas fait ma lessive cette semaine. Il n'y a aucune excuse pour une mauvaise hygiène de vie...

— Lottie, vous m'entendez ?

Rien.

— Lottie ?

Lottie ne dit rien. Adrienne tendit l'oreille pour détecter sa respiration, qui lui prouverait qu'elle tenait encore le combiné, mais elle entendit seulement un carillonnement familier. Doux. Mélodique. De bois et de métal. De verre.

Les carillons ! Adrienne se souvint soudain de la collection de carillons qui pendaient sous la véranda de la cabane de Lottie. Elle avait dû passer chez elle pour téléphoner et laisser la porte ouverte en dépit du vent.

Adrienne appela Lottie trois fois encore, et finit par entendre une respiration sifflante, sans un mot. Elle craignait que Lottie se soit effondrée. Elle avait passé plusieurs nuits dehors, dont celle de la mort de Julianna, dans une tempête abominable. Son seul abri avait été ce terrible bunker qu'Ellen appelait la Cachette. Maintenant Lottie était sans doute gravement malade. Et seule.

— Skye ! cria Adrienne. Skye, viens ici !

Sa fille arriva rapidement. Elle semblait ne pas avoir dormi et elle avait senti l'angoisse dans la voix de sa mère.

— Que se passe-t-il ?

— C'est Lottie.

Adrienne tenait le combiné.

— Elle m'a appelée, elle semble vraiment malade. Puis elle a arrêté de me parler, mais elle n'a pas raccroché. Je suis à peu près sûre qu'elle est chez elle.

— Appelons les secours !

— Nous ne pouvons pas. Lottie se cache parce qu'elle a peur. Un appel au 911 passerait sur toutes les radios qui captent celle de la police. La moitié de la ville en a. La personne que redoute Lottie pourrait l'entendre et parvenir jusqu'à elle avant l'ambulance.

Adrienne marqua une pause.

— Je ne veux pas raccrocher et perdre la ligne avec Lottie, alors va chercher ton portable. On appellera Lucas sur sa ligne privée, pas au commissariat. Ces appels passent aussi par les radios. Je dirai à Lucas d'aller chercher Lottie.

En moins d'une minute, Skye revint, son portable à la main et Brandon aux talons.

— Tu connais son numéro ? demanda-t-elle anxieusement.

— Il vaudrait mieux, ça fait tout de même un an que je sors avec lui, répondit Adrienne.

Elle composa le numéro, souhaitant désespérément trouver Lucas chez lui. Le soulagement l'envahit quand il répondit.

— Lucas ? Je crois que nous avons une urgence, mais il ne faut pas que tu en parles. Pas de rapport officiel. C'est important.

— Bon sang, Adrienne, de quoi s'agit-il ? demanda-t-il, la voix tendue. Est-ce que vous allez bien, toi et Skye ?

— Oui, mais pas Lottie. Elle m'a appelé et je pense qu'elle est dans sa cabane, mais elle avait l'air vraiment malade et elle a soudain arrêté de parler. Elle a peut-être perdu conscience. Je ne veux pas appeler le 911, je ne veux pas lui faire peur.

— Alors tu veux que j'y aille en premier ?

— Eh bien, oui, mais il faut que je lui parle avant. Elle a peur de quasiment tout le monde, Lucas. Même de toi. Si je vais à la cabane, je peux la calmer, ou du moins la retenir jusqu'à ce que tu arrives et que tu m'aides à l'emmener à l'hôpital. Es-tu prêt à faire ça ?

— Je suis prêt à presque tout pour t'aider, Adrienne, mais je ne suis pas sûr que ce soit prudent pour *toi* d'aller sur cette colline, dans la nuit, après tout ce qui s'est passé.

— Tout ira bien, je ne vais pas y passer la nuit. J'ai seulement besoin d'une vingtaine de minutes d'avance sur toi, et je veux que tu me promettes de ne pas appeler l'ambulance.

— Elle a peut-être besoin de l'ambulance.

— La dernière chose dont elle a besoin, en tout cas, si elle va bien et qu'on cherche à la tuer, c'est qu'on diffuse l'endroit où elle se trouve sur toutes les radios de police. Elle n'est ni folle ni paranoïaque, Lucas. J'ai l'impression qu'elle sait qui a tué Julianna et que l'assassin *sait* qu'elle le sait.

Lucas hésita, puis dit :

— D'accord. Mais je ne te laisserai pas seule longtemps. Je pars chez Lottie dans vingt minutes.

— Merci, Lucas, dit-elle sincèrement. Tu es un homme merveilleux.

— C'est ce qu'on dit.

Il marqua une pause.

— Je t'aime.

— À tout de suite, répondit rapidement Adrienne en raccrochant, rongée de culpabilité au plus profond de l'âme.

Elle se tourna alors vers Skye.

— Je ne veux pas prendre le risque de t'emmener avec moi sur cette colline. Ça pourrait être dangereux.

— Tu ne peux pas y aller toute seule, maman ! Je ne suis pas une gamine. Je ne te dérangerai pas et rien ne m'arrivera.

— Je ne peux pas prendre le risque.

Elle pensa brièvement à déposer Skye chez Vicky, puis rejeta rapidement cette idée. Après tout, Philip était peut-être la personne que Lottie évitait depuis des jours. Il était peut-être l'assassin de Julianna. À moins que ce ne soit Vicky, songea-t-elle à contrecœur. Si Vicky était au courant de la liaison entre Philip et Julianna, elle avait peut-être commis l'irréparable envers sa rivale.

— Je vais te laisser ici toute seule. Dès que je serai partie, je veux que tu mettes l'alarme en marche. N'ouvre à personne, tu m'entends ? Personne d'autre que Lucas ou moi. N'ouvre même pas à tante Vicky. Et si quelqu'un appelle, ne leur dis pas que tu es seule. Dis-leur que je suis sous la douche ou quelque chose comme ça. Promets-le-moi.

— D'accord, je te le promets. Mais tu ne devrais pas y aller seule non plus, maman.

— Il n'y a pas d'autre solution.

Adrienne fouilla dans son sac, à la recherche de ses clés qui semblaient toujours se perdre dans un recoin du fond.

— Tu peux prendre Brandon.

Adrienne la regarda avec surprise. Skye était plus prudente avec son chien qu'avec elle-même. Elle ne supporterait pas qu'il lui arrive quelque chose, mais elle l'offrait pour escorter sa mère.

— Brandon doit rester avec toi pour te protéger, ma chérie. Je n'ai pas besoin de lui.

— Peut-être. Mais tu seras plus en sécurité *avec* lui.

Dans le regard que lui jeta Skye, Adrienne reconnut la générosité désintéressée dont elle ferait preuve en tant qu'adulte.

— S'il te plaît, fais-le pour moi, maman. Je préfère le savoir avec toi.

Adrienne fut embarrassée par les larmes qu'elle sentit lui monter aux yeux, et elle serra Skye contre elle.

— Tu es une fille généreuse. Je suis très fière de toi. Et reconnaissante.

Skye la repoussa, lui lança un sourire hésitant, puis dit avec enthousiasme :

— Allez, Brandon, tu pars à l'aventure avec maman. Va chercher ta laisse !

Le chien se mit immédiatement à s'agiter et à renifler, comprenant qu'il allait bientôt s'amuser. Adrienne espéra que, d'ici une demi-heure, il serait toujours en train de s'amuser et qu'elle ne les exposerait pas tous deux au danger.

Le vent ballottait des nuages couleur cobalt près de la lune et des étoiles argentées, donnant une impression d'agitation dans la nuit tiède. Après onze heures du soir, la circulation se réduisait considérablement à Point Pleasant. Adrienne eut l'impression qu'elle était pratiquement seule sur la route menant à La Belle Rivière, au nord de la ville, ce qui n'était pas pour la mettre en confiance. Elle alluma la radio, la musique lui apportant toujours un certain réconfort et elle jeta un œil sur Brandon, dont la langue pendouillait dans l'expectative. En voilà au moins un qui est heureux de sortir, se dit-elle.

Il y avait plus de vingt ans, avant que le charmant Butch Brent, père de Julianna, abandonne sa famille, un chemin de graviers menait de la grand-route jusqu'à la cabane, à flanc de colline, en face de La Belle. C'était plus loin qu'en passant par l'hôtel, mais la route était meilleure. Les tempêtes et lourdes chutes de neige avaient toutefois progressivement balayé les vieux graviers, et les branches de certains arbres, qui n'avaient pas été coupées réduisaient la route à un chemin étroit.

Ellen et Julianna avaient longuement argumenté avec Lottie : elles voulaient financer des travaux pour améliorer la route, mais Lottie avait fermement refusé. Elle devenait même extrêmement nerveuse dès que sa fille ou son amie abordait la question. Julianna avait un jour expliqué à

Adrienne que cette route mal entretenue donnait à Lottie un sentiment d'isolement et de sécurité. À l'époque, Adrienne n'avait pas compris la préférence de Lottie pour l'inaccessibilité plutôt que pour le confort. Maintenant qu'elle connaissait l'histoire des atrocités que Lottie avait subies dans la cabane à outils des jardins de La Belle, elle comprenait enfin qu'elle préférât vivre dans un endroit quasi inaccessible.

Ce soir, Adrienne préféra prendre la route retirée et difficilement carrossable, plutôt que de s'exposer sur les pelouses de La Belle. Elle sortit de la grand-route et commença à monter une espèce de chemin recouvert de quelques graviers. Elle atteignit rapidement les arbres géants à feuilles persistantes qui bordaient la route comme des sentinelles. Un kilomètre à peine plus loin, les graviers commençaient à disparaître.

La voiture cahota sur des trous et des rainures causés par les pluies descendant de la colline. Pour une fois, elle se félicita d'avoir acheté cet énorme quatre-quatre, alors qu'elle préférait les petites voitures de sport. Brandon était comme en transe devant le paysage, même s'il ne pouvait pas voir grand-chose. Plus ils montaient, plus les branches des arbres encombraient la voie. Adrienne avait la sensation que ce n'était pas la voiture, mais les arbres qui bougeaient, ils s'approchaient et l'encerclaient comme des créatures menaçantes se préparant à bondir sur leur proie. Je suis ridicule, se reprocha-t-elle. Voilà ce que lui valait d'être restée tard à regarder *Les Autres*, hier soir. Ce film lui avait enflammé l'imagination. Mais elle arriverait bientôt dans la cabane de Lottie et Lucas les rejoindrait, fort et capable, pour les sauver.

Mais pour les sauver de qui ? De personne, sans doute, raisonna Adrienne. Lottie était convaincue qu'elle était poursuivie par quelqu'un lui voulant du mal, son imagination et sa conviction étaient si fortes qu'elle avait instillé sa crainte à Adrienne. Adrienne marqua une pause et réfléchit. Était-ce véritablement Lottie qui avait instillé cette peur ? Lottie lui avait-elle dit, une seule fois, qu'elle fuyait l'assassin de Julianna ? Non, se rendit-elle compte, abasourdie. C'était Ellen qui avait déclaré que Lottie avait fugué parce qu'elle savait qui avait tué Julianna, ce n'était pas Lottie. Ellen avait-elle raison ? Et si oui, savait-elle qui Lottie fuyait ? À vrai dire, Adrienne avait cru remarquer que Lottie évitait Ellen. Mais pourquoi ?

Les phares éclairèrent de profondes ornières dans le chemin. Adrienne braqua légèrement à gauche, gardant un jeu de roues sur la bosse entre les ornières, l'autre sur le petit talus de terre entre l'ornière et le mur formé par les arbres. D'après son compteur, elle faisait à peine dix kilomètres à l'heure, mais elle avait l'impression d'aller encore moins vite. Cette route est une honte, songea-t-elle. Il allait falloir faire quelque chose au printemps, que ça plaise ou non à Lottie.

Brandon se mit soudain à aboyer et, en sursautant, Adrienne donna un brusque coup de volant, qui plongea les roues directement dans les ornières. La voiture s'affaissa avec un bruit sourd et, moins d'un mètre plus loin, elle entendit un bruit de métal contre les graviers et la terre. Elle accéléra doucement. Le frottement se fit plus intense et la voiture ralentit. Le bruit s'amplifia enfin en un raclement vraiment crissant. Adrienne frissonna, ralentit et s'arrêta. Quand elle essaya de redémarrer, les roues tournèrent dans le vide.

— Oh non, grogna-t-elle. On est bloqués sur le châssis. Ce qui veut dire qu'on n'a plus de traction, Brandon, et ça, ça veut dire qu'on est coincés.

Il la regarda, les yeux pleins d'espoir.

— On dirait qu'on va faire une petite promenade, tous les deux.

Brandon connaissait le mot « promenade », il se mit à s'agiter sur le siège et à gémir. Adrienne lui mit sa laisse, elle descendit du côté du conducteur et il escalada les leviers de commande pour la suivre.

Sur la route, elle lança un regard plein de haine à sa voiture. La nuit semblait très noire et le vent commençait à souffler fort. Elle était fatiguée. Son téléphone portable se mit brusquement à sonner, lui donnant une telle frayeur qu'elle faillit hurler. Brandon était trop occupé à renifler de fortes et mystérieuses odeurs sous les arbres pour s'occuper d'elle.

— Allô, répondit-elle tout près de l'appareil.

— Ce n'est que moi, dit Skye. J'ai eu un mauvais pressentiment. Tout va bien ?

— J'ai coincé la voiture dans les ornières de la route.

— Punaise, maman, tu devrais être plus prudente.

— Je *suis* prudente, répliqua Adrienne, soudain sur la défensive. D'ailleurs, c'est de la faute de Brandon.

— Je sais, il conduit comme un pied, dit Skye en riant.

Ce qui ne fit qu'agacer davantage Adrienne.

— Il va bien ?

— *Ton chien* s'éclate complètement. *Ta mère*, c'est autre chose, même si ça ne semble pas être ta priorité.

Adrienne s'arrêta et respira profondément, essayant d'apaiser la nervosité qui la rendait si grognon.

— Skye, as-tu contacté quelqu'un ?

— Non. Tu me l'as interdit. Comment va Lottie ?

— On n'est pas encore arrivés à la cabane, alors j'en sais rien. On va devoir continuer à pied. Mais ce n'est pas très loin.

— Bien, je suis contente que Brandon soit avec toi.

— Oui, son aide a été précieuse jusqu'à maintenant. Je ne sais pas ce que j'aurais fait sans lui.

— Donne-lui sa chance, maman, tu pourrais avoir des surprises.

— Je le croirai quand je le verrai.

Elle inspira une autre bouffée d'air, censée la calmer, mais qui ne fit rien du tout.

— Je t'appellerai quand nous serons chez Lottie. Lucas devrait bientôt arriver.

— Bien.

— Ne sors pas.

— Mais non.

— Et n'ouvre la porte à *personne.*

— D'accord, maman, ouh là là.

Skye raccrocha. Adrienne se sentit mesquine et à bout de nerfs. Elle se rachèterait auprès de Skye, pour se faire pardonner ces quelques jours de mauvaise humeur et de surprotection. Elles feraient quelque chose de divertissant ensemble, peut-être qu'elles iraient faire du shopping pour la rentrée. Elle laisserait même Skye choisir des vêtements qu'elle trouve trop raffinés pour ses quatorze ans.

— Allez, Brandon, appela-t-elle, se sentant légèrement mieux.

Il la regarda, puis s'approcha et la laissa prendre sa laisse.

— En avant !

Brandon semblait mieux préparé à avancer et grimper qu'Adrienne. Évidemment, il avait passé la plus grande partie de la journée à dormir, tandis qu'elle tournait en rond, se tordait les doigts et se tourmentait. C'est très utile de se tourmenter, pensa-t-elle. Ça permet de garder l'esprit vif. Ça place ce bon vieux système nerveux en état d'alerte.

Mais ça exténue et ça rend irascible.

Elle avait décidé de faire une sieste dans l'après-midi, mais elle avait été trop agitée. Et elle n'aurait jamais pensé qu'à onze heures et demie du soir, elle serait en train d'escalader le chemin encombré menant chez Lottie.

Le vent, qui prenait de la force, agitait les branches des sapins et leurs aiguilles chuchotaient, comme si elles détenaient un obscur secret. Brandon, tout excité par cette sortie nocturne inhabituelle, tirait sur sa laisse, la faisant trébucher sur des bosses et sur les ornières qui serpentaient. Serpentaient ? Elle se mit à penser aux serpents. Sortaient-ils la nuit ? Adrienne regrettait de ne pas avoir mis les bottes lui arrivant aux genoux, plutôt que ses tennis en toile. Pourquoi n'avait-elle pas pris le temps de changer de chaussures ? Ou d'apporter l'énorme torche électrique qu'avait son grand-père quand il était policier de l'État de Virginie-Occidentale ? Elle aurait aussi pu l'utiliser comme une arme.

Vraiment, songea-t-elle, comme si elle aurait eu la présence d'esprit, sans parler du courage, d'anéantir un assaillant à coups de lampe électrique !

Adrienne poursuivit sa route en trébuchant, elle avait l'impression d'avoir parcouru près d'un kilomètre, pas une centaine de mètres. Une brume descendait lentement de l'infini du ciel nocturne, embrassant la cime des arbres, se tortillant dans le vent. L'expression « forêt primitive » résonnait follement dans son esprit. Elle dut se rappeler qu'elle ne traversait pas une nature vierge et sauvage. Elle était sur ce qu'il restait d'une route que Lottie avait parcourue à pied pratiquement tous les jours.

Elle entendit soudain un frémissement dans les bois sur sa droite. Elle s'immobilisa. Brandon aussi, les oreilles dressées. Elle serra les poings, regrettant une nouvelle fois de ne pas avoir pris sa lampe géante. Ou un fusil dont elle n'aurait pas su se servir. Ou même une bombe de gaz lacrymogène. N'importe quoi, mais quelque chose.

Encore un frémissement. C'est le vent, pensa-t-elle. C'est juste le vent. Mais les oreilles de Brandon étaient toujours tendues et un grognement lui roula dans la gorge. Or il ne grognait jamais contre le vent.

Puis elle le vit. Un jeune cerf avec d'immenses oreilles et de grands yeux tendres, contenant autant d'effroi que les siens. Elle pria que Brandon n'ait pas l'idée de le poursuivre en la traînant derrière lui. Ou qu'il traîne sa proie ensanglantée après l'avoir chassée. Non pas qu'il n'ait jamais exprimé le moindre intérêt à poursuivre un cerf dans le passé.

Ils restèrent tous trois paralysés pendant un temps qui sembla infini. Puis le cerf tourna la tête et s'enfuit en quelques grands bonds gracieux. Adrienne réalisa qu'elle retenait encore son souffle et expira ; sa poitrine semblait prête à exploser.

— Je ne suis pas faite pour une vie de mystère et de danger, murmura-t-elle à Brandon. Je préférerais être devant la télé, à la maison.

Mais elle était allée jusqu'ici et elle était déterminée à ne pas repartir en courant avant d'avoir fait tout son possible pour retrouver Lottie. C'était le moins qu'elle puisse faire pour Julianna, peu importait sa nervosité dans le noir.

En dépit du vent, elle avait commencé à transpirer en trottant derrière Brandon et elle était en nage quand ils atteignirent la cabane de Lottie. Elle entendit tout d'abord les carillons qui s'entrechoquaient et cliquetaient sous la véranda. Puis elle vit une lumière que la brume rendait vaporeuse s'échapper des fenêtres. Et la porte, qui paraissait ouverte. Pourquoi Lottie, effrayée au point de prendre la fuite pendant plusieurs jours, resterait-elle dans sa cabane, la porte grande ouverte ? Adrienne sentit son cœur se serrer, tandis qu'elle et Brandon accéléraient l'allure, se précipitant vers ce qui ne pouvait être qu'un mauvais présage.

— Lottie ? appela-t-elle avant d'atteindre la véranda. Lottie ?

Mais la seule réponse fut le cliquetis des carillons. En escaladant les escaliers, elle les examina de plus près dans la lumière et les reconnut. Des carillons en verre rouge de Venise, exactement les mêmes que Philip avait rapportés à Rachel de son voyage en Europe. La jeune fille les avait chéris comme un cadeau choisi tout exprès pour elle. Mais Philip en avait probablement ramené deux, le second pour son amante, Julianna, qui avait dû les suspendre sous la véranda de sa mère où peu de gens les découvriraient. Adrienne les avait déjà vus, le jour où elle était venue avec

Ellen, mais elle n'avait alors remarqué ni leur similitude ni leur signification particulière.

— Lottie ? appela-t-elle encore une fois, mais sans attendre de réponse, tandis qu'elle traversait la véranda et arrivait à la porte.

Plusieurs lampes tempête en verre dépoli brûlaient à l'intérieur, baignant les meubles miteux de la cabane dans une lueur laiteuse.

— Lottie ?

Adrienne et Brandon venaient juste de franchir le seuil lorsque quelque chose siffla aux oreilles d'Adrienne et brisa l'une des lampes. Adrienne se jeta immédiatement par terre, tirant instinctivement Brandon avec elle, comme s'il s'agissait d'un enfant. Elle se tapit contre lui tandis qu'une nouvelle balle pénétrait dans la cabane, suivie d'une autre, puis d'une autre.

Puis le silence se fit absolu.

Chapitre XIII

1

Le temps sembla s'arrêter tandis qu'Adrienne était allongée aux côtés de Brandon, le visage enfoui dans sa fourrure noire et brillante. Il n'avait pas bougé. Elle avait peur qu'il soit mort. Elle avait peur de lever la tête.

Elle palpa sa poitrine et sentit les battements réguliers et forts de son cœur.

— Brandon, murmura-t-elle, soulagée. Dieu, je suis heureuse que tu sois vivant.

Il geignit et bougea, s'efforçant lentement de se mettre sur pied.

— Ne bouge pas, lui dit-elle comme s'il pouvait comprendre. Il reste peut-être quelqu'un dehors, avec une arme, et cette fois-ci, il ne nous ratera pas.

S'il avait effectivement raté. Son propre corps lui semblait bizarrement anesthésié. Elle se demanda si elle était blessée et en état de choc, ou seulement pétrifiée de peur. Et elle n'était pas certaine que Brandon n'ait pas été touché. Skye serait désespérée s'il lui arrivait quelque chose, songea-t-elle. Elle serait anéantie.

Elle sentit de chaudes larmes couler de ses yeux, des larmes provoquées par la peur et le regret d'avoir eu l'imprudence de venir ici chercher Lottie. Bien sûr, elle s'était inquiétée. Bien sûr, elle avait eu peur que Lottie s'enfuie si quelqu'un d'autre était arrivé. Mais elle n'avait pas pensé aux risques qu'elle avait pris, ni au fait que sa fille aurait pu se retrouver orpheline. Elle avait agi comme une idiote imprudente.

Adrienne était toujours allongée sur le plancher, tout contre Brandon, ses larmes coulant dans la fourrure, quand elle entendit une voix juste au-dessus d'eux :

— Mon Dieu, Adrienne, ça va ?

Elle s'immobilisa. Elle fit semblant d'être morte. Après tout, cette ruse marchait chez les animaux. Va-t'en, pensait-elle. Fais comme si tu avais réussi à me tuer et va-t'en.

Elle entendit la porte d'entrée se fermer brutalement. Puis des mains se posèrent doucement sur son dos. Brandon leva la tête et gronda :

— Tout va bien, mon gros, dit un homme pour l'apaiser. Je suis venu vous aider. Calme-toi.

Drew. Drew Delaney était penché sur elle. Juste après qu'on lui eut tiré dessus.

— Adrienne, es-tu blessée ? Réponds-moi si tu peux. J'ai peur de te déplacer.

— Je n'ai pas de mal, finit-elle par répondre. Je ne crois pas avoir été touchée.

Elle tenta faiblement de se retourner. Drew plaça fermement la main sous son cou pour la stabiliser et l'aider à se tourner. Son regard noir la dévisagea de haut en bas.

— Tu n'as pas de blessure dans le dos et je ne vois pas de sang de ce côté non plus. Je crois que ça va.

— Je dois être sacrément indestructible, dit-elle avec un faible sourire. D'abord on me tabasse, puis on me tire dessus.

Elle marqua une pause.

— Je mène une vie de super-héros.

Drew sourit.

— Et ça te plaît ?

— C'est nul. Je démissionne.

Elle tourna la tête et regarda Brandon.

— Tu crois qu'il est blessé ?

— Non, seulement effrayé.

Il se tut et elle l'entendit se déplacer sur le parquet. Puis, une à une, les lampes s'éteignirent.

— Voilà, on n'est plus des cibles aussi tentantes.

— As-tu trouvé Lottie ? demanda Adrienne en redoutant d'entendre la réponse : elle se la représentait morte dans sa petite cabane.

— Non. Apparemment, elle s'est encore échappée.

Elle l'entendit se rapprocher lentement et, dans l'obscurité, trébucher sur le pied d'une chaise. Puis il lui dit à l'oreille :

— Tu peux te lever, maintenant. Mais ne reste pas près des fenêtres.

Adrienne se leva lentement et maladroitement, comme quelqu'un resté alité trop longtemps, qui n'a pas encore repris l'habitude de marcher. Drew vint à ses côtés et lui prit le bras.

— Ça va ? demanda-t-il.

— Oui, j'ai juste la tête qui tourne un peu.

— Ça arrive toujours aux femmes qui s'approchent de moi.

— Ah oui ? Tiens, c'est fini maintenant, et pourtant t'es toujours là.

— Je n'ai jamais dit que ça durait des heures.

Elle n'arrivait pas à le croire, mais il avait réussi à la faire sourire, même dans cette horrible situation. Elle se réjouissait qu'il ne puisse pas voir son visage. Elle regarda Brandon. À la pâle lueur de la lune passant par la fenêtre, elle le vit se remettre sur pied encore plus lentement qu'elle. Adrienne s'agenouilla et passa les mains sur tout son corps, puis elle frotta ses paumes complètement sèches.

— Pas de sang, dieu merci, dit-elle joyeusement. On dirait qu'on s'en est sortis tous les deux sains et saufs.

C'est alors que ses jambes l'abandonnèrent et elle retomba lourdement sur le plancher.

— Mon Dieu, Drew, quelqu'un a essayé de me *tuer*.

Il s'accroupit à côté d'elle.

— Tu viens juste de t'en rendre compte ?

— Ça m'est tombé dessus comme la foudre.

Adrienne sentit des larmes dégouliner sur son visage et en fut étrangement gênée. Elle les essuya impatiemment, mais Drew avait eu le temps de lui toucher les joues et de les sentir.

— Et maintenant, je vais faire une crise de larmes pour couronner le tout.

— Pleure tant que tu veux si ça te fait du bien, dit-il d'un ton réconfortant. Je pleurerais aussi si je n'avais pas mon image de macho à préserver.

Avant de comprendre ce qu'elle faisait, Adrienne avait enfoui sa tête dans l'épaule de Drew, les larmes coulaient à flots et son corps hoquetait de sanglots.

— J'ai eu tellement p-peur, murmura-t-elle. Dès que je suis entrée, il y a eu des explosions, ou des bruits d'explosion, et ça n'arrêtait pas. J'étais persuadée que j'allais m-mourir.

Drew recueillit tendrement sa longue chevelure, la repoussa derrière son épaule et se mit à lui caresser le cou.

— Je sais que tu as eu peur, ma chérie. N'importe qui aurait eu peur. Mais tu es en sécurité, à présent.

— Oui. Je suis en s-sécurité. Mais je ne suis pas ta chérie.

— Excuse-moi. Dans le feu de l'action, je me suis cru au lycée. C'est comme ça que je t'appelais à l'époque, tu t'en souviens ?

— Ça fait des siècles.

— Oh non, pas si longtemps que ça.

Il cessa de lui caresser le cou et lui tapota le dos de manière moins intime.

— Et tu n'as pas beaucoup changé.

— Bien sûr que si. J'ai changé plus que tu l'imagines.

— Probablement bien moins que moi. Je ne suis plus tout à fait le goujat que j'étais avant.

— Tu étais pire qu'un goujat. Tu m'as brisé le cœur.

Adrienne se serait mordu la langue pour avoir laissé échapper cette réflexion sincère. Elle renifla et se força à se séparer de lui. Elle aimait beaucoup trop sa chaleur, son odeur, sa voix profonde et berçante. Elle réprima le désir fort et absurde de se jeter à son cou et de l'embrasser. Au lieu de ça, elle lui demanda d'une voix forte :

— As-tu vu quelqu'un dehors ? Est-ce que tu *sais* qui a essayé de me tuer ?

Drew cligna des yeux face à son brusque changement d'humeur et de volume.

— Non, je n'ai vu personne. Celui qui tirait devait être à l'orée du bois, on ne le voyait pas.

— Et qu'est-ce que tu fabriques ici ? demanda-t-elle sèchement.

— Et toi, qu'est-ce que tu fabriques ici ?

— C'est moi qui ai demandé en premier.

— Je te suivais.

Elle s'éloigna un peu plus de lui, furieuse et effrayée.

— Tu me suivais ? Pourquoi donc ?

— Parce que si tu es assez bête pour venir ici toute seule la nuit, il faut bien que quelqu'un te surveille !

— Tu ne pouvais pas savoir où j'allais quand je suis partie de chez moi.

Elle s'arrêta, sa peur augmentait.

— C'est ta voiture que j'ai vu passer devant chez moi la nuit, n'est-ce pas ? Et ce n'est pas la première fois que tu me suis.

— C'est un crime d'essayer de te protéger ?

— J'ai Lucas pour me protéger !

La voix de Drew se durcit.

— Ah oui, le shérif qui met ta maison sous surveillance pendant *une* nuit après le cambriolage, et ça suffit. C'est de ce Lucas protecteur et plein d'amour que tu parles ?

Adrienne essaya de dissimuler sa surprise et répliqua avec fermeté :

— Notre maison a été surveillée pendant plus longtemps.

— Non. Je peux le savoir, j'ai perdu assez de sommeil cette semaine pour assurer la surveillance que notre shérif estimé n'a pas jugé bon de t'accorder. D'ailleurs, où est le shérif Flynn ce soir ? Ton grand amour ne devrait-il pas t'accompagner dans les collines noires et boisées où tu vas rechercher une vieille dame en difficulté ? Après tout, cette ville en est à son *troisième* meurtre. Est-ce qu'il avait l'intention de te laisser devenir la quatrième victime ?

— Il arrive, siffla-t-elle entre ses dents. Je l'ai appelé sur son numéro privé et je lui ai demandé de me rejoindre ici. Lottie m'avait appelée de la cabane, et je croyais que si elle voyait arriver quelqu'un d'autre, elle s'enfuirait. C'est moi qui ai insisté pour venir seule…

— Et il a *accepté* ce plan complètement idiot ?

— Ce n'était pas idiot, répondit-elle d'un ton glacé. Et laisse-moi terminer. Il a accepté de me laisser venir d'abord et de me rejoindre peu après.

— Eh bien, voilà, nous sommes peu après. Alors, où se cache-t-il ?

Oui, où se cachait-il ? se demanda Adrienne. Il devrait être ici, surtout que sa propre arrivée avait été retardée par son incident de voiture et qu'elle avait dû marcher un bout de chemin.

— Il sera bientôt ici, dit-elle avec entêtement.

— Et alors, qu'est-ce qu'on doit faire ? Rester dans la cabane et jouer aux cibles parfaites jusqu'à ce qu'il juge bon de passer dans le coin ?

— On n'est pas des cibles. Les lumières sont éteintes. La porte est fermée.

— Une porte sans serrure. Et on est dans une cabane à peu près aussi robuste qu'une maison de paille. Une carabine puissante peut probablement traverser les murs. Ah oui, on est en sécurité, Adrienne. Je me sens complètement en sécurité.

Une rage née de la peur s'empara d'elle et elle le frappa brutalement sur la poitrine avec les paumes de ses mains. Puis elle le frappa encore.

— Bon, si je suis une telle nouille, pourquoi tu ne trouves rien d'autre à faire que critiquer, toi ? Essaie de trouver un moyen de sortir d'ici !

Drew lui prit les poignets et les serra étroitement.

— Tu as raison. Excuse-moi. Je me comporte comme un con. Mais ne me frappe plus.

Elle ravala une nouvelle vague de larmes et déglutit :

— Je ne voulais pas te faire mal.

— Il n'y a pas de mal physique, juste émotionnel.

— Oh, Drew, arrête de déconner, s'il te plaît.

— Tu sais que je déconne toujours quand je ne sais pas quoi dire. Ni faire. Mais j'arrête pour le moment. Et toi, ne te remets pas à pleurer.

— Je n'en avais pas l'intention.

— C'est à voir. Quoi qu'il en soit, voici mon plan. On oublie le shérif un instant. Je vais appeler les urgences de mon portable et alerter la police. Ensuite, quand on aura tous les officiels autour de nous, on descend de cette fichue colline et on rentre chez nous. Avec un peu de chance, le tireur embusqué ne partira pas à notre poursuite.

— À notre poursuite ? répéta Adrienne. Tu veux dire : à ma poursuite. C'est sur moi qu'il a tiré.

Elle eut soudain le sentiment que son cœur s'était arrêté de battre.

— Skye. Elle est toute seule à la maison. Si celui qui m'a tiré dessus me poursuit jusqu'à la maison, ou s'il y est déjà allé…

Elle fut incapable de terminer. Elle avait dit à Skye de ne pas ouvrir la porte et de ne pas sortir. Elle n'avait jamais pensé à lui dire d'éviter les fenêtres.

— On ne sait pas dans combien de temps la police va arriver, dit Drew d'une voix calme mais urgente. On pourrait être bloqués ici pendant au moins une heure. Il faut éloigner Skye de ta maison. Demande à Vicky d'aller la chercher.

— Non, pas Vicky.

Drew ne releva pas, mais elle sentit sa curiosité. Elle ne pouvait pas lui avouer les doutes atroces qui avaient commencé à germer dans son esprit sur une implication éventuelle de sa sœur ou de son beau-frère dans les meurtres de Julianna et de Margaret.

— Skye a une amie qui s'appelle Sherry Granger et sa mère est une femme vraiment bien. Je vais lui demander d'aller chercher Skye. Tu appelles la police, j'appelle Mme Granger et, si elle est d'accord, je téléphone à Skye pour lui dire d'aller passer la nuit chez les Granger. Je crois qu'elle y sera en sécurité.

— Bon plan, dit Drew.

Après réflexion, il ajouta :

— Je me demande seulement ce qui te fait douter de ta sœur au point que tu ne veuilles même pas lui confier la garde de ta fille.

2

— Tu es sûre que Brandon va bien ?

— Oui, Skye, ton chien est en pleine forme.

Adrienne s'était contentée de dire à sa fille qu'il y avait eu quelques problèmes chez Lottie, qu'elle risquait d'y être retenue longtemps et qu'elle préférait donc qu'elle passe la nuit chez les Granger.

— Prépare tes affaires et attends qu'ils viennent te chercher.

Mme Granger, qui avait précédemment insisté pour qu'Adrienne l'appelle Louise, avait eu la bonne idée de ne pas poser trop de questions sur son nouveau problème et l'avait simplement assurée que son mari allait immédiatement chercher Skye.

— Je ne sais pas ce que vous en dites, mais je me sens toujours plus en sécurité avec un homme, lui avait confié Louise. Surtout un homme comme mon Russ. Il mesure un mètre quatre-vingt-huit et pèse cent kilos. Personne ne va lui chercher des noises !

Louise avait ricané.

— Ne vous faites pas de souci pour Skye, ce n'est pas la peine de venir la chercher quand vous rentrerez. Vous serez sans doute fatiguée après tout ce qui vous est arrivé.

Elle l'avait ainsi invitée à s'expliquer davantage, mais Adrienne s'était contentée de répondre par un simple « oui », somme toute un peu décevant.

— Les filles peuvent faire la grasse matinée demain, avait ajouté Louise. Appelez-moi quand vous voulez que je ramène Skye. Tout le monde l'adore à la maison. C'est un plaisir de faire tout notre possible pour vous aider. Ah, Russ me dit que je suis encore plus bavarde que ma mère.

N'ayez aucune inquiétude pour Skye, Adrienne. Et vous, soyez prudente. Vraiment prudente. Je ne sais pas ce qui se passe ces derniers jours dans cette ville, c'est peut-être dû à cette vieille malédiction indienne dont tout le monde parle — le sort jeté par le chef Cornstalk. En tous les cas, on dirait que la moitié de la ville est devenue folle. Allons, bonsoir, chère amie. Que Dieu vous bénisse et vous protège.

— Vous aussi, avait maladroitement répliqué Adrienne.

Elle était habituée à des adieux plus succincts. Elle regarda Drew. Ses yeux s'étaient faits à la demi-obscurité et elle voyait les siens au clair de lune.

— Bon, la question de Skye est résolue, je n'ai plus à m'en inquiéter.

— Je suis surpris que tu l'aies laissée toute seule.

Il n'y avait aucune trace de reproche dans le ton de Drew, mais Adrienne se hérissa tout de même.

— Je viens de faire installer un super-système de sécurité. La maison est impénétrable. Je lui ai interdit de sortir ou d'ouvrir la porte. Je croyais que j'en avais pour une demi-heure. Et Skye n'est plus un bébé !

— Oh là, ma petite, dit Drew en riant gentiment, tu m'as remis à ma place. C'était une remarque stupide.

— Non, pas spécialement, répondit Adrienne, se sentant soudain penaude. C'était bel et bien stupide de la laisser seule. On est souvent imprudent à quatorze ans, en dépit des avertissements.

— L'imprudence n'a pas d'âge. Et c'est vrai que tu as une alarme dernier cri. Rod l'Éclair m'en a parlé après l'avoir installée. Tu sais qu'il a toujours eu le béguin pour toi ? Et en plus de l'alarme, tu as toutes ces veilleuses dans le jardin. On repère ta maison de plus loin que notre bouge local, les Portes du paradis.

— Je n'ai pas de néon clignotant, répondit Adrienne en ricanant malgré elle.

— Je suis sûr que Rod l'Éclair peut arranger ça. Il a des relations en haut lieu, Adrienne.

Drew tendit un doigt vers le ciel.

— Des relations en très haut lieu, quand tu penses au nombre de fois où il a survécu à la foudre.

Ils s'assirent en tailleur, l'un près de l'autre, à discuter de choses et d'autres en attendant. Ils attendaient l'arrivée de la police. Ils attendaient Lucas, même si son nom ne fut plus mentionné. Ils attendaient une autre attaque éventuelle. Ils attendaient la fin de cet isolement aussi insolite qu'effrayant. Brandon finit par gémir, donna la patte à Adrienne, puis posa la tête sur les genoux de Drew.

— Il t'aime bien, remarqua Adrienne.

— Je l'aime bien aussi. J'aime les chiens en général, mais surtout les gros. Rachel m'a dit que Skye l'aimait plus que tout.

— C'est vrai. Son père l'avait récupéré au chenil et offert à Skye pour son dixième anniversaire. Elle était ravie.

Adrienne marqua un temps avant d'ajouter doucement :

— Trey s'est tué cette nuit-là.

— Je sais. L'accident de moto.

— Il n'avait jamais fait de moto avant. Mais il avait trop bu, il s'est cru invulnérable et il est parti comme un fou sur la Harley d'un copain. Il a perdu le contrôle de l'engin et il est rentré dans un semi-remorque, bon Dieu. Pas un petit pick-up. Trey ne faisait jamais les choses à moitié. Il refusait de porter un casque. Chaque fois que j'y pense, je me mets dans une telle colère, je me dis que s'il avait survécu, je l'aurais tué. Puis je me sens coupable au point de ne pas pouvoir regarder Skye dans les yeux.

— C'est bien naturel de ressentir de la colère quand on perd un être aimé. Surtout quand il se tue en faisant quelque chose d'aussi sot. Et ce qu'il a fait était vraiment crétin, Adrienne. Tu ne peux pas te reprocher de lui en vouloir, c'était complètement irresponsable d'enfourcher cette moto.

— Après notre retour de Las Vegas, il n'arrêtait pas de tenter le diable. Je crois qu'il voulait compenser son échec là-bas en essayant de prouver qu'il pouvait réussir tout ce qu'il entreprenait... et qu'il avait du courage. Mais l'inconscience n'a rien à voir avec le courage.

Adrienne soupira.

— Bon, je crois que tu peux arrêter de me consoler, j'ai fini de me plaindre.

— Tu ne t'es pas plainte.

— Mais si, et je viens juste de te demander d'arrêter de me consoler.

Elle commençait à avoir mal au dos, là où s'était accumulée toute la tension, elle s'allongea par terre.

— Ne t'inquiète pas, je ne suis pas tombée dans les pommes. J'essaie seulement de me dénouer le dos.

— Tu veux que je marche dessus ?

— Non, merci. Brandon croirait qu'il est aussi invité et je ne crois pas que mes lombaires pourraient supporter votre poids total.

Adrienne ferma un instant les yeux et, dans le silence complet de la cabane, elle perçut un son lointain.

— Une sirène ! s'écria-t-elle en bondissant. J'ai entendu une sirène, la police est *enfin* là !

Pendant près d'une minute, le son des sirènes ne fit que s'amplifier, puis il s'arrêta.

— Ta voiture les a bloqués, dit Drew. J'ai eu le même problème. Ils n'arriveront pas à passer, mais ils continueront à pied.

— Cette route. Il faut l'entretenir. Lottie ne peut pas continuer à vivre dans un tel isolement.

Elle s'arrêta, la gorge serrée.

— Si elle est encore vivante. On va peut-être retrouver son corps dans les bois.

— Lottie connaît ces bois comme sa poche. Et elle marche beaucoup depuis des années, ça la maintient en forme.

Drew tendit la main dans l'obscurité et tapota la sienne.

— J'ai encore espoir, et tu devrais aussi garder espoir. Sinon, ça va nous porter la poisse.

Adrienne se força à sourire.

— J'imagine que, pour Lottie, ça vaut le coup de suspendre quelque temps mon manque de foi en la chance. Je te promets de garder bon espoir.

En quelques minutes, les faisceaux des lampes électriques — ces faisceaux puissants qu'Adrienne aurait bien voulu avoir avant — tranchèrent l'obscurité devant la cabane de Lottie. Ils entendirent les voix des policiers qui parlaient entre eux, puis quelqu'un cria :

— Y a-t-il quelqu'un à l'intérieur ? Si oui, sortez, les mains en l'air et pas de faux mouvements !

Drew râla.

— Seul notre vaillant adjoint de police Sonny Keller pourrait nous sortir une tirade aussi nulle.

Drew se leva et gagna la porte, qu'il entrouvrit.

— C'est Drew Delaney. Il n'y a qu'Adrienne Reynolds et moi-même à l'intérieur. Nous n'avons aucune arme, Keller.

— Vous êtes sûr ?

— Si j'en suis sûr ? murmura Drew à Adrienne en roulant les yeux. Oui, Keller, hurla-t-il. Peut-on sortir sans être accueillis par une pluie de balles ?

— D'accord. Mais sortez *lentement*, les mains en l'air.

— Tu as compris ? demanda Drew à Adrienne. C'est un dur, alors si tu merdes, il nous descend.

Adrienne fut prise d'un fou rire, provoqué par un mélange de nervosité et de perplexité incrédule. Elle avait prié pour être sauvée de cette cabane où elle avait failli mourir, mais elle ne s'était pas attendue à ce que les secours la considèrent, elle, comme un danger. Aussi absurde que ça lui semblât, elle descendit néanmoins l'escalier, les mains en l'air. Keller s'approcha et lui lança un regard sévère.

— Qu'est-ce qui vous fait rire ? Si c'est une farce, je vous préviens...

Il laissa l'horreur d'éventuelles conséquences planer dans l'atmosphère, tandis que Drew suivait Adrienne et, fort opportunément, répondait à sa place :

— Elle sourit parce qu'elle est contente que vous l'ayez sauvée, Keller. Et je vous assure qu'il ne s'agit pas d'une farce. On lui a tiré dessus, je crois que l'arme était un fusil puissant. C'est un miracle qu'elle soit encore vivante.

— Et personne a tiré sur vous ? demanda Sonny Keller.

— Je suis arrivé quelques minutes après Adrienne. Quelques minutes cruciales. Je l'ai trouvée allongée dans la cabane, mais elle n'avait pas été touchée. Elle était effrayée, en revanche. Nous l'étions tous deux. Je vais vous dire, Keller, on est soulagés de vous voir arriver. Je me sens déjà bien plus en sécurité, pas toi, Adrienne ?

Elle acquiesça d'un signe de tête. Keller jeta un regard méfiant à Drew, n'arrivant pas à décider s'il se moquait ou non de lui. Il finit par se convaincre que personne, sain d'esprit, ne pouvait le ridiculiser pour son intervention héroïque, et il se relaxa légèrement.

— Descendez de la véranda tous les deux. Il est possible qu'il y ait encore quelqu'un dans les bois. Il mord, ce chien ? Vous feriez mieux de l'attacher.

— Il est attaché, répondit Adrienne. Et, de toute façon, il ne mord pas.

— Hum... Il a une gueule à mordre, pourtant, déclara Keller.

Il se tourna vers les autres policiers.

— Déployez-vous ! tonna-t-il au petit groupe d'hommes qui étaient juste à côté de lui. Vous savez ce qu'il faut faire. Soyez extrêmement prudents, le *killer* est armé et dangereux. Je répète, dangereux ! Est-ce bien clair ?

Des murmures généralisés de protestation et quelques sourires sarcastiques apparurent dans le dos de Keller, puis ses hommes s'enfoncèrent dans les bois, l'esprit encombré

coincée ? Il va falloir la tirer de ces ornières. Ma voiture, en revanche, est pilotée par un excellent conducteur et elle marche. En parfaite condition. Alors bouge-toi et arrête de rouspéter.

— Tu es tellement galant. Comment résister à une telle invitation ?

Adrienne monta dans la Camero foncée qu'elle avait vu rôder devant chez elle plusieurs fois et dont elle avait eu peur. Drew disait s'inquiéter pour elle. Et c'était peut-être vrai, pensa-t-elle. Ça lui ressemblerait assez de faire quelque chose impulsivement. Il se croyait sans doute terriblement valeureux. Cela dit, elle préférait que ce soit lui qui passe devant chez elle, plutôt que Bruce Allard, le petit ami de Rachel. Vicky avait beau dire qu'il n'était pas mal, seulement un peu arrogant, Adrienne aimait se forger ses propres opinions sur les autres et, le soir où il était venu chez elle et avait presque exigé que Rachel parte avec lui, il lui avait fait une impression peu favorable.

— J'ai eu peur que ce dernier bâillement te décroche la mâchoire, dit Drew tandis qu'ils sortaient du chemin de la colline et rejoignaient la grand-route. Tu crois que tu seras encore éveillée quand on arrivera ?

— Ça ne devrait pas prendre plus de dix minutes. J'y arriverai. Et toi, comment fais-tu ? T'as l'air frais comme une rose.

Drew éclata de rire.

— Ah, ça fait longtemps qu'une femme ne m'a pas dit ça. La dernière fois, ce devait être ma mère quand j'avais deux ans. Mais j'ai toujours été un oiseau de nuit. Ce n'est pas forcément une bonne idée, ça favorise les insomnies.

Ils roulèrent en silence dans la banlieue de la ville, puis ils tournèrent dans la rue d'Adrienne. La plupart des maisons avaient des lampes discrètes, dont la lueur se répandait dans le jardin. Celui d'Adrienne étincelait comme un parc d'attractions.

— Bon Dieu, dit-elle, pas étonnant qu'aucun des voisins ne m'ait adressé la parole depuis que j'ai fait installer les lampes.

— Ils n'ont probablement pas fermé l'œil. C'est comme dans ces pays où il fait jour la moitié de l'année.

— Le pays du soleil de minuit. Ma mère n'aurait jamais supporté de voir ça.

Drew sourit.

— Ta mère serait contente de voir que tu as eu assez de jugeote pour tenir tout intrus à l'écart, à moins qu'il ne soit complètement taré.

Ils se garèrent devant chez Adrienne. Drew sortit et s'empressa d'aller ouvrir sa portière. Elle tressaillit, il y avait bien longtemps qu'elle n'avait pas vu un homme faire cela. Elle marmonna « Merci » et ne trouva rien d'autre à lui dire tandis qu'il l'accompagnait jusqu'à sa porte. Il la regarda.

— Me voilà arrivée, dit Adrienne, mal à l'aise. Bonne nuit.

— Tu ne vas pas m'envoyer promener. Je reste.

— Je te demande pardon ?

— Ce n'est pas la peine, je le fais avec plaisir.

— Drew, il est hors de question que tu passes la nuit avec moi.

— Je refuse de te laisser seule. Tu ne peux pas appeler Kit pour lui demander de te tenir compagnie. Elle a du travail au restaurant jusqu'à minuit, au moins, et après, elle est toujours tellement exténuée qu'elle s'effondre immédiatement. C'est en tout cas ce que j'ai entendu dire.

— Je sais très bien que tu n'as aucune connaissance directe de ses habitudes de sommeil, répondit Adrienne. Elle est sans doute la seule femme de la ville qui n'ait pas encore succombé à tes charmes.

— Oh, Adrienne, tu vas me faire rougir. Mais naturellement, comme Kit n'est pas disponible, tu peux toujours appeler Ellen et organiser une veillée. Elle pourra te raconter toutes les histoires sinistres de La Belle.

— Je crois que c'est déjà fait, dit Adrienne avec morosité.

— Il y a aussi Mlle Neige de la French Art Colony. Un véritable boute-en-train, celle-là. Ensemble, vous pourriez boire, danser et vous faire de nouvelles coiffures jusqu'au petit matin.

Adrienne soupira.

— Bon, il ne me reste plus qu'à t'inviter pour la nuit.

— Tiens donc, mais je vous remercie, ma bonne dame.

— Nécessité fait loi.

— J'avais osé espérer que mon offre serait acceptée plus gracieusement, mais au moins je passe la porte.

— Et tu n'iras pas beaucoup plus loin, mec, dit fermement Adrienne. Si je n'avais pas eu la peur de ma vie ce soir, je ne te laisserais jamais rester. Et je te précise que ce n'est pas une entrevue amoureuse. Pas d'entourloupette. Pas même de numéro de charme.

— Ça me paraît de plus en plus prometteur. Est-ce que je suis autorisé à enlever ma veste, ou dois-je la garder fermée jusqu'au cou ?

— Fermée. Je dois passer un coup de fil à Skye. Brandon et toi, allez dans le salon. Je t'offrirai un verre après.

— Merci. Une Margarita chacun. Avec du sel.

Louise Granger rassura Adrienne : Skye et Sherry étaient allées au lit avant onze heures et elles faisaient semblant de dormir, elle pouvait entendre des chuchotements derrière la porte.

— Vous rappelez-vous avoir eu autant de choses à dire à cet âge ? demanda Louise en riant. Bien sûr, quand tout a une importance cruciale — d'un style de coiffure jusqu'aux stars de cinéma —, j'imagine qu'on a beaucoup plus de choses à se raconter que nous, les femmes d'un certain âge. Pas que vous soyez aussi âgée que moi, Adrienne, vous paraissez avoir une bonne dizaine d'années de moins.

— Ça m'étonnerait, dit Adrienne honnêtement. Écoutez, Louise, je ne peux pas vous raconter ce qui s'est passé ce soir en détail, mais je ne veux pas cacher l'essentiel. La victime de La Belle, Julianna Brent, était une amie de longue date, et je suis proche de sa mère, Lottie. Or elle a disparu. Elle vit dans une cabane rudimentaire près de La Belle, et ce soir, elle m'a enfin téléphoné. Je suis allée la retrouver, mais elle n'y était plus.

Adrienne décida d'omettre complètement qu'elle avait été la cible de coups de fusil.

— La police a décidé de venir la chercher. Lottie est malade et il est possible qu'elle soit blessée, dans les bois. Ils ont voulu me garder un peu pour la calmer au cas où elle reviendrait et s'effraierait de tous ces inconnus en uniforme.

— Oh, la pauvre, compatit Louise. J'ai entendu parler d'elle. C'est bien elle qui vend des bougies ? Nous lui en avons acheté quelques-unes, enfin, beaucoup d'ailleurs, avec le Club des femmes. On fait du bon boulot au club. Vous n'êtes pas membre, Adrienne, si ? Vous devriez le devenir. Je suis sûre que vous vous y plairiez beaucoup.

Adrienne faillit pousser un grognement. Depuis l'adolescence, elle avait toujours détesté les activités de club.

— Eh bien, je suis très occupée en ce moment, mais on verra. Bref, je voulais juste prendre des nouvelles de Skye et vous expliquer un peu ce qui m'a éloignée de chez moi. Je vous remercie infiniment d'être venue la chercher et de la garder pour la nuit.

Sentant que Louise s'apprêtait à poursuivre la conversation, Adrienne eut un bâillement, aussi faux que fort.

— Oh, mon Dieu, je vais m'endormir debout. J'arrive à peine à garder les yeux ouverts. Encore merci, Louise. Au revoir.

Louise parlait de reprendre la discussion sur le Club des femmes le lendemain lorsque Adrienne raccrocha. S'il vous plaît, faites que je ne sois pas une poltronne et une mauviette et que je refuse de devenir membre du club par culpabilité, supplia Adrienne, en s'adressant à quiconque gérait ce genre d'affaires. Elle n'était pas du genre à faire partie d'un groupe. Ça avait toujours été la spécialité de Vicky.

Adrienne cria depuis la cuisine :

— Tu as faim ?

— Je pourrais avaler un cheval, lui cria-t-il en retour.

— Et des muffins aux myrtilles, ça t'irait, à défaut de cheval ? Mme Pitt, la cuisinière de Vicky, m'a donné sa recette et j'en ai fait une super-fournée cet après-midi. Je peux les réchauffer au micro-ondes et préparer un café.

— Parfait. Mais qu'est-il arrivé aux Margaritas ?

— On veille ce soir, Drew, on ne fait pas la fête. D'ailleurs, après une seule Margarita, Brandon a la fâcheuse habitude de se mettre un abat-jour sur la tête et de vouloir danser une salsa.

— Je suis partant.

— On veille, Drew. Garde ce mot à l'esprit.

Dix minutes plus tard, Adrienne revint bruyamment dans le salon avec un plateau surchargé, bavardant continuellement et fort, riant d'un rire perçant, versant trop de lait dans les tasses de café et renversant du beurre sur son plus beau tapis.

Drew finit par tendre le bras et placer deux doigts sur ses lèvres.

— Chut, Adrienne, dit-il gentiment. Calme-toi, respire un bon coup et relaxe-toi.

Sa fausse gaieté se dégonfla comme un ballon.

— Je ne crois pas en être capable. J'essayais de ne pas craquer, d'être courageuse et résistante, mais quand j'étais dans la cuisine, tout ce que j'ai vécu ce soir m'est revenu à l'esprit. J'aurais pu mourir…

— Mais tu n'es pas morte.

Elle ignora son interruption.

— Et nous voilà assis, en train de discuter et de rire comme si de rien n'était, tandis qu'on n'a toujours pas de nouvelles de Lottie et de Lucas et que quelqu'un s'amuse à tirer sur les gens, bon sang de bois !

— On ne sait pas si quelqu'un a été touché. On t'a seulement tiré dessus…

— Oh, parfait, seulement tiré dessus. Je me sens tellement mieux, maintenant.

Drew soupira.

— Avant de te fâcher encore une fois contre moi, peux-tu me laisser terminer ?

Adrienne se tut.

— Premièrement, quelqu'un t'a tiré dessus — pas une fois, mais trois — sans t'atteindre. Alors, soit cette personne tire comme un pied, soit elle n'avait pas l'intention de te tuer. Deuxièmement, Lottie n'était pas chez elle. Il n'y avait aucune trace de sang, ni même de lutte. Réfléchis un peu, c'est très facile pour elle de se cacher dans les bois, elle les connaît depuis toujours. Elle connaît sans doute des coins que personne d'autre n'a jamais vus.

Adrienne songea à la Cachette. Ellen connaissait son existence. Lottie y serait-elle allée ? Aurait-elle dû en parler à la police ? Il lui paraissait maintenant ridicule de n'en avoir rien fait. En même temps, elle ne savait pas qui se cachait dans ces bois et risquait de l'entendre.

— Troisièmement, poursuivit Drew, Lucas Flynn n'est pas venu. C'est étrange, mais ce n'est pas forcément une catastrophe. Il aurait pu lui arriver n'importe quoi.

Quoi par exemple ?

— Une crevaison.

— Il ne répond pas sur son portable.

— Plus de batterie.

— Tu as réponse à tout.

— Mais non. Je veux juste te prouver qu'il existe des scénarios qui ne sont pas catastrophiques. Allons, Adrienne, tu n'es pas du genre névrosée pessimiste.

— Qu'est-ce que tu en sais ?

— Je t'ai rencontrée à l'âge de six ans. Je t'avais complètement analysée quand tu en as eu sept.

Adrienne lui lança un regard noir.

— La vie n'est qu'une longue plaisanterie, pour toi.

À sa surprise, Drew se tendit. Adrienne n'aurait jamais cru pouvoir dire quelque chose qui le touche, et encore moins qui le pique.

— Non, Adrienne, je ne prends pas la vie comme une plaisanterie, dit-il sérieusement. Je trouve la vie difficile, blessante et très souvent aveuglément cruelle. C'est bien pour cela qu'il faut en voir les bons côtés, essayer d'être positif et ne pas toujours s'attendre au pire. Sinon, les côtés sombres de la vie t'envahissent. Tu as sans doute la même opinion vis-à-vis de cette philosophie que de moi-même : insupportablement superficielle et banale, mais c'est ce que je ressens.

Il dirigea son attention sur sa tasse de café, prenant une longue gorgée tout en grimaçant légèrement à cause de la chaleur, puis il s'intéressa à Brandon. Le chien lui renvoya un regard mélancolique.

— Je ne te trouve ni superficiel ni banal, dit enfin Adrienne. C'est juste que tu t'es montré tellement cavalier dans le passé. Avec moi.

Elle baissa le regard sur ses mains.

— À l'époque, j'étais amoureuse de toi. Vraiment amoureuse. Et tu le savais. Si tu ne partageais pas mes sentiments, tu aurais dû me le dire, me faire atterrir en douceur, faire preuve d'un minimum de considération pour mes sentiments. Mais non, tu es parti pour New York après le lycée, tu as appelé quelquefois, envoyé une ou deux lettres, puis des cartes postales, puis tu t'es marié ! Et je l'ai appris par quelqu'un d'autre. As-tu la moindre idée de ce que j'ai ressenti ? Je méritais mieux que ça, Drew Delaney. Je méritais mieux !

Drew se leva, se dirigea vers la fenêtre et regarda le jardin qui étincelait de toutes ses veilleuses.

— Ne reste pas près de la fenêtre, lui dit Adrienne. Tu fais une cible parfaite si le tireur a décidé de nous suivre à la maison.

— Merci, c'est gentil, dit-il distraitement en reculant sans grande hâte.

La possibilité qu'on pointe une arme sur lui ne semblait nullement l'inquiéter. Adrienne le rejoignit, tira les rideaux et retourna à sa chaise. Elle ne savait absolument pas quoi dire.

— Adrienne, j'aimerais avoir une excuse valable pour ce que j'ai fait à l'époque, commença enfin Drew, la voix basse et hésitante. Tout ce que je peux dire, c'est que j'étais jeune, ambitieux et complètement égoïste. Inexpérimenté, aussi. J'avais passé toute ma vie dans cette petite ville et tout à coup : New York.

Il lui lança un sourire plein de regrets.

— C'était comme une autre planète. Il se passait tellement de choses, en permanence. J'étais abasourdi, et j'ai plongé dans toute cette activité comme dans la piscine de La Belle. Bientôt, Point Pleasant et tous ses habitants m'ont semblé lointains, pas seulement au niveau géographique, mais aussi émotionnel. J'ai rencontré des gens nouveaux que je croyais plus importants, meilleurs, plus intéressants que tous ceux que je connaissais avant. Il m'a fallu des années pour apprendre une leçon pourtant simple : les gens ont tous le même fond, où qu'ils vivent. Ils ont juste une façade un peu plus scintillante à certains endroits. C'est à ce moment que j'ai décidé de rentrer et de tout recommencer.

— Recommencer quoi ? Ta carrière ?

— En partie. Mais surtout ma vie personnelle. Je me suis marié deux fois, Adrienne, mais je n'ai pas vraiment connu mes épouses.

— Que dis-tu ? Que tu as divorcé parce que tu étais déçu ? Ce n'étaient pas des femmes bien ?

— C'étaient sans doute des femmes bien. Honnêtement, je ne les ai pas assez connues, pas comme on devrait connaître son épouse. Je n'en ai pas pris la peine parce que j'ai rapidement compris que ni l'une ni l'autre n'était ce que j'avais connu et que je voulais retrouver plus que tout.

Il la regarda.

— Elles n'étaient pas toi.

Adrienne, stupéfaite, garda le silence. Drew repartit vers la fenêtre. Elle fixait le sol. La sonnerie du téléphone fit l'effet d'une bombe et Adrienne faillit tomber de sa chaise.

— Grands dieux ! cria-t-elle à personne en particulier, puis elle courut répondre.

C'était Lucas.

— Tu vas bien ? demanda-t-il.

— Oui. Oui, je vais bien, compte tenu des circonstances. Lucas, où étais-tu ?

— Dans un fossé. Inconscient. Quelqu'un a tiré dans un de mes pneus. J'ai quitté la grand-route et foncé dans les bois. Puis ils m'ont tiré dans l'épaule. Sonny Keller et les hommes ont mis un certain temps à me retrouver.

— Mon Dieu, souffla-t-elle. Es-tu gravement blessé ?

— Les docteurs disent que je vais m'en tirer. La balle a traversé l'épaule sans toucher d'os. Je devrais sans doute prendre une journée de repos, mais je ne veux pas. Je ne pourrais pas le supporter. Il faut que je comprenne ce qui se passe dans cette ville.

Il marqua une pause.

— Keller m'a raconté ce qui t'est arrivé, de ton côté.

— À tous les coups, c'est le même tireur, mais comment a-t-il pu nous coincer tous les deux ? Personne ne savait que tu devais venir chez Lottie.

— Je n'en sais rien, répondit Lucas d'une voix vague, comme s'il souffrait. On a dû me suivre. Et toi aussi.

Elle savait que Drew l'avait suivie. Il l'avait ouvertement admis. Mais elle était certaine que ce n'était pas lui qui avait tiré sur elle. Il y avait donc un autre joueur dans cette affaire, qui courait toujours et attendait sa chance.

2

Après l'appel de Lucas, Adrienne expliqua à Drew que le shérif était blessé, mais pas grièvement, la situation s'était calmée et il pouvait donc rentrer chez lui.

— Je ne crois pas, répondit-il calmement, après un instant de réflexion. On n'a toujours trouvé ni Lottie ni le tireur. Par conséquent, ta sécurité me semble aussi précaire qu'il y a une demi-heure. Je resterai donc jusqu'au matin, que ça te plaise ou non.

Adrienne fit un gros effort pour dissimuler son soulagement en prenant un air résigné. Elle ne s'était toujours pas remise de la fusillade chez Lottie, et la peur accumulée depuis quelques jours lui faisait l'effet d'une pierre froide au fond de l'estomac. Elle était agitée. Elle avait froid. Elle n'avait pas sommeil, tous ses nerfs la picotaient, à vif. Elle avait l'impression qu'il lui faudrait des semaines avant de se calmer et, ce soir, elle se réjouissait de ne pas avoir à passer, seule, les heures longues et sombres précédant la levée du jour.

Tous deux étaient d'accord : ils étaient trop nerveux pour pouvoir dormir, mais ils décidèrent de rétrograder un peu, en passant d'un excitant comme le café à du vin. Adrienne mit de la musique et ils s'assirent sur le canapé, à quelques centimètres l'un de l'autre. Brandon s'effondra confortablement à leurs pieds en ronflant.

Drew demanda enfin :

— Est-ce que Lucas a la moindre idée de qui pourrait lui avoir tiré dessus ?

— Non. Mais il m'a dit que depuis son interrogatoire, hier matin, à propos du meurtre de Margaret, Miles Shaw est introuvable. Il a l'air de vouloir se faire oublier.

— Shaw n'a aucune raison de s'inquiéter. Il a un alibi. Plus d'une dizaine de personnes ont déjà juré l'avoir vu aux Portes du paradis au moment du meurtre.

— Dix personnes ? Comment sais-tu cela ?

Drew lui lança un regard entendu.

— J'ai mes sources dans la police, ma chère. Je connais la déposition de Shaw par cœur et toutes les décisions prises dans l'enquête qui a suivi.

— Eh bien, quel grand cachottier tu fais, répliqua Adrienne, ne plaisantant qu'à moitié. Mais ça ne devrait pas m'étonner. Au lycée déjà, tu avais le don d'être au courant de tout.

— C'est un don rare et précieux, dit Drew d'un ton solennel. Ça s'appelle fourrer son nez partout.

— Beaucoup fourrent leur nez partout, mais sont incapables de trouver ce qu'ils cherchent. Toi, tu maîtrises cela parfaitement. Pas étonnant que tu aies fait du journalisme. Mais au lycée, ton ambition était d'écrire le Grand Roman américain.

— On est environ cinq cent mille journalistes à vouloir l'écrire.

Il finit son verre de vin et s'empara de la bouteille, posée sur l'énorme table basse en vitrail.

— Le vin est bon.

— Il n'est pas très cher, je ne suis pas connaisseuse comme mon beau-frère.

— Si ça se trouve, Philip n'aime même pas le vin. Il collectionne des crus très chers, car il pense que c'est ce que l'on fait quand on a son rang social. Philip ne commet jamais d'écart.

— Presque jamais, dit amèrement Adrienne, qui regretta aussitôt ses mots.

Drew lui lança un regard furtif et curieux.

Dans ce moment de proximité, Adrienne avait désespérément envie de demander à Drew s'il était au courant de la liaison entre Philip et Julianna. Mais elle ne le pouvait pas. Elle devait garder à l'esprit qu'il était journaliste. Philip faisait partie de sa famille. Théoriquement, en tout cas. Elle ne l'avait jamais vraiment considéré comme un membre de sa famille et, de son côté, il n'avait jamais débordé d'amour pour elle. Ils réussissaient juste à se tolérer et encore, difficilement. Elle n'arrivait pas à comprendre la passion qu'avait éprouvée Julianna pour lui. Ni sa capacité à avoir gardé un tel secret si longtemps. Adrienne n'était jamais au courant de ce qui se passait. Kit avait-elle su ? Drew pencha la tête, il la regarda de ses yeux noirs étincelants.

— À quoi penses-tu ?

— Aux voies étranges de l'amour.

Il haussa les sourcils et elle poursuivit. Elle savait qu'elle avait bu trop de vin, trop rapidement, ce qui la rendait dangereusement bavarde, mais elle était incapable de s'arrêter.

— Je pense à l'étrangeté de ce qui attire les gens. Ou les repousse. Prends un homme et une femme, tu te dis parfois, ces deux-là, quand ils vont se rencontrer, ça va forcément faire des étincelles, mais fttt… Rien. Prends-en d'autres, tu es persuadé qu'ils n'ont absolument rien en commun et pas le moindre espoir de s'intéresser l'un à l'autre : ils tombent éperdument amoureux. Le genre d'amour qui va durer des années. Peut-être même toujours, s'il est vrai que l'amour puisse durer toujours, même au-delà de la mort.

Elle le regarda.

— Je raconte n'importe quoi.

— Bien sûr que non. Tu as quelque chose de bien précis à l'esprit. Je sais très bien que ton histoire d'amour éternel n'est pas inspirée par Margaret et Miles. J'ose espérer qu'elle n'est pas inspirée par toi et Lucas Flynn.

Elle baissa les yeux.

— C'est à Philip et Julianna que tu pensais, non ?

Elle en resta bouche bée.

— Tu étais au courant ?

Il acquiesça d'un signe de tête.

— Comment ? Depuis combien de temps ?

— Comment je le savais ? En observant. Une observation attentive, c'est vrai, mais ils ne sont pas de très bons acteurs. Depuis combien de temps ? Des années. Depuis que Julianna était adolescente. Quand je suis revenu de New York, la première fois que je les ai vus ensemble, j'ai remarqué que leurs sentiments s'étaient renforcés.

— Je suis abasourdie, dit faiblement Adrienne. Je n'y ai vu que du feu.

— Je ne te crois pas. Tu es trop perspicace pour ne pas t'en être aperçue. Tu n'as simplement pas voulu le voir, parce que Julianna était une de tes meilleures amies et Philip le mari de ta sœur.

— Tu t'en es réellement aperçu il y a vingt ans ?

— Oui, vraiment. À La Belle, où éclosent tant de choses étranges. Ellen Kirkwood n'est pas si tarée que ça de penser que quelque chose cloche dans ce lieu. On dirait que c'est un terrain propice au mal — violence, tragédie et amours au potentiel destructif.

— Elle m'a raconté l'histoire de l'hôtel un jour, et j'ai pensé exactement ça : elle n'est pas si tarée que ça.

Adrienne but une nouvelle gorgée de vin, sachant qu'elle ne le devrait pas.

— Crois-tu que c'est la relation entre Philip et Julianna qui a provoqué le meurtre de Juli ?

Drew acquiesça d'un signe de tête.

— Oui, c'est ce que je pense, Adrienne. Je ne soupçonne pas forcément Philip de l'avoir tuée, même si je n'écarte pas cette éventualité : il aurait pu péter un plomb si elle était devenue trop exigeante ou l'avait menacé d'exposer leur relation. Je pense que Philip est capable de tuer sur un coup de tête.

Il marqua une pause.

— Ou alors, l'assassinat de Julianna pourrait être le résultat d'une machination de Philip ou de quelqu'un d'autre, qui savait pouvoir la retenir dans un endroit isolé, pour laisser à l'assassin le temps de s'enfuir. Moins de temps que prévu à cause de ton arrivée inopinée, avec Skye. Mais de quelque façon que ce soit, je pense que Julianna a été assassinée parce qu'elle aimait Philip Hamilton.

— Et les autres meurtres ?

— Dérivés du premier. Une terrible réaction en chaîne.

— Oh mon Dieu ! grogna Adrienne.

— Tu es trop intelligente pour ne pas y avoir pensé avant.

— J'y avais pensé, c'est vrai, admit-elle, mais confusément, pas de manière aussi posée et logique que toi. Et jusqu'à ce soir, j'ignorais tout de la relation entre Julianna et Philip. J'étais comme Vicky. Je me disais qu'il devait folâtrer avec Margaret.

— C'est peut-être ce que Vicky voulait te faire croire, qu'elle la soupçonnait.

— Non, c'est vraiment ce que pensait Vicky, Drew. Qu'est-ce que tu essaies de me faire dire ? Que je crois Vicky capable d'avoir éliminé Julianna, parce qu'elle était sa rivale ?

— Plutôt que de soupçonner qu'elle était capable d'éliminer Margaret pour cette même raison ?

— Je n'ai jamais pensé… se lança-t-elle passionnément, puis elle s'interrompit.

Oui, quand elle avait vu l'état de Vicky le matin où ils avaient découvert le corps de Margaret, Adrienne avait craint au plus profond d'elle que Vicky, peut-être sous l'empire de la boisson et de médicaments, ait commis l'irréparable. Adrienne respira à fond, sa défense s'effondra sous le poids de l'épuisement et elle laissa reposer sa tête sur l'épaule de Drew.

— Je ne sais plus quoi penser, et je suis en train de prendre un terrible mal de tête.

— Pas étonnant.

Drew commença à lui masser le cou de la main droite.

— La tension est toujours à l'origine de tes maux de tête. Ça a toujours été comme ça.

— J'abandonne. Tu me connais parfaitement. Et ce massage me fait un bien incroyable.

Adrienne but quelques gorgées supplémentaires de vin. Drew massait les nœuds de ses muscles avec la pression nécessaire. Le lecteur de CD jouait la chanson de Don Henley, *Taking You Home*, parlant de l'amour qu'il avait trouvé et qui ne ressemblait à aucun autre. Adrienne s'égarait dans l'écoute, dérivant sur les paroles de Don et sous le contact tendre et intime de Drew. En sursautant, elle se rendit compte que pour la première fois depuis des jours — peut-être même des années — elle se sentait au chaud et en sécurité, incroyablement, elle se sentait *aimée*.

Elle redressa brusquement la tête.

— Que se passe-t-il ? demanda Drew d'une voix rauque, son souffle chaud contre la joue d'Adrienne, l'abîme de ses yeux questionnant les siens.

Elle ne pouvait pas lui répondre. Elle ne se fiait pas à sa propre voix. Comme s'il comprenait ce qu'elle refusait de lui dire, il lui décocha ce vieux sourire intime qu'elle connaissait si bien et plaça ses mains de chaque côté de son visage, l'attirant vers le sien.

— Ne t'en fais pas, Adrienne, murmura-t-il. Nous sommes ensemble et tout ira bien. Je vais tout arranger. Tu verras. Alors ce soir, contente-toi de te relaxer, ma chérie. Fais comme si nous étions seuls au monde.

C'est ce qu'elle fit, en soupirant.

3

— Adrienne ? Adrienne ! Tu vas bien ? Adrienne, je jure que si tu es morte…

Adrienne sortait de l'inconscience du sommeil, puis replongeait dans ses profondeurs tranquilles et obscures jusqu'à ce que la voix stridente refuse de la laisser flotter en paix et la rappelle aux aveuglantes couleurs criardes et aux angles tranchants du monde éveillé. Adrienne cligna des yeux, s'étira, toussa et finit par réaliser que Kit tapait de toutes ses forces contre la baie, derrière le canapé.

— Si tu dors, réveille-toi, hurla Kit. Mon Dieu, faites qu'elle ne soit qu'endormie. Ne t'amuse pas à être morte, Adrienne. Je ne te le conseille pas !

Adrienne ouvrit grand les yeux, regarda Drew, qui bougeait la tête sans ouvrir les yeux, puis elle se redressa et jeta un œil à la couverture en laine qui couvrait la nudité de leurs corps. Elle la tira plus haut par réflexe, mais seules leurs épaules nues étaient découvertes.

Les rideaux étaient coincés derrière le canapé, entrouverts de quelques centimètres. En plissant les yeux, elle vit Kit piétiner un parterre de soucis alors qu'elle se penchait, se baissait et s'agenouillait pour tenter de regarder par la fente du rideau. Quand Kit vit Adrienne bouger, elle lança un hurlement de joie et tapa des mains contre la vitre. Adrienne ronchonna. Puis lentement, tous ses muscles et ses articulations se révoltant, elle descendit du canapé en se laissant rouler et se mit à la recherche de ses vêtements. Elle finit par arriver à la porte d'entrée, se débattit avec la serrure et la sécurité, puis ouvrit à une lumière matinale éblouissante.

Adrienne ferma immédiatement les yeux, tandis que Kit la tirait vers elle et l'enlaçait dans ses bras musclés.

— Mon Dieu, Adrienne, pourquoi n'as-tu pas répondu au téléphone ? Tu te fais tirer dessus, tu rentres chez toi et tu décroches le téléphone !

— Je n'ai pas décroché le téléphone.

Adrienne avait l'impression que sa langue entrait à peine dans sa bouche.

— Et puis, j'ai mon portable.

— Deux téléphones, aucune réponse.

Kit entra et ferma la porte derrière elle, bloquant ainsi l'agression de lumière. Les yeux mi-clos, Adrienne la regarda. On aurait dit qu'elle avait passé un peigne humide dans ses cheveux courts et bruns, sans se soucier du rituel du shampooing et du brushing et, à cause du manque de sommeil, elle avait les yeux injectés de sang. Elle portait un pantalon de survêtement et un tee-shirt froissé, son teint pâle était quasiment gris et son front était lézardé par une fine griffure.

— Je me suis fait un sang d'encre pour toi.

— Excuse-moi, tu ne te rends pas compte…

— Tu as raison, répondit-elle, la voix soudain pleine de colère. Je ne me rends pas compte, parce que tu n'as pas pris la peine de m'avertir ni d'avertir qui que ce soit d'autre que tu allais bien.

Elle aperçut Drew, avachi dans le canapé comme une créature hébétée en territoire inconnu.

— Enfin, ça explique pourquoi tu n'as pas pris la peine de répondre au téléphone.

— Kit, je n'évitais pas les coups de fil, renvoya Adrienne, agacée.

Elle eut alors une pensée horrible. Et si Drew se levait ? Il ne portait rien sous cette couverture.

— Café ! hurla-t-elle presque. Il me faut absolument un café ! Allons dans la cuisine.

Kit s'était mise à sourire. En quittant le salon, elle se retourna et lança :

— Drew, arrête de te débattre avec cette couverture. On dirait qu'elle t'a attaqué. On prépare le café.

— Dieu merci, grogna-t-il tandis que les deux femmes disparaissaient dans la cuisine.

Adrienne s'empara de la boîte à café et Kit s'assit à la table.

— Avant que tu me bombardes de questions, avertit Adrienne, dis-moi à qui je dois cette visite matinale paniquée, cette joie rassurante de me trouver vivante et cette furie parce que je n'ai pas répondu à un téléphone n'ayant jamais sonné.

— À Gail Brent. Elle m'a appelée ce matin. Tu sais qu'elle sort avec le flic, Sonny Keller. Il lui a raconté que tu étais allée à la cabane de Lottie, qu'on t'avait tiré dessus, que tu n'avais pas été touchée, contrairement à Lucas. Comme je n'arrivais pas à te joindre, j'ai eu peur que celui qui t'avait ratée chez Lottie n'ait cherché à t'avoir ici.

Kit marqua une pause.

— Keller ne devait pas savoir que Drew Delaney te tenait compagnie tandis que Lucas était à l'hôpital. Sinon, toute la ville serait déjà au courant. Naturellement, je suis moi-même surprise — non, stupéfaite — mais je n'ai jamais pensé que Lucas était un homme pour toi. Il est trop sérieux.

— N'en fais pas toute une affaire, Kit. Drew voulait assurer ma protection.

Kit éclata de rire.

— Arrête de ricaner, aboya Adrienne, mais son visage était moins sévère que ses paroles. On a passé une soirée incroyable.

— Je n'en doute pas une minute, pouffa Kit.

— Tu vas arrêter, oui ? On dirait une gamine de quinze ans.

— Mais c'est vous deux qui avez l'air d'avoir quinze ans, tout décoiffés, le regard coupable, les joues en feu.

— Les joues en feu ? Tu te fais des idées ! Drew n'a jamais rougi de sa vie. D'ailleurs, nous n'avons à rougir de rien, ni l'un ni l'autre.

— Allons, Adrienne, c'est à ta meilleure amie que tu parles. J'ai le droit d'avoir des détails sur tout. Tu peux commencer avec la fusillade.

— Merci. J'ai eu l'impression que la fusillade t'emmerdait plutôt, que ce n'était qu'un prélude au récit du moment décisif avec Drew.

— Je veux que tu me racontes tout. Et tu mets dix fois trop de café dans le filtre.

— Pas du tout. Drew et moi avons besoin d'un café fort. Nous avons bu un peu trop de vin. Pour nous remettre de nos émotions.

— Pendant qu'il assurait ta protection. Tout bon garde du corps se doit de picoler au boulot.

— Est-ce que je peux emprunter une brosse à dents ? hurla Drew de la salle de bain.

Kit redoubla de rire.

— De mieux en mieux !

— Oh, tais-toi, lui lança Adrienne sans pouvoir s'empêcher de rire. Il y en a une neuve dans le cabinet de toilette, cria-t-elle à Drew.

— S'il te demande où est le bain moussant, je ne vais pas pouvoir tenir, pouffa Kit.

— S'il demande où est le bain moussant, je vous fiche tous les deux dehors.

Adrienne brancha la cafetière.

— Revenons à comment j'ai failli perdre la vie hier.

— Ah oui.

Kit sécha ses larmes de rire et fit semblant d'avoir l'air suffisamment horrifiée.

— Que s'est-il passé ?

— Je suis sûr que Gail t'a raconté l'essentiel.

Adrienne s'assit à la table tandis que la cafetière se mettait en marche.

— Lottie m'a téléphoné. Elle semblait vraiment malade, mais elle refusait de venir en ville. Elle ne voulait même pas me dire où elle était, mais j'ai deviné qu'elle était à la cabane, alors j'ai décidé d'y aller sans le lui dire. J'ai appelé Lucas et lui ai demandé de me retrouver. Arrivée là-bas, on m'a tiré dessus quand j'entrais dans la cabane. Avec une *carabine*, pour tout te dire, pas avec une arme à poing. Comme tu le vois, je n'ai pas été touchée. Je me suis jetée par terre, j'étais paralysée de trouille, et Drew est arrivé. Il m'avait suivie, apparemment. Lottie n'était pas chez elle et Lucas n'est jamais arrivé. Alors Drew a appelé les urgences. Puis il m'a ramenée ici et il est resté au cas où le tueur continue de me poursuivre. Il a refusé de me laisser seule. C'est la seule raison pour laquelle il a dormi ici.

— Raconte la dernière partie de ton histoire à quelqu'un qui n'a pas regardé entre les rideaux et qui ne vous a pas vus tous les deux enlacés sur le canapé.

— On n'était pas enlacés.

— Tu ne t'es pas vue. Où est Skye ?

— Chez Sherry Granger. Je l'y ai envoyée quand j'étais encore à la cabane. J'espère seulement qu'elle n'a pas entendu parler de la fusillade.

Adrienne marqua une pause.

— Tu m'as bien dit que Gail t'avait raconté tout cela. Pourquoi ?

— Parce que tu es mon amie.

— Mais Gail n'est pas *notre* amie. Pourquoi se soucierait-elle de ce qui nous arrive ?

Kit lui lança un regard soucieux.

— Tu sais, j'étais tellement bouleversée par ce qu'elle m'a dit que je n'y ai même pas songé. Mais c'est effectivement étrange qu'elle m'ait appelée, comme si elle s'inquiétait pour toi. Et ce n'est pas tout. Quand je lui ai demandé des nouvelles de sa mère, elle m'a répondu d'une voix distante qu'on n'avait toujours pas trouvé Lottie, mais qu'elle finirait bien par réapparaître. Avec la fusillade qu'il y a eu, le commentaire est froid, même venant de Gail.

— Je suis d'accord.

Adrienne se leva pour servir le café.

— Comment t'es-tu égratigné le front ?

— Quoi ? Oh, ça. Je dévalais les escaliers derrière chez moi ce matin et j'ai évité de justesse une branche de cornouiller. J'ai dû accrocher une brindille. Ça saigne ?

— Il y avait un tout petit peu de sang, mais il a séché. On devrait tout de même le nettoyer. J'ai de l'antiseptique dans la salle de bain.

— Qui est occupée.

— Pas pour longtemps.

Adrienne posa une tasse de café devant Kit, puis elle sortit de la cuisine, une autre tasse à la main.

— Tu lui sers le café dans la salle de bain ? la taquina Kit. Ça ne vaut pas le petit déjeuner au lit.

— C'est tout ce qu'on sert dans cette maison.

Drew sortait de la salle de bain. Il s'était vigoureusement aspergé d'eau froide et avait le visage rougi, ses yeux noirs étaient aussi injectés de sang que ceux de Kit, ses cheveux étaient ébouriffés et le cœur d'Adrienne ne put s'empêcher de bondir : il restait beau comme un dieu.

— Tiens, dit-elle abruptement en lui fourrant la tasse dans la main.

Elle avait l'impression d'avoir le béguin comme une gamine de l'âge de Skye.

Drew était content de son café.

— J'ai le temps de rentrer chez moi pour me doucher et me raser, mais je n'aurai pas le temps de déjeuner. Je peux survivre sans les œufs et le pain grillé, mais sans caféine, c'est une autre histoire.

Il avala le café.

— Bon et fort. Hé, est-ce que Kit t'embête parce que je suis ici ?

— Elle me taquine seulement, mais sans relâche.

— Eh bien, si elle continue, demande-lui où Miles Shaw a passé la nuit.

— Qu'est-ce que tu veux dire ?

— Je l'ai vu monter les escaliers derrière chez elle hier soir.

— Avant que tu me suives chez Lottie ? Franchement, Drew, t'arrive-t-il de passer une soirée chez toi à t'occuper de tes affaires ?

— Pas si je peux l'éviter.

— Miles Shaw ? répéta-t-elle à voix basse. Tu es sûr ?

— On peut difficilement le confondre avec quelqu'un d'autre. Il n'y a pas beaucoup de géants avec des cheveux d'un mètre de long.

— Peut être même plus. Je me demande ce qu'il y faisait.

— Je ne sais pas, mais il avait un sac à dos *et* une petite valise.

Drew vida sa tasse et la rendit à Adrienne.

— Merci. Faut que je me sauve.

Il hésita, puis se pencha et lui fit une bise rapide sur la joue.

— Fais attention à toi, aujourd'hui.

Adrienne était plantée dans l'entrée, les pensées se bousculant dans son esprit, jusqu'à ce qu'elle entende la porte se fermer. Drew Delaney avait passé la nuit avec elle. Drew Delaney venait de l'embrasser. Elle se dit qu'elle était peut-être en train de retomber amoureuse de Drew Delaney. Grands dieux.

— Ça va, Adrienne ?

Kit apparut, l'air épuisé et inquiet.

— Oui, oui.

Adrienne s'aperçut qu'elle était loin d'en être convaincue.

— Je suis préoccupée. La nuit a été longue. Je me fais du souci pour Lucas et pour Lottie. Je dois aller chercher Skye et lui parler de la fusillade avant qu'elle ne l'apprenne par quelqu'un d'autre.

— Étant donné l'attaque d'hier, je crois que tu ferais mieux de rester chez toi aujourd'hui. Dis-moi comment aller chez les Granger, j'irai chercher Skye.

— Je te remercie, mais les Granger ne te connaissent pas.

— Alors appelle-les et dis-leur que c'est moi qui viens chercher Skye. Tu n'es pas encore habillée, Adrienne. Je peux te la ramener avant que tu sois sortie de la douche.

Adrienne songea aux bienfaits de l'eau chaude sur son cou et ses reins douloureux, et au fait qu'elle aurait meilleure mine pour accueillir Skye si elle se lavait les cheveux et se maquillait légèrement. Elle ne voulait pas inquiéter sa fille davantage, le fait qu'elle ait dû quitter la maison la nuit dernière était largement suffisant.

— D'accord. Je vais appeler les Granger. Ils n'habitent pas loin et je suis sûre que Skye est réveillée. N'oublie pas de lui dire que je vais bien.

Après avoir expliqué où les Granger habitaient, Adrienne ouvrit la porte. Le vif soleil matinal envahit la maison.

— Au moins, c'est une belle journée, dit-elle. J'avais peur qu'il pleuve, ça aurait rendu les recherches pour Lottie encore plus difficiles.

— Sans parler qu'une nuit sous la pluie aggraverait son état de santé.

Kit s'avança sur la véranda.

— Je reviens comme une flèche avec ta fille.

Adrienne était en train de fermer la porte, quand Kit se pencha sur le lilas et demanda :

— Qu'est-ce que c'est ?

Adrienne rouvrit la porte et sortit, Kit se baissa et ramassa une enveloppe en papier kraft enfoncée au pied du lilas. Elle la tendit à Adrienne, qui examina les larges mots imprimés.

Pour Adrienne
Souvenirs

— Souvenirs ? demanda Kit. Souvenirs de quoi ?

Mais Adrienne ne l'entendit pas, elle était en train de sortir une photo de l'enveloppe. Son monde bascula : c'était une photo de son mari Trey à côté d'une moto complètement détruite, son corps tordu comme celui d'un pantin désarticulé, sa pommette droite dépassant de ce qui restait de la chair déchiquetée de son visage, son bras gauche arraché, reposant à une trentaine de centimètres de son corps.

— Mon Dieu, murmura Adrienne en lâchant la photo et en s'évanouissant, lentement, sur la véranda.

Chapitre XV

1

Miles Shaw sortit de la douche, aveuglé par la vapeur de l'eau presque bouillante dont il aimait s'asperger. Il se frotta vigoureusement avec sa serviette, dans laquelle il enveloppa sa longue chevelure noire et, pieds nus, regagna la chambre. À son grand embarras, il poussa un cri pratiquement féminin, en trouvant Gail Brent assise sur le lit. De son regard bleu, elle scruta son corps nu de la tête aux pieds, puis sourit lentement et dit :

— Bonjour, Miles. Comment as-tu versé ton loyer de la nuit dernière à Kit, en argent ou en nature ?

Miles déroula la serviette de sa tête et s'en servit pour couvrir sa nudité. Gail poussa un rire enchanté.

— Franchement, Miles ! Elle n'est pas *si* extraordinaire que ça, tu sais.

— Comment es-tu entrée ici ? gronda-t-il, le visage enflammé par l'inspection de sa nudité.

— Tu crois que depuis des années que je travaille ici, je n'ai pas réussi à me procurer une clé de l'appartement à l'étage ?

— C'est l'appartement de Kit. Elle te mettrait à la porte si elle savait que tu as une clé.

— C'est certain, répondit Gail nonchalamment.

— Tu t'introduis ici souvent ?

— Seulement quand j'y repère des activités surprenantes. Et le fait que tu passes la nuit ici, au point où en sont les choses, ça rentre tout de suite dans cette catégorie. Tu vois, je croyais que, depuis des années, tu languissais dans le célibat à cause de ma sœur. Puis j'ai appris que tu avais une liaison torride avec Margaret Taylor.

Gail prit un air faussement inquiet.

— Zut alors, Miles, c'est vraiment dommage que toutes tes amoureuses se fassent assassiner. C'est franchement tragique, pour ne pas dire effrayant. Et te voilà tout seul. C'est pour ça que tu reviens vers Kit en courant ? Parce que tu n'as plus personne ? Ou bien es-tu revenu pour pouvoir la tuer, elle aussi ?

Miles serra les poings et sa voix devint un chuchotement d'une maîtrise dangereuse.

— Tu sais très bien que je n'ai tué personne.

Gail arrondit les yeux.

— Et comment je le saurais, Miles ? Devrais-je croire en la pureté de ton âme, en ta bonté intrinsèque ?

Elle eut un sourire moqueur.

— *Intrinsèque.* Je parie que Julianna ne savait même pas ce que ça veut dire. Mais qui se soucie du vocabulaire d'une femme aussi belle. Putain, mais tout le monde se fout même qu'elle puisse ou non parler.

Miles la fusillait du regard. Son souffle se faisait court et rapide. Puis, presque instantanément, il sembla se calmer. Il s'approcha de la chaise proche du lit, prit son jean noir et l'enfila, remontant lentement la braguette, comme s'il était seul.

— Pas de slip ? demanda Gail d'un air timoré. Grand dieu, tu es un vrai mécréant.

Miles la regarda, les yeux plissés.

— Que veux-tu ?

— Je veux savoir ce que tu fais dans l'appartement de Kit.

— Ce ne sont pas tes affaires.

— J'en fais mes affaires. Après tout, tu étais mon beau-frère.

— Comme si les liens familiaux représentaient quoi que ce soit pour toi.

— Même si c'était le cas, nous n'avons plus aucun lien de famille, maintenant.

Gail pencha la tête et sourit triomphalement.

— Ça y est ! J'ai compris ! Tu te caches, n'est-ce pas ? Mais de qui ? Pas de la police. Tu t'es trouvé un alibi pour l'heure du meurtre de Julianna. Tu en as même déniché un pour celui de Margaret. Les flics s'en contenteront pour le moment. Tu ne risques pas de te faire arrêter. Alors, de quoi s'agit-il, Miles ?

— Peut-être que j'avais simplement envie d'être avec Kit.

— C'est la meilleure ! Bien qu'elle crève d'envie de t'avoir.

Elle fit une grimace comique.

— Oh, excuse-moi d'avoir utilisé le verbe « crever » en parlant de l'une de tes petites copines.

— Kit n'a aucune raison de me craindre. Elle le sait. D'ailleurs, elle n'était même pas ici la nuit dernière.

Pour la première fois, le visage rond de Gail perdit toute trace d'humour.

— Elle n'était pas ici ?

— Elle est sortie assez longtemps.

Miles se tourna vivement et prit sa chemise.

— Quand est-elle sortie ? Combien de temps est-elle restée ?

— Je n'ai pas à la surveiller.

La voix de Miles devint extrêmement décontractée.

— Et en quoi cela t'intéresse-t-il ?

— J'ai entendu parler de problèmes à La Belle la nuit dernière.

— Quel genre de problèmes ?

— T'es vraiment doué pour jouer les innocents, Miles.

Il ne répondit pas.

— Je ne connais pas les détails, mais Adrienne Reynolds est impliquée. Et aussi ma mère.

— Des problèmes avec ta mère ? Et tu ne connais pas les détails ?

Gail haussa les épaules.

— Ma mère a toujours des soucis. Je n'y prête plus attention.

— Tu ne lui as jamais prêté attention.

— Épargne-moi ta morale, Miles.

Il se tourna vers elle, le visage livide.

— Mais merde, enfin, qu'est-ce que tu veux, Gail ? C'est moi ou Kit que tu surveilles ?

Gail se mordit la lèvre, elle semblait soudain jeune et incertaine. Puis elle reprit un air assuré. Elle se leva dans son jean trop serré et son chemisier échancré, repoussa son épaisse chevelure derrière une oreille, découvrant ainsi une boucle pendante en forme d'étoile, puis lui lança un regard froid.

— Peut-être que je vous surveille *tous les deux*, Miles. Après tout, vous avez tous les deux des choses à cacher, surtout à propos de Julianna.

— Oh, tu enquêtes sur le meurtre de ta sœur. Comme c'est touchant. Réellement touchant, surtout quand on sait à quel point tu l'aimais.

Son visage perdit toute expression sarcastique.

— Non, c'est vrai que je n'aimais pas Julianna. Et je ne ferai même pas semblant de pleurer sa mort, mais je n'ai pas l'intention de laisser qui que ce soit m'entraîner dans les retombées de son assassinat. Ni dans tous les autres trucs qui se passent en ce moment dans cette ville. Je n'accepterai aucun blâme. Ni de toi, ni de Kit, ni de ma mère, de personne.

— Ta mère ? Qu'est-ce qu'elle vient faire là-dedans, ta mère ?

— Plus que tu ne le crois, Miles, répondit-elle sérieusement. Plus que tu ne pourrais l'imaginer, même.

2

— Si tu n'ouvres pas les yeux, je vais te balancer de l'eau froide en pleine tête, dit Kit. De l'eau glacée. Alors, réveille-toi !

Adrienne fit une grimace, entrouvrit lentement les yeux, puis les referma.

— J'ai mal à la tête.

— Pas étonnant. Tu viens de la cogner par terre. Franchement, Adrienne, tu vas te réduire la cervelle en bouillie si tu n'arrêtes pas de prendre des coups.

— Merci de ces paroles réconfortantes.

Le souvenir de l'atroce photo de Trey lui revint alors à l'esprit et elle grogna.

— Mon Dieu, Kit. Cette photo. Le visage de Trey, son bras...

— N'y pense pas, dit sèchement Kit. Tu ne l'as jamais vue, elle n'existe pas.

— Qu'est-ce que tu racontes ? Je la tenais à la main. On l'a trouvée dans une enveloppe au pied du lilas.

— Tu vas imaginer que tu ne l'as pas vue. Je viens juste de lire un livre là-dessus : on peut supprimer les souvenirs horribles de notre lobe frontal, ou pariétal, enfin bref, celui de la mémoire... si l'on s'y efforce. Faut que tu me fasses confiance, Adrienne.

— Tu devrais te faire rembourser un livre aussi nul.

Adrienne s'assit et se palpa la nuque.

— Aïe.

— Heureusement que tu as des cheveux épais.

Kit se mit à examiner consciencieusement le cuir chevelu d'Adrienne en écartant ses cheveux. Adrienne songea qu'elles devaient ressembler à des singes du zoo en train de s'épouiller.

— Je ne vois pas de sang. Je ne crois pas que tu te sois coupée.

— Une bonne chose. Le gala de la French Art Colony a lieu demain. Je n'aimerais pas y aller avec la moitié de la tête rasée pour des points de suture.

Elle cligna des yeux au soleil, puis se força à les rouvrir en grand.

— Aide-moi, s'il te plaît. Je ne tiens plus sur mes jambes.

Kit la remit sur pied et la conduisit, les jambes tremblotantes, sur une chaise du salon.

— Je vais aller te chercher un café, dit Kit après qu'Adrienne se fut enfoncée dans sa chaise en fermant les yeux. Ou préfères-tu quelque chose de plus fort ? Un verre de vin, peut-être ?

— Kit, il est sept heures et demie du matin. D'ailleurs, avec tout ce que j'ai bu hier soir, je crois que je vomirais rien qu'en voyant la bouteille.

— Bon, c'est parti pour un café, dans ce cas. Reste assise.

— Je n'ai pas le choix.

Le corps d'Adrienne semblait paralysé par le choc, mais ses pensées, elles, volaient dans tous les sens, plongeaient et piaffaient en une course effrénée. Elle ouvrit les yeux et regarda la photo qu'elle tenait toujours à la main.

Trey Reynold avait accidenté la nouvelle Harley-Davidson Electra Glide d'un copain à lui, à vingt-deux heures vingt, par une douce nuit de mai. Adrienne se revit devant la porte, le suppliant de ne pas partir car il avait bu beaucoup de bières. Il l'avait totalement ignorée, tandis qu'il trouvait maladroitement le démarreur. Après avoir démarré dans un boucan terrible, il avait descendu la rue tranquille et elle avait levé les yeux au ciel. La lune était pleine et d'une couleur laiteuse, les étoiles jetaient des traits de lumière blanche et pure et dans le noir, les lucioles étincelaient comme des têtes d'épingle colorées : Adrienne s'était dit que c'était une des plus belles nuits qu'elle ait jamais vues.

Et qui suivait un après-midi heureux — l'anniversaire de Skye, ses dix ans — dans le grand jardin derrière chez Vicky. Trey lui avait offert Brandon, après une escale dans un toilettage canin, Happy Tracks Grooming Salon. Brandon avait donc le poil luisant, sentait la rose et portait un nœud rouge. Skye était aux anges et Brandon avait jeté ses cent livres dans un amour immédiat pour sa nouvelle maîtresse et la joie de quitter le chenil. Une fois Skye couchée, le ventre plein de gâteau et de glace, son nouveau chien à ses côtés, Trey s'était mis à boire, comme il en avait pris la fâcheuse habitude depuis deux ans.

Et, ce soir-là, cette manie lui avait coûté la vie.

En regardant la photo, Adrienne voyait à quoi Trey ressemblait après sa collision avec le semi-remorque, son corps désarticulé surexposé sous les flashes des appareils de la police. Il semblait si petit, à côté de l'épave de la Harley, ses jambes déformées repliées sous lui, son bras à une trentaine de centimètres de son corps, ses yeux ouverts sur le reste de son visage déchiré, ravagé.

Kit revint avec le café, le posa à côté d'Adrienne, puis lui retira la photo de la main.

— Tu t'es suffisamment torturée, lui dit-elle en la glissant dans l'enveloppe.

— Je n'étais pas allée sur la scène de l'accident, dit Adrienne d'une voix faible. J'ai reconnu le corps à la morgue. Il reposait sur une table, recouvert d'un drap, les yeux fermés, un pansement cachant sa joue déchiquetée. Je savais qu'il avait été horriblement blessé, mais je ne l'avais pas vu.

Ses yeux s'emplirent de larmes.

— Mon Dieu, Kit, regarde-le.

— Je ne veux pas revoir ça. Et toi non plus. La photo va rester dans l'enveloppe, un point c'est tout.

Adrienne ramena ses jambes sur la chaise et les glissa sous sa robe de chambre. Ses mains tremblaient en portant le café brûlant à ses lèvres et elle n'en sentit même pas la chaleur en l'avalant. Elle avait l'impression qu'elle ne sentirait plus jamais la chaleur. Et qu'elle n'oublierait jamais l'image grotesque de son jeune époux, le père de Skye, sur cette abominable photo.

— Qui pourrait bien m'envoyer une chose pareille ? demanda-t-elle faiblement.

— La même personne qui t'a assommée devant Photo Finish et a volé ton sac. La même qui est entrée ici par effraction et a écrit *Pars ou meurs* sur ta glace. La même qui t'a tiré dessus hier.

— Mais ça, c'est une photo de la police, Kit. Elle vient des dossiers de la police. Qui aurait pu se la procurer ?

Assise en tailleur par terre, à côté d'elle, Kit sirotait son propre café. Elle resta immobile un moment, puis hocha la tête.

— Je n'en sais rien, Adrienne. Mais ce n'est pas Lucas.

— Mon Dieu, bien sûr que non !

Adrienne était atterrée par cette idée.

— Il ne ferait jamais quelque chose d'aussi cruel.

— Tu as raison. Même s'il savait que Drew a passé la nuit dernière ici, il ne chercherait jamais à t'effrayer. Il a toujours voulu te donner du courage. Même après que ta maison a été vandalisée, il t'a encouragée à rester, pas à t'enfuir dans les collines.

Elle fronça les sourcils.

— Il ne serait pas jaloux de Trey, par hasard ?

Adrienne faillit s'étrangler avec son café.

— Jaloux de Trey ! Mais c'est ridicule. Voilà quatre ans que Trey est mort et ce n'est pas comme si je parlais de lui sans arrêt. Enfin, pas aux autres. J'en parle à Skye — je lui parle des bons moments — pour qu'elle n'oublie jamais son père. Mais depuis un an qu'on sort ensemble, je ne crois pas en avoir parlé plus de cinq ou six fois à Lucas. Et puis, ce n'est pas en m'obligeant à regarder une photo pareille qu'on risque de chasser Trey de mon esprit.

— Tu as raison.

Kit se tut à nouveau, puis dit en essayant de contrôler sa voix :

— Adrienne, Drew est rédacteur en chef du journal. Tu crois qu'il lui serait possible d'obtenir des photos de la police ?

— Drew ? Mais comment ?

— Je ne sais pas. En donnant un prétexte quelconque.

— À qui ? À un flic ? Qui lui ferait gentiment passer le dossier ?

— Peut-être pas un flic, mais une flic.

Kit se passa la langue sur la lèvre supérieure, ce qu'elle faisait toujours quand elle était nerveuse.

— Drew sait bien s'y prendre avec les dames, comme dirait ma mère. Personne ne résiste à ses numéros de charme…

— Arrête de te cacher derrière les clichés de ta mère, ordonna sèchement Adrienne. Tu penses que Drew est sournois au point d'éblouir une minette écervelée du commissariat pour qu'elle lui communique le dossier ? Eh bien, je peux te dire que la police n'emploie plus d'écervelées et que Drew ne ferait jamais une chose pareille. Il est sans doute capable d'utiliser des moyens peu honorables pour publier un bon article, mais il n'y a aucun article à publier sur la mort de Trey. Plus maintenant. Et comment peux-tu croire que Drew me veuille du mal ? Pour l'amour du ciel, il m'a sauvé la vie, hier soir.

— Et le soir où tu t'es fait agresser ? Tu n'as pas remarqué qu'il semble toujours apparaître au bon endroit au bon moment ? Et il était encore ici la nuit dernière pour débrancher les téléphones, comme ça personne n'a pu te joindre, te tenir compagnie et le renvoyer chez lui ?

— Kit, les téléphones n'étaient pas débranchés. Celui du salon était branché quand j'ai appelé Skye.

— Bien sûr. Il avait eu le temps de le rebrancher, celui de ta chambre aussi, quand nous étions dans la cuisine. Et ton portable était dans sa voiture.

— C'est moi qui l'ai oublié dans sa voiture.

— Mais lui, il ne l'a rapporté que ce matin.

— Après la soirée qu'on avait eue, il avait autre chose à penser qu'à ramasser mes affaires. Et cette photo ? Tu penses qu'il l'a obtenue des dossiers de la police ? Eh bien, si c'est le cas, qu'est-ce qu'elle faisait sous mon lilas ?

— Il l'aura mise dedans. La nuit dernière. Ou ce matin. Je ne sais pas quand. Il a eu l'occasion de le faire, Adrienne, tu ne peux pas dire le contraire.

Adrienne dévisagea Kit, cherchant désespérément à lui prouver qu'elle avait tort sur tous les points qu'elle avait soulevés à propos de Drew.

Mais, à son grand désespoir, elle en était incapable.

3

— Je suis venue dès que j'ai pu, dit Adrienne. Comment te sens-tu ?

Le corps solide et musclé de Lucas Flynn semblait trop large pour le petit lit d'hôpital. Son épaule droite était étroitement bandée et un bleu splendide lui ornait le côté gauche du front.

— Je me sens mieux que j'en ai l'air.

— J'espère, parce que tu es très pâle.

— Grâce aux analgésiques, je ne souffre pas. Et j'ai l'air lessivé, pas pâle. La pâleur, c'est pour les mauviettes.

Il lui fit un grand sourire.

— Arrête de traîner vers l'entrée et viens t'asseoir à côté de moi. Voir ton beau visage de plus près est le meilleur remontant qu'ils puissent me donner ici.

Adrienne s'approcha du lit et s'assit sur une chaise en vinyle. Drew Delaney avait passé la nuit avec elle. Elle s'était demandé si elle n'était pas amoureuse de lui. De nouveau. Elle avait maintenant l'impression que son visage reflétait chaque particule de la culpabilité qu'elle ressentait, mais Lucas ne semblait pas s'en apercevoir. Elle songea à se fondre en excuses pour expliquer son comportement, puis elle décida que se soulager la conscience serait égoïste. Lucas avait été blessé par balle la nuit dernière. Il aurait pu être tué, parce qu'elle avait insisté pour qu'il la rejoigne chez Lottie. Elle se sentit d'autant plus coupable et comprit qu'elle devait s'efforcer de le réconforter, non pas le blesser.

Elle se cacha derrière une question banale.

— As-tu la moindre idée de qui a pu faire ça, Lucas ?

— Pas encore.

— Je ne veux pas être morbide, mais on ne m'a donné aucun détail sur ton accident.

Lucas tendit le bras et lui prit la main.

— Je venais te rejoindre et mon pneu a éclaté. Enfin, c'est ce que j'ai cru. Je sais maintenant que quelqu'un a tiré sur la roue. La route est bordée d'arbres, mais j'avais assez de place pour me garer, même si j'ai failli rentrer dans un tronc d'arbre en récupérant la voiture. Je suis sorti pour vérifier le pneu et j'ai entendu le deuxième tir.

Il fit une grimace.

— Dans les films, le flic dit toujours : « Ce n'est rien, l'os n'a pas été touché » et il continue comme s'il s'était fait piquer par une abeille. Je peux te dire que ça n'a rien à voir avec une piqûre d'abeille. J'ai cru que mon épaule avait explosé et je suis tombé comme une masse, et en plus sur une pierre, ce qui fait que je me suis assommé. Je n'ai pas fini de l'entendre, cette histoire, au commissariat.

— La seule chose qui compte, c'est que tu ailles bien, dit sincèrement Adrienne. Tu vas bien, n'est-ce pas ?

— Mais oui, je devrais sortir d'ici à midi.

— Lucas, je t'avais appelé sur ton portable et demandé de ne pas diffuser notre destination sur les radios de la police. Comment le tireur a-t-il pu savoir où nous allions ?

— Je n'ai rien diffusé.

— Comment a-t-il su, alors ?

— Tu crois que je ne me suis pas cassé la tête sur cette question ? Quelqu'un m'a peut-être suivi. Ou toi. Mais les deux ?

— Non, c'est insensé. À moins qu'il y ait deux personnes.

— C'est possible, mais improbable.

Il la regarda avec attention.

— Mais assez parlé de moi et de mes mésaventures. Toi aussi, tu as failli recevoir des coups de feu. Et même si tu ne peux qu'être belle, tu n'as pas l'air bien, aujourd'hui. On m'a dit que tu n'avais pas été touchée.

— Pas du tout.

— Mais tu ne pouvais pas dormir après avoir été la cible d'un fusil, n'est-ce pas ?

— Tu es sûr que c'était un fusil ?

— Keller a trouvé des cartouches et des balles. Nos services balistiques nous en diront plus sur l'arme, en fin de journée. Mais tu ne m'as pas répondu. Tu as l'air remuée à cause de la nuit dernière ?

Adrienne ne voulait pas lui faire de mal, mais elle devait lui retracer les événements du matin. Enfin, du moins, certains d'entre eux.

— Quelque chose de dur m'est arrivé ce matin. Kit est venue me voir et nous avons trouvé une enveloppe sous le lilas près de la véranda.

Elle respira profondément.

— Dans cette enveloppe, il y avait une photo de Trey sur le lieu de l'accident. C'était atroce. C'était une photo de la police, Lucas. Elle a dû être prise dans le dossier de Trey.

Lucas semblait avoir des doutes, mais il lui serra la main.

— Ça a dû être abominable de voir une photo comme ça. Mais, Adrienne, tu sais que les accidents attirent toutes sortes de types bizarres, et certains ont des appareils. Il est impossible que ce soit une photo de la police. L'accès aux dossiers est très surveillé.

Sans un mot, Adrienne prit son sac fourre-tout, en retira l'enveloppe et la tendit à Lucas. Il sortit la photo et l'examina pendant exactement dix secondes.

— Merde, finit-il par dire. C'est bien une photo de la police.

— Et comment est-elle arrivée devant chez moi ? demanda Adrienne sans le moindre ton accusateur.

— Si j'avais assez de personnel pour assurer ta surveillance vingt-quatre heures sur vingt-quatre, ça ne serait pas arrivé.

— Oh, je n'en suis pas si sûre. Vouloir, c'est pouvoir. Quelqu'un a manifestement réussi à se procurer des dossiers pourtant bien gardés. La question est de savoir qui peut être à la fois aussi rusé et déterminé à m'effrayer ?

Adrienne marqua une pause.

— Keller ?

— Sonny Keller ? Je n'ai aucun respect pour lui, mais pourquoi prendrait-il cette photo ?

— Parce que Gail Brent le lui aurait demandé ?

Lucas lui lança un regard intrigué.

— Lucas, poursuivit-elle, Gail sort avec Sonny. Et Gail me déteste. Et j'ai l'impression qu'elle a quelque chose à voir avec la disparition de sa mère. Elle n'a pas l'air de souhaiter la retrouver, mais moi, je vais continuer à la chercher. C'est peut-être un autre moyen pour m'effrayer, au cas où la fusillade ne suffirait pas.

Elle s'attendait que Lucas lui dise gentiment et patiemment qu'elle avait une imagination débordante. Au lieu de ça, son visage se referma et il appela une infirmière. Elle apparut presque immédiatement.

— Allez chercher un docteur, je dois sortir, dit-il sans courtoisie.

Elle lui lança un sourire machinal et apaisant.

— Le docteur ne tardera pas, shérif, mais il a quelques consultations de prévu avant. Je peux aller vous chercher un café ou du jus de fruit pour patienter.

— Je ne veux ni café ni jus de fruit. Je veux sortir d'ici. Tout de suite. Est-ce bien clair ?

— Oui, monsieur, murmura-t-elle en déguerpissant.

Lucas se tourna vers Adrienne, son visage affichait une expression furieuse et résolue.

— Je vais résoudre cette affaire de photo, Adrienne, et quand j'aurai trouvé le responsable, je te promets qu'il va sincèrement le regretter.

Chapitre XVI

1

— Je vous assure que tous les membres du conseil d'administration de la French Art Colony comprendront que vous ne pouvez pas assister à la soirée de gala demain soir, annonça Mlle Neige d'une voix doucereuse. C'est regrettable, naturellement, mais la vie nous réserve parfois des surprises malencontreuses.

— Mais j'ai la ferme intention d'assister au gala, répondit Adrienne au téléphone. Je ne le manquerais pour rien au monde.

— Oh… vraiment.

Mlle Neige semblait si consternée qu'Adrienne faillit éclater de rire.

— Écoutez, ma chère, je n'ai pas l'habitude d'écouter les ragots, mais j'ai entendu parler des choses abominables qui vous sont arrivées récemment. Je… nous comprenons tous que vous devez être dans un état d'anxiété extrême et que le gala ne fera qu'ajouter du stress à votre vie dans cette période troublée.

Et vous craignez que ces « choses abominables » me suivent comme des petites goules jusqu'à l'Art Colony et fassent de votre gala un désastre, pensa Adrienne.

— Certes, la conjoncture de ces quinze derniers jours s'est révélée contrariante, dit-elle en imitant les expressions archaïques de Mlle Neige, mais je suis convaincue que le gala m'offrira une distraction merveilleuse. Ainsi qu'à ma fille.

— Oh !

La mauvaise disposition de Mlle Neige s'aggravait encore.

— Vous ne comptez tout de même pas l'amener aussi ?

— Mais si, tout à fait. Elle a une nouvelle robe et elle s'en fait déjà toute une joie.

— Oui, certes, ce sera une occasion joyeuse. Je ne suis pas convaincue qu'elle soit particulièrement adaptée à des enfants, mais…

Adrienne pouvait presque l'entendre se dépoussiérer les méninges pour trouver un moyen de la dissuader de participer.

— Il y aura beaucoup de monde. Peut-être même l'une des personnes qui vous en veulent tant. Dieu nous en préserve, naturellement, ajouta-t-elle après réflexion.

— Oh, je ne pense pas qu'on me cherche des ennuis au sein d'une telle foule, renvoya Adrienne. Par ailleurs, ma sœur et mon beau-frère doivent m'accompagner. Vicky et Philip Hamilton ? Vous les connaissez ?

— Philip Hamilton ? Le candidat au poste de gouverneur a l'intention d'honorer notre gala ?

— Oui. Il tient à m'accompagner. Si je n'y vais pas, je pense qu'il laissera tomber. Mais il vaut peut-être mieux si vous redoutez que ma présence cause quelque scène embarrassante. Oui, je crois que je vois où vous voulez en venir.

— Ma chère, ne tirez pas de conclusion hâtive, s'empressa de dire Mlle Neige. J'ai toujours tendance à trop m'inquiéter — ma famille n'arrête pas de me le seriner — et j'ai peut-être vu des problèmes là où il n'y en a aucun. Vous avez sans doute raison — personne n'oserait vous menacer ou agir de manière déplacée devant tant de gens. Et il serait dommage de ne pas recevoir M. Hamilton. Vous aussi, naturellement. Vous avez une peinture en compétition.

Une peinture dont vous vous foutez bien, pensa Adrienne. Tout ce qui vous intéresse, c'est la présence du riche et prestigieux Philip Hamilton. Mais elle ne ressentit aucune rancœur. Mlle Neige ne pouvait s'empêcher d'être snob. C'est ainsi qu'on l'avait élevée et elle avait maintenu la tradition pendant ses quatre-vingts années de vie.

— C'était qui ? demanda Skye en entrant dans la pièce.

— Juste Mlle Neige qui voulait s'assurer qu'on irait à la soirée de gala.

— Elle croyait qu'on allait sécher le gala ?

Skye avait l'air abasourdie.

— Voilà des semaines qu'on se prépare. Tu as une peinture en compétition. Tante Vicky, Oncle Philip et Rachel doivent venir !

La présence de Rachel cimentait la détermination de Skye. Elle n'aurait pas raté la soirée pour tout l'or du monde.

Adrienne lui sourit.

— Tu veux encore essayer ta nouvelle robe pour être sûre que l'ourlet est bien au bon endroit ?

— Oui ! s'écria Skye avec enthousiasme. Et puis, je ne sais pas quel collier choisir. Je vais te laisser décider lequel fait le plus mûr.

Adrienne s'enfonça dans sa chaise, épuisée par la nuit, encore sous le choc de la tentative d'assassinat chez Lottie et de la photo de Trey reçue le matin. Elle n'avait pas eu de nouvelles de Lucas depuis son départ précipité de l'hôpital, mais cela ne faisait que quelques heures. Il n'avait pas eu le temps de découvrir grand-chose. Il n'était pas en état de faire quoi que ce soit, en fait. Il aurait dû rentrer chez lui et dormir. Mais il était au travail pour essayer de la protéger.

Elle espérait seulement que, bientôt, quand elle lui annoncerait qu'en dépit de toute son affection, elle n'était pas amoureuse de lui, il ne se mettrait pas à la haïr et à regretter tout ce qu'il avait fait pour elle. Elle aurait aimé avoir des sentiments différents. Mais mon cœur n'est ni disposé ni capable de dissuasion, pensa-t-elle, désabusée. Or son cœur, aussi ridicule que cela paraisse, appartenait à Drew Delaney.

2

— Vous permettez que je m'assoie à côté de vous, monsieur Kirkwood ?

Gavin Kirkwood, installé dans la semi-obscurité et l'élégance confortable du bar du Portillon, regarda le beau, grand et blond Bruce Allard. Ellen entretenait depuis longtemps des liens d'amitié avec la famille Allard. Ils avaient fréquemment dîné ensemble jusqu'au décès du petit Jamie, l'an passé, mais Gavin n'avait jamais eu d'atomes crochus avec Bruce. Le dernier petit ami de Kit, J.C., était au bar depuis aussi longtemps que Gavin, mais, conscient de la mélancolie profonde qui habitait son voisin, il gardait respectueusement ses distances et se contentait d'occasionnelles remarques cordiales. Avec Bruce, c'était une autre histoire.

Non, Gavin n'était pas d'humeur à voir du monde ce soir, surtout ce gamin aux yeux étincelants qui lui semblait vibrer de jeunesse et d'enthousiasme. Gavin avait l'impression d'avoir au moins quatre-vingt-dix ans et d'être complètement épuisé par la vie. Mais il était difficile de lui dire poliment *non* et Gavin s'efforçait toujours d'être poli en public.

— Prends un tabouret, Bruce, lui dit-il. Ça fait un bout de temps que je ne t'ai pas vu.

— J'ai été très occupé, monsieur, très occupé.

Gavin avait horreur qu'on l'appelle monsieur. Ça le vieillissait encore. Le barman glissa le long du bar, fit un sourire mielleux, et, haussant les sourcils en regardant Bruce, attendit sa commande.

— Un daiquiri à la fraise, annonça Bruce avec bravade.

Le barman le dévisagea. La bouche de J.C. se déforma en un rictus ouvertement amusé. Même Gavin ne put retenir un regard de côté. Le visage de Bruce rosit.

— Tout bien réfléchi, je vais prendre la même chose que M. Kirkwood.

— Du whisky single malt, sec ? demanda le barman.

Bruce parut hésiter, puis se reprit :

— Oui, un double, s'il vous plaît.

J.C. regarda Gavin, puis leva les yeux au ciel, et parvint presque à lui soutirer un sourire, pour la première fois de la soirée.

— Alors, Bruce. Drew Delaney te fait trimer dur, au journal ? demanda Gavin.

— Comme un chien, monsieur.

— Ne te sens pas obligé de m'appeler « monsieur ». Gavin fera l'affaire.

— Très bien, Gavin. C'est que mon père est très strict, il tient à ce que je sois toujours respectueux envers mes aînés.

— Fais comme si on avait le même âge, ce soir. Quel âge as-tu exactement ? Vingt-cinq ans ?

— Vingt-quatre, monsieur… Gavin. Vingt-cinq en septembre. J'ai prévu une grande fête. Est-ce que vous viendrez, avec Mme Kirkwood ?

— Je ne sais pas. Nous n'avons pas été invités.

— Oh, vous le serez. Mes parents voudront inviter la crème de la ville.

Le barman posa son verre. Bruce en but une longue gorgée. Les muscles de son cou se tendirent pour réprimer un haut-le-cœur et les larmes lui montèrent aux yeux. Il réussit à dire un peu plus tard d'une voix râpeuse :

— Ah, ça fait du bien après une dure journée de travail.

Le barman lui tourna le dos. J.C. baissa la tête, pour dissimuler son rire. Gavin se demanda quel crime il avait bien pu commettre pour mériter la présence d'un tel clown.

— Est-ce que Rachel t'accompagne à la réception ? lui demanda délibérément Gavin avant que le garçon ait eu le temps de se remettre.

Bruce acquiesça d'un signe de tête, puis se racla la gorge.

— Oui, réussit-il à dire péniblement.

Une autre gorgée.

— Bien sûr. C'est ma petite amie. J'ai l'intention de l'épouser un jour.

— Ah bon ? Et tu lui en as parlé ?

— Je ne lui ai pas demandé officiellement. Je ne voudrais pas lui donner de faux espoirs. En fait, pour dire la vérité, je n'ai pas envie de dépenser de l'argent sur un gros diamant avant d'être obligé de le faire.

Bruce se mit à rire à gorge déployée de son bon mot.

— Mais quand le moment viendra, elle dira oui. Elle sait comme moi que nous sommes faits l'un pour l'autre.

J'espère bien que non, pensa Gavin. J'aime bien Rachel.

— Et quand le moment viendra, tu lui achèteras ce gros diamant, dit-il au lieu de révéler ses pensées.

— Bien sûr.

— Avec l'énorme salaire que tu touches comme reporter au *Register* ?

— Je ne risque pas. Je remercie Dieu pour les fonds en fidéicommis. Je lui en achèterai un d'environ trois carats. Allez, quatre, même. Je veux que tout le monde comprenne bien qu'elle m'appartient.

Il avala un peu plus de whisky.

— Ce truc devient meilleur à chaque gorgée.

— Vas-y doucement. Ça passe dans le sang plus vite que les daiquiris à la fraise.

— Oh, je rigolais, mentit Bruce. Je ne bois jamais de cette merde.

Gavin fit semblant d'être amusé.

— Ça m'aurait étonné. T'es bien trop viril pour une boisson de minette.

— Oh que oui, bon sang de bois.

Bruce sembla surpris par cette expression campagnarde, échappée de lèvres éduquées à l'université de Princeton.

— Comment va Mme Kirkwood ?

— Pas fort. Son amie Lottie a disparu. Mais je suis sûr que tu le sais.

— Naturellement.

Bruce attira l'attention du garçon, qui lui demanda :

- Un autre double ?

Bruce approuva d'un signe de tête. Il voulait se montrer sacrément viril ce soir.

- Je suis au courant pour Lottie Brent. J'ai entendu parler d'elle toute ma vie. C'est un personnage de la ville, non ? Dites-moi, monsieur... euh, Gavin, est-ce qu'elle a toujours été folle ?

Gavin se raidit en entendant les moqueries du jeune homme.

— C'est une amie d'enfance de ma femme. Je ne pense pas qu'Ellen apprécierait qu'on traite Lottie de *folle*.

— Ah oui, je vois. Mais entre vous et moi, Gavin, est-elle vraiment tarée ?

Gavin n'avait rencontré Lottie que quatre ou cinq fois dans sa vie. Elle ne lui avait jamais beaucoup parlé, et le peu qu'elle avait dit ne ressemblait pas à la conversation d'une citoyenne moyenne. Mais elle était la mère de Julianna et, pour l'amour du ciel, il ne supportait pas d'entendre ce jeune merdeux se moquer d'elle. Mais Gavin devait se contrôler. S'il se révoltait trop ouvertement pour des histoires se rapportant à Julianna, il risquait d'attirer des soupçons.

— Il me semble que Lottie est ce que l'on appelle une excentrique, dit-il en se forçant à garder son sang-froid, elle n'a pas la même perception du monde que la plupart d'entre nous. Et elle a vécu des expériences terribles quand elle était jeune.

— Ah bon ? Comme quoi ?

— Je ne sais pas au juste, dit Gavin, alors qu'il le savait très bien.

La cabane à outils. Le passage à tabac. Le viol.

— Quelque chose de traumatisant, il y a longtemps. Et sa mère est morte quand elle était jeune, la laissant entre les mains d'un père peu recommandable.

— L'a-t-il agressée ? Sexuellement, je veux dire ?

— Je n'en sais rien, renvoya Gavin avec humeur.

Qu'est-ce que ce petit con lui voulait ?

— Je n'en ai jamais entendu parler.

Il fit signe au barman de remplir son verre et, à son désespoir, Bruce fit de même.

— Tu es sûr que tu devrais en prendre un autre ?

— Au moins un. C'est du bon.

— C'est vrai.

Gavin s'efforçait d'être aimable, mais il regrettait d'avoir commandé un autre verre. Il aurait pu quitter le bar sans paraître impoli. Non qu'il se souciât de ce que Bruce Allard pensait de lui, mais si Bruce se sentait insulté, il en parlerait à son papa, qui en toucherait un mot à Ellen, qui harcèlerait Gavin pendant des heures. Il grommela intérieurement et se creusa le cerveau pour poursuivre la conversation.

— Il ne me semble pas t'avoir déjà vu ici, Bruce.

— Je suis venu au restaurant des dizaines de fois, mais j'ai toujours consommé à table. Et goûté leur meilleur vin, naturellement.

— Naturellement.

— Mais de temps en temps, l'envie me prend de rester entre hommes et de boire pour de vrai, de discuter le coup, vous voyez.

— Oui.

— Et franchement, j'ai toujours pensé que vous étiez quelqu'un de vraiment intéressant, Gavin, mais nous n'avons jamais l'occasion de discuter ensemble quand nous sommes avec nos mères.

Gavin lui lança un regard noir et Bruce devint cramoisi.

— Je veux dire, ma mère et votre femme. Oh là là, ce whisky entortille la langue.

Il jeta un regard désapprobateur à son verre vide, comme s'il était responsable de son faux pas.

— Je t'ai dit d'y aller mollo.

Bruce se mit à rire de bon cœur. Gavin le dévisagea.

— Enfin bref, et pour Julianna, qu'est-ce que vous savez d'elle ?

Gavin se rendit compte que Kit s'était assise sur un tabouret à côté de J.C. Elle faisait semblant de s'intéresser à son copain, mais Gavin savait qu'elle suivait leur conversation.

— Je ne sais presque rien sur Julianna, répondit sèchement Gavin.

Les boissons arrivèrent et Bruce se redonna du courage avec une rasade généreuse.

— Allez, Gavin, vous la connaissez depuis que vous avez épousé Ellen, quand Julianna était adolescente et amie de Kit.

— Je l'ai croisée. Ce n'est pas comme si on avait traîné ensemble.

Bruce rit.

— Elle est bien bonne, celle-là ! Mais par contre, elle traînait avec pratiquement tous les autres mecs de la ville.

— Et qu'est-ce qui te fait penser ça ?

— C'est ce qui se raconte.

— Je croyais qu'on apprenait aux journalistes à ne jamais confondre les commérages et la réalité. Les journalistes intègres, il va sans dire.

— Bien sûr. C'est ce qu'on fait. C'est ce qu'on est. C'est pour ça que je vérifie ce qu'on me raconte, justement, on n'imprime pas les racontars. Vous savez, Delaney m'a demandé de couvrir l'enquête sur le meurtre de Julianna.

— Oh.

Manifestement, Bruce pensait que Gavin ne lisait pas le journal et n'avait donc pas remarqué que tous les grands articles sur l'assassinat de Julianna Brent étaient signés Drew Delaney, et non pas Bruce Allard.

— Qu'est-ce que l'adolescence de Julianna vient faire là-dedans ? demanda Gavin.

— Mais c'est peut-être la clé du meurtre !

— Comment ?

Bruce regarda Gavin comme s'il était demeuré.

— Parce que c'est quelqu'un qui lui en voulait depuis cette époque qui l'a tuée.

— Je vois. Cette personne lui en voulait quand elle était jeune, et elle a attendu… quoi ? Quinze, seize ans avant de la descendre ?

— C'est possible.

— Ça demande beaucoup de patience.

Bruce plissa les yeux.

— Les assassins sont souvent patients, Gavin.

— Vraiment ? Tiens, je ne savais pas cela, mais j'imagine que, dans ton boulot, tu as dû rencontrer bien plus de gens dangereux que moi.

— On peut le dire. J'ai croisé de fieffés salopards.

Bruce regarda le fond de son verre, ruminant sur tous les salopards qu'il avait croisés dans sa vie spectaculairement protégée et douillette. Le souvenir lui donna soif et il but encore. Gavin se dit que le gamin devait déjà avoir la tête qui tournait. Il partirait bientôt, Dieu merci.

Mais soudain, Bruce se retourna et fixa Gavin de ses yeux d'un bleu clair de laser.

— Alors, mon petit Gavin, pourquoi ne pas raconter ce que vous savez de la mort de Julianna ? demanda-t-il d'une voix forte. Parce que je suis persuadé que vous *savez* qui est l'assassin.

Gavin eut l'impression de plonger dans de l'eau glacée, incapable de respirer, de voir ou de bouger. Il entrouvrit la bouche, puis la referma. Se faisait-il des idées, ou le bar était-il devenu complètement silencieux, toutes les oreilles tendues pour recueillir les paroles qui allaient sortir de sa gorge sèche ? Il finit par inspirer un peu d'air, suffisamment pour réussir à sortir faiblement :

— Qu'est-ce qui te fait croire que je sais qui a tué Julianna ?

— J'étudie les gens. Je les observe. Je les connais.

Bruce ne semblait plus du tout ivre.

— Je suis fin psychologue parce que je sais bien jouer les idiots, les gens ne me prennent pas au sérieux et baissent leur garde. Je vous ai observé tout l'été, Gavin. Je vous ai observé lors des réceptions chez Philip Hamilton. Je vous ai vu baver devant Julianna. Je vous ai vu la *suivre* en ville. Vous deviez savoir tout ce qui se passait dans sa vie, ce qui veut dire que vous pouvez difficilement ignorer qui l'a tuée. À moins que ce ne soit vous, à bout de jalousie.

Gavin restait planté, clignant des yeux face à ce jeune homme arrogant et beau qui lui ricanait à la face. Bruce Allard n'aurait pas été plus fier de lui s'il avait forcé Gavin à confesser tous les meurtres et actes de violence commis lors de ces dernières journées atroces. Et si Bruce se permettait de faire ça, c'est parce que tout le monde considérait Gavin Kirkwood comme un lâche sans tripes ni âme, sans le moindre soupçon de virilité.

Une colère blanche monta lentement en Gavin. Elle partit du fond de son estomac et s'empara de sa poitrine avec une telle force qu'il crut ses poumons prêts à exploser, puis elle atteignit ses yeux. Bruce le fixait toujours intensément, triomphalement. Puis, quand la fureur apparut dans le regard de Gavin, Bruce se mit à faiblir. Son sourire aussi. Pas encore disposé à battre en retraite, il recula imperceptiblement, en comprenant qu'il avait commis l'irréparable — il avait mal calculé, il était allé trop loin, il n'allait pas s'en tirer comme ça.

Un sentiment de victoire s'empara de Gavin en repérant l'incertitude du jeune. Il y avait fort longtemps qu'il n'avait pas éprouvé cela et il se sentit merveilleusement bien. Grisé. Invincible.

Se raccrochant férocement à sa fureur et au regard tranchant qu'il était conscient d'avoir, il se laissa glisser de son tabouret et se rapprocha de Bruce.

— Si tu étais aussi malin que tu le crois, jeune homme, tu l'aurais fermé, dit-il d'une voix basse et dangereusement affable. Après tout, si tu me crois capable d'avoir tué pour me protéger, une fois, et même deux ou trois fois, si l'on compte Claude Duncan et Margaret Taylor, je pourrais tout à fait commettre un quatrième crime…

Gavin n'arrivait pas à y croire. Sa satanée voiture refusait de démarrer. Sur le parking du Portillon, assis au volant de sa Jaguar XK qui lui avait coûté soixante-dix mille dollars un an auparavant, il tournait sans arrêt la clé dans le démarreur et n'entendait que clic clic clic. La batterie était à plat. À moins que l'alternateur ne soit mort. Il ouvrit le capot, sans savoir véritablement ce qu'il cherchait. Il remonta dans la voiture et réfléchit. Tous les garages du coin étaient fermés la nuit. Il aurait sans doute pu demander à Ralph de R & R Auto Repair de venir le dépanner, mais il n'avait pas pris son portable et il était hors de question qu'il revienne en douce dans le restaurant pour utiliser le téléphone ; pas après une sortie aussi dramatique. Il finit par se convaincre que la voiture serait en sécurité dans le parking jusqu'au lendemain, et qu'il pouvait rentrer chez lui à pied, ce n'était qu'à quatre pâtés de maison.

Ellen était allée se coucher à sept heures du soir avec une migraine, mais Gavin avait eu l'intention de rentrer à neuf heures. En réalité, il avait traîné au bar jusqu'à dix heures moins le quart. La panne et la marche allaient le retarder. Si Ellen était encore éveillée, elle lui en voudrait de l'avoir abandonnée. Quand elle souffrait de maux de tête, elle affirmait que parler faisait empirer son état et elle le chassait dans une chambre d'invité. Elle aimait cependant savoir qu'il était rentré et qu'il pouvait s'occuper d'elle. Oui, si elle était éveillée, elle serait furieuse. Mais pour une fois, il se fichait bien qu'elle soit furieuse, il ne redoutait pas qu'elle fasse une scène, et il n'avait même pas l'intention de prendre de ses nouvelles en rentrant.

La nuit était d'un noir de velours, douce, tiède et caressante. Une brise légère poussait de temps à autre quelques nuages ouatés devant la lune et murmurait dans les feuilles des vieux arbres élancés bordant le trottoir. En temps normal, une telle nuit aurait suscité une nostalgie romantique chez Gavin, avec des souvenirs de sa jeunesse, lorsqu'il espérait encore que l'amour d'une femme formidable ferait de lui un homme formidable. Julianna avait ravivé cet espoir merveilleux, mais tout s'était arrêté de manière trop abrupte et horrible pour qu'il puisse y penser sans avoir l'impression qu'une lame lui perforait le ventre.

Et il ne pensait pas à la beauté de la nuit. Il ne pensait pas à sa jeunesse, quand il avait rencontré une charmante brune qu'il avait prise pour l'élue de son cœur. Il ne pensait même pas au tracas de récupérer sa voiture dans le parking et de trouver quelqu'un pour la réparer dès que possible. Il ne pensait qu'à ce petit fouineur de Bruce Allard.

Gavin était stupéfait de s'être laissé mener, duper et leurrer par ce fils à papa abruti. Il ne pouvait pas l'empêcher de s'asseoir à côté de lui, mais il aurait dû terminer rapidement son verre et s'en aller, plutôt que se laisser manipuler par ce blanc-bec arrogant qui se croyait malin et prudent, mais qui ne connaissait rien à rien.

Sauf le moyen de me pousser adroitement à exploser comme ça, songea Gavin, maussade. Dès demain, toute la ville aurait entendu une version exagérée de cette scène où Gavin Kirkwood avait clairement, indéniablement et haineusement *menacé* Bruce Allard de mort ! Gavin laissa échapper un petit grognement. Quelles répercussions aurait cette rumeur ? Quelles répercussions aurait en fait cette altercation ? N'en avait-il pas plus que marre de s'inquiéter d'éventuelles répercussions ?

À une centaine de mètres devant lui, de l'autre côté de la route, Gavin aperçut avec soulagement les lampadaires perchés sur des colonnes en brique qui marquaient l'entrée de sa propriété. Il commença à sentir enfin l'effet des quatre whiskys qu'il avait bus et il ralentit l'allure, attentif à ses pas comme un vieil homme. Il avait la tête qui tournait. Pas beaucoup, mais assez pour que ce soit aussi agaçant qu'un moustique qui vous bourdonne à l'oreille. Il aurait dû manger quelque chose. Mais non, il avait bu tout ce whisky l'estomac vide. Peut-être qu'un sandwich en rentrant lui ferait du bien. Un sandwich bien épais, deux aspirines et des vitamines B. Il avait lu quelque part que la vitamine B soulageait les gueules de bois. Et un grand verre d'eau. De l'eau bien glacée…

Il descendit du trottoir et commença à traverser la petite rue résidentielle, les pensées fixées sur le petit en-cas qu'il allait bientôt se préparer, son regard surveillant ses pieds qu'il ne pouvait s'empêcher de lever trop haut.

Il vit apparaître des phares qui balayèrent la rue et l'aveuglèrent. Gavin cligna des yeux et détourna la tête. Merde, ce conducteur ne se rendait-il pas compte qu'il était en phare ? Tandis que Gavin se hâtait de s'écarter du chemin de cet idiot, il réalisa soudain que l'idiot en question accélérait lui aussi. Un moteur vrombit de plus en plus fort avec la vitesse, et les pneus crissèrent longuement sur le béton lisse.

Gavin eut juste le temps d'apercevoir la forme sombre qui était au volant — presque penchée sur le volant en préparation à ce qui allait suivre — avant que le pare-chocs avant lui rentre dans les tibias, tandis que la calandre lui écrasait les cuisses. Il eut brièvement l'impression de voler, puis de retomber en position allongée, la hanche gauche retombant sur le capot, son épaule se brisant contre le pare-brise. La voiture ne ralentit pas et Gavin resta écartelé sur le capot pendant une dizaine de mètres, jusqu'à ce qu'un morceau de sa chemise, entortillé autour d'un essuie-glace s'arrache et lui permette de rouler à terre où sa cheville droite fut brisée net par un pneu radial ceinturé d'acier.

La voiture s'enfuit à toute vitesse, laissant Gavin inanimé dans la rue tandis que la nuit de velours, propice aux amours, se refermait sur lui.

Chapitre XVII

1

— Mon Dieu, Kit, mais c'est horrible ! s'exclama Adrienne. Gavin est-il grièvement blessé ?

— Hanche brisée, côtes fracturées, clavicule cassée, cheville fracassée. Il a eu un traumatisme crânien, et il voit trouble de l'œil droit, mais les médecins pensent que ça devrait disparaître assez rapidement. Quant au reste…

Elle soupira.

— Il est en piteux état.

Kit semblait presque — non, complètement — bouleversée. Les cernes autour de ses yeux indiquaient qu'elle n'avait pas dormi de la nuit. Adrienne était stupéfaite : non seulement Gavin Kirkwood avait failli être tué par un chauffard qui avait pris la fuite, mais Kit, qui avait toujours souhaité sa ruine, semblait éprouver beaucoup de compassion pour lui. Elle avait enfilé en toute hâte un jean et un chemisier en satin bleu, et elle était arrivée chez Adrienne dix minutes auparavant. Elle avait exigé que cette dernière l'écoute immédiatement et lui serve une tasse de « vrai » café avant qu'elle retourne à l'hôpital.

— Comment le prend Ellen ? demanda Adrienne en lui offrant un second café et un muffin à la myrtille, nouvelle pièce de résistance de sa cuisine.

— Maman était à la maison quand c'est arrivé, elle avait une migraine, répondit Kit, la bouche pleine de muffin. Adrienne ! C'est délicieux ! Tu pourrais peut-être m'en préparer pour le restaurant. Enfin, bref, maman avait pris des cachets et personne n'arrivait à la réveiller. J'ai dû me servir de ma clé pour entrer. Elle était trop groggy pour comprendre, au début.

Elle marqua une pause.

— Il me faut un autre muffin.

— Je croyais que tu n'avais pas faim.

— Mon estomac a son propre avis sur la question. Donc, maman ne semblait pas trop mal le prendre au début, puis, en arrivant à l'hôpital, elle s'est évanouie. Elle respirait mal, elle avait un teint abominable, alors il y a maintenant deux malades hospitalisés dans la famille. Elle est dans la chambre à côté de celle de Gavin. Son seul problème physique, c'est qu'elle demande trop à son cœur déjà faible, mais l'état physique de Gavin a eu raison d'elle. Je ne l'ai pas entendu lancer un seul ordre. Elle ne fait que fixer la télévision en répétant : « C'est de ma faute. »

— Elle parle de l'accident de Gavin ?

— Ce n'était pas un accident.

— D'accord, la tentative de meurtre. Pourquoi serait-*elle* responsable de celui qui a essayé de tuer Gavin en le traînant dans les rues de la ville ?

Kit haussa les épaules.

— Je n'en sais rien. Et puis, écoute, je suis désolée, mais je ne pourrai pas venir au gala ce soir.

— Bien sûr que non, ça se comprend bien. Tu n'avais pas besoin de venir me l'expliquer. On dirait que tu ne t'es pas couchée de la nuit.

— Je n'aurais pas pu dormir, même si j'en avais eu le temps. Mais après l'histoire de la photo de Trey, hier matin, je voulais venir prendre moi-même de tes nouvelles.

— Je ne vais pas mal, compte tenu de tout ce qui m'est arrivé. Mais Lucas n'a pas encore résolu l'énigme de la photo.

— Personne au commissariat n'a saisi l'occasion pour confesser qu'il fouillait dans les dossiers ?

— Pas un chat, mais Lucas a quelques soupçons, même s'il ne veut pas m'en dire plus. Bien sûr, il n'est pas au mieux de sa forme, avec cette blessure. Je sais qu'il souffre, mais il refuse de l'admettre.

Adrienne ferma brièvement les yeux.

— En quinze jours, le monde est devenu fou, Kit. J'ai l'impression que je suis en train de m'immuniser contre les chocs.

— Tu es loin d'être immunisée, ma douce, lui dit Kit. Au fait, où est Skye ?

— Chez sa copine Sherry Granger. Je dois être à la French Art Colony dans une heure pour aider aux préparatifs et elle ne veut pas y passer tout l'après-midi. Comme les Granger vont au gala ce soir, Louise a proposé que Skye passe l'après-midi chez eux, après quoi, tous me rejoindront. Avec tout ce qui m'est arrivé ces derniers temps, je crois que ma fille est plus en sécurité quand elle est chez les autres. Et c'est horrible à accepter.

Kit tendit la main et prit celle d'Adrienne dans un rare geste d'affection.

— Je sais que ça doit être horrible. Écoute, Adrienne, je sais que cette soirée compte beaucoup pour toi et je ne veux pas te foutre la trouille, mais tu as raison : tu n'es pas encore hors de danger, ta fille non plus. Et je crois qu'après ce soir, tu devrais quitter la ville. Tu t'inquiètes pour ton boulot, mais ma mère a pas mal d'influence. Ton beau-frère pourrait en avoir aussi, si pour une fois il faisait quelque chose dans ton intérêt et pas seulement dans le sien.

Adrienne baissa les yeux.

— Tu penses que j'ai agi de manière irresponsable en restant ici ?

— Tu aurais pu te faire tuer chez Lottie, dit doucement Kit. Que serait-il arrivé à Skye ? Adrienne, tu es la meilleure mère du monde. Mais ta panique à l'idée de perdre ce boulot, et ta peur de ne pas avoir assez d'argent pour nourrir ta fille, t'ont poussée à prendre des risques. Je suis responsable, moi aussi, j'aurais dû proposer de t'aider financièrement à quitter la ville, mais j'ai pensé que tu allais refuser.

— J'aurais refusé.

— Tu es comme Lottie et je respecte vos principes, mais il faut accepter l'aide de quelqu'un — si ce n'est la mienne, celle de Vicky — ; il faut tirer un trait sur le courage.

— Tu veux dire tirer un trait sur les conneries.

— Eh bien... oui. Ce qui est arrivé à Gavin n'était pas accidentel, ce qui prouve que l'on n'est pas encore sortis de l'auberge.

Kit serra encore plus fort la main d'Adrienne, elle lui faisait presque mal.

— Alors, fais attention ce soir, Adrienne, et ensuite, va-t'en. Prends ta fille et quitte la ville le temps qu'il faudra. Sinon, ce sont vos deux vies que tu mettras en danger.

2

— Dieu merci, tout est réglé au restaurant, s'exclama Kit en se précipitant dans son appartement, claquant la porte derrière elle. Je n'ai plus qu'à aller à l'hôpital pour les visites de l'après-midi. Mais je ne m'attarderai pas, on pourra passer un peu de temps ensemble après.

Elle s'arrêta.

— Que se passe-t-il ?

Miles Shaw était planté devant elle dans le salon, une valise en cuir à côté de lui, un sac en toile sur l'épaule.

— Je pars ce soir, Kit.

— Tu pars ? répéta-t-elle lentement, puis elle sourit, soulagée. Ah, tu rentres à ton appartement. Mais tu sais, ce n'est pas la peine. Tu ne me déranges pas.

— Je ne rentre pas chez moi. Je quitte la ville.

— Tu quittes la ville ?

Elle cligna des yeux.

— Où vas-tu ? Pourquoi ?

— Je ne peux répondre à aucune de tes questions. Il faut que tu me fasses confiance, je dois partir.

Il sourit.

— Kit, j'ai vraiment apprécié que tu m'offres un asile ici après l'assassinat de Margaret, avec la police qui ne me lâchait pas, mais…

— Que je t'offre un asile ? C'est comme cela que tu vois les choses ?

— Hum… à peu près, oui. Je te l'ai dit quand je t'ai demandé de m'accueillir. Peut-être que je n'ai pas utilisé ces mots précis…

— *Peut-être* ? Ça, c'est le moins qu'on puisse dire.

La voix de Kit grimpa en même temps que le sang dans ses joues.

— Les mots que tu as utilisés n'avaient rien à voir. Des phrases comme : « Tu es la seule en qui j'aie confiance » et « Je n'avais jamais réalisé à quel point j'avais besoin de toi ».

— Ça suffit, dit Miles, grimaçant en levant les mains pour obtenir le silence. Je n'étais pas moi-même, j'ai peut-être insinué des choses et je n'aurais pas dû.

— Comme de me dire que Margaret n'avait été qu'un de tes badinages idiots après le départ de Julianna et que tu comprenais maintenant ton envie d'être avec quelqu'un ayant une importance *réelle* pour toi ? Quelqu'un comme *moi* ?

Miles se sentit piégé.

— Kit, tu sais que j'ai beaucoup de respect pour toi. Depuis toujours. Mais il faut absolument que je quitte la ville.

— Pourquoi ? Tu as un alibi pour l'heure du décès de Margaret.

— Oui, mais il y a une autre raison. Et je ne peux pas t'en parler.

— Tu as toujours aimé jouer les mystérieux, Miles.

Sa voix se mit à trembler.

— Voilà des années que tu es divorcé de Juli. Maintenant, elle est... partie. Et je sais que tu n'aimais pas Margaret. J'ai cru que notre chance était peut-être enfin venue.

— Peut-être. Mais pas dans l'immédiat, Kit. Laisse-moi partir sans m'infliger le souvenir de te voir t'accrocher, supplier et haranguer.

— M'accrocher, supplier et haranguer ? C'est comme ça que tu me vois ?

— Eh bien, oui. C'est ce que tu es en train de faire en ce moment. Fais-moi un peu confiance, Kit.

— Confiance en toi ? Pourquoi aurais-je confiance en toi ?

— Parce que tu m'aimes ?

Elle le dévisagea.

— Parce que tu m'aimes vraiment, Kit. Je le sais. Et parce que tu es une femme forte et très fière.

— Tiens, je croyais que je m'accrochais.

Miles ferma ses yeux d'un vert incroyable.

— Je ne veux pas que nous nous disputions, Kit. Je le refuse. Je pars. Je te contacterai plus tard. Je te le promets.

Il se pencha pour lui donner la bise obligatoire, mais elle se retira. Il aperçut des larmes dans ses yeux — des larmes qui couvraient une fureur intense. Il passa devant elle à grands pas et prit la porte.

Tandis que Miles se précipitait dans les escaliers de derrière, il sentit son regard depuis la fenêtre. Il songea à se retourner et lui faire signe, mais il ne savait pas si elle le prendrait comme un encouragement ou une insulte. Il ne voulait vraiment pas attiser sa colère. Ni lui faire de mal, mais il devait s'en aller. Ce soir.

Il ne lui restait plus qu'une chose à régler avant cela.

3

— Ne buvez pas tout, Adrienne, ordonna Mlle Neige. Nous attendons beaucoup d'invités ce soir et je tiens à ce que nous leur proposions une large sélection de boissons et ne les privions de rien. Nous serions dans un tel embarras si nous manquions de quoi que ce soit.

— Je bois une bouteille de Coca prise chez moi, je ne suis pas en train de siphonner le saladier de punch, répondit impatiemment Adrienne.

Voilà trois heures qu'elle travaillait aux préparatifs du gala de la French Art Colony sous la direction de Mlle Neige et la tension commençait à monter. Deux autres personnes vinrent aider, mais Mlle Neige leur fit clairement comprendre qu'elle ne les trouvait pas à la hauteur. Quant à Miles Shaw, il n'était pas venu et n'avait pas pris la peine de téléphoner ; Mlle Neige dissimulait sa vive inquiétude en essayant de lui trouver des excuses. Adrienne s'était souvent demandé si Mlle Neige, le pur esprit, n'avait pas réussi à s'accorder un fantasme érotique : Miles. Elle l'adorait, c'était manifeste. Adrienne savait que Miles en était conscient. Miles savait *toujours* à quelles femmes il plaisait et il utilisait son charme sans vergogne.

Mlle Neige consulta la montre médaillon qui pendait sur sa poitrine plate.

— Le gala va commencer dans moins de deux heures. Les salles d'exposition resteront fermées jusqu'à ce que les juges aient pris leur décision.

— Je sais, répondit Adrienne. C'est pour cela que je me suis retirée dans la cuisine.

— Je suggère que vous vous retiriez chez vous et que vous vous changiez. Vous n'allez tout de même pas porter cela pour le gala ?

Adrienne examina son jean, son tee-shirt et ses tennis blanches et éculées.

— Mais si. J'ai sélectionné cette tenue avec beaucoup de soin.

Mlle Neige se renfrogna.

— Je ne vais pas faire tout le trajet pour me changer, expliqua patiemment Adrienne. Je vous ai dit que mes vêtements étaient dans ma voiture. Je me préparerai dans la salle de bain.

— Vous n'allez tout de même pas prendre un bain ici ?

— Une douche rapide. C'est à ça qu'elle sert, la douche. Je vous promets de nettoyer entièrement la salle de bain avant l'arrivée des invités. Je ne veux pas rentrer chez moi et me retrouver coincée dans des embouteillages pour revenir ici.

— Oh, s'exclama Mlle Neige, soudain déridée. Ça veut dire que votre fille ne pourra pas se joindre à nous.

— Si, si.

La vieille fille semblait si dépitée qu'Adrienne eut pitié d'elle.

— Naturellement, mon beau-frère, Philip Hamilton, et sa famille, seront également des nôtres.

Perturbée par l'absence de Miles Shaw, Mlle Neige avait vraisemblablement oublié Philip, son visage s'éclaircit rien qu'en entendant son nom.

— Ah oui, M. Hamilton. Ce sera un plaisir de le recevoir.

Sans parler de son argent et de la couverture médiatique que sa présence ne manquera pas de susciter, songea aigrement Adrienne.

— Vous savez, j'étais très proche de sa grand-tante Octavia.

— Ça ne m'étonne pas.

Mlle Neige la regarda d'un œil pénétrant, essayant de déterminer si elle avait été insultée. C'était le cas, mais Adrienne ne voulut pas s'aliéner la vieille dame avant le début de la soirée.

— J'ai entendu dire qu'Octavia était une dame raffinée, avec beaucoup de goût.

— C'est certes vrai, gloussa Mlle Neige.

Ses yeux se perdirent dans un bonheur oublié.

— Nous sommes allées à l'opéra ensemble un soir. Ce fut l'une des soirées les plus excitantes de ma vie.

Quelle chienne de vie vous avez eue, si l'un des moments les plus mémorables est une soirée à l'opéra avec cette sale bonne femme d'Octavia Hamilton, pensa tristement Adrienne tout en réussissant à sourire.

— Je crois que je vais téléphoner à ma fille.

— Appelez donc aussi les Hamilton et assurez-vous qu'ils savent à quelle heure commence le gala. Je suis ravie qu'ils soient des nôtres. Je me demande si Philip va aimer les tableaux ? murmura-t-elle, se précipitant pour s'assurer que la galerie était impeccable pour l'arrivée de celui qu'elle voulait traiter comme un prince.

Adrienne téléphona à sa fille et fut surprise que Vicky prenne l'appel sur le portable de Skye.

— Skye est chez nous, répondit Vicky chaleureusement. Elle joue au tennis avec Rachel. Skye a laissé son portable dans la cuisine et j'ai décroché quand il s'est mis à sonner.

— Elle devait être chez les Granger, dit sévèrement Adrienne.

— M. Granger a apparemment des douleurs cardiaques. En tout cas, c'est ce qu'il dit. Sa femme est dans tous ses états et elle a amené Skye ici, pour qu'elle et sa fille puissent se relayer au chevet du mourant tout l'après-midi et toute la nuit. La fille était vraiment naze complète, comme dirait Rachel.

— Peut-être qu'il est véritablement malade, s'inquiéta Adrienne.

— Il avait l'air tout à fait en forme pour quelqu'un qui souffre d'une crise cardiaque. Il n'a même pas voulu appeler une ambulance. Je crois qu'il n'avait pas envie de s'habiller et d'aller au gala, voilà tout. Mais ne t'en fais pas, ma chérie, tu peux compter sur nous !

Vicky semblait non seulement de bonne humeur, mais complètement sobre. Cet aspect des choses, au moins, était rassurant.

— Comment va Skye ?

— Bien. Elle m'a montré la robe qu'elle doit porter ce soir, elle est charmante. Et puis tu sais, même Philip a l'air de se réjouir à l'idée de cette soirée. On nous a laissé un peu en paix pour l'histoire de Margaret. J'imagine que les médias vont à nouveau s'y intéresser pour l'enterrement, mais ça ne sert à rien de s'en inquiéter maintenant. Alors, je goûte un peu de vie de famille normale, sans avoir Margaret pour donner des ordres à tout le monde.

La gorge de Vicky se serrait quand elle parlait de Margaret, la haine qu'elle éprouvait pour elle continuait à vibrer dans sa voix et les doutes d'Adrienne quant au rôle de sa sœur dans ce meurtre ressurgirent lentement, lui soulevant le cœur. Elle se maîtrisa ; le fait même qu'elle ait des doutes représentait une trahison envers Vicky ; elle changea de sujet.

— Je sais que Philip refusera d'arriver à l'heure, dit Adrienne. Il tiendra à faire une entrée remarquée. Mais ne venez pas trop tard, Vicky, s'il te plaît. Je ne veux pas que vous ratiez la moitié du gala.

— Je te promets de ne pas être en retard. Pas beaucoup.

Vicky eut encore un petit rire.

— Et bonne chance, ce soir. J'espère que ton tableau va gagner.

— Moi aussi, mais je n'y compte pas trop. Au fait, une des dames du conseil d'administration, Mlle Neige, était une grande amie de la grand-tante Octavia. Elle sera toute titillée si Philip lui consacre un moment. Elle est grande, habillée de sombre, cheveux blancs tirés à l'arrière et elle doit avoir dans les cent vingt ans.

Vicky rit.

— Je préviendrai Philip. Même si elle habite dans l'État d'Ohio et ne peut pas voter pour lui, il prendra plaisir à lui faire du charme.

— Surtout qu'elle connaît beaucoup de gens en Virginie-Occidentale qui peuvent voter pour lui. Merci de t'être occupée de Skye aujourd'hui.

— Pas de problème. À plus tard.

Adrienne raccrocha, essayant de se décontracter pour la soirée. Mais les soupçons qu'elle avait dernièrement éprouvés envers Vicky et Philip avaient pris racine au plus profond d'elle et elle était incapable de se relaxer en sachant Skye avec eux.

Elle était inquiète, elle n'arrivait pas à se débarrasser de ce sentiment.

4

Miles sortit de la grand-route et conduisit lentement jusqu'à La Belle Rivière. Il arrêta sa voiture devant l'hôtel et leva les yeux sur la vieille bâtisse grandiose. Le soleil commençait à faiblir, son jaune safran se transformait en or cuivré. Vénus, que l'on appelle souvent l'étoile du Soir, brillait directement au-dessus de La Belle, comme un phare indiquant le nord sur la boussole de son chagrin.

Il fut soulagé de ne rencontrer personne. Même les amateurs de sensations fortes n'étaient pas venus voir le site du meurtre. Ils sont sans doute en train de dîner, se dit Miles. S'il n'y avait rien d'intéressant à la télé, ils viendraient y faire un tour, mi-excités, mi-effrayés à l'idée que l'action continue dans « l'hôtel maudit », comme on avait commencé à l'appeler. Ellen Kirkwood doit être enchantée, pensa-t-il, les gens du coin ne la prennent plus pour une folle. Ils vont admettre qu'elle avait eu raison de clamer depuis si longtemps que cet endroit était habité par le mal.

Miles passa derrière le bâtiment et se gara sur le côté, sa voiture dissimulée par des buissons touffus. Il sortit et regarda l'hôtel, examinant toutes les vérandas, les balustrades, les portes et fenêtres. Et toutes les ombres car, en ce début de soirée, l'endroit en semblait envahi. C'est sans doute un effet de l'architecture, raisonna-t-il, un peu honteux de se sentir gêné par ces ombres. Elles n'allaient pas lui faire peur. Merde alors, Adrienne Reynolds était venue peindre ici au moins une fois depuis l'assassinat de Julianna. Elle n'avait pas eu peur, alors ce n'était certainement pas lui qui allait se laisser impressionner. Quand il se surprit en train de dire cela à voix haute, il se tut immédiatement et rougit, soulagé qu'il n'y ait eu personne pour l'entendre ou le voir.

Miles sortit son sac à dos de la malle et s'approcha de l'arrière de l'hôtel. La sécurité avait été renforcée depuis la mort de Claude. La police avait scellé les portes avec des bandes jaunes. Miles pensa qu'il serait plus simple de briser une vitre. Le vandalisme n'était pas son style, mais dans moins d'un mois des boulets de destruction démoliraient La Belle, alors un carreau cassé n'avait guère d'importance.

Miles sortit un marteau de son sac et frappa la vitre d'une porte-fenêtre. Le verre ne fit pas un tintement de cristal, il s'effondra dans un craquement sec. Miles passa la main par le trou et ouvrit la serrure, sans se soucier du système de sécurité. Kit lui avait dit qu'Ellen l'avait désactivé depuis plusieurs mois, espérant presque que quelqu'un entre par effraction et fasse brûler l'hôtel : ça lui aurait évité de le faire démolir.

Miles reprit son sac et entra lentement. Il avait cassé la fenêtre d'un bureau. Par curiosité, il ouvrit un ou deux placards de rangement, mais ils étaient vides. Peut-être qu'Ellen avait rangé toutes les fiches des clients de l'hôtel. Ou peut-être les avait-elle détruites. Il s'assit derrière un beau bureau en acajou ayant sans doute appartenu au gérant et qui serait vendu aux enchères avant la destruction du bâtiment. Il ouvrit un tiroir au hasard et, au fond, il aperçut la photo cornée et décolorée d'une adolescente assise devant la fontaine. Une fille aux cheveux auburn.

Miles l'examina de plus près, plissant des yeux. Mon Dieu, c'était Julianna ! Elle n'avait pas plus de quinze ans, portait un short dévoilant de longues jambes bronzées et un tee-shirt serré sans soutien-gorge dessous. Elle semblait à la fois effrontée et innocente. Et elle était belle. Cette photo avait été prise il y a plus de vingt ans, pensa Miles, mais quelqu'un l'avait gardée dans ce bureau toutes ces années. C'était ce sale mec louche, ce coincé et dévot M. Duncan, déduisit Miles. Il avait géré La Belle pendant un quart de siècle et jusqu'à sa fermeture. Un type dont la bouche était perpétuellement tordue en un rictus désapprobateur et vertueux. Il avait donc été un admirateur secret de Julianna. Elle avait même réussi à exciter ce crétin moralisateur.

Miles s'apprêtait à replacer la photo dans le tiroir, mais au lieu de ça il la glissa soigneusement dans sa poche et sortit du bureau. Il traversa l'immense foyer, qui croulait sous les marbres et les miroirs, et grimpa l'escalier en spirale qui montait au premier étage.

La lumière du jour perçait toujours à travers les fenêtres occupant tout le mur de chaque côté du couloir, il n'eut pas besoin de sa lampe électrique pour trouver la bonne chambre. 214. Le 2 pour le mois de février, le 14 pour mon anniversaire et la Saint-Valentin, disait Julianna. Ils avaient passé leur lune de miel dans cette même chambre. La chambre où elle avait été assassinée. Miles tendit la main et, de son long index, il parcourut chacun des chiffres sur la porte. Puis il arracha les bandes jaunes protégeant la scène du crime. Il savait que la police avait relevé tous les indices que renfermait la chambre, sans être capable de découvrir l'assassin de Julianna.

Miles posa la main sur la poignée et attendit. Il avait toujours su qu'il reviendrait dans cette chambre, mais il ne s'attendait pas à ressentir autant de répugnance ; pénétrer dans le beau décor de sa nuit de noces lui donnait presque la nausée. Julianna et lui avaient bu du champagne et jeté leur verre dans la cheminée. Ils avaient écouté de la musique. Vêtue d'une chemise de nuit exquise, en satin bleu et en dentelle, elle l'avait fait danser encore et encore sur *Sweet Dreams.* Au cœur des rires et des caresses, ils s'étaient ardemment promis de s'aimer jusqu'à la fin du monde. C'était un cliché, une promesse banale, mais une belle promesse.

Malheureusement, un seul des deux était sincère.

Miles s'approcha du lit et se força à regarder. On avait enlevé les draps et les couvertures, mais il restait le matelas. La vue d'une grosse tache rouille près de la tête du lit lui souleva le cœur. La vie de Julianna s'était déversée de son cou, dans ce matelas, et il ne restait que des souillures brunes. Il se demanda si elle avait repris conscience après avoir été poignardée dans le cou. Si oui, savait-elle qu'elle allait mourir ? Quelles avaient été ses dernières pensées ? Avait-elle songé à lui, ne serait-ce qu'un instant ?

Miles se rendit compte qu'il ne connaîtrait jamais la réponse à ces questions. Essayer de comprendre Julianna au moment de sa mort était aussi vain qu'essayer de la comprendre pendant qu'elle était encore en vie.

Miles soupira, alla jusqu'à la porte-fenêtre et ouvrit les rideaux. Le soleil était encore plus bas, enflammant le ciel d'une superbe teinte cuivrée. Il ouvrit les portes, laissa la brise fraîche entrer dans la chambre. Puis il s'assit sur la moquette bleue et moelleuse, ouvrit son sac et en sortit trois bougies dans des photophores en verre. Il les alluma et la douce odeur de jasmin s'échappa tout autour de lui. Quand ils étaient mariés, Julianna allumait des bougies au jasmin presque en permanence. Leur parfum lui était pour toujours associé. C'était une association agréable, il la chérissait.

Miles ferma les yeux et se souvint du jour où il avait pris près d'une cinquantaine de photos d'elle dans les jardins de l'hôtel. Il s'en était servi plus tard pour peindre des portraits miniatures. Il en avait glissé un dans un médaillon et l'avait offert à Lottie pour son anniversaire. Il revit la vénération dans les yeux jadis superbes de Lottie lorsqu'elle avait examiné le petit tableau. Il revit aussi la haine dans ceux de Gail.

Il repoussa ce souvenir précis, transporta le sac sur la véranda, sortit un lecteur de CD portable de sa poche, glissa le CD des Eurythmics chantant *Sweet Dreams* et mit des écouteurs. Il ouvrit ensuite une petite bouteille de brandy Alexander — le brandy et la crème déjà mélangés et prêts à être servis —, comme celles que l'on distribue dans les avions. Ce cocktail avait été la boisson préférée de Julianna. Il dévissa le bouchon, s'avança sur la véranda et leva la bouteille au ciel éblouissant du soir.

— À la tienne, Julianna. Tu as été mon seul amour. Tu seras toujours mon seul amour.

Il renversa la tête en arrière et laissa le liquide sirupeux lui couler dans la gorge. Il était si profondément plongé dans son hommage, dans le goût de la boisson préférée de Julianna et dans la voix obsédante d'Annie Lennox chantant *Sweet Dreams* qu'il n'entendit pas les bruits de pas courir jusqu'à lui. Il sentit seulement deux mains à forte poigne s'appuyer contre son dos, puis son corps passer pardessus la rampe et s'écrouler un étage plus bas sur les dents dressées, robustes et acérées d'un râteau.

Chapitre XVIII

1

Mlle Neige fusilla Adrienne du regard tandis qu'elle montait à la salle de bain de l'étage, sa robe, sa trousse de maquillage et son fer à friser sous le bras. La vieille fille estimait qu'elle tournait en dérision les préparatifs requis pour le gala à la French Art Colony. Adrienne pensait quant à elle qu'une salle de bain complète, avec baignoire et douche, avait précisément été conçue pour de telles urgences. Mlle Neige n'habitait que deux maisons plus bas et elle était rentrée chez elle à grands pas, pour enfiler une robe sombre qui ressemblerait invariablement à une autre robe sombre.

Pour l'instant, Adrienne savourait l'absence de Mlle Neige et la chaleur de l'eau sur ses épaules douloureuses. Elle avait transporté quelques tableaux et déplacé des meubles lourds. Ça n'aurait tout de même pas tué Miles Shaw de leur donner un coup de main, pensa-t-elle avec humeur. Mais non, il allait certainement arriver en milieu de soirée, le grand artiste était bien au-dessus des corvées ingrates de préparation. Et qui allait l'accompagner ? se demanda Adrienne en se frictionnant les cheveux. Kit ? Non, Kit avait dit qu'elle ne pourrait pas venir à cause de sa mère et Gavin.

Margaret était morte. Il viendrait peut-être seul, mais elle ne le voyait pas rater complètement un tel événement. Il était trop accro aux compliments que son œuvre ne manquait jamais de susciter.

Adrienne sortit de la douche et enfila un peignoir en éponge qu'elle avait apporté de chez elle. Puis elle entrouvrit la porte pour évacuer la buée de la pièce. Elle n'arrivait même pas à se voir dans la glace. Elle fouilla dans son sac et trouva un vaporisateur pour fixer les boucles de sa longue chevelure, qui risquait de trop friser avec l'humidité du temps. Puis elle lança une offensive au sèche-cheveux.

Vingt minutes plus tard, Adrienne était surprise de sa propre transformation. La robe fourreau turquoise qu'elle avait choisie avec Skye lui allait à merveille. Skye avait insisté : « C'est exactement la même couleur que tes yeux, maman. » Elle s'arrêtait au-dessus du genou, et le décolleté arrondi était juste assez échancré pour mettre en valeur son collier de nacre. Elle avait relevé ses cheveux pour bien exposer ses boucles d'oreilles, en nacre aussi. Même les souliers et leurs talons de dix centimètres — encore un choix de Skye — étaient supportables. Elle espérait seulement qu'ils n'allaient pas la blesser avant la fin de la soirée.

Le gala devait commencer dans quarante-cinq minutes. Il y avait déjà une équipe dans la cuisine, s'assurant que le champagne était à la bonne température et préparant les petits-fours et hors-d'œuvre. J'aurais peut-être dû faire mes muffins aux myrtilles, songea Adrienne. Mlle Neige aurait été horrifiée.

Elle décida d'appeler Skye pour s'assurer que tout le monde se préparait chez les Hamilton. Elle fut surprise que Skye réponde.

— Salut, maman, dit-elle joyeusement. T'es déjà habillée ?

— Bien sûr. Et je me trouve pas mal du tout, même si c'est moi qui le dis, mais j'espère que je ne vais pas rouler dans les escaliers avec ces escarpins.

— Ne t'en fais pas. Je suis sûre que t'as un look mortel. Je languis de te voir.

— Moi aussi, mais au fait, pourquoi as-tu répondu au téléphone ? Il n'y a personne ?

— Non.

Adrienne fut envahie par la panique.

— Oncle Philip est parti après ton premier coup de téléphone. Il a dit qu'il avait un ou deux trucs à faire, mais qu'il serait rentré à temps pour se changer. Tante Vicky le lui a fait promettre. Mais elle a attendu, attendu, et je voyais bien qu'elle ne tenait pas en place. Alors elle est partie le chercher il y a une vingtaine de minutes. Elle a dit qu'elle était à peu près sûre de le trouver, mais elle n'a pas dit où, ni à Rachel ni à moi. Puis on se préparait avec Rachel et son rouge à lèvres préféré est tombé par terre et s'est cassé. C'est pas croyable, hein ? Comme il allait parfaitement avec sa robe, elle est allée en acheter un autre au drugstore, de la couleur la plus proche qu'elle puisse trouver, même si les rouges à lèvres du drugstore ne sont pas d'aussi bonne qualité que celui qu'elle avait. Je ne pouvais pas y aller avec elle, parce que j'étais encore dans la salle de bains.

— Mais elle n'est pas encore rentrée.

— Il y a seulement quelques minutes qu'elle est partie, maman. Ça prend du temps, de choisir le bon rouge à lèvres, précisa Skye, comme si elle était une experte en choix de cosmétiques.

— Philip et Vicky ne sont pas là. Et Mlle Pitt ?

— Elle ne travaille pas aujourd'hui.

– Alors, tu es là-bas toute seule ?

— Maman, calme-toi, tu veux ?

Adrienne sentit l'exaspération dans le ton de Skye.

— Je ne suis pas une gamine. J'ai fermé les portes à clé. Et puis, souviens-toi que Brandon est avec moi. Il me protège.

— S'il arrive quelque chose, il sera le premier à se cacher sous le lit. Enfin, s'il arrive à passer.

Skye se mit à rire.

— Bon, on ne peut rien y faire, même si je n'aime pas te savoir là-bas, sans personne. Si j'avais voulu que tu restes seule, je t'aurais laissée à la maison.

— Ne t'énerve pas, maman. Y en a pas pour longtemps. Rachel va bientôt rentrer. Tante Vicky et Oncle Philip aussi. Puis j'ai quatorze ans.

Elle disait cela comme si elle en avait quarante.

— Je n'ai pas besoin qu'on me garde. Écoute, maman, je suis sortie du bain pour répondre au téléphone. Il faut que je m'habille. À tout à l'heure, je te promets que tout ira bien.

Avant qu'Adrienne ait pu exprimer de nouvelles inquiétudes ou donner de nouvelles directives de sécurité, Skye avait sagement raccroché. Adrienne soupira et rangea son portable dans son sac. Elle n'avait plus qu'à espérer que tout se passe bien ce soir. Et demain, elle suivrait les conseils de Kit et partirait de cette ville jusqu'à ce que l'atmosphère de plus en plus dangereuse se soit dissipée.

Mais pour le moment, elle avait d'autres soucis, beaucoup plus simples. Mlle Neige était revenue, drapée de haut en bas dans sa plus belle robe de soirée noire et arborant un air si furieux qu'elle semblait fumer.

2

— Mademoiselle Neige, que se passe-t-il ? demanda Adrienne, inquiète. Vous ne vous sentez pas bien ?

— Je me sens *extrêmement* mal.

Mlle Neige avait environ un mètre de fausses perles pour agrémenter sa tenue et elle tordait le collier avec une telle sauvagerie qu'Adrienne craignit qu'elle le brise.

— J'ai téléphoné à Miles Shaw, pour m'assurer qu'il viendrait ce soir. Eh bien, non seulement il n'a pas prévu de venir, mais il semblerait qu'il ait quitté la ville ! Je n'arrive pas y croire ! Pour la soirée d'ouverture, lui, il *quitte* la ville ! *Pour de bon !* Il a *déménagé* !

L'indignation de Mlle Neige n'aurait pas été plus forte si Miles avait fait sauter le tribunal de la ville. Elle sortit un éventail noir antédiluvien, s'effondra dans une chaise droite derrière la porte et éventa furieusement son visage cramoisi.

— Nous n'avons jamais eu d'incident aussi *grave* dans toutes les annales de la French Art Colony ! Et c'est moi qui suis responsable, cette année ! Les reproches seront pour *moi* !

Elle s'éventa d'autant plus fort.

— Je vous donne ma parole, jamais je ne pardonnerai à ce bonhomme ! Jamais.

Bon sang, cette fois-ci, il est grillé, pensa Adrienne, qui faillit éclater de rire. Être accusé du meurtre horrible de Margaret Taylor ne lui aurait jamais attiré ainsi les foudres de Mlle Neige. Miles sentirait-il sa colère le poursuivre comme un missile thermique où qu'il ait l'imprudence d'aller, sauf à la galerie ? Si oui, il allait devoir s'y habituer, parce que Mlle Neige ne lui pardonnerait jamais.

Adrienne osa toucher sa frêle épaule.

— Vous semblez très agitée, mademoiselle Neige. Est-ce que vous voulez un verre d'eau ?

— Non, hurla-t-elle. Je veux un bon cognac bien tassé. Et ne traînez pas.

— Oui, ma'am[1].

Ma'am ? Ça faisait des siècles qu'Adrienne n'avait pas appelé quelqu'un « ma'am », mais elle s'empressa de lui

1. *Ma'am* : contraction de madame, mais réservé à un usage assez formel. [N.d.T.]

obéir comme une servante apeurée. Elle se précipita dans la cuisine et exigea qu'on lui trouve un verre à cognac et une bouteille.

— Ce n'est pas pour moi, ajouta-t-elle inutilement à l'attention d'un des employés. Je crois que Mlle Neige est sur le point de s'évanouir.

Ou d'avoir une attaque d'apoplexie, pensa-t-elle, partagée entre l'appréhension et l'allégresse.

Une demi-heure plus tard, Mlle Neige était sur pied, et lançait des ordres à la ronde. C'était reparti. Adrienne savait qu'elle vivait dans une grande villa à un étage, qui avait jadis abrité une famille nombreuse. Elle se demanda si elle se réfugiait dans le silence quand elle fermait la porte, ou si elle continuait secrètement à donner des ordres à ses aïeux, défunts ou depuis longtemps partis. Adrienne croyait avoir aperçu une perruche à sa fenêtre, il y avait environ un an, mais les perruches n'ont pas la réputation de bien accepter la domination. Enfin, Mlle Neige pouvait au moins parler à cet oiseau infortuné.

— À quoi rêvez-vous ? lança-t-elle à Adrienne derrière son dos, la faisant sursauter. Le gala commence dans un quart d'heure. Les gens ne vont pas tarder à arriver.

— Il est de bon ton d'être en retard, observa Adrienne.

— Ça ne se faisait pas de mon temps. « La ponctualité rapproche de Dieu », disait toujours mon père.

— Je croyais que c'était la propreté : « La propreté rapproche de Dieu. »

Mlle Neige la fusilla du regard et se précipita dans la cuisine pour une dernière inspection. Elle va au moins me laisser tranquille un instant, songea Adrienne. Si elle avait été la perruche de Mlle Neige, elle aurait trouvé un moyen de s'évader et de s'envoler vers la liberté, ou elle serait morte d'épuisement à force d'essayer.

Vingt minutes plus tard, quand les premiers invités arrivèrent, Adrienne commençait déjà à avoir mal aux pieds. Elle avait observé de la fenêtre un couple attendre dans sa voiture jusqu'à ce qu'il voie un autre couple se diriger vers la galerie. Il s'était alors empressé de sortir de la chaleur croissante de sa Mercedes, et avait rejoint le premier couple intrépide, formant ainsi un petit groupe joyeux de quatre personnes, apparemment si différent d'un triste duo isolé. Mlle Neige faillit renverser Adrienne en allant ouvrir la porte, elle les accueillit chaleureusement, s'esclaffant comme une jeune fille, leur distribuant des prospectus et comparant sa copieuse couche d'eau de toilette à la lavande à Opium et Intuition des autres femmes.

Six autres personnes étaient arrivées quand Drew Delaney, irrésistible en smoking, fit son entrée. Il jeta un regard canaille à Mlle Neige et lui dit :

— Diable, mademoiselle Pétunia, vous êtes vraiment ravissante.

Pétunia ? songea Adrienne. Le prénom de Mlle Neige pouvait-il être Pétunia ?

Mlle Neige lui jeta un regard glacé.

— Comment allez-vous, monsieur Delaney ? Allez-vous couvrir en personne notre petit événement pour le *Point Pleasant Register* ?

— Certainement, *ma'am*, et j'en suis fier. Je n'aurais délégué aucun de mes reporters. J'ai décidé de couvrir tout, du début à la fin, absolument seul.

— Vous ne connaissez rien à l'art, lui lança Mlle Neige avec un regard sombre.

— Voyons, ce n'est pas tout à fait exact. J'ai beaucoup approfondi mes connaissances depuis l'époque où ma grand-mère m'amenait chez vous prendre des leçons de peinture sur porcelaine, quand j'avais dix ans.

Des leçons de peinture sur porcelaine ? Drew ? Adrienne était en train de s'étrangler avec son champagne quand Mlle Neige lui fit un signe impérieux du bras.

— Je suis très occupée, ce soir, monsieur Delaney. J'espère que vous ne m'en voudrez pas si je vous laisse entre les mains compétentes de Mme Reynolds.

— Ce sera un honneur et un immense plaisir de me trouver entre les mains de Mme Reynolds, lui répondit-il d'une voix traînante, en portant un regard de convoitise sur Adrienne.

Elle l'aurait volontiers insulté si elle avait pu arrêter de tousser.

— Adrienne, vous devriez boire de l'eau si vous ne supportez pas l'alcool, la sermonna Mlle Neige. Quand vous serez remise, veuillez faire visiter M. Delaney.

— Je crois qu'il est déjà venu, parvint à dire Adrienne.

— Eh bien, faites-lui donc *refaire* la visite dans ce cas, ordonna-t-elle d'une voix en acier pur. S'il vous plaît.

— Oui, *s'il vous plaît*, Adrienne, dit Drew d'un air pathétique. Je ne me souviens plus de rien.

— Oh la ferme, murmura-t-elle dès que « Pétunia » fut repartie papillonner vers l'entrée.

Drew restait planté devant elle en souriant.

— Tu veux boire quelque chose ?

— Je ne crois pas pouvoir tenir tout le soir sans boire quelque chose.

— On sera deux.

— Tu crois ? On dirait que ce premier verre était déjà plus que suffisant pour toi.

— C'était l'effet combiné de t'entendre appeler Mlle Neige par son prénom et de savoir qu'elle t'avait donné des cours de peinture sur porcelaine. Franchement, Drew. De la peinture sur porcelaine ?

— C'était l'été où mes parents tentaient de décider s'ils allaient ou non divorcer. Ils sont partis et m'ont laissé avec ma grand-mère, qui m'a *forcé* à prendre des leçons avec son amie. Je n'ai jamais été aussi gêné de ma vie. Tous mes copains jouaient au base-ball. C'était avant que le foot devienne à la mode. Mais j'ai passé le reste de ma vie à redouter que cet épisode de peinture sur porcelaine ne soit dévoilé, et ça vient d'arriver, devant les yeux de la plus jolie fille de ce côté du Mississippi.

— Je ne pourrais jamais porter le même regard sur toi, Drew, lui déclara Adrienne en faisant semblant d'être sérieuse. Enfin, si tu étais doué.

— J'étais nul. Tu as entendu Pétunia. Je ne connais rien à l'art.

Un serveur passa avec un plateau de champagne, Adrienne en prit deux coupes et en tendit une à Drew.

— Je suis presque aussi éberluée de savoir qu'elle s'appelle Pétunia que de t'imaginer prenant des leçons de peinture sur porcelaine.

— Tu ne savais pas qu'elle s'appelait Pétunia ?

Adrienne hocha la tête.

— Pourtant, c'est une belle histoire, dit Drew en lui faisant un clin d'œil malicieux. Apparemment, sa naissance a été difficile : elle est née le visage rose vif, à cause des efforts, et le corps bleu violacé d'être tiraillée sans relâche. Un peu plus tard, on l'a tendue enveloppée dans une couverture blanche à son père qui s'est exclamé : « Comme elle est mignonne ! Et toute colorée, en plus. Avec sa petite couverture blanche, on dirait un pétunia dans la neige ! On va l'appeler comme ça : Pétunia Neige. » Alors, ce n'est pas l'histoire la plus chou du monde ?

Adrienne était pliée de rire. Elle releva la tête pour croiser le regard furieux de Mlle Neige, lui reprochant de se donner ainsi en spectacle. Pendant ce temps, Drew restait planté, beau et digne dans son smoking, un simple sourire réservé sur son visage hâlé.

— Je crois que Mlle Neige va venir me donner une fessée si je n'arrive pas à me contrôler, dit Adrienne, haletant encore de rire. Allez, je vais te faire voir les tableaux.

— Un seul m'intéresse : le tien. Comment s'appelle-t-il ? Ah oui, *Exode d'automne*.

— Comment connais-tu son nom ?

— Je suis journaliste, dit Drew d'un air mystérieux. Je sais tout.

Adrienne le conduisit jusqu'au tableau et resta nerveusement plantée tandis qu'il l'étudiait, même s'il n'était pas expert. Il finit par s'exclamer qu'il était « remarquable » et lui demanda où était son ruban de premier prix.

— Ils n'ont pas encore annoncé les gagnants, lui dit-elle, amusée par le vague compliment que seul un amateur se permettrait, et cependant satisfaite de repérer une admiration non feinte dans ses yeux. Ils vont en faire tout un fromage, mais je n'ai guère de chance de remporter un prix, même si Miles Shaw n'a rien présenté cette année.

— Tiens, d'ailleurs, où est-il ce M. Shaw aux longs cheveux et à l'immense vanité ?

— Ne prononce surtout pas son nom à proximité de Mlle Neige, lui recommanda Adrienne en feignant l'horreur et en la repérant en train d'essayer de charmer le maire de Gallipolis. Il s'est désisté. Et pas à moitié, apparemment, il a quitté la ville. Pour de bon.

Drew lui lança un regard surpris.

— Quitté la ville pour de bon ? Non. Il se fait simplement oublier chez Kit.

— Je ne crois pas. Mlle Neige l'a appelé, son téléphone est déconnecté. Je sais qu'il paye toujours ses factures et je doute très fort qu'il ait changé d'adresse. Il adorait ce loft où il avait vécu avec Julianna.

— Tu ne penses pas qu'il a déménagé chez Kit ?

Adrienne hocha la tête.

— Je crois que Kit a des sentiments profonds pour lui, mais elle n'est pas folle au point de s'engager ainsi sur la base d'une ou deux nuits.

— Contrairement à toi, elle est impulsive.

— Je peux être impulsive.

— Je ne l'ai jamais remarqué.

— Peut-être, mais tu ne m'as pas beaucoup fréquentée ces dernières années.

Drew lui décocha son sourire doux et profond qui la faisait craquer depuis l'adolescence.

— Tu as raison. Je ne t'ai pas assez fréquentée, de loin. Et comme tu t'attends toujours au pire de ma part, je dois préciser que je n'insinue rien de sexuel. Naturellement, je n'ai rien contre une allusion sexuelle, non plus.

Adrienne se sentit rougir, puis rougit carrément en se sentant si sottement adolescente.

— Tu ne changeras jamais, Drew.

— Mais j'ai changé. Pour tout ce qui compte. Enfin, presque tout. En tout cas, je sais que je ne veux qu'une seule femme dans ma vie. Et cette femme, c'est toi.

— Et Skye, alors ?

— Elle n'est pas encore une femme. Mais permets-moi de modifier ce que je viens de dire. Je ne veux qu'une femme et une adolescente qui deviendra aussi forte, talentueuse et belle que sa mère. Si je n'avais pas été un tel abruti, je m'en serais rendu compte il y a bien longtemps.

Le sourire supérieur de Drew s'effaça et il la regarda dans les yeux, un regard si pénétrant qu'elle eut l'impression de dévoiler son âme.

— Tu ne veux pas qu'on sorte à nouveau ensemble, Adrienne ?

Elle eut l'impression que la pièce se mettait à tourner et ce n'était pas à cause du champagne. Elle mourait d'envie de se jeter dans les bras de Drew, de sentir la chaleur de son corps à travers sa fine robe et de sombrer dans un baiser passionné, sans se soucier de tous les convives de la French Art Colony.

Mais au lieu de ça, elle recula d'un pas et lui dit d'une voix tremblotante :

— Je dois y réfléchir.

Elle sourit nerveusement, puis lui demanda abruptement :

— Que font donc Skye et le reste de la famille Hamilton ?

— Je peux répondre à l'une de tes questions. Ta sœur est juste derrière toi.

Vicky lui tapota l'épaule. Adrienne se retourna et l'embrassa.

— Salut ! Je ne t'ai jamais vue aussi sexy !

— Merci. C'est Skye qui a choisi la robe.

— Je sais, elle nous a répété au moins vingt fois que tu l'avais laissée choisir.

Adrienne se retourna.

— Où est-elle ?

— Elle arrive. Apparemment, Rachel devait absolument acheter du rouge à lèvres, comme si elle n'en avait pas déjà une dizaine de tubes. Philip en a eu marre de l'attendre — il doit aller à une autre réception après le gala — et il voulait partir. Alors j'ai demandé à Skye si elle voulait venir avec Rachel et Bruce un peu plus tard, et elle a été d'accord.

— Bruce Allard ? Vicky, tu ne m'avais pas dit que Rachel était accompagnée ce soir.

— Je croyais que tu le savais. Rachel est toujours accompagnée.

Vicky hésita.

— En réalité, Bruce a insisté pour l'accompagner ce soir. J'ai entendu Rachel se disputer un peu avec lui, mais tu sais qu'il peut être très persuasif.

— Je sais qu'il peut être impatient et présomptueux, oui, lâcha Adrienne. Vicky, je croyais que toi, Philip, Rachel et Skye viendriez ici ensemble. Si j'avais su que Bruce devait amener Skye, je serais allée la chercher un peu plus tôt.

— Arrête de prendre cet air soucieux. Ça te donne des rides entre les sourcils.

Adrienne observa plus attentivement sa sœur. Elle était un peu trop gaie et ses joues étaient roses. Mon Dieu, pourquoi avait-elle eu besoin de boire *ce soir* ? pensa Adrienne, exaspérée. Elle était censée surveiller ma fille.

— Bruce est toujours à l'heure. Il a dû arriver à la maison il y a dix minutes, poursuivit Vicky d'un ton léger. Je parie qu'ils sont déjà en route. Et ne t'en fais pas, Bruce conduit très bien.

— Pas si c'est lui qui a renversé Gavin Kirkwood hier soir, marmonna Drew.

Adrienne lui lança un regard alarmé.

— De quoi veux-tu parler ?

— Gavin et le jeune M. Allard ont eu une querelle virulente au bar du Portillon hier soir, juste avant que Gavin parte et se fasse écraser par un chauffard.

— Quoi ?

Adrienne parla si fort que plusieurs personnes tournèrent la tête.

— Mais Kit ne m'en a pas parlé quand elle est venue me voir cet après-midi.

— Elle était peut-être préoccupée, suggéra Vicky.

— Préoccupée ? s'insurgea Adrienne. Qu'est-ce qui pouvait être plus important ?

Vicky lui tapota le bras, en tentant de la réconforter.

— Allons, tu te montes la tête pour rien. Bruce ne ferait jamais une chose pareille. C'est ridicule !

Adrienne lança un regard paniqué à Drew.

— Savais-tu que Bruce et Gavin s'étaient disputés ?

— Oui, mais ce n'est pas allé plus loin. Ils ne se sont pas battus. Et quand Gavin a quitté le bar, Allard a passé un coup de fil. Puis il a fini son verre. Plusieurs personnes confirment qu'il était encore au bar au moment où Gavin s'est fait renverser. Vicky a raison : Allard ne peut pas être coupable. Sinon, il aurait d'ores et déjà été entendu par la police, et ce n'est pas le cas.

Drew marqua une pause.

— Lucas ne t'en a pas parlé ?

— Non, pas du tout, répondit Adrienne, soudain furieuse contre Lucas.

Pourquoi avait-il omis de le lui dire, alors que Skye était avec Bruce ce soir ? D'un autre côté, Lucas ne pouvait pas deviner que Bruce allait conduire Rachel et Skye au gala. Elle-même n'en avait rien su.

— Ça ne me plaît pas, annonça-t-elle catégoriquement. J'ai un mauvais pressentiment...

— Oh, toi et tes mauvais pressentiments, lança négligemment Vicky. Depuis que t'es gamine, t'as toujours des mauvais pressentiments...

Adrienne ignora sa sœur.

— Je vais appeler Skye et lui dire de ne pas monter avec Bruce.

— Elle est sans doute en route, souligna Vicky. Je suis sûre que Bruce est déjà arrivé et qu'elles sont toutes les deux déjà avec lui. Arrête de te faire du mouron. T'es vraiment pénible.

Adrienne fusilla Vicky du regard.

— Je me fiche bien d'être pénible. Je n'aurais jamais dû te confier ma fille. Bien sûr, quand je l'ai fait, je m'attendais à ce que tu aies assez de bon sens pour ne pas passer l'après-midi à boire !

— Je n'ai pas passé l'après-midi à boire, gronda-t-elle. J'ai bu un verre pour me relaxer. Comment oses-tu m'accuser d'être ivre et de négliger ton enfant !

Philip apparut, un sourire crispé sur son visage de patricien.

— Si vous ne baissez pas un peu la voix, mesdames, siffla-t-il, je vous mets dehors, toutes les deux. Vous êtes en train de vous donner en spectacle.

Il menaça Drew du regard.

— Que faites-vous ici, Delaney ?

— Je couvre cet événement pour le journal, répondit tranquillement Drew. Je dois dire que c'est beaucoup plus animé que je ne pensais. Il y a de quoi pondre un bon article pour demain.

— Mon Dieu, grogna Philip à voix basse.

À cet instant, Mlle Neige les rejoignit, le sourire presque aussi crispé que celui de Philip.

— Que se passe-t-il ? Un problème ?

— Non, répondit Vicky un peu trop fort, Adrienne se montre un peu difficile, c'est tout.

— Adrienne a le don de se montrer difficile, dit Mlle Neige d'un ton faussement flatteur.

Elle tenait un petit sac à main en perles.

— J'ai trouvé cela sur le guéridon près de l'entrée. Est-ce le vôtre, Adrienne ?

— Ah oui, j'ai oublié de le monter.

— Eh bien, prenez-le maintenant, s'il vous plaît. Ça n'arrête pas de sonner, c'est très agaçant.

Adrienne s'empressa de retirer son téléphone du sac ; effectivement, il sonnait. Elle reconnut le numéro de Skye sur le cadran. Adrienne prit l'appel et hurla presque :

— Skye ? Où es-tu ?

Adrienne n'entendit qu'un sanglot. Un violent sanglot effrayé. Puis Skye hurla :

— Maman, il faut que tu viennes à La Belle. Dépêche-toi ! Mr Shaw — Miles — est blessé. Il va peut-être mourir. J'ai peur, tellement peur…

Elle hurla encore :

— Non ! Arrête !

La communication fut coupée.

Chapitre XIX

1

Adrienne répétait « Skye ? Skye ? » sans pouvoir s'arrêter, jusqu'à ce que Drew enlève le téléphone de ses mains tremblantes.

— Que se passe-t-il ? demanda-t-il, de la tension plein la voix.

— Elle veut que j'aille à La Belle, apparemment Miles est blessé, peut-être mort. Elle m'a dit de me dépêcher, elle était terrorisée. Elle a hurlé « non » et « arrête »... puis elle a raccroché.

Le corps entier d'Adrienne fut pris de frissons.

— Qu'est-ce qu'elle fait à La Belle avec Miles Shaw ?

— Rachel est-elle avec elle ? cria Vicky, couvrant sa bouche avec la main.

— C'est une farce, affirma Philip. Avec cet assassinat, les enfants ont voulu s'amuser à nous faire peur, même si c'est de très mauvais goût. À leur âge, Rachel et Bruce devraient faire preuve de plus de maturité.

— Ce n'est pas une farce, faillit hurler Adrienne. Tu n'as pas entendu la voix de Skye. Il faut que j'aille à La Belle.

— Je t'y conduis, dit Drew, ses clés de voiture déjà à la main. Tu appelleras la police en route.

— La police ! répéta Philip, horrifié. Si ce n'est qu'une mauvaise blague et que Rachel est impliquée, avez-vous idée de la mauvaise publicité que ça va me faire ?

— Ferme-la, Philip, répondit Vicky, qui semblait soudain aussi dégrisée qu'implacable. Pour une fois dans ta vie, pense à Rachel, plutôt qu'à ta dévorante carrière politique. Adrienne a raison. Quelque chose ne va pas. Alors, veux-tu venir avec moi, ou préfères-tu que tous ces gens se rendent compte que tu restes ici à serrer des mains pendant que ta fille est en danger ?

Philip eut l'air brièvement affligé. Au grand désarroi d'Adrienne, il n'arrivait pas à se décider. Puis il prit le bras de Vicky et dit :

— Allons-y.

Après un adieu succinct qui laissa Mlle Neige perplexe et affligée — sa soirée si bien préparée semblait se désintégrer —, ils s'échappèrent tous les quatre de la French Art Colony et se dirigèrent vers leurs voitures.

À neuf heures, horaire d'été, le ciel avait pris des teintes cobalt et améthyste, strié de corail à l'horizon. Philip n'avait même pas proposé à Adrienne de monter avec eux, Drew semblait résolu à l'accompagner. Il la dirigea vers sa Camero.

— Mets ta ceinture, il n'y a pas de temps à perdre.

Adrienne composa à nouveau le numéro de Skye dès qu'ils furent partis. Son téléphone était éteint.

— Mon Dieu, Drew, qu'est-ce qui a pu se passer ?

Elle gémissait presque.

— Aucune idée, mais tu devrais appeler Lucas.

— Je suis tellement secouée, je n'y ai même pas pensé.

Elle composa frénétiquement le numéro de son portable, mais elle n'eut que le répondeur. Elle appela le commissariat et sa secrétaire Naomi lui dit qu'il y avait des heures qu'elle ne l'avait pas vu.

— Que se passe-t-il, madame Reynolds ? demanda-t-elle d'une voix nerveuse. Il ne vous est rien arrivé, j'espère ? Ni à vous, ni à votre fille, ni… euh, ni à Rachel ?

— Rachel ? demanda Adrienne d'un ton brusque. Pourquoi pensez-vous qu'il est arrivé quelque chose à Rachel ? Je ne savais même pas que vous la connaissiez.

— Oh, elle vient ici de temps en temps chercher des renseignements. Ça devrait être le rôle de Bruce Allard, mais vous connaissez Rachel, elle aime les scoops.

— Mais pourquoi pensez-vous qu'il lui est arrivé quelque chose ?

Adrienne avait entendu Lucas parler de Naomi une ou deux fois. Il ne l'aimait pas, ne lui faisait pas confiance et avait l'intention de se débarrasser d'elle à la première occasion.

— Savez-vous quelque chose sur Rachel, Naomi ? Si oui, dites-le-moi, car il est bien possible qu'elle soit en danger.

— Mince alors !

Adrienne retint son souffle. Naomi était sur le point de lui dire quelque chose d'important. Puis elle changea d'avis.

— Je ne sais rien. Et je ne suis pas au courant de ces histoires de photos ou de dossiers disparus. Je ne sais même pas pourquoi je vous ai parlé de Rachel, c'est juste qu'on est amies. Écoutez, j'ai fait des heures supplémentaires et je vais bientôt rentrer chez moi, mais je dirai au shérif que vous le cherchez si j'arrive à le joindre.

Elle raccrocha.

— Naomi veut jouer les imbéciles, mais elle ne sait même pas comment s'y prendre. Elle m'a parlé de photos et de dossiers disparus, remarqua Adrienne.

— Naomi ? Naomi du commissariat ? Elle sait mâcher du chewing-gum et s'habiller en vêtements moulants, c'est à peu près tout ce qu'elle sait faire.

— Elle m'a dit qu'elle était une amie de Rachel.

Drew eut un rire sec.

— Quelle blague ! Si Rachel est gentille avec Naomi, c'est seulement pour lui soutirer des informations.

Il s'arrêta, puis grogna.

— Des photos disparues.

— C'est Naomi qui a donné la photo de Trey à Rachel.

— Tu ne sais pas si elle l'a donnée à Rachel, Adrienne. C'est Bruce qui couvre les affaires de police.

— Et c'est à Bruce que j'ai confié Skye ce soir, observa Adrienne froidement.

— Tu n'as pas confié Skye à Bruce. Tu l'as confiée à ta sœur.

— L'ivrogne.

— Elle n'avait pas l'air soûle quand elle a sorti Philip de la soirée. Vicky n'est pas irresponsable et elle n'est pas alcoolique. Quelque chose la ronge ces derniers temps et elle essaie de se réfugier dans la boisson. Bon sang, c'est ta sœur. Tu ne peux pas la percer à jour ?

Adrienne baissa la tête et la prit entre ses mains. Elle avait envie de pleurer, mais les larmes refusaient de sortir.

— Non, je ne reconnais plus ma sœur. Je ne reconnais plus personne, mais je sais qu'il y a un assassin qui rôde et que ma fille est en danger. Tu ne l'as pas entendue, au téléphone, Drew. Elle était absolument terrifiée.

— Mais vivante. Essaie d'appeler Lucas chez lui et, s'il n'y est pas, rappelle Naomi et dis-lui de dépêcher Sonny Keller ou d'autres agents.

Elle lui lança un air perdu. Il la fusilla du regard et lui dit sans ménagement :

— Ne t'avise pas d'afficher cet air nerveux et incompétent, bordel. Téléphone !

Le ton sévère de Drew la galvanisa. Il avait tout à fait raison. Ce n'était pas le moment d'avoir une crise de nerfs. Elle devait tenir le coup.

En l'occurrence, la vie de sa fille en dépendait peut-être.

2

Skye Reynolds pensait que le jour où, avec sa mère, elles avaient découvert Julianna Brent assassinée dans un lit de La Belle, elle avait eu la plus grosse peur de sa vie. Mais il y avait pire. Ce jour-là avait été éclipsé quand elle s'était penchée sur le corps brisé mais encore vivant de Miles Shaw et qu'elle avait vu, horrifiée, les dents acérées du râteau lui sortir du ventre. Prenant immédiatement son téléphone, en bonne petite fille, elle avait appelé sa mère. Tandis qu'elle lui débitait des paroles affolées, elle avait juste eu le temps d'apercevoir le visage de Miles : ses yeux verts s'agrandissaient. Une sensation aussi douloureuse qu'une décharge électrique l'avait traversée et elle s'était retournée pour découvrir une arme dirigée contre son visage et se faire arracher son portable de la main. C'était quelqu'un de connu. Quelqu'un qu'elle aimait.

— Je suis désolée pour tout ça, Skye.

Toujours accroupie, sa main droite tachée du sang de Miles, Skye avait demandé sans y croire :

— Rachel, mais qu'est-ce que tu fais ?

— Quelque chose que je n'ai pas envie de faire, mais que je dois faire maintenant.

Rachel marqua une pause, de la tristesse plein ses yeux bleus, la brise balayant des mèches soyeuses et blondes sur son beau visage.

— Lève-toi, Skye.

Skye jeta un regard incrédule, puis prudent, sur sa cousine.

— Rachel, je sais que tu me fais marcher, mais ce n'est pas drôle. M. Shaw est grièvement blessé. Et tu me fais peur. Arrête de braquer ce pistolet sur moi.

— *Lève-toi*, Skye !

— Mais…

— Lève-toi, tout de suite !

Le visage de Rachel était blanc comme un linge, ses yeux froids et durs.

— Merde, Skye, ne me rends pas les choses encore plus difficiles. Fais ce que je te dis de faire !

Skye se leva brusquement. Rachel gardait le revolver braqué sur sa tête et Skye eut l'impression, inconcevable, que sa cousine était devenue folle. À moins qu'elle n'ait été droguée. Skye se raccrocha désespérément à cette dernière éventualité. C'était cela. Quelqu'un avait drogué Rachel. Elle ne savait plus ce qu'elle faisait.

Un peu plus tôt, Bruce était venu chez les Hamilton chercher Rachel, mais elle n'était toujours pas revenue, alors qu'elle était simplement allée acheter du rouge à lèvres. Plus d'une heure auparavant. Skye avait dû expliquer cela à un Bruce agacé, qui avait tout de même attendu une demi-heure supplémentaire avant de piquer une crise et de dire qu'il savait très bien où était cette satanée Rachel. À l'endroit qui l'obsédait depuis quelque temps. Furieux, il était parti vers sa voiture et Skye l'avait rejoint, inquiète pour sa cousine. Ils étaient allés à toute allure à La Belle, Skye terrifiée qu'ils aient un accident.

Arrivés à l'hôtel, Bruce avait jeté un coup d'œil à Miles avant de se précipiter à l'intérieur. Skye crut entendre un bruit, comme un pétard, mais elle l'avait ignoré et s'était approché de Miles. Horrifiée par ses blessures, elle avait appelé Adrienne. Et voilà que Rachel la menaçait avec un pistolet.

Oui, Rachel était droguée. Skye ne comprenait pas comment, mais c'était la seule réponse. Elle voulait l'aider, mais ellc comprit qu'elle était dans un état second. Skye savait qu'une personne droguée ne maîtrise pas ses actes. Elle savait aussi qu'elle ne devait pas la perturber, elle était momentanément folle et capable d'actes qu'elle ne commettrait jamais dans son état normal, qu'elle n'aurait jamais pensé à commettre. Skye en était réduite à la calmer, la tranquilliser et à prétendre que tout allait bien.

— Ne t'inquiète pas, Rachel, dit-elle de sa voix la plus posée. Je ferai tout ce que tu me dis de faire. Mais on devrait demander de l'aide pour M. Shaw. Je crois qu'il souffre.

Rachel se pencha sur Miles sans le moindre signe de compassion.

— Il mérite de souffrir.

— Oh, fit Skye qui venait de comprendre. Tu penses que c'est lui qui a tué Julianna.

Rachel lui lança un regard intrigué.

— Qu'est-ce qui te fait croire ça ?

Puis elle lui lança son beau sourire, un sourire de gentille petite fille sans histoire.

— Non, Skye. Ce n'est pas Miles qui a tué Julianna. C'est moi.

3

— Naomi m'a dit qu'elle envoyait immédiatement quelqu'un à La Belle, dit Adrienne à Drew en éteignant son portable. Mais je ne lui fais pas confiance.

— Peut-être, mais elle ne peut pas ne pas transmettre un appel. Surtout venant de la petite amie du shérif.

— Je ne crois pas que je puisse encore me définir ainsi, dit doucement Adrienne.

Drew la regarda, mais ne dit rien, sachant que le moment était mal choisi pour aborder un tel sujet.

— Je te promets qu'elle va envoyer quelqu'un.

— Mon Dieu, je l'espère. Même si c'est Keller.

Adrienne avait les mains moites.

— Je ne comprends pas ce que ma fille est allée faire à La Belle.

— Bruce et Rachel l'y ont amenée.

— Pourquoi ? Ils devaient tous venir au gala. Qu'est-ce qu'ils fabriquent à l'hôtel ?

Drew garda le silence, comme s'il réfléchissait.

— Et si c'était ça ? Supposons qu'ils aient entendu dire que Lottie Brent avait été aperçue aux alentours de l'hôtel. Tout le monde la cherche. Bruce et Rachel sont journalistes. Peut-être qu'ils ont voulu y être. Merde alors, si ça se trouve, ils ont cru qu'ils pouvaient la capturer eux-mêmes.

— Mais pourquoi auraient-ils emmené Skye ?

— Skye a quatorze ans. Tu crois qu'elle allait rester calmement à la maison pendant que ces deux-là partaient à l'aventure ? À mon avis, elle s'est posée dans la voiture et a refusé d'en bouger.

— Ça ressemblerait bien à Skye, annonça lentement Adrienne, sachant qu'elle était prête à se raccrocher à n'importe quoi. Elle se croit adulte. Et elle pense qu'elle aime le danger. Mais elle aime surtout les sensations fortes.

— Tu vois, sourit Drew. Le mystère est résolu.

— Mais non, dit Adrienne, dépitée. C'est une simple supposition.

— Je crois que c'en est une bonne.

Adrienne ferma les yeux au jour déclinant.

— Je l'espère, car si jamais il est arrivé quelque chose à Skye, ce sera par ma faute. Et je ne pourrai jamais survivre à ça. Je ne survivrai pas.

4

— Entre dans l'hôtel, Skye, dit doucement Rachel. Je dois t'expliquer quelques trucs.

Skye jeta un œil à Miles Shaw. Ses yeux étaient fermés, mais il respirait toujours. Pourvu qu'il survive jusqu'à l'arrivée de ma mère, pria-t-elle. Pourvu que je sache comment aider Rachel.

Skye se leva et s'approcha de l'entrée de l'hôtel comme une somnambule, consciente que Rachel braquait toujours son arme, mais ne sachant pas si elle oserait s'en servir. Skye monta les marches de la vaste véranda.

— La police avait scellé les portes, dit-elle. C'est toi qui les as ouvertes, Rachel ?

— Oui, pourquoi ?

— Je me posais seulement la question. Moi, je n'aurais pas eu le courage d'ouvrir une porte scellée par la police, mais t'as toujours été plus courageuse que moi.

— Ce n'est pas une question de courage, dit Rachel avec désinvolture. J'ai fait ce que j'avais envie de faire, c'est tout.

— C'est cool. C'est le genre de truc que ferait *Buffy contre les Vampires* ou les filles de *Charmed*.

Skye hésita devant la porte.

— Tu veux que j'entre ?

— C'est ce que j'ai dit. On pourra s'asseoir, on sera plus à l'aise. Ne t'en fais pas. Tu n'auras pas d'ennuis. Je ne permettrai à personne de te punir.

— Merci, Rachel. Tu as toujours été ma meilleure amie, bien plus que ma cousine. Je sais que tu me protégeras. T'es toujours sympa avec moi, même si je suis plus jeune.

— Parce que je t'aime bien. En fait, je t'aime, comme j'aurais aimé la petite sœur que je n'ai jamais eue.

Le foyer était obscur et sentait le renfermé. Skye se cogna la cuisse contre un coin de table.

— Fais attention, lui dit Rachel. Avance tout droit vers l'escalier. On monte à l'étage.

Oh non, je ne veux pas y aller, se lamenta intérieurement Skye. On ne peut pas aller là-bas. Mais en haut de l'escalier, elle aperçut une lumière de bougies vaciller dans le couloir — venant de la chambre où Julianna Brent avait été assassinée. Skye frissonna, espérant que Rachel ne s'en rendrait pas compte, mais elle continua sans hésiter. Elle savait qu'elle devait obéir à Rachel. Elle n'avait pas le choix.

Skye s'arrêta avant d'arriver à la porte. C'était une chose de savoir ce que Rachel attendait d'elle, c'en était une autre de faire coopérer son corps.

— Rachel, on ne peut pas continuer à discuter dans le couloir ? Tu sais, j'ai de mauvais souvenirs associés à cette chambre.

— On doit entrer, dit Rachel d'une voix calme mais déterminée. Il n'y a personne ici. Et les souvenirs ne peuvent pas te blesser. Allez, Skye. On va discuter de tout ça, et tout va s'arranger.

Skye avait l'impression que Rachel pouvait l'entendre secrètement appeler sa mère à l'aide : « Maman ! Maman ! Où es-tu ? Viens m'aider ! » Rachel n'entendait rien, naturellement, il aurait fallu qu'elle puisse lire dans les esprits. Mais sa mère non plus n'entendait rien. Ne lui avait-elle pourtant pas expliqué un jour qu'il y avait un lien étroit entre l'esprit d'unc mère et celui de sa fille ? À moins qu'elle n'imagine cela pour se donner du courage ? Elle n'en savait plus rien. Tout ce qu'elle savait, c'est que sa mère n'était pas là et que Rachel était armée. Elle étouffa une panique grandissante et dit :

— Elles sont belles, ces bougies, Rachel.

— Miles n'en a allumé que trois, mais j'en ai trouvé d'autres dans son sac à dos. Je déteste l'odeur du jasmin, mais j'ai quand même voulu les allumer. Elles sont belles à voir, en tout cas, c'est déjà ça. Pas étonnant que Julianna en ait toujours mis partout. On dit que les femmes ont toujours l'air plus belles à la lueur des bougies. C'est ce que Julianna avait dû penser, surtout qu'elle se faisait un peu vieille et ne voulait pas qu'on voie ses rides.

— Mais Julianna n'avait pas de rides, protesta Skye, réalisant immédiatement son erreur. Quoiqu'elle eût le même âge que ma mère. Alors, elle devait bien avoir quelques rides, elle aussi. Elle devait les dissimuler avec du maquillage. Les mannequins connaissent plein de trucs pour se maquiller.

— Oui, Julianna connaissait beaucoup de trucs, Skye. Plus que tu ne pourrais imaginer.

— Ah bon ? Ben…

Skye trouvait soudain la situation insurmontable. Elle eut l'impression qu'elle allait s'évanouir. Ou pleurer. Ou hurler. Alors qu'il ne fallait surtout pas interrompre Rachel.

— On pourrait pas s'asseoir, Rachel ? demanda-t-elle gentiment. Tu m'as dit qu'on allait discuter, mais je ne peux même pas te voir, tu es plantée derrière moi. Tu n'as pas besoin de t'inquiéter. Je ne veux pas m'enfuir. C'est l'aventure, finalement.

— Je suis contente que tu le prennes comme ça, dit joyeusement Rachel. D'accord, asseyons-nous par terre l'une en face de l'autre, comme dans ma chambre. Ce qui serait bien, c'est d'avoir un Coca et un paquet de chips.

— Oui, dit faiblement Skye en se laissant couler par terre.

Elle avait la tête qui commençait à tourner. Du Coca et des chips. Comme si quelque chose à grignoter allait tout arranger dans leur situation. Punaise, Rachel, pensa-t-elle, t'as vraiment pété les plombs !

— Où est Bruce ? demanda soudain Skye, un peu paniquée.

— Oh, dans le coin, répondit vaguement Rachel. On ne va pas s'en faire pour lui, il n'en vaut vraiment pas la peine. Il ne m'a jamais plu, tu sais. Je sortais avec lui pour faire plaisir à mes parents, c'est tout.

— Il ne me plaît pas non plus, renchérit Skye. Je le trouve arrogant.

Rachel ne répondit pas. Son regard parcourait la pièce, comme si elle avait oublié que Skye était avec elle. Incapable de rester tranquille plus longtemps, Skye craqua :

— Pourquoi as-tu tué Julianna ?

Le regard bleu de Rachel la transperça.

— J'avais mes raisons. Je sais que tu l'aimais bien, Skye, mais ce n'était pas une femme bien. Loin de là.

Skye ne pouvait pas y croire, mais elle crut bon d'approuver d'un hochement de tête.

— Je vois. Qu'est-ce qu'elle avait fait ?

— Elle avait une liaison avec mon père, dit durement Rachel. Papa a dû se faire embobiner parce qu'elle était belle et qu'il n'était pas heureux avec maman, mais c'était une erreur.

Son regard semblait s'être tourné vers l'intérieur, comme si elle y recherchait une histoire, comme quand elle essayait d'inventer des contes effrayants ou romantiques pour Skye, tard le soir, quand elles passaient la nuit ensemble. Skye avait toujours admiré l'immense talent de Rachel pour inventer des histoires.

— Mais pour papa, poursuivit Rachel, c'était tout ce que représentait cette liaison — une erreur. Une erreur qu'il comptait rectifier.

Ses yeux s'animèrent, comme si elle avait eu une révélation.

— Il ne voulait plus fréquenter Julianna, mais elle ne le lâchait pas. Elle l'a menacé, Skye. Elle lui a dit que s'il rompait, elle raconterait partout qu'ils avaient eu une liaison et sa carrière serait foutue.

— Zut alors, dit faiblement Skye, faisant semblant de croire chaque mot de sa cousine, alors qu'elle savait toujours détecter les mensonges de Rachel.

— Mais ça devient pire, reprit Rachel d'une voix plus forte et plus assurée. Papa lui a dit qu'il se moquait bien qu'elle en parle — que maman et moi, nous avions plus d'importance pour lui que sa carrière. Il voulait préserver sa famille à tout prix, plus qu'il ne voulait être gouverneur. Alors... alors... Juliana lui a dit que s'il ne voulait pas rester avec elle, elle allait *tuer* maman !

— Julianna a menacé de tuer Tante Vicky ? s'exclama Skye avec, espérait-elle, une voix suffisamment horrifiée. Je n'aurais jamais cru qu'elle puisse tuer quelqu'un !

Les yeux de Rachel se plissèrent.

— Elle te roulait dans la farine, comme tous les autres. Elle était le mal incarné, Skye. Elle l'aurait fait. Papa était complètement à bout. C'est pour ça qu'il était si méchant ces derniers temps. Tu comprends, il était piégé. Soit il restait avec Julianna, qu'il s'était mis à détester, soit il mettait la vie de maman en danger. C'était atroce, pour lui !

Skye se contenta d'écouter, dépitée. Rachel mentait. Elle était sa cousine, sa meilleure amie, Rachel venait même de lui dire qu'elle la considérait comme sa petite sœur, mais elle lui racontait cette histoire sans queue ni tête et s'attendait à ce que Skye la croie.

— Un soir, je suis allée chez Julianna. Je l'avais déjà mise face à ses responsabilités, mais cette fois-ci, j'avais la ferme intention de la menacer. Je l'avais suivie toute la soirée, pour essayer de me donner du cran. Elle savait que je la suivais et elle s'était enfermée à clé chez elle, mais j'avais pris une clé dans le tiroir du bureau de mon père. Je suis entrée, comme ça. On s'est disputées. Elle m'a dit de la laisser tranquille, sinon... j'allais voir. J'imagine qu'elle me menaçait, qu'elle allait tuer maman *et* moi. Puis elle m'a dit qu'elle attendait quelqu'un, un homme qui allait la protéger, mais c'était un mensonge pour se débarrasser de moi, parce que personne n'est venu. Je suis restée pour m'en assurer, jusqu'à minuit. Je croyais lui avoir fait assez peur pour qu'elle laisse papa tranquille.

Rachel hocha la tête.

— Mais penses-tu ! J'ai suivi papa le lendemain matin et il est allé à La Belle, ils se retrouvaient toujours là-bas.

— Pourquoi ? demanda Skye.

— C'était discret. Et Julianna avait réussi à prendre une clé à la mère de Kit, Ellen, sans qu'elle s'en aperçoive. C'était vraiment sournois.

Pas plus sournois que de voler la clé de Julianna dans le bureau de ton père, pensa Skye en se gardant bien de le dire. Elle restait parfaitement immobile, souhaitant désespérément voir arriver sa mère — sa mère et tout un tas de policiers — pour la sauver. En attendant, elle écoutait.

— Ce matin-là, j'ai attendu jusqu'à ce que papa soit parti, puis je suis entrée dans cette chambre. Julianna s'apprêtait à sortir du lit. Elle avait une expression sur son visage — enfin, tu es trop jeune pour comprendre. Mais elle était toute mièvre et sexuelle, ça m'a rendue furieuse. Avant qu'elle ait pu se lever, j'ai pris la lampe près du lit et je l'ai frappée. Tu sais qu'avec tous les sports que je pratique, je suis forte. T'as vu ce service d'enfer dont je suis capable quand on a joué au tennis cet après-midi. Bref, le pied de la lampe était lourd et il l'a assommée. Elle est retombée sur le lit.

» Je me suis penchée, mais elle respirait encore, poursuivit Rachel. Cette salope respirait encore. Alors j'ai regardé autour de moi, j'ai vu une bouteille de champagne. Et à côté, il y avait un tire-bouchon. Un gros tire-bouchon, long et vraiment pointu.

Le regard de Rachel sembla se voiler.

— J'ai ramassé cet horrible tire-bouchon, j'ai relevé les cheveux de Julianna et je le lui ai enfoncé de toutes mes forces dans le cou, en plein dans la carotide.

Skye grimaça, elle salivait.

— Il y avait du sang partout, je n'arrivais pas à y croire. Il y en avait plein les draps, plein ses cheveux et il coulait sur ses épaules. J'ai attendu un moment, je regardais son corps se vider de son sang.

Rachel regarda Skye dans les yeux et sourit.

— Puis j'ai retiré le tire-bouchon bien soigneusement, et c'était fini. Comme ça !

L'estomac de Skye se souleva dangereusement. Ce n'était pas le moment de vomir, pensa-t-elle. Rachel n'aimerait pas ça. Elle se sentirait offensée. Paniquée, Skye se souvint d'avoir entendu à la télé que sourire pouvait réprimer l'envie de vomir, elle se mit donc à sourire joyeusement. Elle n'arrêtait pas de sourire et Rachel prit ça comme un signe d'approbation.

— Je savais que tu me comprendrais, dit-elle. Tu as toujours su me comprendre, ma petite cousine.

» Tout aurait été cool, poursuivit-elle, s'il n'y avait pas eu ce grave accident sur la grand-route, juste après. Cet horrible accident. Claude Duncan est sorti de son pavillon comme un bolide, et s'est mis à courir dans tous les sens comme le fou qu'il était. Je ne pouvais pas revenir jusqu'à la route sans me faire voir, soit par lui, soit par les personnes accidentées, soit par les flics. Je ne pouvais pas partir dans l'autre sens, je serais tombée sur la cabane de Lottie Brent, qui se lève toujours de bonne heure. Alors je suis restée cachée dans les bois. Puis toi, ta mère et Brandon êtes arrivés, vous étiez les dernières personnes que je m'attendais à voir ! Punaise, c'était comme si tout le monde s'était donné rendez-vous dans ce coin-là. Brandon s'est précipité vers moi dans les bois. Il avait l'air de penser qu'on était en train de jouer.

— C'est pour ça qu'il se comportait aussi bizarrement ! dit soudain Skye. Il sautait comme un jeune chiot. C'était parce que tu y étais ! Il t'adore !

— Moi aussi, je l'adore, mais j'aurais préféré le voir à un autre moment. Et pour tout arranger, pendant que je me cachais pour vous éviter, toi et Brandon, Tante Adrienne s'est mise à prendre des photos, elle mitraillait avec son appareil.

Elle regarda tristement Skye.

— C'est pour ça que j'ai essayé de prendre l'appareil photo à ta mère avant qu'elle fasse développer la pellicule. Elle aurait pu m'avoir sur l'une d'entre elles.

— C'est toi qui l'as frappée quand elle allait à Photo Finish ?

— Oui. Je suis navrée, Skye. Je ne voulais pas lui faire de mal. J'adore Tante Adrienne. Mais il me fallait cette pellicule.

— Oui, remarque, ça je comprends, dit Skye, s'efforçant toujours de faire semblant d'être d'accord et de compatir avec tout ce qu'avait fait Rachel.

Une des bougies fit un bruit de grésillement étrange avant de s'éteindre.

— Tiens, je me demande pourquoi ça fait ça ? interrogea Rachel.

Une voix étrangère lui répondit :

— De l'eau dans la cire.

Les deux filles se retournèrent et virent Lottie Brent. Sa silhouette se découpait à l'entrée de la chambre où sa fille avait été assassinée.

Chapitre XX

1

Vêtue de haillons, sa chevelure blanche voletant autour de ses hautes pommettes, Lottie fixait son regard ambré et voilé sur Rachel et dit de sa voix cristalline :

— Fille malveillante et mal informée ! Tes histoires sur les intentions de ma fille envers Philip sont toutes des mensonges.

Les lèvres desséchées de Skye s'entrouvrirent sous le coup de la surprise et son cœur se mit à cogner dans sa poitrine. Rachel se leva, Skye était sûre qu'elle allait braquer son pistolet sur Lottie et tirer. Au lieu de ça, son visage se vida de son sang et la main qui tenait l'arme se mit à trembler. Puis elle respira profondément et sembla se reprendre.

— Vous êtes la mère de Julianna. Vous êtes prête à dire n'importe quoi pour la défendre. Mais je vous jure qu'elle avait une liaison avec mon père !

— Je le sais, répondit calmement Lottie. Elle m'en a longuement parlé. Elle m'a aussi dit combien elle aimait ton père, et ce n'était pas son genre d'effrayer ou de menacer quelqu'un qu'elle aimait, ou qui que ce soit d'autre, d'ailleurs.

Rachel jeta un œil à Skye, comme si elle voulait évaluer sa réaction aux paroles de Lottie. Puis elle lança un regard furieux à celle-ci.

— Elle aurait tué ma mère si mon père avait refusé de divorcer. J'ai tué Julianna pour protéger ma mère !

— C'est absurde et Skye sait très bien que c'est absurde. Ça se voit dans ses yeux, dit Lottie d'une voix posée et assurée. Rachel, tu as tué Julianna parce que ton père l'aimait profondément, plus que n'importe qui au monde, et tu étais jalouse.

— Ce n'est pas vrai, mon père n'aimait pas cette putain ! hurla Rachel en braquant son arme sur Lottie. Ce n'est pas vrai !

— Je t'ai vue le matin où tu l'as tuée, reprit Lottie d'une voix étrangement calme. Je me suis réveillée parce que j'avais eu une prémonition. Je savais où était Julianna. Je suis venue la prévenir. Mais je t'ai vue. Ou plutôt, j'ai vu une femme de ta taille avec la même couleur de cheveux. Je n'y vois plus très clair. À cause des cataractes. Tu portais même un survêtement comme celui de mon autre fille. J'étais persuadée que c'était Gail que j'avais vue.

Elle ferma les yeux.

— Je suis entrée ici et j'ai trouvé Julianna. Je ne pouvais plus rien faire pour la sauver, mais je pouvais la rendre présentable. Je l'ai allongée correctement, je l'ai bordée, j'ai mis une barrette dans ses cheveux, sa préférée, en cristal autrichien, qu'elle avait toujours dans son sac. Et j'ai embrassé son front.

Une larme coula sur la joue pâle de Lottie.

— J'ai embrassé ma fille chérie pour lui dire adieu. Puis je suis partie d'ici. Je ne pouvais pas aller à la police et leur dire que Gail avait tué sa propre sœur. Mais je savais qu'on m'avait vue, je pensais que c'était Gail. C'est une drôle de fille, elle est comme son père, elle n'a pas de cœur. J'avais peur qu'elle me tue aussi, et pendant tout ce temps je me suis cachée, je croyais que c'était elle que je devais fuir. Mais c'était toi qui m'avais vue. C'était de toi que je me cachais.

Elle lança un regard soutenu à Rachel.

— Tu n'aurais pas hésité à me tuer, n'est-ce pas ?

— J'ai essayé de vous tuer. Quand j'étais sous la véranda de Tante Adrienne et que je l'ai entendue appeler le shérif pour lui dire que vous étiez à la cabane, j'ai bien cru que j'allais vous avoir, mais vous étiez déjà partie quand je suis arrivée. Vous êtes une vieille dame rusée. Rusée et sournoise, exactement comme Julianna.

Skye grimaça en entendant le ton atroce de sa cousine. Elle n'avait jamais entendu Rachel tenir des propos aussi cruels. Elle semblait à peine humaine et la pensée de telles méchancetés sortant de sa bouche rendait Skye malade. Elle aurait voulu se réveiller en se disant que ce n'était qu'un cauchemar, mais elle savait qu'elle ne rêvait pas.

— Et Claude ? demanda Lottie. Il t'avait vue, lui aussi ?

— Oui. Le monde entier s'était donné rendez-vous à La Belle ce matin-là. Mais il avait de meilleurs yeux que vous, Lottie. Il m'avait reconnue. Et il avait décidé de me faire chanter.

Elle hocha la tête.

— Il était encore plus bête qu'il en avait l'air : il pensait pouvoir se mesurer à moi. Excusez le terme « mesurer », c'est à plusieurs mesures d'alcool que j'ai mis le feu en jetant une allumette. Je lui ai d'abord donné une dose de Numorphan que j'avais récupérée dans les médicaments de ma grand-tante Octavia quand elle était mourante, puis je l'ai aspergé de bourbon, et j'ai fini avec une allumette. Le pavillon a fait un beau feu de joie.

— Tu l'as brûlé vif, Rachel, souligna froidement Lottie.

— Il l'avait bien cherché, répondit Rachel, la mâchoire serrée. Qu'est-ce que vous faites ici, vous, de toute façon ?

— J'ai vu la voiture de Miles. Je savais que je le trouverais ici, sans doute dans la chambre de Julianna. Miles n'a jamais cessé de l'aimer. Je voulais lui dire que j'étais convaincue de son innocence malgré les soupçons qui pesaient contre lui — il était incapable de faire du mal à Juli. Dès que je suis entrée dans l'hôtel, tu es arrivée. Je me suis cachée, mais je t'ai suivie ici. Je me suis suffisamment rapprochée pour comprendre que tu n'étais pas Gail. J'ai entendu ce que tu as dit à Miles. Tu lui as dit que tu l'aimais, que tu l'avais protégé en lui demandant de te rencontrer aux Portes du Paradis pour te donner des informations sur la mort de Juli, la nuit où Margaret a été tuée. Et que c'était toi qui l'avais libéré de l'emprise de Margaret.

— Rachel, tu as aussi assassiné Margaret ? demanda Skye d'une voix frêle et brisée.

— J'étais bien obligée. Elle savait que j'avais tué Julianna. Elle le savait depuis le début, mais elle n'avait rien dit. Elle craignait que la liaison entre papa et Julianna soit découverte et qu'elle compromette sa campagne. J'ai réglé ce petit problème à sa place. Mais elle a commencé à utiliser ce qu'elle savait pour essayer de me faire peur.

Rachel s'arrêta.

— C'est Miles qu'elle voulait. Je ne pouvais pas le lui laisser. J'avais décidé que cet homme était pour moi le jour où je l'ai rencontré. Je suis sûre que, s'il sortait avec elle, c'était uniquement pour dissimuler ses sentiments pour moi. La veille de son départ pour cette dernière campagne avec maman et papa, elle m'a dit qu'elle savait ce que j'éprouvais pour Miles, que c'était ridicule et que si je n'arrêtais pas de le suivre partout comme un petit chien, elle raconterait à tout le monde que j'avais tué Julianna. Elle m'a dit qu'elle avait des preuves, mais elle ne voulait pas me les révéler. Elle n'avait probablement rien, mais je ne pouvais pas en être sûre. J'étais bien obligée de la tuer.

» J'ai attendu un peu pour être sûre que Miles avait eu le temps d'aller aux Portes du Paradis, je me suis déshabillée, j'ai enfilé des pantoufles pour ne pas laisser de marques, un filet dans les cheveux, un slip, et je l'ai tuée. Puis je suis rentrée chez moi, presque nue.

Rachel en riait presque.

— J'ai pris une douche, tout le sang s'écoulait. J'avais jeté les pantoufles, le filet à cheveux et le slip dans un égout en revenant.

Son regard se fit trouble.

— Mais maman m'avait entendue rentrer par la fenêtre. Elle est venue dans ma salle de bain et elle a ouvert la porte de la douche. Elle a vu tout le sang qui me coulait sur les jambes. Je lui ai dit que j'avais mes règles. Elle m'a dévisagée comme si elle ne me croyait pas, puis elle est partie sans un mot. Le lendemain matin, quand elle a appris la mort de Margaret, elle était dévastée. Je sais qu'elle soupçonnait la vérité. Mme Pitt m'a dit d'appeler Tante Adrienne pour lui demander de venir. Je ne voulais pas parce que j'avais peur que maman lui parle de ses soupçons. Mais elle n'a rien dit.

— Elle n'a rien dit, tout comme je n'avais rien dit pour Gail, dit Lottie. L'amour maternel a ce pouvoir-là. Nous réduire au silence face aux crimes les plus odieux commis par nos enfants. Mais ce n'est pas normal, Rachel. J'étais prête à dire à la police ce que Gail avait fait, ou plutôt ce que je croyais qu'elle avait fait. J'ai appelé le shérif Flynn ce soir et je lui ai dit que j'avais une horrible confession à lui faire. Mais je vais avoir autre chose à lui raconter, maintenant. Quelque chose sur toi.

Le visage de Rachel devint violent, presque sauvage et Skye, horrifiée, eut un mouvement de recul.

— Vous ne direz rien à personne, la vieille, parce que vous serez morte. Vous allez reposer ici à côté de Miles et les gens croiront que vous le teniez pour responsable de la mort de Julianna et que vous êtes tombée en le précipitant par-dessus la balustrade.

— Et ta cousine ? demanda doucement Lottie. Je sais que tu n'es pas capable de beaucoup d'amour, Rachel, mais tu aimes Skye, tu l'aimes vraiment. Que comptes-tu faire d'elle ?

Rachel jeta un regard désespéré vers Skye.

— Skye me comprend. Elle comprend pourquoi j'ai dû faire ce que j'ai fait. Elle ne me dénoncera pas. Je peux compter sur toi, hein, Skye ? Tu me protégeras, comme moi je te protégerais.

— Je… Je ne peux pas…

Des larmes dégoulinèrent sur le visage de Skye.

— Je ne veux pas qu'on te fasse de mal, Rachel, mais tu as fait des choses atroces…

Un sanglot lui déchira la poitrine si violemment qu'elle en perdit le souffle.

— Je t'en prie, Rachel, dis-moi que tu ne voulais pas faire tout ça. Dis-moi que tu étais droguée ou que tu as une tumeur au cerveau, tu iras à l'hôpital et tu guériras, et…

— Aller à l'hôpital ! hurla Rachel. Tu as perdu la tête ? Je ne vais nulle part, si ce n'est à la fac et j'ai bien l'intention de continuer à vivre comme je l'entends.

— Tu ne peux pas, dit Skye en pleurant. Ce n'est pas possible, Rachel, il faut que tu le dises à quelqu'un. Il faut que tu trouves quelqu'un d'intelligent, un psychiatre peut-être, qui pourra t'aider. Il faut que tu t'arrêtes !

— Je ne m'arrêterai pas, grogna Rachel. Personne ne peut m'arrêter. Pas après tout ce que j'ai subi.

— Moi, je vais t'arrêter, lança soudain Lucas Flynn, qui se tenait dans l'encadrement de la porte, un 9 mm braqué sur Rachel. Je peux t'arrêter et je vais t'arrêter.

— C'est bien ce qu'on verra, siffla Rachel.

— Je suis obligé, répondit tristement Lucas. C'est mon devoir, et pas seulement mon devoir de shérif. C'est aussi à cause de ce que tu es pour moi.

Rachel le dévisagea un instant, ses yeux semblèrent se voiler. Puis, d'une voix étranglée, elle lui dit :

— Alors, c'est toi. C'est donc toi, mon vrai père.

2

La Camero de Drew montait la route de La Belle Rivière à vive allure, dans un nuage de poussière. Dès qu'il atteignit l'hôtel, il repéra la GTO noire de Bruce Allard. Vide.

— Où sont-ils ? s'écria Adrienne.

Drew ne répondit pas. Il avait le regard fixé sur le jardin au-dessous de la véranda la plus basse de l'hôtel. Sans un mot, il ouvrit la porte et entra en courant. Adrienne le suivit immédiatement, puis ralentit en s'approchant et en voyant le corps de Miles Shaw écartelé par terre, les dents en acier lui sortant de l'abdomen. Drew se pencha et lui cria :

— Il est vivant. Appelle les secours, Adrienne.

Elle restait plantée, paralysée par le choc, regardant le grand type qui grognait, baignant dans son sang.

Où est Skye ? entendait-elle son esprit hurler. Où est ma fille ?

— Adrienne, appelle les secours avant qu'il se soit vidé de son sang ! hurla Drew. Appelle immédiatement !

Adrienne reprit ses esprits, tandis que Drew se levait, s'éloignait de Miles et prenait la direction de l'hôtel. Les doigts tremblants d'Adrienne se débattirent pour retirer son portable de son sac minuscule, et il lui échappa immédiatement des doigts. Elle se pencha vers Miles, et reprit le téléphone. Elle allait le saisir lorsque Miles ouvrit les yeux. L'intensité de son regard la paralysa.

— Miles ? dit-elle doucement. Tout ira bien. Je ne sais pas ce qui s'est passé, mais…

— Rachel, parvint-il à dire, son visage déformé par la douleur. C'est Rachel qui a tout fait. Je ne savais pas, au début... Puis j'ai eu peur d'elle quand j'ai compris. Je me suis caché chez Kit, je voulais m'enfuir comme un lâche...

— Rachel ? souffla Adrienne.

Son esprit n'arrivait pas à tolérer l'invraisemblance de ses paroles.

— Miles ? Tu divagues. Tu ne sais pas ce que tu dis. Repose-toi. Je vais appeler les secours...

Il lui saisit le bras de sa main ensanglantée. Elle tenta instinctivement de la retirer, mais il la maintint avec une force remarquable.

— Elle a pris Skye, Adrienne. Rachel a pris Skye, elle est dans l'hôtel et elle va la tuer.

3

— Qu'est-ce que tu dis ?

Adrienne était tellement absorbée par les paroles de Miles qu'elle n'avait même pas entendu la voiture de Philip et Vicky. Mais juste derrière elle, sa sœur tendait le bras et tentait d'agripper Miles tandis qu'Adrienne hurlait à nouveau :

— Que dis-tu sur ma fille ?

Philip fit reculer Vicky et Adrienne posa les mains sur les épaules de sa sœur.

— Il dit que Rachel a pris Skye.

— Et qu'elle va la tuer ? cria Vicky d'un ton strident. Il est fou !

— Philip, retiens-la, ordonna Adrienne. Il faut que j'entre dans l'hôtel.

Adrienne ne savait pas comment sa voix pouvait être si autoritaire et forte alors qu'une terreur absolue faisait vibrer tout son corps. Ce que Miles venait de dire semblait effectivement fou, mais si ça s'avérait...

Elle se débarrassa de ses chaussures à talons hauts et se précipita dans le foyer de l'hôtel. Elle fut immédiatement aveuglée par l'obscurité de l'intérieur. Drew l'appela.

— Je suis derrière la réception. Je viens juste de trouver l'interrupteur, j'espère qu'ils n'ont pas coupé l'électricité.

— Non, ça marche, dit Adrienne en se rappelant avoir allumé les lumières le jour où elle avait trouvé Julianna.

Soudain, au-dessus d'eux, le beau lustre éclaira les tapis d'Orient et les élégants meubles style Reine Anne. Drew grimpa les escaliers quatre à quatre, suivi d'Adrienne, tandis qu'on entendait Philip et Vicky traverser la véranda et se diriger vers les portes-fenêtres.

Adrienne songea brièvement aux blessures de Miles. Craignant pour la vie de Skye, elle n'avait pas appelé les secours et elle comptait désespérément sur Naomi pour alerter la police. Mais sa fille passait avant tout.

Elle rattrapa Drew dans les escaliers. Il lui prit le bras pour l'aider à monter. En arrivant au premier, Adrienne sentit l'odeur de jasmin, comme si elle s'était aspergée de parfum. Des veilleuses discrètes brillaient au plafond, dans des globes en cristal ciselé, mais Adrienne aperçut le vacillement des bougies provenant d'une des chambres — la chambre où Julianna était morte.

— Drew, geignit-elle en la montrant du doigt.

— Oui, je vois, dit-il, dans un quasi-murmure. Arrête de courir. Approche-toi lentement et ne parle pas à voix haute avant d'arriver. Si Rachel retient Skye, nous ne voulons pas la surprendre. Elle risque d'être armée.

— Armée ! faillit crier Adrienne, mais elle réussit à contrôler sa voix.

Drew lui avait demandé de ne pas faire de bruit. Il semblait faire preuve de plus de sang-froid qu'elle. Il valait mieux se fier à son bon sens.

Mais nul degré de bon sens n'aurait pu préparer Adrienne à ce qu'elle vit dans la chambre 214. Skye était tapie par terre, le visage inondé de larmes, les yeux grands ouverts et terrorisés. Debout à côté d'elle, Rachel braquait son pistolet, une fois sur Lottie, ébouriffée, l'autre sur Lucas Flynn, qui tenait un revolver encore plus gros contre la tête de Rachel.

Adrienne eut l'impression qu'on avait aspiré tout l'air de ses poumons. Elle s'agrippa au bras de Drew, sachant que c'était son seul recours pour ne pas s'effondrer. Elle fixait cette scène étrange, trop effrayée pour parler. Puis elle entendit Vicky gémir derrière elle :

— Oh, mon Dieu.

Rachel regarda sa mère.

— Pourquoi ne m'as-tu jamais dit la vérité, maman ?

— La v-vérité ? demanda faiblement Vicky. Quelle vérité ?

— Que Philip Hamilton n'est pas mon vrai père.

Elle a perdu l'esprit, pensa Adrienne. Rachel a complètement perdu les pédales. Mais Vicky se mit à pleurer en demandant :

— Comment l'as-tu su ?

— Par le sang, répondit immédiatement Rachel. Quand j'ai eu un accident, il y a deux ans, ils m'ont fait une transfusion. Je me suis aperçue que ton sang était groupe A et celui de papa groupe O. Et moi AB. Il est impossible pour des parents A et O d'avoir un enfant de groupe AB.

— Le docteur n'aurait pas dû te le dire, répondit Vicky d'une petite voix vaincue. Il me l'avait promis.

Rachel lui lança un sourire triste.

— Oh, il a tenu sa promesse. C'est cette garce d'infirmière qui me l'a dit, pour se venger de la raclée que j'avais mise à sa fille, aux championnats de tennis, une semaine plus tôt. Ah, elle s'est fait un plaisir de me le dire !

Le sourire de Rachel disparut.

— Mais je le savais avant. Je crois que je l'ai toujours su.

Elle se tourna vers Philip, qui semblait pétrifié.

— Je t'ai toujours adoré, papa. Mais quand on n'était pas en public, tu m'as toujours ignorée ou traitée comme si tu ne pouvais pas me supporter. Tu arrivais à peine à me regarder. J'ai tellement essayé de te plaire. Mais c'était impossible — ni ma beauté, dont on me félicitait tout le temps, ni mes bonnes notes, ni mes performances sportives, ni toutes les récompenses à l'école : rien à faire. Rien ne semblait t'importer. J'étais tellement blessée. J'avais l'impression d'être rien, moins que rien.

» Après cette histoire de groupe sanguin, j'étais sûre de ne pas être ta fille biologique et j'ai essayé de me dire que j'avais été adoptée. Mais je suis douée pour les recherches et j'ai vite su que je n'avais pas été adoptée. Maman m'avait bien donné naissance, mais tu n'étais pas mon père. C'est pour cela que tu ne m'aimais pas. Alors ce que je veux savoir, c'est ce qui s'est passé, exactement. Peux-tu me le dire, maman ?

— Rachel, je ne peux pas… s'il te plaît, ne me demande pas cela, supplia Vicky d'une voix tremblotante.

Rachel braqua le pistolet sur elle.

— Comment oses-tu rester plantée à faire ton numéro de pauvre petite innocente, frêle et malade ? Pour une fois dans ta vie, fais preuve d'un peu de courage et dis la vérité. Dis-moi comment tu as trompé papa et donné naissance à l'enfant de ton amant. L'enfant de Lucas Flynn !

Les regards d'Adrienne et de Lucas se croisèrent. Elle n'aurait pas cru un mot de ce qu'elle venait d'entendre si elle n'avait pas lu la vérité dans ses yeux gris. Elle sentit à peine la main de Drew prendre la sienne. Il essaie de me réconforter, songea-t-elle vaguement. Drew pense que je suis blessée. Mais je suis seulement surprise.

Adrienne détacha son regard de celui de Lucas et le dirigea vers Skye, toujours tapie par terre, les larmes séchées sur son visage affligé. Adrienne mourait d'envie de serrer sa fille dans ses bras, mais elle savait que tout mouvement pouvait être dangereux, elle se contenta donc de paraître calme et paisible dans le maelström ambiant.

— Dis-le-moi, maman ! ordonna à nouveau Rachel.

— D'accord ! sanglota Vicky. D'accord. Essaie simplement de comprendre, Rachel. Je t'aime. Je t'ai toujours aimée.

Rachel la fusilla du regard et Vicky poussa un long soupir.

— Ton père et moi étions mariés depuis trois ans. J'avais déjà compris qu'il ne m'aimait pas. Il ne me traitait jamais mal, parfois j'aurais même préféré qu'il me traite mal. J'aurais au moins su qu'il éprouvait quelque chose pour moi. Mais il n'y avait rien, rien qu'une vague gentillesse, surtout en public. Je ne pouvais pas le supporter, Rachel. Je l'aimais tant, j'étais complètement brisée. J'avais désespérément besoin d'attention — d'amour — et Lucas est arrivé. Il était à l'époque employé dans la campagne électorale de Philip. Nous passions beaucoup de temps ensemble. Nous parlions. Il me plaisait énormément. Et lui m'aimait. Je le savais avant qu'il me le dise. Puis une nuit, nous avons bu un verre de trop... enfin, tu peux deviner la suite.

— Oh, tu étais soûle, répliqua Rachel d'un ton sarcastique. Tu vas bientôt me dire qu'il t'a violée.

— Non. Rien de tel. En réalité... eh bien, j'ai sous-entendu que je voulais quitter Philip. Je ne sais pas pourquoi j'ai fait cela. J'étais tellement furieuse, tellement blessée...

— Tellement exigeante, comme toujours, dit Rachel d'une voix cinglante.

— Oui. Nous nous sommes rencontrés plusieurs fois, puis j'ai dit à Lucas que j'avais commis une erreur. Je savais que je lui faisais du mal, mais je ne pouvais pas quitter Philip. Le problème, c'est que je m'en étais rendu compte trop tard. J'étais enceinte.

Rachel toisa sa mère

— Tu avais déjà trompé papa dans une relation adultère. Pourquoi tu n'as pas fait croire que l'enfant était de lui, aussi ? C'était une question d'honneur ?

— Non, dit faiblement Vicky. Je n'étais pas honorable non plus. Je lui ai dit que j'étais enceinte. « N'est-ce pas merveilleux ? Nous allons avoir un enfant ! » Il m'a lancé un regard d'une froideur de pierre et m'a dit : « Je suis stérile, voilà des années que je le sais. » Il ne s'est pas emporté, il ne m'a pas demandé qui était le père, il n'a pas montré la moindre trace d'émotion. Il est simplement parti. Il est revenu deux jours plus tard et m'a dit : « Nous allons prétendre que ce bébé est le mien. Je t'interdis d'en parler à ta mère, ta sœur ou qui que ce soit. Et je ne veux pas savoir qui est le père. Qu'on n'en parle plus. »

Vicky eut un rire épuisé avant de poursuivre :

— Qu'on n'en parle plus ! C'est incroyable, non ? Je n'arrivais pas à y croire, en tout cas.

— Mais tu lui as obéi, nota Rachel en se tournant vers Philip. Pourquoi, papa ? Ou devrais-je t'appeler Philip ? Pourquoi cette comédie ? Et ne t'avise pas de me mentir, pas après ce que tu m'as fait vivre. Dis-moi la vérité sinon je te mets une balle dans la tête.

Philip répondit presque immédiatement d'une voix sèche et tendue :

— J'avais prévu de me lancer dans la politique depuis que j'étais enfant. Je ne voyais pas comment j'y parviendrais en divorçant d'avec ma femme alors qu'elle était enceinte. Le scandale aurait mis un terme à ma carrière.

- - Pas si vous n'aviez pas gardé l'enfant, dit Rachel. Si tu étais résolu à ne pas divorcer, pourquoi n'as-tu pas insisté pour que maman se fasse avorter ? Elle t'aurait obéi, sans faire de sentiments sur les droits d'un fœtus.

— L'idée d'un avortement m'a toujours répugné.

— Depuis quand ? demanda Rachel avec mépris. Autant que je sache, tu as toujours été en faveur de l'avortement, même si, en bon républicain, tu n'as jamais divulgué ton opinion sur ce sujet.

Une pause précéda la réponse de Philip :

— Le concept abstrait de l'avortement est différent de la réalité de sa femme se faisant avorter. Je ne voulais pas imposer cela à ta mère.

Les yeux de Rachel se plissèrent et un sourire ironique se dessina sur son visage.

— Tu peux mentir de façon très convaincante à tes électeurs, papa, mais pas à moi. Je sais que tu mens. Alors, comme j'ai l'intention de garder tout le monde dans cette pièce jusqu'à ce qu'on ait répondu à toutes mes questions, essaie donc de me dire la vérité.

Le silence sembla gonfler la chambre et Adrienne faillit laisser échapper un cri. Philip ne réalisait-il pas que Rachel était à bout, qu'elle était capable de tout, même de lui tirer dessus ? Pourquoi ne lui répondait-il pas ? Qu'allait-il se passer s'il s'obstinait à garder le silence ? Elle ferma les yeux et sentit la main de Drew se resserrer un peu plus fort sur la sienne. Elle s'accrochait à sa main, comme s'il était le seul être au monde à pouvoir les sauver. Surtout Skye.

— Répondez-lui, Philip, dit finalement Drew d'une voix tranchante. Si vous ne lui répondez pas et continuez à mettre la vie de tant de personnes en danger, je vous jure que je vous étranglerai avant que Rachel ait eu le temps de vous abattre.

— Fermez-la, Delaney, répondit Philip, bouillonnant. Ça ne vous regarde pas.

— Répondez-lui ! ordonna Lucas.

Philip le regarda avec une haine non dissimulée.

— Espèce de fils de pute. Je t'ai donné du boulot. Je t'ai bien traité. Si j'avais su...

— Ça n'a aucune importance à présent, le coupa froidement Lucas. Dites à Rachel ce qu'elle veut savoir.

Adrienne sentit le souffle difficile de Philip derrière elle. Il ne s'était sans doute jamais senti aussi coincé et impuissant de sa vie.

— Très bien, Rachel. Tu veux la vérité, la voici. Je ne vais pas rentrer dans les détails, mais je me suis blessé à l'âge de quatorze ans. Une blessure infligée par la grand-tante Octavia, à un emplacement très privé. J'avais cassé un vase Ming. Ce n'était pas la première fois qu'elle me frappait à coups de canne, mais ce fut la pire. Je n'en ai jamais parlé à personne, parce que j'avais honte qu'une vieille femme puisse me faire ça. Et puis je n'avais nulle part où aller. Mes parents étaient morts. Je n'avais pas d'autre famille proche. Elle me rebattait toujours les oreilles d'histoires atroces sur les familles d'accueil et les orphelinats.

Il baissa légèrement la tête. Adrienne n'aurait pu le jurer, mais elle crut entrevoir le souvenir de cette terreur sur son visage. Cependant, un instant plus tard, lorsqu'il releva la face, elle n'affichait plus la moindre expression.

— Plus tard, comme la douleur dans mes parties refusait de partir, je me suis inquiété et je suis allé voir le docteur. J'ai inventé une excuse pour ma blessure. Il a voulu me faire des analyses et j'ai alors découvert que j'étais stérile.

Son respect pour l'impérieuse Octavia au regard cruel avait toujours intrigué Adrienne. Elle comprenait maintenant qu'il ne s'agissait pas de respect — c'était de la crainte. Et il avait été entre les mains de la vieille sorcière depuis l'âge de dix ans.

— J'avais honte de mon impuissance, poursuivit-il. J'espérais toujours un miracle. Mais après trois ans de mariage avec ta mère, elle n'était toujours pas tombée enceinte et j'ai su que c'était indéniable. Et je savais aussi que les gens allaient commencer à se poser des questions. Ils auraient peut-être pensé que Vicky était stérile, mais s'ils se mettaient à soupçonner que c'était moi qui avais le problème ? Et s'ils pensaient que je n'étais pas un homme ?

Mon Dieu, pensa Adrienne. Octavia avait dû lui planter cette idée en tête. Elle avait dû le faire douter de sa virilité et il lui fallait la prouver à tout prix.

— Donc, quand Vicky m'a annoncé qu'elle était enceinte, je savais que je n'étais pas le père. Mon premier réflexe a été de m'en débarrasser. Mais je suis parti et j'ai pris quelques jours pour réfléchir. J'ai choisi la solution qui sauvait ma réputation. Personne ne se douterait de mon problème. Après tout, j'aurais un enfant. Pas de divorce, et un enfant. Je serais le candidat politique parfait — une réputation sans tache. Un homme de famille.

Rachel lui lança un regard incrédule.

— Tu m'as acceptée parce que tu pensais que ça serait bon pour ta carrière ?

— Oui, dit simplement Philip. C'était la logique même.

— Seigneur, murmura Vicky. J'ignorais moi-même ta véritable raison pour vouloir garder le bébé. Sans enfant, tu avais peur que les gens ne te prennent pas pour un homme, un homme viril.

— Tu ne t'attendais tout de même pas à ce que j'aie désiré cet enfant, si ? demanda méchamment Philip.

— Je pensais que tu voulais véritablement m'éviter un avortement, parce que tu savais que l'idée me faisait horreur. Et puis, je croyais que tu finirais par aimer le bébé, dit Vicky d'une voix faible.

— L'aimer ? Elle ? faillit ricaner Philip. Chaque fois que je la vois, je pense à ce que tu as fait. Tu avais un homme comme moi, Philip Hamilton, et tu t'es tournée vers un autre ? Je ne savais pas que c'était Lucas, mais je savais qu'il m'était forcément inférieur.

Ou supérieur, songea Adrienne, puisqu'il pouvait engendrer un enfant.

— Et le pire de tout, poursuivit Philip, c'était d'observer l'enfant d'un autre devenir une fille exceptionnelle. Belle. Intelligente. Qui réussissait presque tout ce qu'elle entreprenait. Musique. Tennis.

Il eut un rire dur.

— Même ces cours qu'elle a pris à un moment avec l'équipe de tir.

L'équipe de tir… Adrienne avait oublié cet épisode, Vicky avait été extrêmement inquiète, elle avait peur que Rachel se blesse en maniant des armes à feu. Mais elle était devenue championne dans cette discipline. Une championne qui avait tiré sur Lucas et sur elle-même dans la cabane de Lottie. Une championne qui aurait pu les tuer tous les deux si elle l'avait vraiment voulu.

— Papa, dit Rachel d'une voix pathétique, c'est pour toi que je voulais exceller en tout. Je pensais qu'en étant fier de moi, tu finirais par m'aimer.

— T'aimer ? railla Philip. Tu as tué Claude, Margaret et pire encore, Julianna. Julianna est la seule personne au monde que j'aie aimée !

Vicky chancela comme si elle s'apprêtait à s'évanouir, mais Philip ne lui accorda même pas un regard.

— C'est encore toi qui as essayé de tuer Gavin Kirkwood, n'est-ce pas ? Je me souviens : tu as reçu un coup de téléphone de Bruce, tu es partie de la maison en toute hâte, puis tu as raconté que tu avais eu un petit accrochage et que ta voiture était au garage. Bruce t'avait appelée pour te dire que Kirkwood lui avait donné quelques renseignements, n'est-ce pas ? Des renseignements qui pouvaient te faire du tort. D'ailleurs, où est-il, ce Bruce ? Tu l'as expédié dans l'autre monde, lui aussi ?

— Non… je…

— Je m'en fous ! hurla Philip. Je ne m'étais pas trompé sur ton compte, j'ai eu raison de ne pas t'aimer, tu es une erreur de la nature. Tu es méprisable ! Abominable !

— Non, papa, s'il te plaît, sanglota Rachel.

— Je-ne-suis-pas-ton-père, cracha Philip. Dieu merci, je ne suis pas ton père, car je te déteste du plus profond de mon âme et je te détesterai jusqu'à mon dernier jour !

— Philip ! hurla Vicky, mais il continua à fulminer contre la jeune fille en pleurs, qui tremblait et semblait s'effondrer sous leurs yeux.

Lucas s'avança.

— Ne l'écoute pas, Rachel, l'implora-t-il. Tu n'as rien d'abominable. Tu es une jeune fille belle et talentueuse, qui a de gros ennuis. Nous allons t'aider. Je vais t'aider. C'est moi ton père, pas Philip Hamilton. Et je t'aime, en dépit de tout. Je saurai te protéger.

Rachel fut prise d'un frisson violent, puis lui jeta un regard affolé.

— M'aider ? Comment ? J'ai tué et vous le savez tous. Je finirai mes jours en prison. Je ne suis pas une délinquante juvénile. Ils vont me condamner à mort ! La chaise électrique !

— Non, dit Lucas d'un ton désespéré. Ce n'est pas la seule solution.

— Une clinique psychiatrique, alors ? On me mettra chez les fous et je vais y pourrir jusqu'à la fin de mes jours. Hors de question ! Je préfère mourir. Je vais mourir ! C'est la seule solution. Mais je le ferai comme je l'entends !

Rachel leva son pistolet et tira au plafond. Elle profita du mouvement de recul et de choc général pour s'échapper, sortir de la pièce et prendre le couloir en courant. Lucas fut le premier à la suivre, il partit derrière elle à toute allure dans l'escalier. Celui qui montait. Drew suivit Lucas, tandis qu'Adrienne s'approchait de Skye, se baissait et tentait de la prendre dans ses bras. Mais Skye la repoussa.

— Elle va se suicider, maman ! hurla-t-elle, puis avec une rapidité incroyable, elle se leva et s'enfuit de la pièce.

Abasourdie, Adrienne se leva avec difficulté, tandis que Vicky quittait aussi la chambre en courant. Philip était parfaitement immobile, son visage n'affichait aucune expression ; Adrienne le bouscula et suivit les autres.

Elle entendit Lucas hurler à Rachel d'arrêter. Elle entendit Skye pleurer et crier à Rachel qu'elle l'aimait. Elle entendit Drew dire à Lucas de rattraper Rachel et de lui enlever son arme, comme si Lucas ne faisait pas de son mieux pour rattraper une jeune fille leste et qui avait vingt ans de moins que lui. Mais Vicky était silencieuse, on entendait seulement sa respiration sifflante.

Adrienne eut l'impression que la montée des escaliers n'en finissait jamais. L'hôtel était devenu un cauchemar de hurlements, de cris et de gémissements, on y courait dans tous les sens pour tenter de rattraper sa nièce et la désarmer. Ils dépassèrent le deuxième étage et se précipitèrent jusqu'au troisième. Adrienne et Vicky venaient juste d'arriver quand elles virent Rachel, au bout du couloir. La lumière extérieure transparaissait et illuminait l'arche de la grande baie vitrée, du sol jusqu'au plafond et, pour un instant, Rachel, qui n'en était qu'à un ou deux mètres, était inondée de lumière. Belle et tragique apparition d'une fille qui, quelques heures auparavant, semblait avoir un avenir merveilleux devant elle. Elle se tourna, regarda sa mère et dit :

— Dis au revoir à papa de ma part.

Vicky hurla de tout son être en voyant Rachel courir vers la fenêtre. Rapide et forte, elle brisa les vieilles vitres fragiles en morceaux innombrables et se précipita dans le vide. Lucas tomba à genoux et son visage se crispa en une horreur silencieuse, tandis qu'il regardait sa fille atterrir, avec un bruit sourd, sur le passage en béton tout en bas.

Épilogue

— Nous ne sommes que fin août, mais je suis persuadée que ça sent déjà l'automne, dit Kit.

Adrienne, Drew, Brandon et elle étaient assis dans le kiosque du Portillon. À onze heures du matin, sous un ciel bleu saphir sans l'ombre d'un nuage, ils sentaient une brise tiède chargée d'odeurs subtiles qui firent furieusement frissonner la truffe de Brandon. Drew déclara en l'observant :

— Je me demande si les chats ont les glandes olfactives aussi développées que les chiens.

Kit rit.

— Je n'en sais rien, mais, en parlant de chats, Calypso me manque beaucoup. Moi qui n'avais jamais voulu d'animal domestique, en quelques jours je m'étais vraiment habituée à elle. Mais je me suis bien gardée de le dire à Lottie quand je la lui ai ramenée. La connaissant, elle aurait voulu me la donner, et pour le moment elle a davantage besoin de compagnie que moi.

— En tout cas, elle est en sécurité maintenant. Et elle devrait arrêter de s'excuser pour la fusillade chez elle. Après tout, elle ne m'avait même pas dit où elle se trouvait, et elle m'avait bien spécifié de ne pas la rechercher.

Adrienne sirota son Mimosa, elle était emplie d'une décontraction qui frôlait la décadence. Skye passait la journée chez Sherry. Grâce à elle et au beau Joel pour qui Skye avait le béguin, cette dernière commençait à émerger d'une phase de déprime profonde qui durait depuis la mort de sa cousine, il y avait cinq semaines de cela.

— Je suis surprise que cette pauvre Lottie ait réussi à survivre en se terrant dans les bois pendant des jours. Finalement, elle s'en est sortie avec une simple bronchite.

— Je t'avais dit que c'était une dure, dit Drew en souriant. Tu vas sans doute lui ressembler.

— Quoi, je vais vivre seule dans une cabane et avoir des visions ? demanda Adrienne en faisant semblant de s'offusquer.

— Non, tu seras une femme solide et astucieuse, rectifia Drew.

— Je ne me sens ni solide ni astucieuse. J'ai plutôt l'impression d'être comme une énorme ecchymose ambulante et idiote. Je ne peux même pas imaginer ce que Vicky traverse, mais elle n'a pas voulu que je l'accompagne au Canada. Elle m'a dit qu'on passerait notre temps à parler de Rachel et qu'elle ne pourrait jamais commencer à se remettre de tout ça. Elle avait besoin d'être seule.

— Et qu'est devenu notre ex-candidat au poste de gouverneur ? demanda Kit. Je sais qu'il a quitté la ville juste après avoir fait acte de présence à l'enterrement de Rachel.

— Il est en Europe, répondit Adrienne. Dans son communiqué, il a raconté qu'il était incapable de rester dans la ville où sa fille « adorée, mais perturbée » avait trouvé la mort. En réalité, il se cache, ni plus ni moins.

Drew ricana.

— Il se cache de la famille Allard, sans doute. Ils veulent le traîner en justice pour la douleur et les souffrances que sa fille a infligées à Bruce.

— Il est vivant, non ? ironisa Adrienne.

— Elle lui a tout de même tiré dans la jambe. Il risque de boiter.

— Ce qui va sans doute le gêner considérablement quand il reprendra les affaires de son père, dont le journal.

Adrienne fit un large sourire à Drew.

— Songes-y un peu. Un de ces jours, Bruce sera ton patron.

— Ce sera le jour où je démissionnerai et me mettrai au boulot sur le Grand Roman Américain.

— Dommage que Miles ne s'en soit pas aussi bien tiré que Bruce, dit tristement Kit. Mais il est vivant, c'est déjà cela, même s'il a des mois de convalescence devant lui.

Adrienne ne sut que dire. Elle savait maintenant que Kit avait aimé Miles et qu'elle l'aimerait toujours. Miles reviendrait peut-être vers elle un jour, mais l'ombre de Julianna resterait toujours entre eux.

— Il y a tout de même une bonne nouvelle, annonça soudain Kit. Quand Gavin a frôlé la mort, ma mère a eu une telle peur qu'elle a réalisé à quel point elle tenait à lui. On dirait un couple de tourtereaux adolescents. Je serais presque écœurée, si je n'étais pas aussi contente de voir ma mère heureuse. Je n'avais pas compris à quel point sa déprime m'avait pesé. Malgré toutes les atrocités qu'on a vécues, je dois dire que je suis soulagée de ne plus avoir à me soucier d'elle en permanence.

Brandon leva la tête et aboya. Ils tournèrent la tête et virent Lucas Flynn. Il sourit, salua de la main, puis continua sa route sur le trottoir. À cette distance, il semblait grand et beau en uniforme, mais Adrienne avait vu la tristesse dans ses yeux gris.

— Ça a dû être délicat, murmura Kit.

Adrienne hocha la tête.

— Figure-toi que non. Nous avons longuement parlé après la mort de Rachel.

Elle lança un regard vers Drew.

— Je ne t'ai même pas dit tout ce qu'il m'a raconté, mais je crois que le moment est venu.

Elle tendit le bras et lui prit la main.

— Lucas a toujours su que Rachel était sa fille mais, comme Vicky ne voulait pas de lui, il est parti. Pourtant, il n'arrêtait pas de penser à Vicky et à Rachel, c'est pour ça qu'il est revenu à Point Pleasant, pour être près d'elles. Il n'a jamais espéré que Vicky quitte Philip pour lui, ni même qu'elle dise la vérité à Rachel. Il voulait simplement faire partie de leur entourage.

Adrienne eut un sourire plein de regrets.

— C'est à ce moment-là que j'entre dans l'histoire. On s'est rencontrés et on s'est tout de suite plu. En fait, il s'est vraiment pris d'amour pour nous deux, Skye et moi. Pas comme il aimait Vicky et Rachel, mais de manière tranquille et attentionnée. Nous vivions seules. Il pensait pouvoir nous aider, apporter plus de stabilité dans nos vies. Mais au fond, il voulait faire partie de nos vies, parce que nous faisions partie de celles de Vicky et Rachel. Il n'en avait pas vraiment conscience à l'époque, mais c'est bien ce qu'il voulait — se rapprocher du grand amour de sa vie et de sa fille.

Les yeux sombres de Drew la fixaient intensément, pleins de compréhension. Et d'amour, pensa joyeusement Adrienne. Drew avait peut-être été égoïste et inconsidéré dans le passé, mais en une vingtaine d'années il avait changé. Il était réellement devenu un homme. Un homme généreux et capable d'éprouver un amour véritable, pour elle et pour Skye.

— Je suis navrée pour Lucas, dit doucement Kit. Je sais que tu étais attachée à lui.

— Je le suis toujours. Mais je ne suis pas amoureuse de lui et il n'a jamais été vraiment amoureux de moi non plus. Il restera toujours une partie importante de ma vie et de celle de Skye — je ne pourrais jamais l'envisager autrement et Drew le comprend — mais il n'y a qu'un homme pour moi.

Kit sourit.

— Sans vouloir manquer de respect à Trey Reynolds, Adrienne, il n'y a toujours eu qu'un seul homme pour toi.

Drew se baissa et embrassa Adrienne, un baiser doux mais passionné qui ne l'embarrassa pas le moins du monde, même si sa mère avait toujours condamné la vulgarité des démonstrations d'affection publiques. Puis Drew renversa la tête en arrière, son sourire s'agrandissant.

— Au fait, ma petite, on a oublié la raison de notre visite, ce matin !

— Je croyais que vous ne pouviez pas passer un jour sans me voir ! plaisanta Kit.

— C'est pour cela, mais aussi pour autre chose, dit Adrienne. Viens avec nous jusqu'à la camionnette.

— La camionnette ? répéta Kit. Ne me dis pas que tu as acheté une camionnette ?

— Je l'ai louée pour une mission spéciale. C'est la rouge, garée sur le trottoir.

— C'est la seule camionnette de la rue, dit Kit.

Elle jeta un œil sur Brandon, endormi sur ses pieds.

— J'ai horreur de déranger ton repos bien mérité, mais allons voir ce qu'Adrienne a caché dans ce véhicule de location.

Ils marchèrent jusqu'à la camionnette et Drew ouvrit les portes arrière, puis se tourna vers Kit.

— Je vais avoir besoin d'aide pour le décharger, alors, pour le moment, contente-toi de monter pour découvrir ta surprise.

Kit jeta un regard méfiant à Drew et Adrienne.

— Vous êtes sûrs que vous n'avez pas une chose horrible cachée à l'intérieur ? Quelque chose qui me foute la trouille de ma vie, juste pour rigoler ?

— Je te jure que non, dit Adrienne, la main sur le cœur.

Puis elle poussa doucement Kit.

— Allez, monte !

Ils regardèrent Kit grimper prudemment dans la camionnette, puis attendre que sa vue s'habitue à la lumière moins vive qui pénétrait par une vitre et l'ouverture arrière. Elle finit par repérer un long objet, recouvert d'un tapis. Elle poussa un cri de joie, se précipita, enleva le tapis et découvrit une peinture à l'huile d'un mètre quatre-vingts sur un mètre : La Belle Rivière.

— Oh, Adrienne, il est superbe ! s'exclama Kit avec enthousiasme. Voilà des semaines que tu n'en avais pas parlé et je croyais que tu l'avais laissé tomber. Puis quand maman a fait démolir l'hôtel, la semaine dernière, j'avais abandonné tout espoir.

Adrienne la rejoignit dans la camionnette et, accroupie à ses côtés, elle observa le tableau.

— Malgré toutes les atrocités qui ont eu lieu là-bas, il s'y est aussi passé des choses merveilleuses. La Belle était un vieil hôtel fabuleux. Je ne pouvais pas le condamner à l'oubli.

Kit observa la peinture, un sourire de plaisir évident lui éclairait le visage.

Adrienne la regarda aussi. Elle y reconnut la grâce des lignes géorgiennes, les coupoles en verre renvoyant les éclats de soleil, les girouettes, la grande tour de l'horloge et ses chiffres romains, les longues vérandas où étaient suspendus des pots de fleurs colorés, la lueur des vitraux des portes-fenêtres. Et, pendant un instant — Adrienne aurait juré que ce n'était pas une illusion —, pendant un instant, l'hôtel fut à nouveau vivant, sa porte d'entrée s'ouvrit et accueillit des invités entre ses murs splendides, et hantés.

Aubin Imprimeur
LIGUGÉ, POITIERS

Reproduit et achevé d'imprimer en juillet 2007
N° d'impression L 71203
Dépôt légal, avril 2007
Imprimé en France